Der Baby-Code: Ein spannender Krimi über verbotene Geheimnisse und gefährliche Leidenschaft

Maximilian Krieg

Published by Maximilian Krieg, 2024.

This is a work of fiction. Similarities to real people, places, or events are entirely coincidental.

DER BABY-CODE: EIN SPANNENDER KRIMI ÜBER VERBOTENE GEHEIMNISSE UND GEFÄHRLICHE LEIDENSCHAFT

First edition. November 13, 2024.

Copyright © 2024 Maximilian Krieg.

ISBN: 979-8227655448

Written by Maximilian Krieg.

Inhaltsverzeichnis

Prolog 1
Kapitel 1 7
Kapitel 2 21
Kapitel 3 35
Kapitel 4 47
Kapitel 5 65
Kapitel 6 79
Kapitel 7 97
Kapitel 8 107
Kapitel 9 119
Kapitel 10 131
Kapitel 11 143
Kapitel 12 157
Kapitel 13 169
Kapitel 14 181
Kapitel 15 193
Kapitel 16 205
Kapitel 17 217
Kapitel 18 231
Kapitel 19 243
Kapitel 20 253
Kapitel 21 261
Kapitel 22 273
Kapitel 23 283
Kapitel 24 295
Epilog 307

Prolog

Ein gewöhnlicher Tag begann für Dr. Elisabeth Wagner, als sie das moderne und tadellos designte Gebäude der „Kinderwunsch München" betrat. Ihre Absätze hallten durch die glänzenden, steril weißen Flure, als ob sie der Klinik jeden Morgen aufs Neue ankündigen wollten: „Hier kommt Dr. Wagner – die Frau, die Wunder vollbringt." So zumindest hätte Elisabeth es selbst beschrieben.

In Wirklichkeit war dieser Wochentag, sagen wir, mittelmäßig aufregend – zumindest für eine Frau, die mit Nadelstichen, Reagenzgläsern und Schicksalen jonglierte wie andere mit Terminkalendern und Kaffeetassen. Ja, für Dr. Wagner, die Königin der assistierten Reproduktion, die das Leben nach ihrem Willen manipulierte, war es ein Tag wie jeder andere.

Bis das Telefon klingelte.

Sie griff nach dem Hörer, halb abgelenkt von einem Bericht, der sich mal wieder über das geringe Durchsetzungsvermögen des neuen Assistenzarztes beschwerte. Aber kaum hatte sie den Hörer ans Ohr gehoben, spürte sie eine plötzliche Kälte im Nacken – der Ton der Person am anderen Ende war so leise, dass sie fast glaubte, es sich einzubilden.

„Dr. Wagner?" Die Stimme war flüsternd, und doch schnitt sie wie ein Messer durch die sonst so sterile Routine.

„Ja?" Ihre Antwort klang gewohnt ungeduldig, aber in ihr regte sich eine kleine, unangenehme Vorahnung. „Mit wem spreche ich?"

Eine Pause. Die Art von Pause, die einem sagt, dass das, was als nächstes kommt, kein Gruß zum Wochenbeginn sein wird.

„Sagen wir, ich bin jemand, der Ihnen einen gut gemeinten Rat geben möchte." Ein flüchtiges Lächeln umspielte ihre Lippen – „gut gemeinte Ratschläge" waren normalerweise das Gegenteil dessen, was man sich wünschte. „Und der Rat lautet, Dr. Wagner... genießen Sie diesen Tag. Es könnte Ihr letzter in dieser Klinik sein."

„Ist das eine Drohung?" Ihre Stimme verlor jede Spur von Wärme, und sie lehnte sich mit geradem Rücken in ihrem bequemen, ledernen Bürostuhl zurück.

„Das kommt darauf an, wie Sie es auffassen," antwortete die Stimme, so lässig, als ob sie über das Wetter sprachen. „Betrachten Sie es als... Vorsichtsmaßnahme."

Sie hielt inne, schloss für einen Moment die Augen und zwang sich, ruhig zu atmen. Als sie sie wieder öffnete, stellte sie fest, dass die Leitung bereits tot war.

In der darauf folgenden Sekunde hätte sich Elisabeth beinahe selbst ausgelacht. Eine Drohung? So etwas Lächerliches. Es war doch sicher einer dieser lächerlichen, moralisch überlegenen Aktivisten gewesen, die so tun, als ob sie das Recht hätten, in die Entscheidungen anderer Menschen einzugreifen. Und diese Menschen, das wusste sie am besten, hatten selbst nicht die geringste Ahnung davon, wie viele Hindernisse auf dem Weg zur „perfekten" Familie überwunden werden mussten. Wenn die Natur zu schwach war, musste eben sie, die Wissenschaft, nachhelfen.

Mit einem abschätzigen Kopfschütteln stand sie auf und ging zum Fenster, starrte hinaus auf die parkenden Luxuslimousinen ihrer Patientinnen, auf die gepflegten Beete mit perfekt symmetrisch angeordneten Blumen und auf die makellose Glasfassade ihrer Klinik. „Mein letzter Tag, ja?" Sie lachte in sich hinein. „Das will ich sehen."

Doch das leise Unbehagen ließ sie nicht los.

Dr. Elisabeth Wagner nahm den letzten Schluck ihres doppelten Espressos und warf einen kurzen, prüfenden Blick in den Wandspiegel. Der Hauch von Müdigkeit unter ihren Augen war leicht genug, um ihn mit einem kühlen, scharfen Blick zu kaschieren – einem dieser Blicke, die jedem aufmerksamen Beobachter sagten: "Ich bin müde, aber nicht schwach." Der Rest der Woche war für gewöhnlich eine Parade aus Versprechungen, Verträgen und perfekten Eizellen gewesen, und der heutige Tag sollte keine Ausnahme sein.

Doch noch bevor sie ihr Büro verlassen konnte, um den Gang zum Labor zurückzulegen, streifte ihr Blick ihren Schreibtisch. In einer unachtsamen Sekunde entdeckte sie etwas, das sie beinahe vergessen hätte – ihr Tagebuch, das kleine, schwarze Büchlein, in dem sie alle ihre Gedanken und geheimen Strategien festhielt. Eine Angewohnheit, die sie von ihrer Großmutter geerbt hatte und die sich, so glaubte sie, in den turbulenten Tagen ihres Lebens als Ärztin und Menschenretterin als hilfreich erwiesen hatte.

Mit einem leichten Lächeln öffnete sie das Büchlein und schrieb schnell ein paar kryptische Zeilen über die heutige Behandlung: „Risiken, Sorgen, aber nichts, was nicht zu bewältigen wäre… hoffentlich." Sie dachte nicht weiter darüber nach und schloss das Tagebuch wieder.

Plötzlich ein Klopfen. Genau drei Mal, nicht zu leise, nicht zu laut. Elisabeth blickte auf und sah Schwester Claudia, die peinlich genau darauf achtete, den Türrahmen nicht zu berühren. "Ihr letzter Patient für heute, Dr. Wagner," verkündete Claudia sachlich und lächelte pflichtbewusst – ein Lächeln, das Elisabeth eher wie eine Pflichtaufgabe vorkam als wie eine ehrliche Geste. "Eine ganz besondere Patientin", fügte sie mit einer Art bedeutungsvollem Unterton hinzu.

Elisabeth verdrehte innerlich die Augen. "Sind sie das nicht alle?", murmelte sie, während sie sich aus ihrem Büro ins sterile Behandlungszimmer begab. Die Wände des Zimmers waren in einem beruhigenden, blassen Pastell gehalten, das eigens für ängstliche Patientinnen entworfen wurde, doch auf Elisabeth wirkte es bloß eintönig. Sie atmete tief durch und setzte ihr professionelles Lächeln auf – das Lächeln, das man erwartet, wenn man bereit ist, jemandem das Versprechen eines neuen Lebens zu geben.

Die Frau auf dem Behandlungsstuhl war jung, vielleicht Ende zwanzig, und ihre Hände zitterten leicht, als sie Elisabeth mit großen, fast kindlichen Augen anstarrte. "Dr. Wagner," flüsterte die Patientin und versuchte, das Zittern in ihrer Stimme zu unterdrücken, "ich bin bereit."

"Na, das hoffe ich doch," antwortete Elisabeth mit einem kühlen Lächeln. „Sonst wäre dieser Termin ein wenig fehl am Platz, finden Sie nicht?" Ihr Tonfall hatte die Schärfe einer stumpfen Klinge – nicht schmerzhaft, aber unangenehm. Elisabeth konnte nichts dafür; sie hatte nie gelernt, ihre Patienten wirklich zu "trösten". Für sie waren die meisten von ihnen lediglich die Summe ihrer Daten und Risiken – ein bisschen wie Reagenzgläser, nur eben mit mehr Dramatik.

Die Patientin nickte, und Elisabeth gab Schwester Claudia ein Zeichen, die Frau für die Prozedur vorzubereiten. Claudia, effizient wie immer, führte die letzten notwendigen Schritte durch und machte sich dann unauffällig, aber deutlich bemerkbar zur Tür hinaus. Elisabeth beobachtete alles mit kühler Präzision, während die Patientin unruhig an der Decke herumblickte.

"Sie sehen ja aus, als wollten Sie gleich aus dem Fenster springen," bemerkte Elisabeth schließlich trocken und setzte eine Beruhigungsspritze an. "Wenn Sie glauben, dass das hier gruselig ist, dann sollten Sie vielleicht mal bei einer natürlichen Geburt dabei sein."

Die Patientin lachte nervös und entspannte sich ein wenig, während die Wirkung der Beruhigungsmittel begann, einzusetzen. Elisabeth begann die Behandlung, die ihr bereits in Fleisch und Blut übergegangen war – routiniert, entschlossen und frei von jeglicher emotionalen Bindung. Doch während sie den Eingriff durchführte, blitzte der Gedanke an den Telefonanruf wieder auf. „Genießen Sie diesen Tag. Es könnte Ihr letzter sein."

Elisabeth verbannte den Gedanken mit einem kurzen Kopfschütteln aus ihrem Kopf. Albern. Nichts würde sie aufhalten – nicht ein Anruf, nicht eine anonyme Drohung, und sicherlich keine unsichtbare Gefahr.

Doch plötzlich, mitten in der Behandlung, spürte sie ein leises Prickeln auf ihrer Haut. Eine Vorahnung – etwas, das sie als rationale Frau normalerweise verachtete und sich verbat. Aber jetzt, da sie sich mitten in ihrer Arbeit befand und die sterile Routine durchbrach, schien etwas Unbehagliches in die sterile Atmosphäre zu sickern.

Es war, als ob die Stille im Raum dicker geworden wäre, als ob die Luft plötzlich schwer auf ihren Schultern lastete. Fast unmerklich beschleunigte sie ihre Bewegungen, beendete die letzten Schritte und legte ihre Instrumente ab. Als sie aufsah, bemerkte sie, dass die Patientin wieder wach war – zu früh, als hätte etwas die Wirkung des Beruhigungsmittels gestört.

„Dr. Wagner", sagte die junge Frau, ihre Stimme leise und kaum hörbar, „meinen Sie, dass alles gut geht? Dass ich bald eine Familie haben werde?"

„Natürlich", antwortete Elisabeth kühl und stand auf. „Sie sind bei den Besten."

Während Schwester Claudia zurückkehrte, um die Patientin zu entlassen, stand Elisabeth noch einen Moment da und schaute der Patientin nach, die ein letztes, vertrauensvolles Lächeln zurückwarf, bevor sie mit der Schwester das Zimmer verließ. Das war immer die komplizierte Seite an ihrem Beruf gewesen – die Vorstellung, dass diese Frauen dachten, sie sei eine Art Heilige, dass sie sich in ihre Arme fallen lassen könnten, als wäre sie die Verkörperung der Mutterschaft selbst.

Doch der wahre Kern ihrer Arbeit, das wusste nur sie, war Kontrolle und Präzision. Ein gefühlloser Tanz zwischen Leben und Technik. Ihr kleines Geheimnis, das niemand sonst jemals erfahren sollte.

Gerade als sie sich wieder an ihren Schreibtisch setzen wollte, klingelte das Telefon erneut – diesmal mit einem leisen, eindringlichen Piepen. Ein weiterer anonymer Anruf?

Sie griff zum Hörer, und ihr Herz schlug einen winzigen Takt schneller.

Kapitel 1

Anna Bergman nahm einen tiefen Schluck von ihrem doppelten Espresso und starrte finster auf den Bildschirm. „Na, gut gemacht, Anna", murmelte sie und nickte sich selbst im Spiegelbild auf dem Laptop zu. „Wieder einmal erfolgreich einen Morgen überlebt, ohne die Kaffeemaschine gegen die Wand zu werfen. Das nennt man Selbstbeherrschung."

Sie streckte sich, was in ihrem winzigen Büro allerdings kaum Platz ließ – einmal falsch gestreckt, und sie würde sich die Stirn an der schräg hängenden Aktenablage stoßen. Alles in ihrem Raum war streng funktional und ordentlich arrangiert, perfekt quadratisch – eine kleine Welt, in der alles seinen festen Platz hatte. Nur ihr Frühstücksbagel auf dem linken Rand des Schreibtisches wirkte fehl am Platz. Gerade als sie ihn kritisch beäugte, fiel ihr auf, dass er exakt 2,3 Millimeter zu weit rechts lag.

„Unmöglich", murmelte sie und schob den Bagel mechanisch in die exakt richtige Position. „Es gibt einfach Dinge, die können nicht bleiben, wie sie sind." Sie klopfte sich zufrieden mit einem ironischen Grinsen auf die Schulter. Ihre leichte Zwangsstörung war eine alte Bekannte, ein Tick, der sie manchmal in komische Situationen brachte, aber auch eine Art Kontrolle über ihr chaotisches Leben gewährleistete – oder zumindest gab sie sich der Illusion hin.

Kaum hatte sie sich in ihrem Bürostuhl bequem zurückgelehnt, klingelte das Telefon. Die Anzeige zeigte eine Nummer, die ihr Herz ein wenig schneller schlagen ließ: Professor Krauß, ein alter Freund und gelegentlicher Auftraggeber, der ihre Detektivfähigkeiten immer wieder mal forderte. Mit einer Mischung aus Neugier und leiser Vorfreude hob sie ab. „Professor Krauß, wie lange ist es her?"

„Zu lange, Anna. Aber wenn ich ehrlich bin, gibt's kaum Zeit für Nostalgie. Ich brauche Ihre Hilfe."

„Natürlich tun Sie das", entgegnete Anna trocken. „Sind Sie wieder über einen unlösbaren Fall gestolpert? Oder möchten Sie einfach wieder mal auf ein sicheres Frühstück eingeladen werden?"

Am anderen Ende hörte sie ein kurzes, nervöses Lachen. „Es ist eher das erste. Ein Fall... ziemlich heikel. Eine hochrangige Persönlichkeit. Keine Polizei, nur ein diskretes Vorgehen. Und ich weiß, dass Sie diskret sind."

„Das liegt vermutlich daran, dass ich mir keine unnötigen Komplikationen leisten kann", sagte Anna. „Worum genau geht es?"

„Können wir uns in einer Stunde im Café Einstein treffen?", fragte er.

„Das klingt verdächtig nach einem Geschäftstreffen. Werde ich wenigstens dafür bezahlt, Professor?"

„Sie werden es nicht bereuen", sagte er mit einem Hauch von Geheimnistuerei in der Stimme, die sie neugierig machte.

„Ich bin in einer Stunde da", sagte Anna und legte auf, während sie einen flüchtigen Blick in den Spiegel warf, um sicherzustellen, dass ihre Locken wenigstens einigermaßen gezähmt waren.

⁂

Eine Stunde später betrat Anna das Café Einstein, ein beliebter Treffpunkt für Akademiker und solche, die sich dafür hielten. Der Geruch von frisch gebrühtem Kaffee und Zigarettenrauch hing schwer in der Luft. Die Tische waren besetzt von Menschen, die sich über Aufsätze beugten, Notizbücher füllten oder Diskussionen über philosophische Fragen führten – ganz normale, alltägliche Themen wie die Frage nach dem Sinn des Lebens oder ob es ethisch vertretbar sei, die Wartezeit am Kaffeetresen zu umgehen.

Sie entdeckte Professor Krauß sofort. Er saß in einer Ecke, schob seine Brille mit dem kleinen Finger nach oben und blätterte in einer dicken, gelblichen Akte, die so geheimnisvoll aussah, dass Anna unwillkürlich die Augenbraue hob. Der Professor hob den Kopf, und bei ihrem Anblick zeigte sich ein verschmitztes Lächeln auf seinem sonst so ernsten Gesicht.

„Anna!", begrüßte er sie mit einem warmen Nicken und winkte sie zu sich herüber.

„Professor Krauß," erwiderte Anna mit gespielt ehrfürchtigem Tonfall, während sie auf seinen Tisch zusteuerte. „Sie sehen heute erstaunlich wenig zerstreut aus. Einen seltenen Anflug von Ordnung erlebt?"

Er lachte leise, aber Anna bemerkte den Schatten in seinen Augen. Dies hier war eindeutig kein Routinefall. Er deutete auf den freien Stuhl und sie setzte sich, beobachtete, wie er das Aktenpaket festhielt, als wäre es ein kostbarer Schatz.

„Anna, das ist... heikel", begann er leise, fast verschwörerisch. „Eine meiner ehemaligen Kolleginnen, Dr. Elisabeth Wagner, wurde ermordet."

Anna verschluckte sich beinahe an ihrem Wasser. „Moment mal, die berühmte Dr. Wagner? Die Göttin der Reproduktionsmedizin, die Frau, die aus dem Nichts Babys erschaffen kann?"

Krauß nickte langsam, und ein unergründliches Lächeln umspielte seine Lippen. „Genau die. Man könnte fast sagen, sie war eine Künstlerin... wenn auch mit ethisch fragwürdigen Ansichten."

„Interessant," murmelte Anna und lehnte sich zurück, ihre Gedanken rasten. „Und warum sollte sich jemand die Mühe machen, eine Person umzubringen, die nur Gutes für die Menschheit will?" Sie fügte mit einem Hauch von Sarkasmus hinzu: „Schließlich ist es doch ihr Verdienst, dass verzweifelte Millionäre ihre Gene weiterverbreiten können."

Krauß verdrehte die Augen. „Genau deshalb dachte ich an Sie. Die Polizei geht davon aus, dass es sich um einen gewöhnlichen Mord handelt, vielleicht sogar Raubmord. Aber ich glaube das nicht. Wagner hatte viele Feinde – und viele Geheimnisse. Und ich meine nicht nur die Art, die sie in den Akten der Klinik vergraben hat."

Anna beugte sich vor. „Was genau wollen Sie von mir, Professor? Ich nehme an, es ist nicht Ihre Absicht, dass ich nur ein bisschen herumfrage und dann zurückkomme, um Ihnen ein paar belanglose Antworten zu liefern."

„Sie kennen mich zu gut." Krauß blickte sich um und senkte die Stimme. „Ich will, dass Sie die Wahrheit ans Licht bringen. Ich will wissen, was wirklich hinter ihrem Tod steckt. Die offizielle Version sagt, dass sie nach einer Notfalloperation auf mysteriöse Weise verstarb – Herzstillstand, wie sie behaupten. Doch ich bezweifle, dass es so einfach ist."

Anna nickte langsam. Der Tonfall des Professors war ernst, fast besessen. Es schien, als wäre er persönlich betroffen, vielleicht mehr, als es den Anschein hatte. „Und welche Rolle spielten Sie, Professor? Wieso wollen Sie das unbedingt wissen?"

„Ich war ihr Mentor, ihr Kollege und... ja, auch ihr Freund, auf eine Art." Er hielt inne, und sein Blick verfinsterte sich. „Aber das ist nicht der Punkt. Es geht darum, dass die Klinik unter ihrer Leitung – nun ja, wie soll ich es sagen? – nicht ganz so transparent geführt wurde, wie es den Anschein hatte. Wussten Sie, dass man dort Patientenakten fälschte, Embryonen verwechselte und... geheimnisvolle Anrufe erhielt?"

„Geheimnisvolle Anrufe?" Anna spürte, wie ihre Neugierde geweckt wurde. „Jetzt wird es interessant. Welche Art von Anrufen?"

„Es sind nur Gerüchte," sagte er und schüttelte den Kopf. „Aber einige Mitarbeiter behaupten, dass Wagner wiederholt Drohungen erhalten habe. Anonyme Anrufe. Warnungen, die sie ignorierte – bis es wohl zu spät war."

Anna hob eine Augenbraue. „Warnungen. So etwas klingt doch fast romantisch. Ein mysteriöser Feind, Drohungen aus dem Schatten, und dann – das unvermeidliche Ende." Sie lächelte spöttisch. „Eine klassische Geschichte, aber was bringt Sie dazu, an so etwas zu glauben?"

„Weil sie mir kurz vor ihrem Tod eine Nachricht hinterließ." Professor Krauß griff in die Akte, die er noch immer wie ein Wächter bewachte, und zog einen kleinen, vergilbten Notizzettel hervor. Er schob ihn wortlos über den Tisch, und Anna nahm ihn entgegen.

„‚Krauß, sie kommen für mich. Vertraue niemandem.'" Anna las die Worte und schüttelte den Kopf. „Wie dramatisch. Fast wie aus einem schlechten Krimi. Und das soll uns jetzt als Beweis dienen?"

„Anna, glauben Sie mir, ich weiß, wie das klingt", murmelte er mit einem nervösen Lächeln. „Aber die Tatsache, dass sie gerade Sie für diese Sache angefragt hat, spricht Bände. Ich brauche jemanden, der unbestechlich ist. Diskret. Jemanden, der sich nicht von oberflächlichen Antworten blenden lässt. Kurz gesagt: Ich brauche Sie."

Anna schob den Zettel zurück und verschränkte die Arme. „Klingt ja nach einem irren Spaß. Ich nehme an, es gibt keine andere Option, als anzunehmen? Schließlich möchte ich mir nicht die beste Geschichte meines Lebens entgehen lassen."

Krauß lächelte, aber in seinen Augen lag eine Spur von Erleichterung. „Dann sind wir uns einig."

Anna lehnte sich zurück und sah ihn über den Rand ihrer Tasse hinweg an. „Also gut, Professor. Erzählen Sie mir mehr über diese Klinik.

⁕

Am nächsten Morgen stand Anna vor der hochmodernen Fassade der „Kinderwunsch München", dem Vorzeigeobjekt von Dr. Wagners Lebenswerk. Die Glasfront glitzerte im

Sonnenlicht wie eine überdimensionale Einladung zur Perfektion. „Würde mich nicht wundern, wenn sie den Patienten hier schon beim Eingang ein Willkommenslied vorspielen", murmelte Anna und machte sich auf den Weg zum Empfang.

Die Empfangsdame – eine kühle Blondine mit scharf gezogenen Lippen und einer Haltung, die man nicht einmal mit einem Dampfhammer durchbrechen konnte – musterte Anna von oben bis unten und verzog das Gesicht zu einem professionellen Lächeln.

„Willkommen in der Kinderwunschklinik. Haben Sie einen Termin?"

Anna zog eine Augenbraue hoch und zeigte ihr Abzeichen. „Detektivin Bergman. Professor Krauß hat mich angekündigt. Ich soll die Umstände um Dr. Wagners... plötzlichen Abgang untersuchen."

Ein Schatten zog über das Gesicht der Empfangsdame, doch sie fing sich schnell und tippte mit perfekten, manikürten Fingern auf der Tastatur. „Ah, natürlich. Die Assistentin der Klinikleitung wird Sie durch die Räumlichkeiten führen. Ich werde sie informieren."

Einige Minuten später erschien eine kleine, energische Frau in pastellfarbenem Kittel, die sich eilig die Haarsträhnen zurückschob und nervös an ihrem Ärmel zog. „Detektivin Bergman, willkommen. Ich bin Schwester Schmid, Assistentin von Dr. Wagner."

„Schwester Schmid, gut Sie kennenzulernen." Anna streckte die Hand aus, die die Schwester nach einem zögernden Moment nahm. Die Hand der Schwester war kalt und feucht, als hätte sie gerade ihre eigene Nervosität umarmt.

„Ja... äh, also, Sie möchten sich umsehen? Das kann ich gern arrangieren." Schwester Schmid wirkte, als würde sie jeden Moment in Ohnmacht fallen. Sie führte Anna durch sterile, perfekt ausgeleuchtete Gänge, in denen jeder Schritt ein leises Echo hinterließ.

„Also, was genau war Ihre Funktion hier in der Klinik, Schwester?" fragte Anna beiläufig, während sie versuchte, jede Nuance der Körpersprache ihrer Begleiterin zu beobachten. Die Assistentin schien nur allzu bereit, die Klinikführerin zu ersetzen, doch unter dem kleinen, nervösen Lächeln schien ein Hauch von Panik zu lauern.

„Nun, ich... ich habe Dr. Wagner assistiert", stotterte die Schwester. „War immer an ihrer Seite, habe Protokolle geführt, Termine verwaltet und... äh... sichergestellt, dass alles korrekt abläuft."

„Klingt nach einer anspruchsvollen Aufgabe." Anna nickte anerkennend. „Aber ich nehme an, jemand wie Dr. Wagner hat doch sicher keine Hilfe gebraucht, oder? Schließlich war sie bekannt für ihre... Disziplin und ihre Fähigkeit, alles zu kontrollieren, nicht wahr?"

Schwester Schmid zuckte zusammen und ihre Augen flackerten unruhig. „Ja... ja, sie war eine sehr... ähm... entschlossene Frau. Manchmal vielleicht sogar ein wenig... zu entschlossen, wenn Sie verstehen."

„Ich denke, ich verstehe." Anna schenkte ihr ein schiefes Lächeln. „Was ist also wirklich in der Nacht passiert, als sie starb? Es heißt, sie habe... Drohungen erhalten?"

„D-das... das ist wirklich nur ein Gerücht!" Die Schwester sah sich nervös um und senkte die Stimme zu einem Flüstern. „Niemand hier spricht darüber, verstehen Sie? Sie hat immer gesagt, wir sollten uns auf die Patienten konzentrieren und nicht auf... externe Einflüsse."

„Oh, ich verstehe gut. Aber lassen Sie uns doch mal das 'Labor der Perfektion' sehen, Schwester. Ich bin sicher, dort gibt es einige interessante Dinge." Anna bemerkte, wie Schwester Schmids Hände leicht zitterten, als sie ein Schlüsselbündel hervorholte und das Türschloss zum Labor öffnete.

Das Labor war ein klinisches Wunderwerk: sterile Arbeitsflächen, Mikroskope, Reagenzgläser und die unverkennbare Atmosphäre, die nur entstehen konnte, wenn Menschen versuchten, den größten Wunsch anderer zu erfüllen – und gleichzeitig dabei ein kleines Vermögen zu verdienen.

„Hier, in diesem Labor, hat Dr. Wagner oft bis spät in die Nacht gearbeitet", begann Schwester Schmid. „Manchmal... sie war sehr gründlich, verstehen Sie."

„Klingt nach einer außergewöhnlichen Hingabe", meinte Anna trocken und beugte sich leicht über den Mikroskoptisch, während ihr Blick prüfend über die Utensilien glitt. „Hat sie hier auch Besuch empfangen, sagen wir... unangekündigt?"

Schwester Schmid biss sich nervös auf die Unterlippe und schüttelte heftig den Kopf. „Oh nein! Hier... hier durfte niemand einfach so rein. Dr. Wagner war sehr streng, wenn es um den Zugang zum Labor ging."

„Das heißt, es gibt keine Möglichkeit, dass jemand unbemerkt hier hereingekommen wäre?" fragte Anna scharf. „Niemand hätte, sagen wir, eine Botschaft hinterlassen können? Vielleicht in Form einer netten kleinen Drohung?"

Die Schwester wurde blass und ihre Hände krallten sich in den Kittel. „Detektivin, ich... ich denke, Sie überschätzen das. Niemand hätte es gewagt, Dr. Wagner zu... bedrohen. Sie war eine... kraftvolle Frau."

Anna lächelte. „Das habe ich verstanden. Doch wissen Sie, Schwester, mir wurde zugetragen, dass in der Klinik nicht alles so makellos lief, wie es die Fassade vermuten lässt. Gerüchten zufolge gab es ein... Kommunikationsproblem. Hatte das etwas mit ihrer Arbeit zu tun? Oder ging es um private Konflikte?"

„Ich... ich weiß nichts davon." Schwester Schmid wich einen Schritt zurück und Anna merkte, dass sie das Thema für die Assistentin zu unangenehm gemacht hatte.

Anna beschloss, das Gespräch fürs Erste nicht weiter in die Tiefe zu treiben. Stattdessen schritt sie durch das Labor und schob ein Reagenzglas zurück an seinen exakten Platz. Sie ließ ihren Blick über die sauber aufgereihten Instrumente schweifen, als würde sie zufällig Spuren suchen. Dann wandte sie sich zur Tür und nickte der Schwester zu.

„Danke, Schwester Schmid. Ich glaube, ich habe, was ich brauche – vorerst." Sie lächelte milde, aber ihr Blick hielt den Blick der Schwester gefangen. „Aber ich komme zurück. Für den Fall, dass Ihnen noch etwas einfällt, das Sie mir bisher verschwiegen haben."

Schwester Schmid nickte stumm, ohne das ironische Grinsen auf Annas Lippen zu bemerken. „Ja, natürlich, Detektivin Bergman. Ich werde zur Verfügung stehen."

„Das hoffe ich doch." Anna warf einen letzten Blick über das Labor und wandte sich dann zum Gehen.

Nach ihrem Besuch in der Klinik beschloss Anna, den nächsten Hinweis zu verfolgen und das städtische Leichenschauhaus aufzusuchen. Es war Abend, und ein feiner Nieselregen legte sich wie ein grauer Schleier über die Straßen Münchens. Perfekt für einen Besuch bei den Toten, dachte sie sarkastisch und zog ihren Mantel enger, als sie das düstere Gebäude betrat.

Die Empfangshalle des Leichenschauhauses war erwartungsgemäß spartanisch, fast steril, und mit einem Geruch von Desinfektionsmittel und muffigem Papier erfüllt. Hinter einem kleinen, verschlossenen Schalter saß eine Sekretärin, die aussah, als würde sie zum Lächeln pro Stunde bezahlt – und es kam sie teuer zu stehen. Anna trat an den Tresen, und die Frau sah sie durch ihre dicke Brille an, die an den Rändern bereits leicht beschlagen war.

„Ich bin hier, um Informationen über Dr. Wagners Obduktion zu erhalten. Ich wurde bereits erwartet", sagte Anna knapp, als ob es das Natürlichste der Welt wäre, um diese Uhrzeit nach Leichen zu fragen.

Die Sekretärin nickte ohne eine Miene zu verziehen. „Der Herr Doktor ist bereits bei der Arbeit", murmelte sie, während sie einen Knopf drückte, der die schwere Tür zu den Sezier- und Untersuchungsräumen öffnete. „Geradeaus und dann links."

„Wunderbar. Ein Hoch auf Ihre Gastfreundschaft", murmelte Anna leise und trat durch die Tür. Sie folgte dem langen, schwach beleuchteten Korridor, dessen sterile Wände in einem kalten, abweisenden Weiß gestrichen waren. Es wirkte auf sie wie ein Tunnel ins Jenseits – passend und doch etwas zu dramatisch für ihren Geschmack. Schließlich öffnete sie eine unscheinbare Metalltür und betrat den Sezierraum.

Drinnen stand ein Mann über einen Seziertisch gebeugt und sprach leise vor sich hin, während er Notizen machte. Groß, dunkles Haar mit leicht grauen Schläfen, tadelloses Hemd unter dem Kittel – genau die Sorte Perfektion, die einem Menschen unangenehm aufstoßen konnte, wenn man gerade aus der verregneten Kälte kam. Der Mann sah auf, und als sich ihre Blicke trafen, wurde Anna plötzlich klar, dass dies kein gewöhnlicher Gerichtsmediziner war.

„Detektivin Bergman, nehme ich an?" Sein Tonfall war sachlich, doch in seinen Augen blitzte ein winziger Funke von Amüsement auf.

„Korrekt", antwortete Anna kühl und musterte ihn ebenso neugierig. „Und Sie sind...?"

„Dr. Markus Stein, der Pathologe, der mit dem Fall betraut wurde." Er streckte ihr seine behandschuhte Hand entgegen und sah sie aufmerksam an. „Es ist mir eine Ehre, Sie kennenzulernen, wenn auch unter, sagen wir, eher toten Umständen."

Anna hob eine Augenbraue und verschränkte die Arme vor der Brust. „Wie charmant. Haben Sie für jeden einen solchen Begrüßungssatz parat, oder bin ich ein besonderer Fall?"

Er lächelte leicht, ließ ihre Hand jedoch los und deutete auf den Tisch. „Die Gerüchte stimmen also, Sie haben wirklich eine scharfe Zunge. Dann hoffe ich, dass Sie auch einen scharfen Verstand mitgebracht haben, Frau Detektivin. Der Fall von Dr. Wagner ist... komplex."

„Ich bin nie ohne beides unterwegs." Anna trat näher an den Tisch heran und betrachtete die reglose Gestalt, die in einem weißen Laken gehüllt war. „Komplex sagen Sie? Nun, ich liebe Herausforderungen."

Dr. Stein verzog keine Miene, doch seine Augen verfolgten jeden ihrer Schritte. „Dr. Wagners Tod – offiziell Herzstillstand. Und doch gibt es Ungereimtheiten. Seltsame Anomalien in ihren Blutwerten. Keine offensichtlichen Spuren eines Angriffs, aber auch nichts, das völlig im Rahmen liegt."

„Faszinierend." Anna beugte sich über den Körper und musterte die leicht bläuliche Haut. „Und sagen Sie mir, Dr. Stein, was genau fanden Sie bei der Untersuchung, das Sie als ‚seltsam' bezeichnen würden? Oder habe ich das bereits übersehen?"

„Das würde ich Ihnen kaum vorwerfen", sagte er lässig. „Dr. Wagner hatte bemerkenswert erhöhte Mengen eines bestimmten Medikaments in ihrem Blut. Allerdings nicht genug, um als Mordversuch durchzugehen – es wirkt fast wie eine Überdosis, nur... merkwürdig dosiert."

Anna nickte, ihre Augen funkelten vor Interesse. „Interessant. Und natürlich kein Hinweis darauf, wie dieses Medikament in ihr System gelangte? Ein praktischer Unfall, oder?"

Markus grinste leicht. „Ein Unfall oder etwas gezielt Manipuliertes. Aber das ist Ihre Spezialität, nehme ich an, das zu untersuchen."

Sie hielt einen Moment inne und ließ ihre Augen über ihn gleiten – dieser Pathologe schien auf den ersten Blick ernst und pflichtbewusst, aber sein Lächeln verriet etwas anderes. Anna konnte sich ein ironisches Lächeln nicht verkneifen. „Und das sagen Sie, als ob Sie keine eigenen Theorien hätten, Dr. Stein?"

„Ach, ich habe meine Vermutungen, Frau Detektivin. Aber ich lasse den Profis gern den Vortritt." Er trat einen Schritt zurück, und das kalte Neonlicht warf scharfe Schatten über seine markanten Gesichtszüge. „Doch ich würde sagen, dieser Fall verdient besondere Aufmerksamkeit."

Anna schüttelte den Kopf und trat ebenfalls einen Schritt zurück. „Nun, da bin ich ganz bei Ihnen, Dr. Stein. Sie wissen ja, ein guter Detektiv ist nur so gut wie der Pathologe, der ihm die Fakten liefert."

Ein Funkeln schoss durch seine Augen, und für einen Moment glaubte sie, einen Hauch von Herausforderung zu sehen. „Dann sollten wir gut zusammenarbeiten. Ich habe da so das Gefühl, Sie sind jemand, der die Dinge gern... gründlich anpackt."

„Das bin ich." Sie hielt seinem Blick stand, und ein elektrisches Prickeln breitete sich zwischen ihnen aus, das sie beinahe überraschte. Markus' Augen ließen keine Regung erkennen, aber seine Stimme klang plötzlich ein wenig weicher.

„Dann schlage ich vor, wir gehen die Berichte gemeinsam durch und sehen, was wir finden können. Solange Sie mir Ihre Geheimnisse nicht vorenthalten."

„Ich halte Sie auf dem Laufenden – sofern Sie mir das auch zusagen", erwiderte Anna kühl, aber innerlich leicht amüsiert.

Für einen Moment war es, als wollten sie einander durchschauen, als spürten sie das Wogen einer leisen Spannung, die sie beide überraschend und doch faszinierend fanden.

Mit einem letzten Blick auf den Körper von Dr. Wagner richtete Anna sich auf. „Ich sehe, dass ich bei Ihnen wohl öfter vorbeischauen muss, Dr. Stein. Bleiben Sie wachsam – falls das hier mehr als nur ein unglücklicher Zufall ist, kann das noch... unterhaltsam werden."

Er nickte leicht. „Ich freue mich darauf, Frau Bergman."

Sie verließ den Raum, während Markus ihr noch nachblickte, und ein Gedanke formte sich in ihr, wie ein vager Schatten, der an der Oberfläche ihres Bewusstseins kratzte.

Kapitel 2

Anna betrat das Polizeipräsidium, die Kaffeetasse in der einen Hand, in der anderen eine lose Mappe mit ihren bisherigen Notizen. Der Geruch nach Desinfektionsmittel und kaltem Kaffee hing schwer in der Luft, während die morgendliche Hektik in den Fluren wie eine müde Welle hin- und herwog. Sie bahnte sich ihren Weg zu dem Konferenzraum, in dem sie erwartet wurde, und blieb für einen Moment vor der Tür stehen, um sich kurz zu sammeln.

„Ah, die Detektivin, die jeder Regel trotzt", brummte eine tiefe, zynische Stimme hinter ihr. Anna drehte sich um und sah in die grimmige Miene von Kommissar Jürgen Wolf. Mit seiner imposanten Gestalt und den tiefen Falten im Gesicht wirkte er wie ein abgehalfterter Cop aus einem schlechten Krimi, doch sie wusste, dass sein Verstand messerscharf und seine Geduld... nun ja, minimal war.

„Kommissar Wolf", erwiderte Anna mit einem süffisanten Lächeln. „Oder darf ich 'Herr Knurrwolf' sagen? Noch bevor Sie fragen, ja, ich bin genauso wach, wie ich aussehe."

Er verzog den Mundwinkel. „Vielleicht haben Sie einfach zu wenig Kaffee gehabt, um bei Verstand zu sein. Das wird ein interessanter Morgen."

Die beiden betraten den Raum, und Wolf schob ihr eine Mappe mit den ersten Ergebnissen der Untersuchung zu. Anna schlug die Mappe auf und scannte die Daten mit einem kritischen Blick, während Wolf begann, die Ergebnisse der Analyse zu erklären.

„Die Forensiker haben Spuren eines seltenen Medikaments in Dr. Wagners Blut gefunden", begann er und beobachtete, wie sich ihre Miene veränderte. „Angeblich so selten, dass man es fast für ein Fabelwesen halten könnte."

Anna hob eine Augenbraue. „Wirklich? Ich dachte, hier handle es sich um Fakten, nicht um Märchen."

„Humor am frühen Morgen – das habe ich vermisst", knurrte Wolf und fuhr fort: „Das Medikament wurde offenbar gezielt in winzigen Mengen verabreicht. Genug, um Wirkung zu zeigen, aber nicht genug, um sofort tödlich zu sein."

„Also, jemand hat sie vergiftet, nur... etwas langsamer?" Sie runzelte die Stirn. „Vielleicht wollte der Täter sicherstellen, dass es wie ein natürlicher Tod aussieht. Perfekt geplant, makellos."

Wolf nickte grimmig. „Makellos wäre es gewesen, hätten wir es nicht entdeckt. Doch es gibt ein Problem."

„Ach, nur eins? Das macht mich beinahe optimistisch."

Wolf schnaubte und warf ihr einen scharfen Blick zu. „Ihr Gerichtsmediziner Dr. Stein glaubt, dass wir von falschen Voraussetzungen ausgehen. Sein Ansatz ist... nun ja, sagen wir, eine Herausforderung."

Anna lächelte spöttisch. „Natürlich tut er das. Er ist schließlich Dr. Stein. Es gibt nichts, das ihn mehr erfreut, als die Polizei eines Besseren zu belehren."

„Klingt, als wären Sie ein Fan", sagte Wolf trocken und hob eine Augenbraue.

„Sagen wir lieber, ich schätze... seinen Enthusiasmus", erwiderte Anna und sah kurz aus dem Fenster. „Aber sein Ansatz könnte tatsächlich einen Unterschied machen. Dr. Stein glaubt, dass der Täter vielleicht ein ganz anderes Ziel hatte."

Wolf verschränkte die Arme. „Dann wird er uns das wohl persönlich mitteilen müssen. Ich werde jedenfalls nicht den kompletten Fall auf einen Haufen Theorien stützen."

„Warum sind Sie dann überhaupt hier, Kommissar?" Sie grinste frech, aber Wolf ließ sich nicht provozieren. Stattdessen holte er tief Luft und nickte in ihre Richtung.

„Nun, dann beweisen Sie, dass Ihre Methoden tatsächlich besser sind", sagte er mit einem herausfordernden Unterton. „Die Zeit wird zeigen, wer am Ende recht behält. Aber halten Sie sich an die Fakten, Frau Bergman. Wir brauchen Ergebnisse, nicht nur... charmante Theorien."

Anna erhob sich mit einem theatralischen Augenrollen. „Keine Sorge, Kommissar. Meine Theorie bleibt so charmant wie meine Zunge."

Wolf verzog das Gesicht zu einem sarkastischen Lächeln und deutete zur Tür. „Dann viel Vergnügen bei Ihrem nächsten ‚Hinweis'. Sie wissen ja, wo Sie mich finden."

„Oh, das hoffe ich." Anna zwinkerte ihm spöttisch zu und wandte sich zum Gehen, ihre Gedanken schon auf das nächste Ziel fokussiert: Tom Wagner, den mysteriösen Ehemann der verstorbenen Dr. Wagner.

Mit einem kurzen Nicken verabschiedete sie sich von Wolf und machte sich auf den Weg, während seine Worte noch in ihrem Kopf widerhallten.

~✥~

Anna stand vor der hoch aufragenden Fassade der Villa Wagner, die vor Eleganz und Perfektion nur so strotzte. Die Marmorstufen glänzten, und die großen Fenster schienen wie Augen auf die Straße zu blicken – selbstgefällig und etwas bedrohlich. Sie warf einen abschätzigen Blick auf die Villa. „Natürlich", murmelte sie, „wenn man schon das Erbe von Dr. Wagner antreten will, dann bitte stilgerecht und protzig."

Die Haushälterin führte sie in das Wohnzimmer, das weniger wie ein Raum und mehr wie eine Ausstellung für teuerste Möbel und bedeutungsvolle Kunstwerke wirkte. Und mitten in dieser kalten, stilvollen Perfektion saß Thomas Wagner – eine Erscheinung, die irgendwo zwischen charismatisch und aalglatt schwebte. Seine dunklen Haare waren akkurat zurückgekämmt, die Krawatte saß perfekt, und das gezähmte Lächeln in seinem Gesicht schien zu sagen: „Sehen Sie, wie unberührt ich vom tragischen Verlust meiner Frau bin."

„Herr Wagner", begann Anna mit einem betont höflichen Lächeln und setzte sich auf das Sofa ihm gegenüber. „Danke, dass Sie sich Zeit genommen haben."

Thomas nickte. „Nun, ich hatte nicht gerade eine Wahl, nicht wahr?" Sein Tonfall war launig, doch seine Augen musterten Anna aufmerksam. „Ich habe keine Ahnung, wie ich Ihnen helfen soll. Der Tod meiner Frau war... ein bedauerlicher Vorfall, und ich versuche, mein Leben weiterzuführen."

Anna hob eine Augenbraue. „Ich kann sehen, dass das Trauern Ihnen leichtfällt."

Er zuckte mit den Schultern und setzte ein unbeteiligtes Gesicht auf. „Wissen Sie, Elisabeth war... intensiv. Manche Menschen können mit dieser Intensität nicht umgehen. Manchmal kommt der Tod als... naja, Befreiung."

Anna lehnte sich zurück und verschränkte die Arme vor der Brust. „Interessanter Blickwinkel. Haben Sie zufällig eine Theorie, wie diese 'Befreiung' sich zugetragen haben könnte?"

Thomas' Lächeln verschwand für einen Moment. „Frau Bergman, ich bin ein Geschäftsmann, kein Kriminalist. Wenn Sie mich befragen wollen, tun Sie es bitte gezielt."

„Wie Sie wünschen, Herr Wagner." Anna zog ihr Notizbuch hervor, schlug es auf und begann mit spöttischer Höflichkeit zu sprechen. „Also, sagen Sie mir: Wo waren Sie am Abend ihres Todes?"

Thomas schien diese Frage erwartet zu haben und antwortete mit einem milden Lächeln. „Ich war auf einer Geschäftsreise. Mein Alibi wurde bereits von der Polizei überprüft und bestätigt."

„Natürlich. Aber Alibis sind bekanntlich so fest wie ein nasser Pappkarton." Sie blätterte in ihren Notizen. „Was können Sie mir über die Drohungen erzählen, die Ihre Frau erhalten hat? Wussten Sie davon?"

Thomas schüttelte den Kopf, doch sein Lächeln schien für einen winzigen Moment zu wanken. „Drohungen? Das ist mir neu."

„Ach wirklich?" Anna ließ ihren Blick nicht von ihm ab, und ein Hauch von Zweifel schlich sich in ihre Stimme. „Es ist schwer zu glauben, dass sie nichts gesagt hat. Schließlich ist die Drohung eines fremden Menschen eine... gelinde gesagt, bedrückende Angelegenheit."

Er verzog das Gesicht und sprach mit einem Hauch von Verachtung in der Stimme: „Elisabeth und ich... wir waren nicht so eng miteinander verbunden, dass wir jedes Detail unseres Lebens miteinander teilten. Unsere Ehe war... funktional. Mehr eine geschäftliche Angelegenheit."

„Eine geschäftliche Ehe, verstehe. Und wie hat sich das konkret gezeigt?"

Er lächelte kalt. „Nun, Frau Bergman, wir waren beide Menschen mit hohen Ansprüchen. Sie wollte Perfektion in ihrer Arbeit, ich in meinem Leben. Manchmal hat man einfach unterschiedliche Prioritäten. Vielleicht... waren diese Prioritäten letztendlich auch der Grund für ihre Einsamkeit."

Anna nickte, als ob das eine Erklärung für alles wäre. Doch hinter ihrem gleichgültigen Gesichtsausdruck arbeiteten ihre Gedanken fieberhaft. Die Gelassenheit, mit der Thomas über seine verstorbene Frau sprach, war beunruhigend. Kein Anflug von Bedauern, kein Hauch von Trauer. Es war, als spräche er über den Verlust einer zerbrochenen Vase.

Plötzlich öffnete sich die Tür, und eine Frau in engen, eleganten Kleidern trat ins Wohnzimmer. Sie war jung, mit brünettem Haar und einer Aura, die ein wenig zu selbstbewusst für eine „einfache" Angestellte wirkte.

„Ach, da ist ja unsere liebe Claudia", sagte Thomas und schenkte der Neuankömmling ein zuckersüßes Lächeln. „Claudia, das ist Detektivin Bergman. Sie ist hier, um Fragen über Elisabeths Tod zu stellen."

Claudia lächelte höflich und setzte sich mit einer geschmeidigen Bewegung neben Thomas auf das Sofa, ein bisschen zu nah für den Geschmack von Anna. „Sehr erfreut", sagte Claudia mit einer Stimme, die fast so glatt war wie ihre Erscheinung.

„Claudia... Sie sind also... die Sekretärin, richtig?" Anna ließ ihre Frage im Raum stehen und beobachtete aufmerksam, wie die junge Frau und Thomas einander Blicke zuwarfen. Ein wenig zu lange Blicke.

„Ja, ich unterstütze Herrn Wagner in geschäftlichen Angelegenheiten", antwortete Claudia und bemühte sich sichtlich, keine allzu große Betonung auf „geschäftlich" zu legen.

„Wie praktisch", sagte Anna mit einem süffisanten Lächeln. „Es ist immer hilfreich, jemanden an der Seite zu haben, der sich in allen... Belangen auskennt, nicht wahr?"

Thomas schnaubte leicht, während Claudia errötete und krampfhaft den Blick abwandte. Anna konnte sich ein triumphierendes Lächeln nicht verkneifen.

„Nun", sagte sie und klappte ihr Notizbuch zu, „das ist alles für den Moment. Aber ich komme sicher nochmal vorbei, Herr Wagner, falls ich noch Fragen habe. Sie wissen ja, wie unberechenbar die Erinnerung sein kann."

Thomas nickte und das Lächeln, das er ihr schenkte, war so frostig, dass sie für einen Moment fast hätte glauben können, er habe echte Gefühle für seine verstorbene Frau. „Natürlich. Und wenn Sie je ein Beispiel für Gelassenheit brauchen, Frau Bergman, Sie wissen ja, wo Sie mich finden."

Mit einem kühlen Nicken wandte sich Anna zum Gehen, doch kaum hatte sie die Tür erreicht, hörte sie, wie Thomas und Claudia flüsternd zu reden begannen. Sie konnte nicht alles verstehen, doch ein leises Lachen von Thomas drang an ihr Ohr, das ihr eine unangenehme Gänsehaut bereitete.

Am frühen Nachmittag traf sich Anna wie verabredet mit Dr. Markus Stein in einem kleinen, charmant heruntergekommenen Café in der Altstadt. Der Kontrast zwischen dem eleganten Gerichtsmediziner und der leicht abblätternden Patina der Wände war irgendwie... köstlich. Markus wartete bereits an einem der hinteren Tische und erhob sich, als er Anna kommen sah. Sein Lächeln war kühl, aber seine Augen verrieten eine Spur von Neugierde und vielleicht... amüsierter Vorfreude?

„Detektivin Bergman," begrüßte er sie und reichte ihr galant die Hand. „Ich hoffe, das Ambiente ist nicht zu... bodenständig für Ihre detektivischen Sinne."

„Ganz und gar nicht," erwiderte Anna trocken und schüttelte seine Hand, die sich kühl und fest anfühlte. „Manchmal sind die bodenständigsten Orte genau die richtigen, um Dinge zu entwirren, finden Sie nicht?"

Er lächelte leicht und setzte sich ihr gegenüber, während der Kellner ihre Bestellungen entgegennahm – doppelter Espresso für Anna, schwarzer Kaffee für Markus. Ohne ein Wort musterte er sie, bis ihr Blick ihm standhielt.

„Also, was dachten Sie über unseren... ‚gemeinsamen Patienten'?" begann sie und lehnte sich mit verschränkten Armen zurück.

„Dr. Wagner? Oder meinen Sie ihren Ehemann?", fragte er mit einem Hauch von Spott in der Stimme.

Anna grinste. „Ich meinte Dr. Wagner, aber nun, da Sie's erwähnen – was halten Sie von Thomas?"

Markus legte den Kopf leicht zur Seite, und seine Lippen verzogen sich zu einem fast unsichtbaren Lächeln. „Wenn ich ehrlich bin, Thomas Wagner scheint mir wie ein Mann, der lieber in das Erbe seiner Frau investiert als in die Ehe selbst."

„Gut beobachtet." Anna nippte an ihrem Espresso. „Er scheint mir auch ein wenig zu... gelassen für einen trauernden Witwer. Vielleicht hatte er einen Grund, seine Ruhe zu bewahren."

Markus hob eine Augenbraue. „Sie glauben also, dass er in den Tod seiner Frau verwickelt sein könnte?"

„Ich glaube, dass Menschen, die nichts zu verlieren haben, selten Tränen vergießen." Anna zog die Schultern hoch und musterte Markus aus dem Augenwinkel. „Aber vielleicht täusche ich mich. Erzählen Sie mir lieber von Ihren eigenen Erkenntnissen über Dr. Wagners Tod. Ich habe das Gefühl, dass Ihnen da etwas... fehlt."

Markus lehnte sich vor, die Finger an seinem Kaffeebecher trommelnd, während seine Augen scharf auf sie gerichtet blieben. „Interessant, wie Sie das sagen, Detektivin. Die Autopsie ergab eine Überdosis eines seltenen Beruhigungsmittels, korrekt verabreicht, um... subtil zu wirken. Ein Unfall? Möglich. Doch ich zweifle daran."

Anna nickte langsam, als er fortfuhr. „Jemand hat diese Substanz akribisch dosiert. Es braucht viel Fachwissen, um genau diese Wirkung zu erzielen, ohne sofort tödlich zu sein."

„Also jemand, der in der Medizin vertraut ist", stellte Anna fest, während sie Markus' Gesicht beobachtete. „Jemand, der die Präzision und die Geduld hat, das... Unvermeidliche wie einen Unfall aussehen zu lassen."

„So könnte man es sagen." Markus nahm einen Schluck Kaffee und betrachtete sie aufmerksam. „Oder jemand, der wusste, wie sehr

Dr. Wagner Kontrolle liebte. Vielleicht ein stiller Gegner ihrer Methoden? Es gibt einige Theorien."

„Sie scheinen ein Fan von Theorien zu sein." Anna hob die Augenbraue und musterte ihn scharf. „Vielleicht hatten Sie selbst Ihre Theorien über Dr. Wagner und ihre Klinik?"

Er lächelte leicht. „Ich schätze, ich habe ein gewisses Interesse an medizinischer Ethik. Und manchmal, nur manchmal, rutschen Menschen in eine... graue Zone, wenn sie versuchen, Leben zu erschaffen, verstehen Sie?"

„Ein leiser moralischer Kritiker, Dr. Stein?" Anna's Stimme war jetzt spielerisch, fast herausfordernd. „Aber kein Fan davon, das über die eigene Arbeit hinaus auszudrücken?"

„Genau so ist es." Er lehnte sich zurück und verschränkte die Arme. „Aber was ist mit Ihnen, Frau Bergman? Glauben Sie, dass wir Menschen wie Dr. Wagner kontrollieren können, ohne uns selbst schuldig zu machen? Sie müssen eine Meinung haben."

Anna lachte leise und beugte sich zu ihm vor, ihre Augen blitzten. „Das Wort ‚Schuld' hat für mich wenig Bedeutung, Dr. Stein. Ich bin hier, um die Wahrheit zu finden, nicht um moralische Urteile zu fällen."

Ein Funke von Bewunderung blitzte in seinen Augen auf, und für einen Moment schienen sie einander wortlos herauszufordern. „Eine Frau, die nicht zögert", murmelte er und nahm einen letzten Schluck Kaffee.

„Nein", sagte Anna leise, fast flüsternd. „Wenn ich zögere, verpasse ich das Wesentliche. Und in diesem Fall kann ich es mir nicht leisten, Dinge zu übersehen."

Für einen Moment schien die Zeit stillzustehen, als ihre Blicke sich trafen. Etwas wie Spannung hing in der Luft, ein Gefühl von Verstehen, gemischt mit... Neugier und einem Hauch von Anziehung.

Schließlich unterbrach Markus die Stille mit einem leichten, fast ironischen Lächeln. „Falls Sie noch Fragen haben, Frau Bergman – ich stehe Ihnen natürlich jederzeit zur Verfügung."

Anna erwiderte sein Lächeln. „Das werde ich mir merken, Dr. Stein. Es scheint, als könnten Sie der Schlüssel zu einigen unbeantworteten Fragen sein."

Als sie aufstand und zur Tür ging, spürte sie seinen Blick noch auf sich, und ein seltsames Gefühl von Spannung und Vorfreude breitete sich in ihr aus.

⁓✦⁓

Die Sonne war bereits untergegangen, als Anna das Gebäude der „Kinderwunsch München" erneut betrat. Das sterile Licht in den Fluren schien noch kälter und unpersönlicher als am Morgen. Um diese Uhrzeit wirkte die Klinik wie ein Ort, an dem Geheimnisse lauerten, die nicht für das Tageslicht bestimmt waren.

Die Empfangsdame vom Vormittag war inzwischen verschwunden, und das leise Summen der Klimaanlage verstärkte das Gefühl der Leere. Anna zog den Mantel enger um sich und machte sich auf den Weg zum Büro von Dr. Wagner. Nach der Unterhaltung mit Markus und dem Treffen mit Thomas hatte sie das Gefühl, dass hier noch etwas Verstecktes wartete.

Als sie die Tür zum Büro öffnete, stellte sie fest, dass das Innere bis auf ein paar Schatten im Dunkeln lag. Ein Hauch von Lavendel lag in der Luft – eine merkwürdige Wahl für einen so klinischen Ort. Anna ließ den Lichtschalter aus und zückte ihre kleine Taschenlampe, um die Szene diskret zu durchforsten.

Sie bewegte sich lautlos durch den Raum, ihre Augen auf jedes Detail gerichtet, als ihre Lampe auf einen kleinen, unscheinbaren Schrank neben dem Schreibtisch fiel. Er sah aus wie ein gewöhnlicher Aktenschrank, doch ein kluger Mörder versteckt seine

Geheimnisse selten im Offensichtlichen – sondern genau dort, wo niemand suchen würde.

Anna zog an der Schublade und erwartete Widerstand, doch sie öffnete sich sanft, als ob sie darauf gewartet hätte. Im Inneren lag ein kleines schwarzes Notizbuch, das auf den ersten Blick völlig unschuldig wirkte. Anna blätterte es vorsichtig auf und konnte den leisen, alten Geruch von Papier und Tinte wahrnehmen – es fühlte sich seltsam persönlich an, fast als ob Dr. Wagner ihre geheimen Gedanken in diesem Büchlein festgehalten hatte.

„Ein geheimes Tagebuch, Dr. Wagner?" murmelte Anna leise und versuchte, die Notizen zu entziffern. Doch bevor sie den Text durchlesen konnte, hörte sie plötzlich Schritte draußen im Flur.

Schnell schloss sie das Notizbuch, steckte es in ihre Tasche und drehte sich zur Tür. Die Schritte wurden lauter, und Anna blieb regungslos stehen, ihr Herz pochte schneller, als sich die Türklinke senkte und jemand eintrat.

Eine schlanke Frau in einem weißen Laborkittel trat ein – Dr. Sabine Hofmann, wie Anna sich erinnerte. Dr. Hofmann war die Embryologin der Klinik, stets gepflegt, immer ein bisschen distanziert. Sie schien für einen Moment überrascht, Anna zu sehen, fing sich jedoch schnell und setzte ein steifes Lächeln auf.

„Frau Bergman", sagte sie mit gespielter Höflichkeit. „Es ist ein wenig spät, um die Klinik zu besuchen, oder nicht?"

Anna erwiderte das Lächeln und trat einen Schritt auf Dr. Hofmann zu. „Nun, Mord und Intrigen halten sich leider nicht an Bürozeiten."

„Natürlich", antwortete Dr. Hofmann und schloss die Tür leise hinter sich, während ihr Blick skeptisch auf Annas Tasche wanderte. „Ich hoffe, Sie haben hier keine vertraulichen Unterlagen durchstöbert?"

„Vertrauen ist ein interessantes Konzept", erwiderte Anna lässig, ohne ihre Augen von Dr. Hofmann abzuwenden. „Besonders in einer Klinik, die sich der Schaffung des perfekten Lebens verschrieben hat. Aber wenn wir schon dabei sind, vielleicht könnten Sie mir ein paar Fragen beantworten?"

Dr. Hofmanns Mundwinkel zuckten leicht, doch sie nickte. „Natürlich. Worum geht es?"

„Zum Beispiel... was wussten Sie über die Drohungen gegen Dr. Wagner? Gab es Vorfälle, von denen sie mir vielleicht erzählen möchten?"

„Drohungen?" Dr. Hofmanns Augenbrauen schossen in die Höhe. „Das sind Gerüchte, Frau Bergman. In einer Klinik wie dieser... nun, manche Menschen können die Entscheidungen anderer nicht akzeptieren. Aber glauben Sie mir, das sind lediglich Flüstereien von Eifersüchtigen."

„Flüstereien, die offensichtlich zu einem sehr tragischen Ende führten." Anna verschränkte die Arme vor der Brust. „Sind Ihnen keine auffälligen Patienten aufgefallen? Oder Mitarbeiter, die vielleicht etwas... enthusiastisch waren, ihre eigenen Ansichten zu vertreten?"

„Dr. Wagner war... sagen wir, eine Frau mit starken Ansichten", entgegnete Dr. Hofmann vorsichtig. „Und ja, es gab... Spannungen. Doch in unserer Welt ist das normal. Jeder Patient und jedes Mitglied des Teams trägt seine eigenen Motive. Ein bisschen wie in Ihrem Beruf, nicht wahr?"

Anna lächelte schief. „Ja, Dr. Hofmann. Der Unterschied ist nur, dass in meinem Beruf niemand das Leben erschafft. Die Verantwortung, die in diesem Labor ruht, ist... außergewöhnlich."

Dr. Hofmanns Miene verhärtete sich, und ein Hauch von Unbehagen schlich sich in ihre Augen. „Verantwortung ist nicht etwas, das uns abschreckt, Frau Bergman. Vielleicht sollten Sie das verstehen."

In diesem Moment klingelte Dr. Hofmanns Telefon, und sie zückte hastig das Gerät. Doch kaum hatte sie den Anruf angenommen, wandelte sich ihre Haltung – sie wirkte blass und fast verunsichert, als sie Annas Blick auswich und nur flüsternd sprach.

„Ja... ich verstehe. Natürlich... ich komme sofort."

Sie beendete das Gespräch und zwang sich zu einem kühlen Lächeln, während sie auf Anna zuging. „Es tut mir leid, aber ich muss mich dringend um eine... Angelegenheit kümmern. Falls Sie noch Fragen haben, wenden Sie sich bitte an die Verwaltung."

„Natürlich, Dr. Hofmann." Anna ließ sich nichts anmerken, doch in ihr regte sich ein leises, unangenehmes Gefühl, als Dr. Hofmann eilig den Raum verließ. War dieser Anruf der Grund für ihre plötzliche Nervosität? Und was konnte so wichtig sein, dass es eine erfahrene, kühle Embryologin so aus der Fassung brachte?

Als die Schritte von Dr. Hofmann verklangen, griff Anna wieder nach dem Tagebuch in ihrer Tasche. Doch diesmal war es keine Neugier, die sie dazu trieb, sondern das nagende Gefühl, dass Dr. Wagner hier Dinge aufgeschrieben hatte, die niemand erfahren sollte.

Sie blickte auf die erste Seite des Notizbuchs, dann schloss sie es wieder. Für jetzt würde sie es als Trumpf behalten – etwas, das ihr vielleicht einen entscheidenden Vorteil verschaffen konnte, wenn der Zeitpunkt gekommen war.

Kapitel 3

Anna trat in das kühle, sterile Labor, das Dr. Markus Stein zu seiner zweiten Heimat gemacht hatte. Der Geruch von Desinfektionsmittel und Metall lag schwer in der Luft, und die sanfte Jazzmusik, die leise im Hintergrund spielte, wirkte fast surreal in diesem klinischen Raum.

Markus stand am Labortisch, beugte sich über ein Mikroskop und machte Notizen in sein Tablet. Als Anna den Raum betrat, hob er den Kopf, und ein kaum sichtbares Lächeln huschte über sein Gesicht.

„Ah, Detektivin Bergman," begrüßte er sie in einem Ton, der irgendwo zwischen professionell und... interessiert klang. „Ich hatte Sie später erwartet. Haben Sie Ihren Sinn für Pünktlichkeit entdeckt?"

„Eher meinen Sinn für dringende Fälle", konterte Anna und trat an den Tisch heran, um einen Blick auf die Probe zu werfen. „Sie wissen doch, Zeit ist relativ – zumindest, wenn man sie durch ein Mikroskop betrachtet."

„Touché." Markus' Augen funkelten amüsiert, doch sein Blick wurde sofort wieder ernst, als er auf die Proben deutete. „Ich habe die Blutwerte von Dr. Wagner nochmal untersucht. Es war eindeutig eine Überdosis, aber wie ich schon erwähnte: dosiert genug, um den Tod wie einen natürlichen erscheinen zu lassen."

„Klingt nach einem Plan, den nur jemand mit Geduld und einem sehr genauen Wissen hätte umsetzen können." Anna beugte sich vor, um die Notizen zu lesen, und ihre Schulter streifte unabsichtlich seine.

Für einen Moment blieben sie beide still, die Berührung war kaum spürbar, doch sie spürte die Wärme seines Arms durch den Stoff ihres Mantels. Sie zog die Hand unbewusst zurück und räusperte sich. „Entschuldigung."

„Keine Ursache," erwiderte Markus ruhig, doch seine Augen schienen etwas zu sagen, das über das hinausging, was Worte ausdrücken könnten.

Anna zwang sich, ihren Blick auf die Proben zu konzentrieren und nicht auf die dunklen, durchdringenden Augen des Arztes, die plötzlich näher wirkten, als es für eine professionelle Zusammenarbeit nötig war.

„Haben Sie noch andere Anomalien entdeckt?" Sie versuchte, ihre Stimme sachlich klingen zu lassen.

„Ein paar ungewöhnliche Proteine im Blut", murmelte er, während er ihren Blick festhielt. „Diese Art von Zusammensetzung deutet darauf hin, dass die Substanzen über einen längeren Zeitraum hinweg verabreicht wurden. Jemand war sehr vorsichtig – und wollte sicherstellen, dass es wie ein zufälliger Tod aussieht."

„Jemand mit einem Hang zu Geduld und Genauigkeit, meinen Sie?" Anna zog eine Augenbraue hoch und fühlte, wie die Spannung im Raum unerklärlich wuchs. „Ein Mörder, der ein Perfektionist ist? Das ist fast romantisch."

Markus lachte leise. „Romantik im Mord – eine interessante Theorie, Detektivin. Aber vielleicht stimmt es ja: Die besten Verbrechen sind wie Liebesbriefe, nur ohne die Absicht, Antworten zu bekommen."

Sie grinste und bemerkte, dass ihr Puls ein wenig schneller ging. „Dann hoffe ich, dass dieser spezielle ‚Liebesbrief' am Ende nicht unbeantwortet bleibt. Dafür bin ich schließlich hier."

Ein Moment des Schweigens entstand zwischen ihnen, in dem nur der Klang der Jazzmelodie durch den Raum schwebte. Es war fast wie ein stiller Dialog, eine unausgesprochene Herausforderung, die von Markus' durchdringendem Blick ausging. Und als Anna bemerkte, dass ihre Hand sich wie von selbst auf den Labortisch legte, nur ein paar Zentimeter von seiner entfernt, spürte sie plötzlich eine seltsame Mischung aus Nervosität und... Anziehung?

Markus bemerkte ihre Bewegung und hob eine Augenbraue, doch er sagte nichts. Stattdessen zog er seine Hand zurück, langsam und beinahe bedächtig, als wolle er die Stille nicht zerstören.

„Wir sollten uns vielleicht wieder auf den Fall konzentrieren", sagte er schließlich mit einem Hauch von Lächeln in der Stimme, das Anna nur als herausfordernd interpretieren konnte.

„Wahrscheinlich eine gute Idee." Anna versuchte, ihre Gedanken zu ordnen und nicht zu sehr auf das prickelnde Gefühl in ihrem Inneren zu achten. „Vielleicht können Sie mir beim nächsten Mal die Ergebnisse ohne solch eine... dramatische Inszenierung präsentieren?"

„Dramatik liegt mir nicht. Ich bin einfach nur gründlich." Er neigte leicht den Kopf, und seine Augen blitzten verschmitzt. „Aber wenn das zu viel für Sie ist, Detektivin, werde ich natürlich versuchen, mein Bestes zu tun."

Sie sah ihn einen Moment an, ließ sein Lächeln auf sich wirken und wusste, dass dieses Gespräch noch lange nicht vorbei war – zumindest nicht in ihrem Kopf.

※

Anna verließ das Labor mit einer Mischung aus Verwirrung und... einer unterschwelligen Zufriedenheit, die sie sich nicht wirklich erklären wollte. Doch die Zeit für Grübeleien war knapp – die nächste Person auf ihrer Liste war die ewig nervöse Schwester Schmid, die engste Assistentin der verstorbenen Dr. Wagner. Diese

Begegnung versprach etwas weniger Spannung und vielleicht dafür ein paar Informationen, die jemand wie Markus wohl eher nicht herausgeben würde.

Schwester Schmid saß in einem kleinen Besprechungsraum der Klinik und rutschte unruhig auf ihrem Stuhl hin und her. Ihre blassen Finger griffen um die Handtasche, die auf ihrem Schoß lag, und ihre Augen huschten nervös zur Tür, als Anna eintrat.

„Schwester Schmid," begann Anna in sanftem Ton, setzte sich und schob der Schwester eine Tasse Kaffee hin, „danke, dass Sie sich Zeit für mich nehmen."

Schwester Schmid nahm die Tasse mit einer zittrigen Hand und nickte, ohne Anna direkt anzusehen. „Natürlich... ich bin froh, Ihnen helfen zu können, Frau Bergman."

Anna lächelte aufmunternd und lehnte sich entspannt zurück, als hätte sie den Nachmittag über nichts Dringenderes vor. „Ich schätze Ihre Kooperation wirklich. Die Arbeit in so einer Klinik – mit all diesen... intimen Geheimnissen – muss Ihnen manchmal vorkommen wie der reinste Zirkus, oder?"

Schwester Schmid blinzelte überrascht und verzog dann die Lippen zu einem unsicheren Lächeln. „Ja, so könnte man es wohl nennen."

„Und da gibt es sicherlich so einiges, das unter den Teppich gekehrt wird, stimmt's?" Anna sprach beiläufig, ihre Augen jedoch scharf auf die Schwester gerichtet, die unwillkürlich die Lippen zusammenpresste.

„Ich... ich weiß nicht, was Sie meinen." Schwester Schmids Stimme klang brüchig, und sie wich Annas Blick aus, während sie nervös an ihrer Tasche nestelte.

„Oh, keine Sorge." Anna schenkte ihr ein mildes Lächeln. „Ich meine nur – es muss schwer sein, bei so viel Druck und so hohen Erwartungen immer die Kontrolle zu bewahren. Besonders bei Dr.

Wagner, die für ihre... sagen wir mal... exakten Vorstellungen bekannt war."

Schwester Schmid nickte hastig und senkte den Kopf, als ob allein der Gedanke an ihre ehemalige Chefin sie in Scham versetzte. „Ja, sie war... sehr anspruchsvoll. Nichts entging ihr."

„Ach wirklich?" Anna lehnte sich vor und musterte die Schwester mit gespielt interessiertem Blick. „Wissen Sie, ich habe gehört, dass es in der Vergangenheit gewisse... Unstimmigkeiten gab. Manche nennen es Gerüchte, andere nennen es Skandale. Was halten Sie davon?"

Schwester Schmids Augen weiteten sich, und ein nervöses Lachen entwich ihr. „Das sind alles nur Lügen... Gerede, nichts weiter! Die Klinik... die Arbeit, die Dr. Wagner geleistet hat, ist makellos. Alle, die etwas anderes behaupten, sind einfach nur... neidisch."

„Neidisch also", murmelte Anna nachdenklich. „Ich frage mich, was es genau war, das diesen Neid ausgelöst hat. Vielleicht die perfekte Erfolgsquote? Oder vielleicht der... besondere Umgang mit den Patienten?"

Schwester Schmid presste die Lippen zusammen und warf einen kurzen Blick zur Tür, als wolle sie sichergehen, dass niemand sie hörte. „Es gab Leute, die mit ihren Methoden nicht einverstanden waren, ja. Sie sagten, dass sie... zu weit ging."

Anna hob eine Augenbraue und beugte sich noch ein wenig weiter vor. „Zu weit? Das klingt... faszinierend. Zu weit in welche Richtung? Was genau hat Dr. Wagner getan, das diesen Leuten so unangenehm aufgestoßen ist?"

Schwester Schmids Hände umklammerten ihre Tasche noch fester, und sie sprach jetzt in einem Flüsterton, als ob sie selbst Angst vor ihren Worten hätte. „Sie hat immer gesagt, dass das Ziel alle Mittel rechtfertigt. Wenn es hieß, Embryonen auszutauschen, um die Chancen für eine erfolgreiche Geburt zu erhöhen... dann tat sie das."

Anna spürte, wie ihr Herz einen Moment lang aussetzte. „Austausch von Embryonen? Und das ohne das Wissen der Patienten?"

Schwester Schmid nickte schwach und schloss die Augen, als ob sie damit die Schuld an diesen Geständnissen von sich abwälzen wollte. „Sie hat gesagt, dass es zum Wohl der Patienten war. Dass manche Dinge... für das große Ganze besser verschwiegen werden sollten."

Anna lehnte sich zurück und betrachtete Schwester Schmid nachdenklich. Die Informationen, die sie gerade erhalten hatte, waren erschreckend – und doch spürte sie einen leichten Hauch von Triumph. Dr. Wagner hatte also tatsächlich geheime, ethisch zweifelhafte Experimente durchgeführt.

„Nun, das ist sicher eine große Bürde, solche Dinge mitanzusehen", sagte Anna sanft. „Es tut mir leid, dass Sie das durchmachen mussten. Aber ich frage mich... gab es jemand in der Klinik, der diese Geheimnisse vielleicht nicht mehr ertragen konnte? Jemand, der... vielleicht bereit war, Dr. Wagner dafür zur Rechenschaft zu ziehen?"

Schwester Schmid öffnete die Augen, und ihr Blick wurde unruhig. „Ich... ich weiß es nicht. Es gab Spannungen, ja. Manche waren mit ihren Methoden nicht einverstanden, und es gab Gerüchte, dass... dass Dr. Wagner Feinde hatte. Aber ich weiß nicht, wer... ich schwöre es."

„Natürlich." Anna nickte beruhigend und lächelte leicht. „Ich verstehe. Das ist alles sehr belastend, und ich danke Ihnen, dass Sie das mit mir teilen. Aber noch eine letzte Frage: War Ihnen vielleicht eine persönliche Verbindung zu einem bestimmten... Patienten aufgefallen?"

Schwester Schmid wurde blass und schüttelte den Kopf. „Nein... ich meine, nicht dass ich wüsste. Dr. Wagner war immer sehr professionell."

Anna beobachtete sie noch einen Moment und beschloss, die Sache fürs Erste auf sich beruhen zu lassen. Sie stand auf und reichte Schwester Schmid die Hand. „Danke, dass Sie sich Zeit für mich genommen haben, Schwester. Falls Ihnen noch etwas einfällt – Sie wissen, wie Sie mich erreichen."

Schwester Schmid nickte und murmelte ein unsicheres „Natürlich", während Anna zur Tür ging. Doch kaum war sie draußen, schoss ein Gedanke durch ihren Kopf: Es war gut möglich, dass die Krankenschwester mehr wusste, als sie zugab.

Am Ende eines langen Tages voller unheimlicher Büros, zögernder Krankenschwestern und unklarer Wahrheiten brauchte Anna dringend eine Pause – und, wenn sie ehrlich war, auch einen guten Drink. Das Schicksal hatte es jedoch anders geplant, denn kaum hatte sie den Jazz-Club „Blue Note" betreten und sich an einen kleinen Tisch in der Ecke gesetzt, erkannte sie eine vertraute Gestalt am Ende der Bar.

Markus Stein. Natürlich.

Er stand im Halbdunkel, die Ärmel seines Hemdes locker hochgekrempelt, und sprach mit dem Barkeeper, während er ein Saxophon in der Hand hielt, als wäre es eine Verlängerung seines Arms. Anna blinzelte. War das ein Scherz? Hatte der Mann nicht gerade erst den kühlen Pathologen gemimt?

Doch bevor sie ihre Gedanken zu Ende bringen konnte, erklangen die ersten Töne – ein melancholischer Blues, gespielt mit solcher Intensität, dass das gesamte Publikum unwillkürlich verstummte. Markus bewegte sich im Takt der Musik, seine Augen halb geschlossen, die Stirn leicht in Konzentration gefurcht, und plötzlich wirkte er nicht mehr wie der Pathologe, den sie kannte, sondern wie jemand, der mehr Geheimnisse hatte, als man auf Anhieb erkennen konnte.

Anna beobachtete ihn mit einem Gemisch aus Neugier und leiser Faszination. Die Art, wie er spielte – leidenschaftlich, fast besessen – ließ sie unwillkürlich an die vielen Geheimnisse denken, die sie beide gerade untersuchten. Es war, als würde die Musik ihr alles erzählen, was er als Pathologe niemals gesagt hätte.

Die letzten Töne verklangen, und die Stille, die folgte, war schwer und intensiv. Die Zuhörer applaudierten zögernd, als ob sie das Ende dieses Moments nur ungern akzeptieren wollten. Markus öffnete die Augen und suchte den Raum nach bekannten Gesichtern ab – bis sein Blick auf Anna fiel.

Für einen Moment blieb er stehen und musterte sie mit einem leichten, fast verlegenen Lächeln, das sie an einen jungen Mann erinnerte, der ertappt wurde, als er etwas zu viel von sich preisgab. Doch dann legte sich das selbstbewusste Grinsen wieder auf sein Gesicht, und er legte das Saxophon beiseite, ging lässig zur Bar und bestellte einen Drink, bevor er sich mit ihm an Annas Tisch setzte.

„Detektivin Bergman," sagte er, seine Stimme eine Oktave tiefer als sonst. „Ich hätte nicht erwartet, Sie hier zu sehen."

„Und ich hätte nicht erwartet, dass Sie der Inbegriff eines Jazzmusikers sind, Dr. Stein." Anna versuchte, sich ihren überraschten Gesichtsausdruck nicht anmerken zu lassen, doch ihre Augen verrieten vielleicht mehr, als ihr lieb war.

Er zuckte mit den Schultern, nahm einen Schluck und lehnte sich zurück. „Musik ist meine Art, der Realität zu entkommen – zumindest für eine Weile."

„In Ihrem Beruf keine schlechte Idee", entgegnete sie mit einem spöttischen Lächeln. „Aber Sie hätten mir ja mal einen Tipp geben können, dass Sie ein Nachtleben haben."

Markus grinste leicht. „Nun, ich dachte, eine Frau mit Ihrer Scharfsinnigkeit hätte das längst bemerkt."

Anna lachte und schüttelte den Kopf. „Ja, Scharfsinn ist ja auch mein zweiter Vorname."

Er hob die Augenbrauen, und die leise, humorvolle Spannung, die sie im Labor gespürt hatte, war plötzlich wieder da, nur intensiver, greifbarer. Es war, als ob die Noten des Blues noch in der Luft lagen, verführerisch und schwer, während sie sich wortlos anstarrten.

„Nun, Sie scheinen trotzdem überrascht", sagte er schließlich, seine Stimme kaum mehr als ein Flüstern.

„Das bin ich auch", murmelte Anna und spürte, wie das Prickeln von vorhin zurückkehrte. Ohne zu wissen, wie es geschah, fand sie sich in einem merkwürdigen, stillen Tanz mit ihm wieder, ohne ein Wort zu wechseln, und dennoch schien die ganze Welt für einen Moment stillzustehen.

Als der nächste Song begann, bot Markus ihr die Hand an. „Wollen Sie tanzen, Detektivin?"

Anna lachte leise und warf ihm einen herausfordernden Blick zu. „Ich wusste nicht, dass Sie mich so leicht beeindrucken können, Dr. Stein."

„Vielleicht war das genau mein Plan." Er grinste, und Anna legte ihre Hand in seine. In der Mitte des Raumes, umgeben von den warmen Lichtern und den sanften Klängen des Jazz, schienen sie für einen Moment die Realität zu vergessen, die Fragen, die ungeklärten Todesfälle und die scharfen Worte, die sie tagsüber gewechselt hatten.

Sein Griff war fest, seine Bewegungen sicher und doch sanft, während er sie führte. Annas Herz klopfte schneller, doch sie zwang sich, ihren gewohnt kühlen Blick zu bewahren. Doch als ihre Blicke sich trafen, war es, als ob sie beide eine Entscheidung trafen – eine, die sie niemals in Worte fassen konnten.

Der Song endete, und sie standen noch immer eng beieinander, ohne ein Wort zu sagen, doch in Annas Innerem tobte ein Sturm aus Gefühlen und Fragen, die sie sich selbst kaum zu stellen wagte.

„Ich denke, das war genug Ablenkung für heute", murmelte Markus, ohne den Blick von ihr abzuwenden.

„Vielleicht." Sie trat einen Schritt zurück, ließ jedoch seine Hand nicht sofort los. „Aber Sie sollten wissen, dass ich nichts über diesen Fall vergesse. Auch nicht... über die Menschen, die ich dabei treffe."

Markus' Blick blieb ernst, doch ein kleines, unergründliches Lächeln spielte auf seinen Lippen. „Das hoffe ich, Anna."

Sie verabschiedeten sich schließlich mit einem gemurmelten „Gute Nacht", doch als Anna den Club verließ und in die kühle Nacht hinaustrat, wusste sie, dass sie mehr als nur eine Spur mit sich trug – nämlich den Gedanken an einen Mann, der sich als weitaus komplizierter erwiesen hatte, als sie gedacht hätte.

※

Als Anna spät in der Nacht ihre Wohnung betrat, fühlte sie sich merkwürdig aufgewühlt – ein Gefühl, das sie weder den ungelösten Fragen des Falls noch den geheimnisvollen Experimenten in der Klinik zuschreiben konnte. Nein, es war eher ein anderes Rätsel, das sich in ihr eingenistet hatte, eines mit dunkelbraunen Augen und einem Saxophon.

Sie schob ihren Mantel von den Schultern, schaltete das gedämpfte Licht im Wohnzimmer an und ließ sich mit einem Glas Rotwein auf das Sofa sinken. Das Bild von Markus, wie er im Jazzclub stand, sein Gesicht in Konzentration und Leidenschaft versunken, schob sich immer wieder in ihre Gedanken. Seine Blicke, die kurzen, elektrisierenden Berührungen, die leichten, aber bedeutungsschweren Worte, die zwischen ihnen gewechselt worden waren – das alles wollte ihr einfach nicht aus dem Kopf gehen.

„Was zum Teufel ist los mit dir, Bergman?" murmelte sie in den leeren Raum und nippte am Wein. Sie war eine Frau der Vernunft, der klaren, kühlen Analyse. Sie ließ sich nicht ablenken, schon gar nicht von einem Kollegen mit einem charmanten Lächeln und einer Vorliebe für Jazz. Doch ihre Gedanken wanderten immer wieder zurück zu dem Tanz, wie seine Hand sicher auf ihrem Rücken gelegen hatte, die Art, wie seine Augen sie fixiert hatten, als gäbe es in diesem Moment nichts anderes im Raum.

„Hör auf damit", befahl sie sich selbst und stand abrupt auf. Sie war schließlich eine erfahrene Ermittlerin – es gab Fälle zu lösen, Geheimnisse aufzudecken und, wenn alles nach Plan lief, Verbrechen aufzuklären. Doch als sie in ihrem Wohnzimmer auf und ab ging, merkte sie, wie ihr Blick immer wieder aus dem Fenster in die Nacht glitt, als ob sie eine Gestalt in der Dunkelheit erwartete.

Anna ließ sich schließlich wieder auf das Sofa sinken, ihr Kopf gegen das kühle Leder gelehnt, die Augen geschlossen. Wie konnte jemand, den sie kaum kannte, ihre Gedanken so durcheinanderbringen? Ihr Beruf hatte sie schon viele Menschen treffen lassen, Männer und Frauen, die gefährlich, geheimnisvoll oder schlichtweg faszinierend waren – doch Markus Stein war anders.

Und da war etwas an ihm, das sie reizte. Es war nicht nur seine Intelligenz oder sein Sinn für Humor, sondern eine Art verborgene Tiefe, eine Dunkelheit, die sie gleichzeitig abzuschrecken und anzuziehen schien.

„Konzentrier dich auf den Fall, Anna", flüsterte sie. Doch ihre Gedanken gehorchten ihr nicht. Stattdessen sah sie wieder sein Lächeln vor sich, hörte seine Worte, die leise, fast spielerische Spannung in seinem Ton. Und dann, ohne dass sie es verhindern konnte, malte ihr Geist ihr eine Szene aus, die weder professionell noch distanziert war.

In ihren Gedanken war sie wieder im Jazzclub, nur dass sie dieses Mal ganz allein mit ihm war. Die Musik spielte nur für sie, und die Welt außerhalb des Clubs war nichts weiter als ein Nebel. Markus stand dicht vor ihr, seine Hand wieder an ihrem Rücken, seine Augen dunkel und fordernd. Sein Atem strich über ihre Haut, und als seine Lippen sich ihrem Nacken näherten, spürte sie eine seltsame Mischung aus Angst und Verlangen – die Spannung, die sie sich den ganzen Abend über zu ignorieren gezwungen hatte, löste sich in einem Moment intensiver Nähe auf.

Anna öffnete abrupt die Augen und rieb sich die Schläfen. Das war albern. Was dachte sie sich dabei? Sie war schließlich erwachsen, eine professionelle Ermittlerin, die nichts auf solche Spielchen geben sollte.

Und dennoch war da eine Frage, die sie einfach nicht losließ: War sie wirklich bereit, zuzulassen, dass jemand wie Markus Stein ihre sorgfältig geschützten Mauern durchbrach?

Kapitel 4

Der Morgen war wie gemacht für Geheimnisse und Enthüllungen – so dachte zumindest Anna, als sie mit einem großen Kaffeebecher das Polizeipräsidium betrat. Der Raum, in dem der tägliche Briefing stattfand, war bereits gut gefüllt. Auf dem Tisch lagen Fotos und Berichte ausgebreitet, die Verbrechen, Tatorte und verdächtige Verbindungen in der Klinik „Kinderwunsch München" dokumentierten. Ein verlockendes Chaos aus Beweisen, dass ihre Gedanken sofort in Bewegung setzte.

Kommissar Wolf war, wie üblich, der erste, der Anna begrüßte, wenn auch mit seinem charakteristischen Stirnrunzeln und einem Blick, der ausdrückte, dass er lieber woanders wäre. "Frau Bergman, ich hoffe, Sie sind gut vorbereitet. Es wird... interessant."

Anna schenkte ihm ein trockenes Lächeln. „Ich lebe für ‚interessant', Kommissar." Sie nahm Platz und sah sich aufmerksam um, während die restlichen Ermittler flüsternd die jüngsten Erkenntnisse durchgingen.

Kaum hatte sie sich gesetzt, öffnete sich die Tür, und das Ehepaar Richter trat ein. Die beiden älteren Herrschaften, Karl und Gertude, hatten eine bemerkenswerte Präsenz, die den Raum sofort mit einer seltsamen Mischung aus Würde und stiller Anspannung erfüllte. Ihre Mienen waren steinern, ihre Bewegungen zurückhaltend, und dennoch hatten sie eine eindringliche Wirkung.

Karl Richter, ein schmächtiger Mann mit scharfen Gesichtszügen, nickte dem Raum zu, während seine Frau, mit einer stummen, unverhohlenen Strenge, jede Person im Raum mit einem durchdringenden Blick musterte. Als ihre Augen auf Anna trafen, lag für einen Moment ein Hauch von Verachtung in ihrem Blick – eine Botschaft, die sagte: *"Sie sollten besser wissen, worauf Sie sich einlassen, junge Dame."*

Kommissar Wolf trat vor und deutete auf die Plätze vor dem Projektionstisch. „Herr und Frau Richter, wir danken Ihnen, dass Sie sich Zeit genommen haben."

Gertude Richter, die ihre Hände fest umklammerte, warf dem Kommissar einen Blick zu, der besagte, dass sie diesen Dank nicht nötig hatte. „Unsere Tochter hätte sich das gewünscht. Sie hätte Klarheit gewollt."

„Natürlich", antwortete Wolf, während er das Blatt mit den neuesten Erkenntnissen hochhielt. „Frau Bergman leitet die Ermittlungen und wird Ihnen die Fragen stellen. Sie hat einige interessante Verbindungen entdeckt."

Anna, die inzwischen aufmerksam das Paar beobachtete, räusperte sich und trat vor. „Herr und Frau Richter, zunächst mein Beileid. Ich weiß, wie schmerzhaft dieser Prozess sein muss. Aber vielleicht könnten Sie uns ein paar Einblicke in die Umstände geben, die Ihrer Meinung nach zu diesem Fall geführt haben."

Karl Richter blickte kurz zu seiner Frau, die ihm mit einem knappen Nicken das Wort überließ. „Unsere Tochter... hatte Zweifel, was die Methoden der Klinik betrifft." Er sprach in einem Tonfall, der nach Verurteilung klang, aber nicht emotional – als ob die Meinung seiner Tochter ein unumstößliches Urteil sei.

Anna nickte. „Könnten Sie das genauer erläutern?"

Gertude Richter schnaubte und brach das Schweigen. „Elisabeth Wagner hat die Wahrheit über die Reproduktionsmethoden dieser Klinik in den Schatten gestellt. Menschen wie wir... normale Menschen... interessieren sie nicht. Für sie zählt nur Perfektion – alles andere ist unwichtig."

„Sie glauben also, dass Frau Dr. Wagner... ethische Grenzen überschritten hat?" Anna beobachtete das Paar genau, vor allem das Zittern in Gertrudes Händen, das ihre Wut kaum zu bändigen vermochte.

„Grenzen? Diese Frau hatte keine", spuckte Gertrude, ihre Augen funkelnd. „Meine Tochter war... ein Mittel zum Zweck, nicht mehr."

„Sie sagten, Ihre Tochter hatte Zweifel." Anna wechselte den Blick zu Karl. „Gab es etwas, das sie explizit angesprochen hat? Etwas, das den Verdacht wecken könnte, dass die Klinik mehr vertuscht als zeigt?"

Karl schwieg einen Moment, sein Blick starr auf die Wand gerichtet, als ob er dort etwas sehen könnte, das nur ihm offenbart war. „Es gibt viele Geschichten... über solche Kliniken. Geschichten, die man nicht einfach als Gerede abtun sollte."

Kommissar Wolf, der bisher schweigend zugehört hatte, trat nun einen Schritt nach vorn. „Haben Sie Beweise für diese Geschichten? Etwas, das uns konkret weiterhelfen könnte?"

Doch bevor Karl antworten konnte, öffnete sich die Tür erneut, und Professor Krause, der Gründer der Klinik, betrat den Raum. Sein Blick war kühl und konzentriert, doch als er das Ehepaar Richter erblickte, verdüsterte sich seine Miene.

„Herr und Frau Richter", begann er mit einem gezwungenen Lächeln, „ich... ich wusste nicht, dass Sie hier sein würden."

Gertrude warf ihm einen scharfen Blick zu. „Keine Sorge, Professor. Wir sind nicht hier, um alte Geschichten aufzuwärmen. Wir wollen nur die Wahrheit über unsere Tochter erfahren."

Professor Krause nickte, doch seine Hände zitterten leicht, was Anna nicht entging. Sein normalerweise so selbstsicherer Ausdruck war von einer kaum merklichen Unsicherheit durchbrochen – ein Verhalten, das Anna sofort als Anzeichen für mehr als nur eine flüchtige Bekanntschaft deutete.

„Nun, es gibt wirklich keinen Grund, sich über Vergangenes aufzuregen", versuchte er, beschwichtigend zu sagen. Doch die Richter ließen sich nicht so einfach beruhigen. Gertude schnaubte verächtlich, als hätte er einen schlechten Scherz gemacht.

„Vergangenheit?" Ihre Stimme war bitter. „Für uns ist es keine Vergangenheit, Professor. Für uns ist es die einzige Realität, mit der wir leben müssen."

Professor Krause erwiderte nichts mehr und schien sich stattdessen vollständig zurückzuziehen, innerlich sowie äußerlich. Anna bemerkte, wie er sich unbewusst von den Richters abwandte, als ob ihre Anwesenheit eine Last sei, die ihn tief belastete.

Als das Paar schließlich den Raum verließ, war die Spannung fast greifbar. Anna beobachtete, wie Professor Krause ihnen nachsah, und in seinen Augen lag ein Ausdruck von Reue und etwas, das sie als Furcht interpretierte.

„Interessant", murmelte Anna leise zu sich selbst.

„Wie meinen Sie das?" fragte Kommissar Wolf, der ihren Kommentar gehört hatte.

Anna lächelte leicht. „Sagen wir einfach, Professor Krause weiß mehr über die sogenannten alten Geschichten, als er vorgibt."

⁕

Nach dem explosiven Morgenbriefing und dem eindrucksvollen Auftritt der Richters in der Polizeiwache war Anna überzeugt: Die „Kinderwunsch München" verbarg mehr, als selbst die kühnsten Verschwörungstheorien erträumt hätten. Sie brauchte Beweise – handfeste, hieb- und stichfeste Beweise.

Und dafür musste sie tief graben. Viel tiefer, als es einfache Gespräche mit dem Personal erlaubten.

Also machte sie sich auf den Weg in die Klinik, mit einem Verbündeten an ihrer Seite – Markus. Ihr neuer Partner für den Tag wirkte weniger offiziell als sonst: kein Kittel, kein strenger Ausdruck.

Stattdessen trug er einen schwarzen Rollkragenpullover und lächelte, als ob der Gedanke, mit ihr die düsteren Geheimnisse der Klinik aufzudecken, ihn tatsächlich unterhielt.

„Also", sagte er leichthin, als sie gemeinsam die schweren Archivschränke öffneten. „Darf ich annehmen, dass Ihr Interesse an alten Klinikunterlagen weniger professionell ist?"

Anna schenkte ihm einen ironischen Blick und begann, die ersten Akten herauszuziehen. „Ich würde behaupten, die Wahrheit zu suchen ist mein Beruf. Also ja, sehr professionell."

„Professionell oder... leidenschaftlich?" Er hob eine Augenbraue und griff nach einer verstaubten Akte, sein Blick herausfordernd und amüsiert zugleich.

„Möglicherweise beides", konterte sie und begann, die Dokumente durchzublättern. „Aber keine Sorge, Dr. Stein, ich bin nicht hier, um Ihre Geheimnisse zu entdecken. Das kommt später."

Er lachte leise, und für einen Moment hingen ihre Blicke ineinander, bis das leise Knistern in der Luft beinahe greifbar wurde. Doch bevor einer von ihnen das Ungesagte hätte aussprechen können, lenkte ein altes Dokument Annas Aufmerksamkeit ab.

„Moment mal", murmelte sie und zog eine Akte heraus, die ausgeblichen und verknittert war. Die Überschrift lautete: *„Experimentelle Eizell-Austauschverfahren 2003."*

Markus trat näher, seine Miene wurde ernst, als er das Papier über ihre Schulter hinweg betrachtete. „Das sind... sehr frühe Unterlagen. Damals waren die Standards nicht so streng. Aber so etwas... Eizell Austausch? Das ist sogar für die frühen 2000er Jahre extrem."

„Denken Sie, das ist das, worauf Karl und Gertude Richter anspielten?" Anna betrachtete ihn nachdenklich und suchte in seinen Augen nach einer Spur von Unehrlichkeit.

„Ich... weiß es nicht." Markus zögerte, und für einen Moment schien es, als würde er etwas zurückhalten. Doch dann zuckte er die Schultern. „Aber Dr. Wagner war bekannt für ihre radikalen Methoden. Manche Ärzte arbeiten an der Grenze des Möglichen, wissen Sie. Sie sind getrieben von der Idee, das Unerreichbare zu schaffen – oder sollten wir sagen, zu spielen?"

„Mit dem Leben spielen, meinen Sie?" Anna schüttelte den Kopf. „Klingt eher wie Gott spielen."

Er nickte, ohne zu lächeln, und seine Stimme war ungewöhnlich leise. „Ich sage ja nicht, dass ich ihre Methoden unterstütze. Ich finde es nur faszinierend, wie einige Menschen diese Grenze nicht nur überschreiten, sondern sich darin sonnen."

„Sonnen? Mehr wie versinken." Anna legte die Akte beiseite und griff nach der nächsten, ihre Hand berührte unabsichtlich die seine, als sie eine besonders schwere Mappe gemeinsam hoben. Ein seltsamer Moment entstand – die Kühle des Archivs schien plötzlich aufgeladen mit etwas, das nicht zu den Akten passte, die sie durchsuchten.

Doch Markus ließ ihre Hand nicht sofort los. „Vielleicht haben Sie recht", sagte er leise. „Aber einige von uns bleiben im Licht."

Anna zog ihre Hand zurück und bemühte sich um einen gleichgültigen Gesichtsausdruck, doch ihre Augen verrieten eine unerwartete Verwirrung. „Das klingt beinahe poetisch, Dr. Stein. Wer hätte das gedacht?"

Er erwiderte ihr Lächeln nur halb und beugte sich wieder über die Akten. „Manchmal bringt die Dunkelheit Seiten in uns zum Vorschein, die wir selbst nicht erkennen würden."

Für einen Moment schweigen sie, vertieft in die Akten, doch Annas Gedanken kreisten weiter um seine Worte. Sie spürte, dass Markus mehr wusste – vielleicht über die Klinik, vielleicht über sich selbst. Doch bevor sie diese Gedanken ordnen konnte, stieß sie auf ein Dokument, das ihr den Atem stocken ließ.

„Schauen Sie sich das an", sagte sie und hielt Markus die Akte hin. Es war eine handschriftliche Notiz, offenbar von Dr. Wagner persönlich, in der von *„Alternativen zu Standardverfahren"* die Rede war. Die Wörter waren ungenau, fast verschlüsselt, als ob sie auf etwas hinwies, das offiziell nicht dokumentiert werden sollte.

Markus runzelte die Stirn und las die Zeilen aufmerksam. „Alternativen zu Standardverfahren... das kann vieles bedeuten. Aber in der Reproduktionsmedizin? Höchst verdächtig."

„Mehr als verdächtig", erwiderte Anna mit einem scharfen Lächeln. „Klingt nach einem Fall für die Polizei."

„Oder einen pathologisch neugierigen Arzt." Er grinste sie an und zog vorsichtig ein weiteres Dokument hervor. „Sie wissen, dass diese Arbeit gefährlich wird, oder? Wenn wir tiefer graben, könnten wir auf Dinge stoßen, die lieber verborgen geblieben wären."

Anna musterte ihn mit einem schiefen Lächeln. „Sicher, aber das ist der Grund, warum ich diesen Job mache. Und, wie es aussieht, auch der Grund, warum Sie gerade hier sind."

„Vielleicht." Seine Stimme war fast ein Flüstern, und für einen Moment schien es, als würde der sterile Raum der Klinik den Atem anhalten. Ihre Blicke trafen sich erneut, und das Knistern, das sie beide seit ihrer ersten Begegnung gespürt hatten, schien sich zu intensivieren, als würde es sie in die Tiefe ziehen – in eine Tiefe, die nichts mit den Dokumenten und alles mit ihnen beiden zu tun hatte.

Doch dann wandte Markus sich wieder den Akten zu und räusperte sich. „Nun, bevor wir zu sehr in die Philosophie des Lichts und der Dunkelheit abgleiten – schauen wir weiter."

Anna lachte leise und machte sich daran, das nächste Dokument durchzuschen. Doch tief in ihrem Inneren wusste sie, dass sie gerade mehr als nur ein dunkles Geheimnis der Klinik aufgedeckt hatten.

Als Anna das Krankenhausgebäude verließ und sich auf den Weg in das Büro von Claudia machte, dem gerüchtefreudigen, aber verlässlichen Dreh- und Angelpunkt aller geheimen Informationen innerhalb der Klinik, spürte sie eine ungewöhnliche Vorfreude. Claudia war berüchtigt für ihre Neigung zu Klatsch und Dramatik, und Anna wusste, dass ihre Aussagen immer mit einer Prise Misstrauen zu genießen waren – doch gerade diese Neigung war das, was sie jetzt brauchte.

Claudias Büro lag in einer Ecke der Klinik, unauffällig und fast bescheiden eingerichtet, wenn man bedachte, welche Geschichten sich hier wohl schon abgespielt hatten. Claudia saß hinter ihrem Schreibtisch, perfekt geschminkt, und lächelte, als Anna eintrat. Es war ein Lächeln, das sowohl Einladung als auch Warnung enthielt.

„Frau Bergman," begann Claudia mit ihrer üblichen, übertrieben freundlichen Stimme, „ich hatte das Gefühl, dass Sie bald vorbeischauen würden."

„Ach ja?" Anna ließ sich ohne Umschweife in den Stuhl vor dem Schreibtisch fallen und musterte Claudias perfekt lackierte Nägel, die auf dem Tisch thronten wie eine Ansammlung von Trophäen. „Und warum hatten Sie dieses Gefühl?"

Claudia schnalzte leise mit der Zunge und lehnte sich zurück, ihre Augen blitzten vor Aufregung. „In einer Klinik wie dieser bleibt selten etwas lange verborgen, Frau Bergman. Vor allem nicht, wenn es um... Dramen in der Chefetage geht."

„Dramen, sagen Sie?" Anna hob eine Augenbraue und stellte ihre Stimme bewusst neutral. „Nun, dann wäre es nett, wenn Sie ein wenig Licht ins Dunkel bringen könnten."

Claudia zog die Lippen zu einem selbstzufriedenen Lächeln. „Ich habe von allem ein bisschen mitbekommen, natürlich. Aber vielleicht interessiert Sie besonders die Affäre zwischen Thomas Wagner und Dr. Wagner."

Anna lehnte sich interessiert vor. „Also, war ihr Ehemann nicht nur das fromme, treue Bild eines Witwers?"

Claudia lachte leise, ihr Blick verächtlich. „Treue? Das ist ein Wort, das Herr Wagner sicher nicht einmal buchstabieren könnte.

Die Beziehung zwischen den beiden war von Anfang an eine Farce. Er hat sie nie geliebt. Es war immer nur das Geld, das ihn interessiert hat."

Anna spürte, wie das Puzzle allmählich Formen annahm. „Interessant. Und wie lange ging das schon so?"

„Lange genug, um eine Sammlung von Lügen aufzubauen, die sogar die Wände dieser Klinik nicht mehr verbergen können." Claudia faltete ihre Hände wie eine Theaterdiva und seufzte tief. „Und glauben Sie mir, Frau Bergman, die Geschichten über Thomas reichen weiter, als die meisten ahnen."

„Weiter?" Anna tat, als würde sie beiläufig fragen, doch sie spürte, dass Claudia auf eine Enthüllung zusteuerte.

„Er hat nicht nur das Klinikgeld missbraucht, sondern hatte eine Vorliebe für... sagen wir, alternative Investitionen." Claudia lächelte spitz. „Er hatte Kontakte zu einigen Personen, die nicht gerade für ihre legalen Geschäfte bekannt sind. Und Dr. Wagner wusste davon."

Anna runzelte die Stirn. „Und Sie denken, dass diese illegalen Geschäfte etwas mit ihrem Tod zu tun haben könnten?"

Claudia schüttelte leicht den Kopf. „Was ich denke und was ich weiß, sind zwei verschiedene Dinge, Frau Bergman. Aber ich kann Ihnen sagen, dass in dieser Klinik niemand unschuldig ist."

„Das ist eine interessante Sichtweise." Anna lehnte sich zurück und musterte Claudia kühl. „Und was ist mit Ihnen? Wie viel wussten Sie über die Machenschaften von Dr. Wagner?"

Claudia lachte und hob eine perfekt gezupfte Augenbraue. „Genug, um zu wissen, wann ich schweigen muss. Aber Frau Bergman, lassen Sie uns nicht vergessen, dass Wissen in dieser Klinik eine Währung ist. Und ich bin reich."

Anna nickte langsam, und ihre Augen verengten sich, während sie Claudias selbstgefälliges Lächeln betrachtete. „Und welche Art von... Investitionen haben Sie in diese Währung getätigt, Claudia?"

Doch bevor Claudia antworten konnte, bemerkte Anna eine Bewegung im Flur. Ein Schatten huschte vorbei, und eine unbestimmte Vorahnung ließ sie das Gespräch abrupt abbrechen. Sie hatte das deutliche Gefühl, beobachtet zu werden – als ob jemand ihr Verhör aufmerksam verfolgte.

„Nun, Claudia, ich danke Ihnen für Ihre… Informationen." Anna stand auf und schenkte Claudia ein kühles Lächeln. „Es war wie immer eine Freude."

Claudia erwiderte das Lächeln mit einem geheimnisvollen Blitzen in den Augen. „Die Freude liegt ganz auf meiner Seite, Frau Bergman. Wenn Sie noch mehr erfahren wollen, wissen Sie ja, wo Sie mich finden."

Anna nickte, ließ sich jedoch nicht von Claudias Charme täuschen. Sie wusste, dass diese Frau ein Netz aus Intrigen spann, das jeden umschlang, der ihr zu nahe kam.

Kaum hatte Anna das Büro verlassen, spürte sie die Anwesenheit des Schattenhaften wieder. Jemand verfolgte sie – sie konnte es fühlen. Sie beschleunigte ihre Schritte, ließ jedoch nichts in ihrem Verhalten erkennen. Doch in ihrem Inneren war ihr klar, dass sie ein neues, unsichtbares Ziel im Visier hatte.

⁂

Als Anna das Klinikgebäude verließ und in die Dämmerung hinaustrat, spürte sie den kühlen Hauch der Nacht auf ihrer Haut. Es war still, fast unheimlich still, und ein ungutes Gefühl breitete sich in ihr aus – das intuitive Wissen, dass sie beobachtet wurde.

Sie ging zügig, hielt den Kopf jedoch aufrecht, als wäre ihr nicht der Hauch von Angst anzumerken. Doch ihre Sinne waren angespannt, jeder Schatten, jedes Knacken der Pflastersteine unter ihren Stiefeln schien lauter zu hallen als die Schritte hinter ihr. Dass sie verfolgt wurde, daran bestand kein Zweifel mehr.

Sie beschleunigte ihre Schritte, schlüpfte in die nächste Seitenstraße und versuchte, in den Schaufensterscheiben einen Blick auf ihren Verfolger zu erhaschen. Der Umriss einer Gestalt in dunkler Kleidung, maskenhaft und unauffällig, folgte ihr, nicht zu nah, aber auch nicht weit genug entfernt, um sie zu täuschen.

Anna biss die Zähne zusammen. Offenbar hatte sie jemand genug aufgescheucht, dass er ihr nun dicht auf den Fersen war. *Perfekt*, dachte sie sarkastisch. *Nichts sagt „herzlich willkommen" wie eine kleine nächtliche Hetzjagd.*

Sie bog abrupt um die Ecke, ihre Schritte hallten jetzt schneller, hastiger. Ein schiefes Grinsen zuckte über ihr Gesicht. Wenn dieser ominöse Schatten dachte, sie sei leichte Beute, würde er sich wundern.

Plötzlich packte sie jemand am Arm und zog sie in die Dunkelheit einer kleinen Gasse. Sie riss sich reflexartig los, drehte sich um, bereit, sich zu verteidigen – und sah direkt in die vertrauten, schimmernden Augen von Markus.

„Markus?" stieß sie überrascht aus, den Atem noch immer hektisch.

„Erwartet haben Sie wohl jemand anderen, hm?" Er klang amüsiert und zugleich ein wenig besorgt, was sie sichtlich verwirrte.

„Was zum Teufel machen Sie hier?" Sie zischte die Worte fast heraus, in der Hoffnung, ihre Mischung aus Erleichterung und Wut im Zaum zu halten.

„Ich könnte dasselbe fragen, Anna", erwiderte er, und seine Stimme war diesmal deutlich ernst. „Aber wie es scheint, habe ich den gleichen Verdacht gehabt wie Sie – dass uns jemand verfolgt."

Anna warf einen flüchtigen Blick hinter sich. „Und Sie dachten, die beste Lösung ist, mich einfach in eine dunkle Gasse zu zerren?"

„Ich nenne das taktische Schutzmaßnahme", erwiderte Markus trocken, seine Mundwinkel zuckten leicht.

„Gut zu wissen, dass Sie auch die Rolle des Retters spielen können", konterte Anna, während sie das Gefühl hatte, dass die Anspannung der letzten Sekunden einem seltsamen, pulsierenden Gefühl der Nähe wich.

„Ich nehme meinen Job sehr ernst", sagte er leise und trat einen Schritt näher. „Aber ich muss zugeben – in Ihrer Nähe, Anna, wird das zur Herausforderung."

Für einen Moment schien die Welt um sie herum stillzustehen. Sie standen nur einen Atemzug voneinander entfernt, seine Augen durchdringend und intensiv. Die Dunkelheit der Gasse umhüllte sie wie ein geheimer Schleier, und das Bedrohliche, das soeben noch in der Luft lag, war durch eine unerwartete, fast magnetische Anziehungskraft ersetzt.

„Sie spielen wirklich jede Rolle perfekt, nicht wahr, Dr. Stein?" Anna hielt seinem Blick stand, doch ihre Stimme klang leiser, fast ein Hauch in der kühlen Nachtluft.

„Man tut, was man kann", murmelte er und legte seine Hand leicht an ihren Arm. Die Berührung war sanft, fast unmerklich – doch Anna spürte ein Prickeln, das ihr den Atem raubte.

Ein Geräusch, das Klirren einer zerbrochenen Flasche auf dem Asphalt, riss sie plötzlich aus ihrem Moment. Markus ließ instinktiv die Hand von ihrem Arm fallen und sie beide blickten angestrengt in die Dunkelheit am Ende der Gasse.

„Wir sollten uns nicht zu lange an einem Ort aufhalten", sagte er, diesmal ohne jede Ironie in der Stimme.

„Da stimme ich Ihnen ausnahmsweise mal zu", erwiderte Anna und versuchte, die Spannung abzuschütteln. Sie nickte kurz und ging zügig aus der Gasse hinaus, Markus folgte ihr, immer wieder wachsam über die Schulter blickend.

Doch kaum hatten sie die nächste Straße erreicht, sah Anna erneut die Gestalt – diesmal klarer, näher. Wer immer es war, wollte offenbar nicht locker lassen.

„Da ist er wieder", flüsterte Anna scharf, ihre Schritte beschleunigten sich erneut.

Markus blickte ernst zur Gestalt hinüber und nickte kaum merklich. „Wir müssen ihn abhängen. Ich kenne eine Abkürzung durch die Altstadt."

Ohne auf eine Antwort zu warten, nahm er Annas Hand und zog sie mit sich, die Straßenecken und verwinkelten Wege entlang, als wäre es ein geheimer Tanz durch das Labyrinth der Stadt.

Anna folgte ihm ohne zu zögern, ihr Atem ging schneller, ihr Herz klopfte mit einer Mischung aus Angst und Adrenalin. Sie konnten den Schatten immer noch hinter sich hören, doch das Lachen und die Gespräche von Passanten mischten sich nun mit den Geräuschen und ließen das Ganze surreal wirken.

„Hier entlang", murmelte Markus und führte sie in einen Seitengang, der dunkel und einsam war. Sie standen dicht beieinander, die Wände eng an ihren Seiten, während sie die Schritte ihres Verfolgers hörten, der sich näherte.

Anna spürte seine Nähe stärker denn je, sein Atem warm an ihrer Wange, als er flüsterte: „Sobald er vorbeigeht, laufen wir."

Sie nickte, doch ihr Blick hielt an ihm fest. In diesem Moment fühlte sie sich sicher, und zugleich brodelte eine Hitze in ihr, die nichts mit der Angst oder der Verfolgungsjagd zu tun hatte. Es war etwas Rohes, Ursprüngliches – und sie wusste, dass er es ebenso spürte.

Die Schritte verstummten, und sie traten langsam aus ihrem Versteck hervor. Doch bevor sie weiterlaufen konnten, drehte sich Markus zu ihr um, seine Augen ernst, die Anspannung greifbar zwischen ihnen.

„Anna..." flüsterte er, und seine Hand streifte ihre Wange, fast unmerklich, als würde er sich selbst nicht trauen, diesen Moment Wirklichkeit werden zu lassen.

„Markus..." Ihre Stimme klang leiser, unsicherer, als sie es gewohnt war, und für einen Sekundenbruchteil schien es, als würde die Welt um sie herum verschwinden. Sie standen so nah beieinander, dass sie die Hitze seines Körpers spüren konnte, die kühle Nachtluft vermischte sich mit einem intensiven Moment der Nähe.

Doch bevor sie weitergehen konnte, ertönte hinter ihnen erneut das Geräusch von Schritten – diesmal schneller, zielgerichteter. Ihr Verfolger hatte sie offenbar bemerkt.

Markus riss sich von ihrem Blick los, seine Hand glitt von ihrer Wange, und die Realität holte sie mit einer unvermittelten Heftigkeit ein. „Lauf!" rief er und zog sie mit sich, ohne einen Moment zu zögern.

Sie rannten die Straßen entlang, ihr Herz raste, ihre Gedanken waren ein einziger Strudel aus Adrenalin und dem, was soeben beinahe geschehen wäre.

***

Die Nacht lag schwer und still über München, und das leise Summen der Stadt war kaum mehr als ein ferner Schatten in Markus' Gedanken, als er endlich in seinem Bett lag. Doch Schlaf fand er keinen, die Erlebnisse der letzten Stunden schienen sich wie eine unendliche Schleife vor ihm abzuspielen. Seine Gedanken waren erfüllt von Anna – ihrem wachen Blick, ihrem ironischen Lächeln, und dem seltsamen Gefühl, das ihn jedes Mal durchflutete, wenn sie ihm allzu nahe kam.

Er hatte sie retten wollen, das war die Wahrheit. Und doch war da noch etwas anderes gewesen, etwas, das schwerer wog als die Pflicht. Etwas, das ihm den Atem geraubt hatte, als sie zusammen in der engen Gasse gestanden hatten. Die Spannung, die Kühle der Nacht, ihr Atem, der fast seinen eigenen gestreift hatte. Das flüchtige

Prickeln, das sich ausgebreitet hatte, als er ihre Hand nahm. Die Nähe, die ihn in eine Art Rauschzustand versetzt hatte.

Schließlich glitt er langsam in einen Schlaf, doch seine Gedanken waren von einer Lebhaftigkeit, die ihn nicht losließ.

In seinem Traum befanden sie sich wieder auf der nächtlichen Flucht, doch diesmal gab es keinen Verfolger, keine Hast, nur sie beide in der Stille der Stadt. Markus sah Anna an, die Augen im Mondlicht wach und fordernd. Ein Lächeln spielte um ihre Lippen, doch ihre Miene verriet ihm, dass sie etwas von ihm erwartete – ein Schweigen, das durchdrungen war von einem ungesagten Versprechen.

Er trat näher zu ihr, seine Hand fand wie selbstverständlich den Weg zu ihrem Gesicht, und diesmal zögerte er nicht. Die Kühle der Nacht schien wie ein Kontrast zu der Wärme, die von ihrem Körper ausging, und in seinem Traum waren die Grenzen zwischen Realität und Verlangen wie weggeweht.

Seine Finger glitten über ihre Wange, streiften ihre Lippen, während seine andere Hand in ihrem Nacken ruhte und sie sanft an ihn zog. Ihre Augen blieben fest auf seine gerichtet, und er spürte, wie die Sekunden zu Ewigkeiten wurden, wie die Luft zwischen ihnen schwer und elektrisierend war.

„Markus…", murmelte sie, und ihre Stimme war kaum mehr als ein Hauch, doch es reichte, um seine Zurückhaltung wie ein dünnes Blatt im Wind zu zerreißen. Ohne weiter zu zögern, zog er sie noch näher an sich, seine Lippen fanden ihren Weg zu ihren, und der Kuss, der darauf folgte, war mehr als nur eine Berührung. Es war ein Feuer, das in ihm brannte, ein Verlangen, das in jedem seiner Sinne explodierte und ihn für einen Moment die ganze Welt um sie herum vergessen ließ.

Es war ein Kuss, der sich ewig anfühlte und doch viel zu schnell verging. Ihre Hände schlangen sich um seinen Nacken, ihre Körper verschmolzen in einer ungesagten Intimität, die so real war, dass er sich nicht mehr sicher war, ob dies wirklich nur ein Traum war.

Doch dann, plötzlich, wie durch ein fernes Geräusch, spürte er, wie die Wirklichkeit langsam zurückkehrte. Die Dunkelheit des Schlafzimmers wurde klarer, die verschwommene Traumwelt begann sich aufzulösen, und das Bild von Anna verblasste wie ein Morgennebel, der der aufgehenden Sonne weicht.

Markus öffnete die Augen, und für einen Moment lag er regungslos in seinem Bett, sein Atem ging schwer und unruhig. Das Echo des Traums lag noch in der Luft, die Erinnerung an ihren Kuss, das Gefühl ihrer Haut unter seinen Fingern – es war so echt, dass er sich fast enttäuscht fühlte, dass sie nicht wirklich bei ihm war.

Er fuhr sich mit einer Hand durchs Haar und atmete tief ein, während das Klopfen seines Herzens allmählich zur Ruhe kam.

„Was zum Teufel machst du, Markus?" murmelte er in die Dunkelheit und schüttelte den Kopf. Sich in eine Frau wie Anna zu verlieben, das war ein Spiel mit dem Feuer. Sie war eine Detektivin, direkt, unabhängig und mit einem scharfen Verstand, und er wusste, dass sie ihm wohl kaum jemals allzu nah kommen würde.

Doch die Vorstellung, dass sie nur ein paar Straßen entfernt in ihrer eigenen Wohnung lag und vielleicht, nur vielleicht, dieselben Gedanken und Gefühle durchlebte, war ein verlockender Gedanke. Ein Gedanke, der ihn immer wieder zu dem Moment in der Gasse zurückbrachte, zu ihrer Nähe, zu der unausgesprochenen Spannung, die zwischen ihnen gestanden hatte.

„Du Narr", flüsterte er und schloss die Augen, doch der Gedanke ließ ihn nicht los. Er wusste, dass er am Morgen wieder in die Klinik zurückkehren und sich seiner Rolle als sachlicher Pathologe fügen würde. Und doch verspürte er das unwiderstehliche Verlangen, Anna erneut zu sehen, diese Grenze zwischen Pflicht und Verlangen erneut zu überschreiten.

Er seufzte, drehte sich auf die Seite und versuchte erneut, einzuschlafen, doch er wusste, dass er keinen Schlaf finden würde. Anna hatte sich längst in seinen Gedanken eingenistet, und er fragte sich, wie lange es dauern würde, bis er sich ihrem Bann völlig hingeben würde.

Kapitel 5

Die morgendliche Ruhe im forensischen Labor wurde durch die monotonen Geräusche der Apparate begleitet, die in regelmäßigen Intervallen piepsten und summten. Anna betrat den Raum und fand Markus bereits in seine Arbeit vertieft. Über ihm flimmerte das kühle Licht der Lampen, das die Ecken des Raumes mit einem sterilen Glanz überzog, der ihn fast unnahbar erscheinen ließ. Doch kaum hob er den Blick, durchdrang sie ein warmer Funke, als seine Augen auf ihren trafen.

„Ah, die Detektivin höchstpersönlich", sagte er mit leichtem Sarkasmus und deutete auf die Kiste voller Beweisstücke. „Haben Sie endlich Zeit gefunden, mit der Realität in Berührung zu kommen?"

Anna schnaubte und warf ihm einen ironischen Blick zu, während sie sich neben ihn stellte. „Schön, dass Sie denken, Realität wäre das, was in Ihren kühlen Laboren passiert. Ich bin mehr der Ansicht, dass Sie sich manchmal ein wenig zu viel hinter Ihren Apparaten verstecken."

Markus zog eine Augenbraue hoch und ließ die Spitze seines Mundes zu einem leicht belustigten Lächeln anheben. „Verstecken? Ich? Detektivarbeit besteht schließlich nicht nur darin, mit dem Finger zu schnippen und auf magische Antworten zu hoffen."

„Oh, wirklich?" Anna zog sich ein Paar Handschuhe an und hob ein winziges Stück Stoff aus der Kiste. „Nun, dann zeigen Sie doch mal, wie ein Profi wie Sie hier vorgeht. Sie können mich gern beeindrucken, Dr. Stein."

Er lachte leise, nahm das Stoffstück aus ihrer Hand und hielt es vorsichtig gegen das Licht. „Beeindrucken, das ist etwas, das ich täglich tue. Ich schätze, dass Sie einfach schwerer zu beeindrucken sind."

„Schwerer? Oder wählerischer?" Anna verschränkte die Arme und ließ ihm nicht aus den Augen, während er das Stoffstück unter das Mikroskop legte.

Markus seufzte dramatisch, als ob sie ihn in seiner Kreativität einschränken würde. „Vielleicht wäre es leichter, wenn Sie nicht so... skeptisch wären."

„Skepsis ist Teil meines Jobs, Markus", erwiderte sie mit einem schiefen Lächeln. „Und vielleicht, nur vielleicht, hilft sie uns, die richtigen Antworten zu finden."

„Oder sie hindert Sie daran, das Offensichtliche zu erkennen." Er beugte sich über das Mikroskop, während Anna sich zu ihm neigte, um ebenfalls einen Blick darauf zu werfen. Ihre Gesichter waren so nah, dass sie beinahe seine Atmung an ihrer Wange spüren konnte.

„Interessant", murmelte sie und versuchte, sich auf die Beweise zu konzentrieren, doch seine Nähe machte es ihr schwer, klar zu denken.

„Interessant", wiederholte Markus trocken, ohne sich von ihr abzuwenden. „Das sagen Sie nur, weil Sie keine bessere Antwort haben, geben Sie's zu."

Anna lachte leise und hielt seinem Blick stand. „Wirklich? Ist das Ihre Analyse?"

„Ich bin schließlich der Wissenschaftler", erwiderte er und neigte seinen Kopf leicht, als ob er sie herausfordern wollte. Ihre Gesichter waren nur wenige Zentimeter voneinander entfernt, und das Labor schien auf einmal viel zu klein zu sein.

Eine unerwartete Spannung legte sich über den Raum, ein Kribbeln, das in Annas Nacken zog und ihr Herz ein wenig schneller schlagen ließ. Es war eine Spannung, die sich nicht nur durch das

Mikroskop und die Analyse der Beweise aufbaute, sondern durch die Tatsache, dass sie sich so nahe waren, fast schon gefährlich nah.

„Sollten wir vielleicht... weiterarbeiten?" murmelte Anna, ohne sich wirklich zu bewegen, ihr Blick unverwandt auf seinen Augen, die im kühlen Licht des Labors dunkel und geheimnisvoll wirkten.

Markus nickte langsam, doch seine Augen verrieten mehr als nur wissenschaftliches Interesse. „Ja... arbeiten. Darauf sollten wir uns konzentrieren." Doch seine Stimme klang nicht ganz überzeugend.

Anna atmete tief ein und richtete sich auf, versuchte, die Spannung zu lösen, indem sie das nächste Beweisstück in die Hand nahm und unter das Mikroskop legte. Doch ihre Hände zitterten leicht, und sie bemerkte, dass auch Markus sie weiter ansah, als würde er mit einem leichten Lächeln auf ihrem Gesichtsausdruck lesen wollen, was sie gerade dachte.

„Fangen Sie etwa an, nervös zu werden, Bergman?" fragte er mit einer ironischen Note, als er ihre zitternden Hände bemerkte.

„Nervös?" Anna räusperte sich und erwiderte seinen Blick mit gespielter Gelassenheit. „Das passiert mir nur, wenn ich mit jemandem arbeiten muss, der denkt, er hätte die Weisheit mit Löffeln gefressen."

Markus grinste. „Nun, dann werden Sie sich wohl an meine Weisheit gewöhnen müssen, weil ich den Eindruck habe, dass das hier noch eine Weile so weitergehen könnte." Seine Stimme war tief und ruhig, und etwas daran ließ Annas Herz wieder schneller schlagen, während sie sich bemühte, den Schein der Professionalität zu wahren.

„Dann werde ich vielleicht mal in Erwägung ziehen, Ihre... Ratschläge etwas ernster zu nehmen", murmelte Anna, doch ein kaum merkliches Lächeln schlich sich auf ihre Lippen, und sie bemerkte, dass seine Augen ebenfalls den Funken eines verhaltenen Lächelns trugen.

Doch bevor einer von ihnen noch weiter in diese gefährlich verlockende Richtung abschweifen konnte, erklang ein lauter Signalton vom Computer. Eine Analyse der letzten gefundenen Beweise war abgeschlossen und riss sie abrupt in die Realität zurück.

Markus löste sich von ihrer Seite und blickte auf den Bildschirm. „Nun, da haben wir doch endlich etwas Konkretes", sagte er in seinem kühlen, professionellen Ton, doch Anna bemerkte die leichte Röte auf seinen Wangen.

Sie warf einen Blick auf die Daten und nickte, um die Fassung zurückzugewinnen. „Gut. Dann... bringen wir die Analyse dem Team. Die Beweise sprechen für sich." Ihre Stimme war fest, doch in ihren Augen flackerte der Schatten einer Spannung, die alles andere als beruflich war.

Als sie schließlich das Labor verließen, spürte Anna noch immer das Prickeln, das seine Nähe hinterlassen hatte.

Nach dem spannungsgeladenen Morgen im Labor schien Anna bereit zu sein, endlich ein wenig Abstand von Markus zu gewinnen – und vielleicht auch ein wenig Klarheit. Doch kaum war sie an ihrem Schreibtisch angekommen, als eine leise, fast unheimliche Präsenz die Tür zu ihrem Büro füllte.

Dr. Sabine Hofman, die Embryologin der Klinik, trat ein. Ihre Bewegungen waren leise, beinahe schleichend, und in ihrem Blick lag eine seltsame Mischung aus Anspannung und Selbstgefälligkeit. Sie schien ihre Umgebung stets zu beobachten, als würde sie in jedem Moment das Unerwartete erwarten – und zugleich war da dieser leicht süffisante Ausdruck auf ihrem Gesicht, als wüsste sie etwas, das Anna nicht wusste.

„Frau Bergman", begann sie mit einer leisen, fast melodischen Stimme, die weder Nervosität noch echtes Interesse ausdrückte, „ich dachte, es wäre an der Zeit, dass wir uns unterhalten."

Anna blickte überrascht auf, bemühte sich jedoch, sich nichts anmerken zu lassen. *Interessant*, dachte sie. Die kühle Dr. Hofman, die für gewöhnlich nur dann sprach, wenn sie unbedingt musste, suchte ein Gespräch? Das war ein wenig verdächtig – und damit genau das, was Annas Aufmerksamkeit weckte.

„Dr. Hofman", antwortete sie sachlich und musterte die Embryologin aufmerksam, „wie kann ich Ihnen helfen?"

Hofman setzte sich ihr gegenüber und legte ihre schlanken Hände gefaltet auf den Tisch. Ihre Nägel waren perfekt manikürt, und ihre Finger blieben regungslos, als ob sie selbst ihre Gesten kontrollieren würde. Ihre Haltung hatte eine merkwürdige Steifheit, die Anna sofort auffiel.

„Ich wollte Ihnen einen Hinweis geben", sagte Hofman langsam und lehnte sich leicht vor. „Einen kleinen, freundlichen Rat, wenn Sie so wollen."

„Ich schätze Ratschläge", erwiderte Anna trocken, obwohl die Ironie in ihrem Tonfall für Dr. Hofman offenbar unsichtbar blieb.

„Es ist oft das Unsichtbare, das den größten Schaden anrichtet", begann Hofman kryptisch, ihr Lächeln seltsam sphinxhaft. „Ein Fehler, den man nicht sieht, ein Fehler, den niemand hören will... wissen Sie, was ich meine?"

Anna verschränkte die Arme und zog eine Augenbraue hoch. „Nicht wirklich. Aber ich bin sicher, dass Sie mir gleich eine aufschlussreiche Erklärung liefern werden."

Hofman seufzte dramatisch, als wäre es ihr eine Bürde, das Offensichtliche auszusprechen. „Das Unsichtbare in unserer Klinik, Frau Bergman, sind die Informationen, die niemals in die offiziellen Akten gelangen. Die Dinge, die im Dunkeln bleiben... und die doch jeder zu wissen scheint."

Anna blinzelte kurz und musterte Hofman misstrauisch. „Kommen Sie doch einfach zum Punkt."

Ein leichtes Schmunzeln zuckte über Hofmans Lippen, als sie eine kleine, unscheinbare Mappe aus ihrer Tasche zog. Sie legte sie auf den Tisch, ihre Finger glitten über die Kanten wie ein geheimer Schlüssel, und in ihren Augen funkelte etwas, das Anna an ein Raubtier erinnerte.

„Diese Unterlagen", begann Hofman leise und vieldeutig, „sind... vertraulich. Einige Briefe, persönliche Notizen, Dinge, die jemand nicht in die Hände der falschen Person geraten lassen wollte. Sie könnten... Erleuchtung bringen."

„Und Sie sind sicher, dass es nicht Sie sind, die hier die ‚falsche Person' ist?" Anna ließ den ironischen Unterton in ihrer Stimme spüren, doch innerlich pochte ihre Neugier immer lauter.

Hofman schüttelte den Kopf und lächelte süffisant. „Ich gebe nur das weiter, was ich selbst für... relevant halte." Sie schob die Mappe langsam über den Tisch und Anna nahm sie an, ihre Augen immer noch auf Hofman gerichtet, während sie die Mappe öffnete.

Doch kaum hatte sie einen Blick auf die ersten Zeilen der Notizen geworfen, als sich die Tür zu ihrem Büro plötzlich öffnete. Markus betrat den Raum, sein Blick wechselte kurz zu Anna, bevor er auf Dr. Hofman fiel. In seinen Augen flackerte Misstrauen, und Anna konnte schwören, dass sich sein Kiefer leicht anspannte.

„Störe ich etwa?" fragte er, seine Stimme kühl, und in seinem Blick lag eine Welle von Skepsis, die sich auf Hofman richtete.

Dr. Hofman schenkte ihm ein freundliches, fast mitleidiges Lächeln. „Oh, Dr. Stein. Wie nett, dass Sie sich hierher bemühen. Ich war gerade im Begriff, Frau Bergman einige... Einsichten in den Fall zu gewähren."

Markus zog eine Augenbraue hoch und warf Anna einen vielsagenden Blick zu. „Einsichten? Nun, das ist großzügig von Ihnen, Dr. Hofman. Einsichten sind selten kostenlos."

Hofman lachte leise, und in ihrem Blick lag eine spöttische Wärme, die Anna unangenehm war. „Kostenlos ist nichts in dieser Welt, Dr. Stein. Aber manchmal ist Wissen die beste Währung."

Sie richtete sich auf, schob ihren Stuhl zurück und ließ ihren Blick noch einmal über Anna gleiten. „Ich wünsche Ihnen viel Erfolg, Frau Bergman. Und denken Sie daran – manche Dinge gedeihen nur im Verborgenen."

Mit diesen rätselhaften Worten verließ Hofman das Büro, ihre Schritte hallten leise durch den Flur, bis die Stille zurückkehrte und Anna mit Markus allein blieb.

„Was war das denn?" fragte Markus, der seine Skepsis kaum verbergen konnte, als er sich zu Anna drehte.

Anna zuckte die Schultern und warf einen Blick auf die Mappe in ihrer Hand. „Ich würde sagen, ein unerwarteter Bonus in unserer Ermittlung."

„Ein Bonus, der zufällig von jemandem kommt, der für seine... diskreten Machenschaften berüchtigt ist?" Markus lehnte sich an den Schreibtisch und betrachtete sie aufmerksam. „Ich würde sagen, wir sollten vorsichtig sein, wem wir vertrauen."

„Das dachte ich mir auch", antwortete Anna und schloss die Mappe, als ob sie damit das Geheimnis, das Hofman ihr übergeben hatte, sicher verwahren könnte. Doch das seltsame Gefühl, dass Dr. Hofman vielleicht ein Spiel spielte, das sie beide noch nicht ganz verstanden, blieb wie ein Schatten im Raum.

„Also, was machen wir damit?" fragte Markus schließlich und deutete auf die Mappe.

Anna legte ihre Hände auf die Mappe und blickte ihn entschlossen an. „Wir nutzen sie. Natürlich vorsichtig – aber wenn Dr. Hofman dachte, dass ich mir das einfach ansehen und dann vergessen werde, dann kennt sie mich schlecht."

Markus lächelte leicht und neigte seinen Kopf. „Ich habe nie daran gezweifelt, dass Sie aufgeben könnten."

Sie erwiderte sein Lächeln, doch in ihren Gedanken drehte sich alles um die Frage, warum Dr. Hofman ausgerechnet jetzt auf sie zugekommen war.

Als Anna die Klinikflure entlangging, die Mappe fest unter den Arm geklemmt, war sie noch in Gedanken versunken. Die Begegnung mit Dr. Hofman hatte etwas in ihr ausgelöst – ein Gefühl, als wäre sie nur einen Schritt entfernt von einer Wahrheit, die viel größer und gefährlicher war, als sie ursprünglich geglaubt hatte. Doch gerade als sie in einen düsteren Seitengang abbog, stieß sie mit jemandem zusammen. Die Wucht des Zusammenpralls ließ sie beinahe die Mappe fallen lassen.

„Oh, entschuldigen Sie..." Ihre Worte blieben ihr im Hals stecken, als sie in das überraschte, aber unmissverständlich intensive Gesicht von Markus blickte, der sie auffing, bevor sie das Gleichgewicht verlor.

„Es scheint, als würden wir ständig aufeinanderprallen, Frau Bergman," sagte er leise, und seine Stimme trug einen Unterton, der so viel mehr andeutete.

Anna schluckte und fühlte, wie ihre Wangen heiß wurden. Sie versuchte, sich zu sammeln und wandte den Blick ab, doch ihre Augen fanden trotzdem immer wieder zu seinen zurück. „Vielleicht sollten Sie besser aufpassen, Dr. Stein," erwiderte sie trocken, doch ihr Ton war weniger scharf, als sie beabsichtigt hatte.

Er lachte leise, ein Klang, der sich in den engen Wänden des Korridors verlor und eine seltsame, elektrische Spannung hinterließ. „Oh, ich glaube, ich passe sehr genau auf."

Ehe Anna sich versah, zog er sie näher, so dicht, dass sie den festen Druck seiner Hände auf ihren Armen spürte, seine Atmung hörte und den Hauch seines Parfüms wahrnahm, der leicht und frisch war und sie zugleich in eine Art sanften Bann zog. Ihre Blicke trafen sich, und sie sah, dass er ebenfalls überrascht war – überrascht von der Intensität des Moments, von dem unsichtbaren Zug, der sie zusammenführte.

„Markus..." flüsterte sie und wusste selbst nicht, ob es eine Warnung oder eine Einladung war.

Doch in diesem Moment zählte nichts anderes mehr. Ohne Vorwarnung, ohne Zögern, ließ er die Distanz zwischen ihnen verschwinden und presste seine Lippen auf ihre. Es war kein vorsichtiger, tastender Kuss – es war ein Kuss, der all das Unausgesprochene ausdrückte, das zwischen ihnen stand, all die Spannung und das Verlangen, das sich in den letzten Wochen aufgestaut hatte.

Anna spürte, wie ihre Beine nachgaben, als das Feuer, das in ihr loderte, sie vollständig einnahm. Ihre Hände wanderten wie von selbst an seinen Nacken, und für einen kurzen Moment schloss sie die Augen, verlor sich in der Wärme seiner Nähe, in dem Prickeln, das durch ihren Körper jagte. Alles andere schien zu verblassen – der Fall, die Klinik, die Menschen um sie herum. Es gab nur noch diesen Kuss, diesen Moment.

Doch so schnell wie es begonnen hatte, so abrupt endete es. Das harte Klicken von Schritten, die sich näherten, ließ beide ruckartig zurückweichen. Anna öffnete die Augen und sah, dass Markus ebenfalls überrascht war – nicht von den Schritten, sondern von sich selbst, als ob er nicht fassen konnte, was er gerade getan hatte.

Ein Wachmann bog um die Ecke, seine Augen wurden groß, als er die beiden in dem engen Gang bemerkte, und ein peinliches Husten entrang sich seiner Kehle. „Äh... Frau Bergman, Dr. Stein. Ich... ich wollte nur sichergehen, dass alles in Ordnung ist."

Anna rang sich ein Lächeln ab und strich sich rasch eine Haarsträhne aus dem Gesicht, die sich während des Kusses gelöst hatte. „Natürlich. Danke, dass Sie nachsehen." Sie bemühte sich, ruhig zu klingen, doch ihre Stimme war immer noch leicht rau von der Aufregung.

Der Wachmann nickte unsicher und verschwand um die Ecke, seine Schritte entfernten sich in die Ferne. Kaum waren sie wieder allein, wandte Anna sich zu Markus um, die Mappe noch fest unter den Arm geklemmt.

„Das war..." begann sie, ohne die richtigen Worte zu finden, ihre Augen suchten in seinen nach irgendeiner Erklärung, doch sie war sich selbst nicht sicher, was sie wollte.

„Unvorhergesehen," beendete er ihren Satz und rieb sich die Stirn, als könne er selbst nicht glauben, was gerade geschehen war. Doch in seinen Augen lag ein Funken, den Anna noch nie bei ihm gesehen hatte – ein Funkeln, das so viel mehr sagte als alle Worte.

„Unvorhergesehen?" Sie konnte sich ein leichtes Lächeln nicht verkneifen, doch ihre Stimme war leise, beinahe zärtlich. „Ich denke, wir beide wissen, dass das schon seit einer Weile... unausweichlich war."

Er seufzte leise und trat einen Schritt näher, seine Hand streifte sanft ihren Arm. „Vielleicht. Aber das macht es nicht weniger kompliziert, Anna."

Ihre Blicke hielten einander fest, und ein tiefer, unausgesprochener Pakt schien sich zwischen ihnen zu bilden, eine stille Übereinkunft, dass dieses Verlangen, diese Anziehung, nicht mehr ignoriert werden konnte. Doch bevor einer von ihnen noch etwas sagen konnte, ertönte erneut ein leises Klopfen, diesmal vom Ende des Gangs.

Anna straffte die Schultern und bemühte sich um einen professionellen Ausdruck, während sie sich von Markus abwandte. „Wir sollten vielleicht besser zurück zur Arbeit."

„Vielleicht," stimmte er ihr leise zu, doch sein Blick blieb unverwandt auf ihr ruhen, während sie den Flur entlangging, und

Anna wusste, dass dieser Moment mehr war als nur eine zufällige Begegnung.

⁂

Als Anna das Büro von Professor Bernd Krause betrat, bemühte sie sich, ihre Fassung zurückzugewinnen. Der Kuss mit Markus hatte ihre Gedanken durchgerüttelt wie ein Sturm, und das Letzte, was sie jetzt gebrauchen konnte, war eine weitere Überraschung. Doch die Mappe mit Dr. Hofmans mysteriösen „Hinweisen" und die Anwesenheit von Professor Krause ließen ihr keine andere Wahl, als sich wieder auf die Ermittlungen zu konzentrieren. Sie atmete tief ein, trat ein und versuchte, den Gedanken an den dunklen Korridor, die Nähe, Markus' Lippen, zu verdrängen.

Professor Krause saß an seinem massiven Mahagonischreibtisch und hob seine durchdringenden Augen zu ihr, als sie den Raum betrat. Der alte Mann mit seiner würdevollen Haltung, dem perfekt gebügelten Tweed-Jackett und den aufmerksam forschenden Augen wirkte wie ein Relikt aus einer vergangenen Epoche – zugleich eindrucksvoll und ein wenig bedrohlich.

„Frau Bergman", begrüßte er sie mit einem Lächeln, das sowohl Freundlichkeit als auch Distanz ausstrahlte. „Ich habe gehört, dass Sie an diesem Fall hartnäckig arbeiten. Oder sollte ich sagen... energisch?"

Anna erwiderte sein Lächeln mit einem höflichen Nicken und setzte sich auf den Stuhl ihm gegenüber. „Sagen wir einfach, ich mag es, wenn meine Fälle klare Antworten liefern, Professor Krause."

Er verschränkte die Hände vor sich und musterte sie einen Moment. „Klarheit ist selten, besonders in unserer Klinik. Hier haben viele Dinge ihre... Schattierungen." Sein Blick wanderte zu der Mappe in Annas Hand, und seine Augen verengten sich leicht. „Sie tragen etwas bei sich, das von Bedeutung zu sein scheint."

Anna legte die Mappe auf den Tisch, ohne ihren Blick von ihm zu lösen. „Dr. Hofman war so freundlich, mir einige Notizen zu überlassen. Allerdings habe ich noch nicht alles verstanden." Sie ließ ihre Worte einen Moment in der Luft hängen, bevor sie fortfuhr. „Vielleicht könnten Sie mir dabei helfen, Licht ins Dunkel zu bringen."

Krause hob eine Augenbraue und betrachtete die Mappe, als sei sie ein gefährliches Tier, das jeden Moment zuschnappen könnte. „Ah, Sabine... Sie hat immer eine besondere Gabe, Dinge zu sammeln, die besser im Verborgenen bleiben sollten." Seine Stimme klang wie das leise Knirschen von altem Leder. „Aber was genau suchen Sie, Frau Bergman?"

Anna bemerkte, dass seine Haltung sich minimal verhärtete, als sie die Mappe öffnete und vorsichtig eine Notiz hervorholte. „Nun, Professor, ich habe einige Fragen zu... speziellen Verfahren, die in Ihrer Klinik durchgeführt wurden. Verfahren, die anscheinend nicht in den offiziellen Akten auftauchen."

Sein Gesicht blieb unbewegt, doch seine Augen verengten sich leicht. „Spezielle Verfahren? Das klingt nach Gerüchten."

„Gerüchte, die sich überraschend oft bestätigen", konterte Anna mit einem ironischen Lächeln, das ihm zeigte, dass sie nicht leichtfertig hier war.

Er lachte leise, ohne wirklich belustigt zu sein, und lehnte sich zurück. „Ich sehe, dass Sie entschlossen sind, Frau Bergman. Aber verstehen Sie, dass es in der Medizin – besonders in einem so empfindlichen Bereich wie der Reproduktionsmedizin – manchmal Dinge gibt, die besser diskret behandelt werden."

„Diskret? Das ist eine interessante Wahl des Wortes", erwiderte Anna und legte das Notizblatt direkt vor ihn. „Würden Sie das hier als ‚Diskretion' bezeichnen?"

Krause beugte sich vor, nahm das Blatt und betrachtete es mit einem ernsten Blick. Die Notiz war kurz, doch prägnant:

"Alternative Methoden zum genetischen Abgleich. Ergebnisse nicht protokolliert." Sein Gesicht blieb ausdruckslos, doch seine Finger schlossen sich ein wenig fester um das Blatt.

„Wissen Sie, Frau Bergman", begann er schließlich leise, „manchmal erfordern außergewöhnliche Umstände außergewöhnliche Maßnahmen. Menschen, die in unsere Klinik kommen, haben oft alles versucht und sind an ihre Grenzen gestoßen. Wenn sie zu uns kommen, erwarten sie Wunder."

„Und Sie halten sich für den richtigen Mann, um Wunder zu vollbringen?" fragte Anna, wobei sie die Schärfe in ihrer Stimme nicht verbergen konnte.

Krause blickte auf und sah sie mit einem beinahe mitleidigen Lächeln an. „Ich halte mich nicht für einen Wunderheiler, Frau Bergman. Ich bin Wissenschaftler. Und Wissenschaft erfordert... Flexibilität."

„Flexibilität ist eine interessante Ausrede, wenn es darum geht, Grenzen zu überschreiten, die man besser nicht überschreiten sollte." Anna spürte, dass sich etwas Dunkles und Komplexes vor ihr entfaltete, eine Schicht von Machenschaften, die viel tiefer reichte, als sie ursprünglich angenommen hatte.

„Grenzen sind eine menschliche Erfindung", sagte Krause in einem Ton, der sowohl arrogant als auch resigniert klang. „Wir alle streben nach dem, was jenseits dieser Grenzen liegt. Die Frage ist nur, wie weit wir bereit sind, zu gehen."

Anna hielt seinem Blick stand, doch innerlich spürte sie ein Unbehagen, das schwer auf ihr lastete. „Und die Familie Richter? Waren sie eine Ihrer... besonderen Fälle?"

Ein winziges Zucken ging durch sein Gesicht, und für einen Moment schien er sich nicht sicher zu sein, wie viel er offenbaren sollte. „Die Richters... sie sind ein tragisches Beispiel für die Grenzen des Möglichen und die Verzweiflung, die mit ihnen einhergeht."

„Das ist eine elegante Umschreibung", bemerkte Anna kühl und lehnte sich zurück. „Aber das beantwortet nicht meine Frage. Was genau ist in diesem speziellen Fall geschehen?"

Krause seufzte tief, als wäre das Thema eine unerwünschte Last. „Die Richters kamen zu uns mit der Hoffnung, das Unmögliche zu erreichen. Sie wollten einen Teil ihrer verstorbenen Tochter zurückgewinnen. Ein Wunsch, der... moralische und wissenschaftliche Grenzen in Frage stellt."

„Also haben Sie ihre Wünsche erfüllt – ohne Rücksicht auf Konsequenzen?" Annas Stimme war eine Spur härter, und in ihrem Blick lag ein Hauch von Enttäuschung.

„Ich habe nichts getan, was sie nicht verlangt hätten", entgegnete Krause ruhig. „Sie müssen verstehen, Frau Bergman, dass es manchmal Menschen gibt, die bereit sind, alles zu tun, um das zu bekommen, was sie wollen."

„Und Sie sind nur ein demütiger Wissenschaftler, der ihnen den Weg weist?" Annas Ironie klang scharf, und sie merkte, wie ihre Geduld allmählich schwand.

Krause nickte, und in seinen Augen lag eine unheimliche Ruhe. „Die Wissenschaft ist kein Ort für Moralpredigten. Sie ist ein Raum für Möglichkeiten. Und manchmal muss man Risiken eingehen, um diese Möglichkeiten zu erforschen."

Anna stand auf und sah ihn mit einem Blick an, der klar machte, dass sie seinen Standpunkt nicht teilte. „Risiken, die Menschenleben betreffen, sind mehr als nur ‚Möglichkeiten', Professor Krause."

Er blieb ruhig sitzen und sah ihr mit einem unergründlichen Lächeln nach. „Ich denke, wir haben einfach unterschiedliche Vorstellungen davon, was notwendig ist, Frau Bergman."

Anna nickte knapp, drehte sich um und verließ sein Büro. Als sie durch den Korridor ging, spürte sie eine Mischung aus Wut und Entschlossenheit. Krauses Worte hallten in ihrem Kopf wider, und sie wusste, dass dieser Fall noch lange nicht abgeschlossen war.

Kapitel 6

Der Morgen war kühl und grau, als Anna die Polizeiwache betrat und direkt zum Verhörraum geführt wurde, wo Thomas Wagner bereits auf sie wartete. Der Raum war spärlich beleuchtet, und das grelle Neonlicht warf scharfe Schatten auf Wagners angespanntes Gesicht. Er war sichtlich genervt und hielt sich einen Moment lang die Stirn, bevor er seine Fassung wiederfand.

„Herr Wagner", begann Anna mit kühler Professionalität und setzte sich ihm gegenüber. „Ich danke Ihnen, dass Sie so kurzfristig erschienen sind. Wir haben ein paar Fragen zu einigen... Unstimmigkeiten."

Thomas hob eine Augenbraue und lehnte sich in seinem Stuhl zurück. „Unstimmigkeiten? Ich hoffe, Sie sprechen von etwas Interessantem und nicht von weiteren Anspielungen auf meine angebliche... Beteiligung."

Anna schenkte ihm ein schmales Lächeln. „Interessant ist genau das richtige Wort, Herr Wagner. Also, erzählen Sie uns bitte von Ihrem gestrigen Abend. Wo waren Sie und mit wem?"

Er wirkte einen Moment lang überrascht, als hätte er diese Frage nicht erwartet, doch seine Miene blieb kontrolliert. „Gestern Abend? Ich war zu Hause. Ganz allein. Ich bin eben ein Mann, der die Ruhe schätzt."

Anna ließ sich nicht beirren. „Ganz allein, sagen Sie?"

Bevor er antworten konnte, öffnete sich die Tür, und Katalina „Klaudia" Meyer, seine Sekretärin und – wie Anna längst wusste – heimliche Geliebte, trat ein. Ihre Bewegungen waren perfekt einstudiert, als ob sie sich ihrer Wirkung bewusst wäre. Ihre Hand glitt über die Kante des Stuhls, und sie warf Thomas einen kurzen Blick zu, bevor sie sich setzte.

„Verzeihen Sie die Störung", sagte sie mit einem leicht spöttischen Lächeln, „aber ich dachte, ich könnte Ihnen helfen, Herr Wagner. Immerhin haben wir gestern gemeinsam gearbeitet."

Anna hob eine Augenbraue. „Gemeinsam gearbeitet?"

Klaudia lächelte unschuldig. „Natürlich. Herr Wagner und ich hatten eine... Besprechung in seinem Büro. Es war ein langer Abend, und wir haben einige geschäftliche Angelegenheiten diskutiert."

„Geschäftliche Angelegenheiten, die bis spät in die Nacht reichten?" Anna setzte ihre Frage mit einem skeptischen Ton und einem ironischen Unterton fort, während sie das Verhalten der beiden genau beobachtete.

Thomas räusperte sich und nickte, doch sein Blick wich leicht zur Seite. „Ja, ich weiß, wie das klingt, Frau Bergman, aber... Sie wissen ja, wie es im Geschäft läuft."

„Natürlich, und besonders die Art, wie einige Geschäfte geführt werden", bemerkte Anna trocken. „Aber wenn Sie nichts zu verbergen haben, warum dann die Nervosität, Herr Wagner?"

Thomas zog seine Krawatte zurecht und schien sich einen Moment lang zu sammeln, bevor er mit einem selbstbewussten Lächeln antwortete. „Frau Bergman, ich bin kein Verbrecher. Ich bin Geschäftsmann. Und glauben Sie mir, es gibt eine Menge, was ich von mir fernhalten möchte, aber nichts Illegales."

Klaudia lächelte neben ihm selbstgefällig, als ob sie jede seiner Worte unterstützte, doch in ihren Augen lag ein Glitzern, das Anna beunruhigte – eine Mischung aus Arroganz und dem subtilen Wissen, dass sie mehr wusste, als sie preisgeben wollte.

„Gut", sagte Anna schließlich und legte die Hände gefaltet auf den Tisch. „Aber dann gibt es doch sicher kein Problem, wenn wir

Ihre… Treffen gestern Abend etwas genauer unter die Lupe nehmen?"

Thomas' Lächeln erlosch. „Wozu das Ganze? Sie können mir nichts vorwerfen. Ich habe ein Alibi, wie Sie selbst sehen."

Anna erwiderte sein Lächeln mit kühler Präzision. „Wir werden sehen, wie lange das Alibi tatsächlich Bestand hat."

Anna konnte die Anspannung förmlich spüren, die sich zwischen Thomas und Klaudia wie eine dunkle Wolke aufbaute. Da war etwas, das die beiden zu verbergen suchten, das war offensichtlich. Und es war noch offensichtlicher, dass sie wussten, wie dünn das Eis war, auf dem sie sich bewegten.

„Also, Herr Wagner," setzte Anna mit einem halbherzigen Lächeln an, das gerade genug Ironie besaß, um ihn ein wenig nervös zu machen, „wollen wir doch ein bisschen über diese ‚Besprechung' sprechen. Was genau haben Sie und Frau Meyer gestern Abend besprochen?"

Klaudia räusperte sich und warf Anna einen Blick zu, der gleichzeitig herausfordernd und abweisend wirkte. „Falls ich mich einmischen darf… es war eine Menge Arbeit, die Herr Wagner und ich zu bewältigen hatten."

„Natürlich," erwiderte Anna, ihre Stimme von einer Süße getränkt, die an Gift erinnerte. „Was für ein glückliches Unternehmen, das solche engagierten Mitarbeiter hat, die bis spät in die Nacht arbeiten. Besonders, wenn solche Treffen nicht gerade… üblich sind." Sie hob eine Augenbraue, um ihre Zweifel deutlich zu machen.

Thomas sah kurz zu Klaudia, die kurz nickte, als ob sie ihm unsichtbare Zustimmung gäbe. „Nun, ich bin ein vielbeschäftigter Mann, Frau Bergman. Manche Angelegenheiten müssen diskret besprochen werden. Ich verstehe, dass das für Sie, mit Ihrem eher... pragmatischen Beruf, schwierig nachvollziehbar sein könnte."

Anna erwiderte sein selbstgefälliges Lächeln, als würde sie auf eine Pointe warten, die ihr alleine bekannt war. „Oh, glauben Sie mir, Herr Wagner, es gibt nur wenige Dinge, die ich nicht verstehe. Geschäftliche Besprechungen zu ungewöhnlichen Zeiten gehören definitiv nicht dazu. Aber wie ich sehe, sind Sie hier äußerst... flexibel."

Klaudia lächelte verkniffen, eine Mischung aus Stolz und leiser Sorge in ihrem Blick. Sie spielte mit einer Haarsträhne, ein stilles Zeichen für ihre Nervosität. Anna bemerkte es sofort – diese kleine Unsicherheit, die gerade genug Raum ließ, um einen Zweifel zu säen.

„Frau Meyer," begann Anna und richtete ihre Aufmerksamkeit jetzt vollständig auf die Sekretärin, „es muss doch etwas besonders Wichtiges gewesen sein, was Sie und Herr Wagner gestern so spät noch im Büro gehalten hat? Etwas, das... diskret behandelt werden musste?" Sie ließ das Wort „diskret" fast genießerisch über ihre Lippen gleiten, um sicherzustellen, dass sie die Botschaft verstanden.

Klaudia zog kurz die Schultern zurück, und ihre Augen flackerten, bevor sie ihre Maske wieder aufsetzte. „Nun, Frau Bergman, Diskretion ist in unseren Kreisen eben das A und O." Sie lächelte und setzte ein Gesicht auf, das so überzeugend wie eine schlechte Theatervorstellung wirkte.

Thomas schien die Spannung zu spüren und räusperte sich. „Wir haben nichts zu verbergen, Frau Bergman. Diese Andeutungen sind... ehrlich gesagt, lächerlich. Wenn Sie glauben, dass Sie hier etwas finden, dann irren Sie sich gewaltig."

Anna lehnte sich zurück und musterte ihn ruhig, als wäre sie auf einer Show und er der Hauptdarsteller, der einen entscheidenden Fehler machte. „Gut, dann werden wir doch einfach ein bisschen nachsehen, was die Kameras Ihres Büros gestern Abend eingefangen haben, nicht wahr? Das sollte keine Umstände machen, wenn alles so unschuldig ist, wie Sie sagen."

Ein Schatten flog über Thomas' Gesicht. Seine Kiefermuskeln arbeiteten, und für einen Moment konnte Anna sehen, wie seine Selbstbeherrschung Risse bekam. „Das… ist doch völlig unnötig. Ich denke, wir sind hier weit vom Thema abgekommen."

Anna ließ sich nicht beirren, sondern hielt seinem Blick stand. „Im Gegenteil. Ich denke, wir nähern uns genau dem Kern der Sache."

Sie ließ die Worte ein paar Sekunden wirken, bevor sie sich aufrichtete und eine Akte in die Hand nahm, die sie auf den Tisch vor Thomas legte. „Vielleicht werfen Sie einfach mal einen Blick hierauf. Möglicherweise fällt Ihnen plötzlich ein, was für ein aufregender Abend gestern war."

Thomas blinzelte und öffnete die Akte, und für einen winzigen Moment spiegelte sich pure Panik in seinen Augen, bevor er sich wieder fasste. Klaudia hingegen sah kurz zu ihm, dann zu Anna und schien zwischen Wut und Verunsicherung zu schwanken.

„Es tut mir leid, Herr Wagner", fügte Anna schließlich mit kühler Ruhe hinzu. „Aber wir haben alle unsere Verpflichtungen, nicht wahr? Und ich nehme meine sehr ernst."

⁂

Thomas starrte auf die Akte, sein Gesicht erstarrte für einen Moment, bevor er sich mit einem fast beiläufigen Lächeln wieder fing – doch es war ein Lächeln, das zu wenig Deckung und zu viel Unsicherheit barg.

„Es ist beeindruckend, Frau Bergman," sagte er schließlich, als ob er nur ein wenig Zeit hätte schinden wollen. „Sie sind fest entschlossen, mich hier festzunageln, nicht wahr?"

Anna erwiderte seinen Blick mit einem leichten Zucken der Augenbraue. „Festnageln? Ich glaube, das ist eine Frage der

Perspektive. Es gibt einfach eine Wahrheit, die sich von Ihnen festhalten lässt, wie ich annehme."

Klaudia neben ihm wirkte mittlerweile merklich nervös. Sie presste die Lippen aufeinander, ihre Finger zupften an einem unsichtbaren Staubkorn auf ihrer Bluse. Anna entging nicht, dass Klaudia Thomas kurz ansah, als wollte sie ihm einen stummen Rat geben – oder ein geheimes Zeichen. Aber Thomas ignorierte sie.

„Frau Meyer," sagte Anna mit einem gezielten Blick auf Klaudia, „Sie wissen doch sicher, dass alles, was Sie hier sagen, als Zeugenprotokoll gilt. Eine falsche Angabe könnte... unangenehme Konsequenzen nach sich ziehen."

Klaudias Augen weiteten sich für einen kurzen Moment, bevor sie sich mühsam zu einem Lächeln durchrang. „Ich... verstehe. Aber ich habe nichts Falsches gesagt. Thomas und ich, wir haben einfach gearbeitet."

Anna nickte, als hätte sie genau das erwartet. „Natürlich, Arbeit. So spät am Abend. Doch, das erklärt alles." Sie ließ ihre Worte langsam sinken und bemerkte, wie Klaudias Schultern sich versteiften.

„Hören Sie," platzte Thomas schließlich heraus, seine Stimme war plötzlich angespannt und etwas lauter als nötig. „Ich habe keine Lust, hier wie ein Verbrecher behandelt zu werden. Ich bin kein Mörder, und ich habe nichts mit den... seltsamen Dingen zu tun, die in dieser Klinik passieren."

Anna blieb ruhig und kühl. „Interessant, Herr Wagner, dass Sie Morde und seltsame Dinge in der Klinik überhaupt miteinander in Verbindung bringen. Ich habe nur von Ihrer Besprechung gesprochen. Sie sind es, der hier eine Brücke baut."

Thomas starrte sie einen Moment lang an, seine Wangenmuskeln zuckten. „Das ist absurd. Sie verschwenden meine Zeit."

„Gut, dann gehen Sie. Aber rechnen Sie damit, dass wir bald wieder mit Ihnen sprechen, wenn wir noch weitere...

Missverständnisse aufklären müssen." Annas Stimme war sanft, doch die Drohung darin war klar.

Thomas zögerte einen Moment, bevor er mit einem unzufriedenen Blick aufstand. Er warf Klaudia einen Blick zu, den Anna als stummes „Komm" interpretierte, und ohne ein weiteres Wort verließen die beiden den Raum.

Anna sah ihnen nach, während ein zufriedenes Lächeln über ihr Gesicht huschte. Sie warf einen Blick in die Akte und wusste: Das war nicht das letzte Mal, dass Thomas und Klaudia sich in widersprüchliche Erklärungen verwickeln würden.

Nach dem angespannten Verhör mit Thomas und Klaudia beschloss Anna, den nächsten Schritt zu unternehmen. Das Verhalten der beiden hatte Fragen aufgeworfen, die nur eines bedeuteten: Die Klinik selbst war ein Labyrinth aus Geheimnissen, und es war höchste Zeit, dass sie tiefer in diese Welt eintauchte. Die Hinweise, die sie bis jetzt gesammelt hatte, deuteten darauf hin, dass das Problem der Klinik nicht nur an die Gegenwart gebunden war – es reichte tief in die Vergangenheit.

Anna stand vor einem schmalen, fast versteckten Raum im Keller der Klinik: das Archiv. Ein Raum, in dem, wie sie hoffte, die Antworten auf die Fragen lagen, die sie sich immer drängender stellte. Der Raum war kalt, und das schwache Licht verstärkte das Gefühl, als befände sie sich in einem verborgenen Geheimversteck.

Sie schob die schwere Metalltür auf, die leise knarrte, als ob sie sich gegen das Eindringen von neugierigen Augen wehren wollte. Drinnen empfing sie der muffige Geruch alter Papiere, und in der Stille konnte sie nur das leise Summen einer Klimaanlage hören, die versuchte, die Akten vor der Zeit zu bewahren.

Anna begann die Regale zu durchsuchen und zog Akte um Akte hervor, die nach Jahren und Themen geordnet waren. Zwischen medizinischen Berichten, Forschungsunterlagen und Patientenakten war ein ganzer Abschnitt der Klinikgeschichte verborgen. Einiges sah harmlos aus, aber das sollte sie nicht täuschen – die düstersten Geheimnisse verbargen sich oft hinter den trockensten Fassaden.

Plötzlich entdeckte sie einen alten, abgenutzten Ordner, der fast unsichtbar hinter einem Stapel neuerer Unterlagen versteckt war. *Kinderwunsch 1990-2000* stand in verblassten Buchstaben darauf. Anna zog den Ordner heraus, blätterte ihn auf und begann, die Dokumente sorgfältig zu durchsehen.

Der Ordner enthielt Details über frühe Experimente der Klinik zur künstlichen Befruchtung und, wie es schien, zu genetischen Tests, die damals noch sehr unüblich gewesen waren. Es war seltsam, fast schockierend – Berichte, die klangen, als hätte die Klinik Tests und Experimente durchgeführt, die moralisch mehr als fragwürdig waren. Annas Augen wanderten über Begriffe wie *Genabgleich, spätere Verschiebung der Befruchtung* und *Experimentale Protokollierung nur teilweise bestätigt*.

Als sie weiterblätterte, stieß sie auf einige alte Schwarz-Weiß-Fotografien. Auf einer dieser Fotografien erkannte sie sofort das vertraute, junge Gesicht des Professors Krause. Neben ihm stand ein Mann in einem weißen Kittel, dessen Gesicht von einer Mischung aus Ehrgeiz und Stolz gezeichnet war. Hinter ihnen befanden sich mehrere medizinische Geräte und eine Kiste voller Proben, wie sie auch heutzutage noch in der Klinik benutzt wurden.

Und dann entdeckte sie ein weiteres Bild. Es zeigte Krause, einen Säugling im Arm haltend. Daneben eine Frau, deren Gesicht sie nur zu gut erkannte: Dr. Hofman. Die beiden schauten den Säugling an, als ob sie ein Geheimnis mit ihm teilten – ein Geheimnis, das weder die Öffentlichkeit noch die Patienten jemals erfahren sollten.

„So, da sind wir also", murmelte Anna leise und hielt das Foto gegen das schummrige Licht, als ob es ihr mehr verraten könnte, wenn sie nur lange genug hinsah. Es war klar, dass die beiden eine

Vergangenheit miteinander hatten, eine Vergangenheit, die tief in den dunklen Labyrinthen dieser Klinik verwurzelt war.

Doch ihre Entdeckungen gingen noch weiter. Zwischen den Akten fand sie mehrere Einträge über „Erfolgskontrollen bei genetisch verbesserten Embryonen". Die Berichte waren lückenhaft, als hätten sie etwas verschleiern wollen, und doch stand genug dort, um Annas Verdacht zu bestätigen: Es gab eine Zeit, in der die Klinik nicht nur versucht hatte, Leben zu schaffen – sie hatten versucht, es zu perfektionieren.

Perfektion durch Manipulation, dachte Anna mit einem Schaudern, während sie die Akte zuklappte. Das Bild des strahlenden Krause mit dem Säugling und die kühle, unheimliche Dr. Hofman daneben verblassten in ihrem Geist nicht so leicht. Sie spürte, dass diese beiden die Wurzel des Problems waren, die Ursache für all das, was die Klinik zu dem gemacht hatte, was sie heute war.

Anna fühlte, wie sich ihre Entschlossenheit festigte. Sie legte die alten Akten sorgfältig zurück, nahm das Foto an sich und verließ das Archiv, während sich ihre Gedanken überschlugen. Die alten Geister der Klinik waren immer noch präsent, und sie würden erst Ruhe geben, wenn alle Geheimnisse ans Licht gezogen waren.

Doch jetzt war es Zeit für den nächsten Schritt. Und sie wusste genau, wer ihr dabei helfen würde, die letzten Puzzlestücke zu finden.

Der Abend brach früh über München herein, als Anna schließlich bei Markus klingelte. Die Stadt war in ein düsteres, kaltes Licht getaucht, das perfekt zu der unheilvollen Atmosphäre passte, die der Fall mittlerweile angenommen hatte. Sie hatte die Fotos und Dokumente sorgfältig in ihre Tasche gepackt und fühlte die Schwere der Geheimnisse der Klinik wie einen dunklen Schatten mit sich.

Markus öffnete die Tür und sah sie mit einem kurzen, prüfenden Blick an. „Ein anstrengender Tag?" fragte er, sein Mundwinkel zuckte leicht.

„Anstrengend wäre eine Untertreibung", murmelte Anna, während sie seine Wohnung betrat. Sie bemerkte, wie aufgeräumt und fast schon steril alles wirkte – ein weiterer Hinweis auf seinen Hang zur Perfektion, die sie gleichzeitig reizvoll und amüsant fand.

„Komm, setz dich", sagte er und zeigte auf den Esstisch, der mit einer Flasche Rotwein und zwei Gläsern gedeckt war. Neben einem duftenden Teller mit Pastagericht stand eine Kerze – eine kleine, fast unscheinbare Geste, die jedoch eine Wärme ausstrahlte, die Anna nicht erwartet hatte.

„Hast du das... alles selbst gemacht?" fragte sie, während sie sich setzte und versuchte, nicht allzu überrascht zu klingen. Sie spürte, wie sich ein leichtes Kribbeln in ihrer Brust ausbreitete. So sehr sie es auch hasste zuzugeben, Markus hatte eine gewisse Wirkung auf sie – eine Wirkung, die sie zunehmend schwerer ignorieren konnte.

„Ich bin ein Mann der Überraschungen", sagte er schmunzelnd, während er sich gegenüber setzte und ihr das Glas einschenkte. „Obwohl ich zugeben muss, dass ich gehofft hatte, dass du nicht sofort alle Dokumente auf den Tisch legst."

Anna hob das Glas und nickte mit einem leisen Lachen. „Glaub mir, du bist das Highlight meines Tages. Das hier" – sie klopfte auf ihre Tasche – „ist nur ein Nebenschauplatz."

Sie beide tranken einen Schluck, und für einen Moment schien die Last des Falls zwischen ihnen zu verschwinden. Es war ein stiller, fast vertrauter Moment, in dem die Welt draußen verblasste und nur noch die beiden zählten. Doch Anna wusste, dass diese Ruhe trügerisch war – und dass sie nicht lange anhalten würde.

„Ich habe heute etwas entdeckt, das... alles ändern könnte", begann sie schließlich leise und legte die Tasche auf den Tisch.

Markus zog die Augenbrauen hoch, und sein Blick wurde ernst. „Also hat sich dein Spürsinn mal wieder bewährt? Ich bin gespannt."

Sie zog das Foto von Krause und Hofman mit dem Säugling heraus und reichte es ihm. Markus nahm das Bild und betrachtete es lange, sein Gesichtsausdruck wechselte von Überraschung zu einem leichten Schock. „Das sind... Krause und Hofman?"

Anna nickte. „Genau. Und das ist eines von mehreren Bildern und Berichten, die andeuten, dass die Klinik in den 90ern Experimente durchgeführt hat – genetische Manipulation, Embryonen-Selektion, alles ohne Rücksicht auf moralische oder rechtliche Grenzen."

„Das erklärt einiges", murmelte Markus und stellte das Bild ab. „Wusstest du, dass Krause einmal ein Vorreiter der Reproduktionsmedizin war? Doch als seine Methoden auf Gegenwind stießen, hat er begonnen, im Schatten weiterzuforschen."

„Wie im Schatten?" fragte Anna und beugte sich leicht vor, ihre Neugier geweckt.

„Er hat einfach Wege gefunden, all das fortzusetzen, was offiziell verboten wurde", antwortete Markus und nippte an seinem Glas. „Ich habe von Kollegen gehört, dass er und Hofman damals ein eingespieltes Team waren. Beide hatten die gleiche Vorstellung davon, was wissenschaftlich möglich sein sollte – und beide waren bereit, Risiken einzugehen, die sonst niemand in der Medizin wagte."

Anna atmete tief durch. Die Abgründe dieser Geschichte schienen tiefer zu sein, als sie gedacht hatte. „Also haben sie ein ‚perfektes' Kind erschaffen wollen? Oder vielleicht mehrere?"

Markus nickte langsam. „Genau. Und es erklärt, warum Krause immer so misstrauisch reagiert, wenn man ihn auf die Vergangenheit anspricht."

Anna sah ihm direkt in die Augen, die sich vor ihren suchend zusammenzogen. In diesem Moment schien die Welt erneut zu schrumpfen – keine Dokumente, keine alten Geheimnisse, nur diese seltsame Anziehung, die zwischen ihnen bestand und die sie beide nie richtig erklären konnten.

„Und ich dachte, wir wären die Einzigen mit... ungelösten Spannungen", sagte Anna leise, ein leichtes Lächeln auf ihren Lippen, das sofort wieder verschwand, als sie sah, wie sich Markus zu ihr beugte, seine Hand sanft auf die ihre legte.

„Vielleicht lösen wir ein Rätsel nach dem anderen", murmelte er, sein Blick wanderte von ihren Augen zu ihren Lippen und wieder zurück. Die Wärme, die von seiner Berührung ausging, war überwältigend, und für einen Moment vergaß Anna die Vergangenheit der Klinik, die Intrigen, die Morde.

Langsam neigte er sich noch näher zu ihr, und ihre Herzen schienen in einem gemeinsamen Rhythmus zu schlagen. Sie spürte seinen Atem, sah, wie sein Blick tiefer und intensiver wurde, als wollte er all ihre Geheimnisse ergründen.

Doch genau in diesem Moment – wie es das Schicksal wollte – durchbrach das schrille Klingeln von Annas Handy die Atmosphäre. Sie zuckte zusammen und zog das Telefon hastig aus der Tasche, ärgerlich über den unterbrochenen Moment.

„Bergman", sagte sie und bemühte sich, ihre Stimme zu kontrollieren.

Am anderen Ende war die tiefe, raue Stimme von Kommissar Volf. „Anna, wir haben ein Problem. Jemand hat versucht, in dein Büro einzubrechen."

Anna richtete sich auf, und die Anspannung kehrte zurück, wie ein schwerer Schatten, der sie niederdrückte. „Was? Wann ist das passiert?"

„Vor etwa zwanzig Minuten. Die Wache hat Alarm geschlagen, aber der Einbrecher war schon weg, als sie ankamen. Es sieht aus, als ob er etwas gesucht hat."

Markus' Gesichtsausdruck wurde ebenfalls ernst, als er das Gespräch mitverfolgte. Er legte seine Hand beruhigend auf ihre

Schulter, doch Anna spürte nur, wie das Adrenalin in ihrem Körper anstieg.

„Ich komme sofort", sagte sie knapp und legte auf, bevor sie sich zu Markus drehte. „Das kann kein Zufall sein. Jemand weiß, dass ich in der Klinik etwas gefunden habe – und jetzt versuchen sie, die Beweise verschwinden zu lassen."

„Ich komme mit dir", sagte Markus, ohne zu zögern. In seinen Augen lag ein entschlossener Ausdruck, der keinen Widerspruch duldete.

Anna nickte, dankbar für seine Unterstützung, und sammelte hastig ihre Sachen ein. Die romantische Atmosphäre war verflogen, und das Gefühl der Dringlichkeit hatte ihren Platz eingenommen. Gemeinsam stürmten sie aus der Wohnung und machten sich auf den Weg zu Annas Büro, das nun der Schlüssel zu einem weit größeren Geheimnis zu sein schien, als sie beide gedacht hatten.

※

Es war schon spät, als Anna und Markus das Gebäude erreichten, in dem sich ihr Büro befand. Der nächtliche Nebel hatte sich über die Stadt gelegt, die Straßen waren still und menschenleer, als ob selbst München den Atem anhielt und abwartete, was als Nächstes geschehen würde.

Annas Büro befand sich im zweiten Stock eines alten Münchener Gebäudes, dessen Architektur gleichzeitig würdevoll und ein wenig unheimlich wirkte. Als sie die Treppe hinaufstiegen, war die Anspannung beinahe greifbar. Markus ging dicht hinter ihr, seine Augen wachsam, sein Blick scharf.

„Ich hoffe, dass dieser Einbrecher nicht alles verwüstet hat", murmelte Anna und zog den Schlüssel hervor, den die Wache für sie zurückgelassen hatte. „Ich habe genug damit zu tun, diesen Fall zu klären, ohne jetzt noch den ganzen Papierkram zu organisieren."

„Wahrscheinlich hat er einfach gemerkt, dass du etwas gefunden hast, das ihn nervös gemacht hat", sagte Markus, der eine Hand an ihrer Schulter ruhen ließ. „Jemand will sicherstellen, dass keine Spur in die falschen Hände gerät."

Anna nickte und drehte den Schlüssel im Schloss. Langsam öffnete sie die Tür und trat in ihr Büro – doch was sie sah, ließ sie für einen Moment erschauern.

Der Raum war völlig verwüstet. Überall lagen Papiere, Akten und Ordner verstreut, ihre Schubladen waren aufgerissen, und selbst der stabile Aktenschrank, den sie hinter dem Schreibtisch platziert hatte, stand offen, als hätte jemand darin gewühlt. Die gedämpfte Schreibtischlampe war die einzige Lichtquelle, und das schwache, flackernde Licht verstärkte den Eindruck, als sei das Büro der Schauplatz eines Kampfes gewesen.

„Wunderbar", sagte Anna mit ironischem Unterton. „Da gibt man sich jahrelang Mühe, ein organisiertes Chaos zu schaffen, und dann zerstört jemand mit ein paar Handgriffen die ganze Arbeit."

Markus trat näher und sah sich um. „Ich glaube, der Einbrecher hatte es auf bestimmte Dokumente abgesehen. Das hier sieht zielgerichtet aus."

Anna seufzte und zog ihre Tasche enger an sich. „Natürlich war er zielgerichtet. Die Frage ist nur, ob er das gefunden hat, was er wollte." Sie zog sich ein Paar Latexhandschuhe an und begann, die verstreuten Papiere zu durchsuchen. „Und falls nicht, sollte uns das wirklich Sorgen machen."

Markus trat näher und hob eine leere Akte vom Boden auf. „Was genau hast du hier aufbewahrt, Anna? Ich meine... außer den alten Kaffeeflecken und den Zettelstapeln?"

Anna warf ihm einen schiefen Blick zu. „Danke für das Vertrauen in meine Archivierungsfähigkeiten. Ich bewahre hier nur das Nötigste auf – und natürlich die Dokumente, die uns helfen könnten, die wahre Geschichte hinter dieser Klinik aufzudecken."

„Die Klinik und ihre Vergangenheit sind offenbar kein Geheimnis mehr", sagte Markus leise. „Aber wir sind vielleicht nicht die Einzigen, die diese Informationen nutzen wollen."

Während Anna sich weiter durch die verstreuten Akten wühlte, fiel ihr plötzlich ein Umschlag auf, der unter einem Stapel von Dokumenten halb versteckt lag. Sie zog ihn vorsichtig hervor, drehte ihn um und bemerkte, dass er ein altes Datum trug – eines, das sich mit dem Zeitraum deckte, aus dem auch die alten Fotos von Krause und Dr. Hofman stammten.

„Was ist das?" fragte Markus und trat näher, um einen Blick darauf zu werfen.

Anna öffnete den Umschlag und zog mehrere vergilbte Seiten hervor. Sie enthielten medizinische Aufzeichnungen, handschriftliche Notizen und, was ihr sofort auffiel, ein Namen, der mehr als nur eine Andeutung war: *Richter*.

„Die Familie Richter war also wirklich Teil dieses Projekts", murmelte Anna, die die Notizen durchging. „Hier ist von einem speziellen Embryotransfer die Rede, einer Methode, die genetische Eigenschaften gezielt veränderte... das ist genau die Art von Experimenten, die Krause und Hofman damals durchführten."

Markus nahm die Papiere in die Hand und studierte sie mit einem durchdringenden Blick. „Das bedeutet, die Familie Richter hat möglicherweise nichts von diesen genetischen Experimenten gewusst. Es klingt, als ob die Ärzte damals... etwas verschleiert haben."

Anna nickte, und ein kaltes Gefühl kroch ihr den Rücken hinauf. „Es könnte bedeuten, dass jemand dafür gesorgt hat, dass die Wahrheit niemals ans Licht kommt – und dass die Richters nur Schachfiguren in einem viel größeren Spiel waren."

„Und vielleicht", fügte Markus hinzu, „ist das auch der Grund, warum jemand versucht, alle Beweise zu beseitigen."

Noch bevor Anna antworten konnte, ertönte plötzlich ein leises Geräusch aus dem Flur. Es war kaum mehr als ein Knarren, doch in der stillen, angespannten Atmosphäre des Büros klang es wie ein Donnerhall.

Anna erstarrte und drehte sich um. „Hast du das gehört?"

Markus nickte und zog instinktiv die Tür hinter sich zu. „Sieht so aus, als hätten wir Gesellschaft."

Langsam und lautlos schlichen sie sich zur Tür und lauschten. Schritte näherten sich – vorsichtige, leise Schritte, die von jemandem kamen, der sich nicht erwischen lassen wollte. Anna und Markus warfen sich einen Blick zu, ihre Augen voller Entschlossenheit. Dann nickte Anna.

In einer fließenden Bewegung riss sie die Tür auf und trat hinaus, gerade rechtzeitig, um einen Schatten am Ende des Flurs zu erkennen, der eilig die Treppe hinunterhuschte. Sie zögerte nicht lange und rannte dem Unbekannten hinterher, Markus dicht an ihrer Seite.

„Halt!" rief Anna, ihre Stimme hallte durch das leere Treppenhaus. Doch der Einbrecher reagierte nicht, sondern beschleunigte sein Tempo.

Anna spürte, wie das Adrenalin ihren Puls beschleunigte, während sie die Treppe hinunterstürmte. Sie warf einen schnellen Blick über die Schulter, um sicherzugehen, dass Markus ihr folgte. Unten hörte sie eine Tür aufschwingen – der Einbrecher versuchte offenbar, durch den Hinterausgang zu entkommen.

Markus warf sich gegen die Tür und stürzte hinaus in die kalte Nacht, Anna direkt hinter ihm. Die dunkle Gasse war menschenleer, nur der schwache Lichtschein einer Straßenlaterne tauchte alles in ein gespenstisches Licht. Doch der Einbrecher war verschwunden, als ob ihn die Dunkelheit verschluckt hätte.

„Verdammt!" murmelte Anna frustriert und blickte in die Gasse, in der nur das Echo ihrer Schritte widerhallte.

Markus atmete schwer neben ihr, seine Augen durchkämmten die Schatten, doch der Einbrecher war spurlos verschwunden. „Wer auch immer das war – er wusste genau, was er wollte."

Anna nickte und spürte, wie die Spannung von ihr abfiel, nur um durch ein Gefühl der Entschlossenheit ersetzt zu werden. „Aber er hat nicht alles mitnehmen können. Und das, was wir haben, wird uns helfen, ihn zu finden."

Markus sah sie an, und ein leichtes Lächeln spielte auf seinen Lippen. „Also, was jetzt?"

Anna grinste zurück, eine Spur von Abenteuerlust blitzte in ihren Augen auf. „Jetzt? Jetzt werden wir das Netz enger ziehen – und dafür sorgen, dass niemand mehr im Dunkeln bleibt."

Kapitel 7

Der Morgen begann mit einer Tasse Kaffee, die Anna schon nach einem Schluck auf ihrem Schreibtisch abstellte. Der bittere Nachgeschmack passte irgendwie zur Aktenlage, die vor ihr ausgebreitet lag. Die gestohlenen Dokumente, die sie zurückbekommen hatte, wirkten wie ein Puzzle, bei dem einige Ecken fehlten – genug, um sie in den Wahnsinn zu treiben, aber auch genug, um die Umrisse eines düsteren Musters zu erkennen.

Anna warf einen kritischen Blick auf die Seiten, ihre Finger strichen über Namen, Daten und medizinische Befunde, die wie dunkle Kapitel einer lange vergessenen Geschichte aufblitzten. Zwei Namen fielen ihr immer wieder ins Auge: Die verstorbene Dr. Hofman und der Familienname Richter.

Richter. Sie kniff die Augen zusammen und spürte, wie sich die ersten Teile ineinander fügten. Richter – der Name tauchte in Verbindung mit genetischen Experimenten auf, einer Art *„Auswahlprozess"*, wie es in einer Notiz hieß. Die Notizen klangen wie eine Mischung aus kühler Wissenschaft und ethischer Fragwürdigkeit, mit einem Hauch Besessenheit.

Ein weiteres Dokument brachte Licht ins Dunkel. Es zeigte den Namen von Patienten, die mit einem speziellen genetischen Profil behandelt wurden. Sie blätterte weiter, und plötzlich stockte ihr der Atem. Die Liste der Patienten beinhaltete Namen, die aus ihrer Ermittlungsakte nur zu gut bekannt waren – zwei der bisherigen Mordopfer waren ebenfalls ehemalige Patienten dieser Klinik.

Es gibt also eine Verbindung zwischen den Morden, dachte Anna. Doch was für eine grausame Logik verbarg sich hinter diesen Taten?

Bevor sie die Gedanken weiter ordnen konnte, klingelte ihr Handy. Die Nummer auf dem Display ließ sie aufhorchen: Klaudia. Anna warf einen Blick auf die Akten und seufzte. *Na schön, mal sehen, was unsere kleine Geheimnisträgerin zu sagen hat.*

„Bergman," sagte Anna, ihre Stimme war sachlich und kühl.

Am anderen Ende erklang Klaudias nervöse Stimme. „Frau Bergman, ich... Ich weiß, dass Sie sicher noch Fragen haben. Ich muss mit Ihnen sprechen. Es ist wichtig."

Anna hob eine Augenbraue und lehnte sich zurück. „Interessant. Bislang hatten Sie das Bedürfnis, alles für sich zu behalten. Was hat sich geändert?"

„Ich... ich habe Dinge herausgefunden. Dinge, die ich nicht für möglich gehalten hätte," stammelte Klaudia, ihre Stimme klang gehetzt. „Können wir uns treffen?"

Anna überlegte einen Moment. Es war ungewöhnlich, dass Klaudia, die stets wie eine loyale Schattenfigur hinter Thomas Wagner stand, plötzlich das Bedürfnis hatte zu reden. „Gut. Wo und wann?"

„Im Café Elisenhof, in einer halben Stunde?" Klaudias Stimme klang drängend, fast verzweifelt.

„Ich bin unterwegs." Anna legte auf und griff nach ihrem Mantel. Bevor sie das Büro verließ, warf sie noch einen Blick auf die gestapelten Dokumente. Etwas sagte ihr, dass Klaudia und die Dokumente zwei Seiten derselben Medaille waren – und dass beide zusammen eine Geschichte erzählten, die alles in den Schatten stellte, was sie bisher über den Fall gewusst hatte.

Ein neuer Twist, Frau Meyer? dachte Anna, während sie die Tür hinter sich zuschloss und zum Café aufbrach.

Das Café Elisenhof war ruhig und fast leer, als Anna es betrat. In einer der Ecken saßen Karl und Gertude Richter, zwei Menschen, deren Haltung zugleich Würde und Trauer ausstrahlte. Der Ausdruck in ihren Augen verriet eine Last, die nur wenige ertragen konnten – die Last eines Geheimnisses, das sie seit Jahren mit sich trugen.

Anna setzte sich ihnen gegenüber und lächelte freundlich, aber aufmerksam. „Herr und Frau Richter, danke, dass Sie sich die Zeit genommen haben. Ich weiß, dass das nicht einfach für Sie ist."

Karl Richter nickte kurz, seine Hand fest um die von Gertrude geschlossen. „Frau Bergman, wir sind hier, weil wir die Wahrheit wissen müssen. Wir haben zu viele Jahre mit Fragen verbracht. Zu viele Jahre..."

„Und zu viele Lügen," fügte Gertrude mit einem leichten Zittern in der Stimme hinzu. „Es war immer etwas an dieser Klinik, das nicht stimmte. Aber damals... als unsere Tochter..." Sie brach ab, und ihre Augen füllten sich mit Tränen.

Anna wartete geduldig, während Gertrude sich sammelte, doch ihr Blick wanderte zwischen den beiden hin und her. Sie wusste, dass sie jetzt sensibel vorgehen musste, dass diese beiden mehr Informationen hatten, als sie preiszugeben bereit waren.

„Ihre Tochter", begann Anna leise, „war Patientin der Klinik in den frühen Jahren des Programms, nicht wahr?"

Karl nickte. „Ja, sie war... sie wollte ein Kind. Doch es war nie einfach für sie. Sie hatte gesundheitliche Probleme, und die Ärzte... die Ärzte sagten, die Klinik hätte eine neue Methode, eine Methode, die ihr helfen könnte."

„Krause und Hofman?" fragte Anna, obwohl sie die Antwort bereits kannte.

Karl und Gertrude tauschten einen kurzen, angespannten Blick. „Ja", sagte Gertrude schließlich. „Diese beiden waren... freundlich, einfühlsam. Sie versprachen, dass alles gut gehen würde. Aber irgendetwas an ihrem Lächeln, an der Art, wie sie miteinander redeten... ich wusste immer, dass sie uns etwas verschwiegen."

Anna lehnte sich zurück und beobachtete sie aufmerksam. „Haben sie Ihnen jemals gesagt, was genau diese ‚Methode' beinhaltete?"

Gertrude schüttelte den Kopf, während Karl eine Akte aus seiner Tasche zog, die er sorgsam geöffnet vor Anna legte. „Das hier fanden wir Jahre später. In ihren Unterlagen. Wir konnten nicht alles entziffern, aber... es scheint, dass unsere Tochter für ein Experiment ausgewählt wurde. Ein Experiment, bei dem es um... Genetik ging."

Anna warf einen Blick auf die Dokumente und erkannte sofort die vertrauten Begriffe, die sie auch in den gestohlenen Unterlagen gesehen hatte. *Genabgleich, Selektion, Modifikation.* Es schien, als hätten die Ärzte versucht, die genetische Struktur der Embryonen gezielt zu beeinflussen, um gewisse Eigenschaften zu „optimieren".

„Das hier", murmelte Anna und hielt das Dokument hoch, „könnte ein Beweis dafür sein, dass Krause und Hofman die Patienten wie Versuchspersonen behandelt haben. Und nicht alle Experimente scheinen erfolgreich gewesen zu sein."

Gertrude schluckte schwer und sah Anna an. „Unsere Tochter starb... ein Jahr, nachdem das Kind geboren wurde. Und niemand konnte uns je genau sagen, warum. Aber wir wussten es. Wir wussten, dass sie... dass sie daran gestorben ist, dass man sie als... als ein Experiment benutzt hatte."

Anna spürte, wie sich in ihr der Wunsch regte, diesen Menschen Antworten zu geben – Antworten und vielleicht auch eine Art von Gerechtigkeit. „Haben Sie je versucht, die Klinik zur Verantwortung zu ziehen?"

„Oh, wir haben es versucht", sagte Karl bitter. „Aber Krause hatte Verbindungen, die wir nicht durchbrechen konnten. Anwälte, die uns bedrohten, Briefe, die uns sagten, wir sollten einfach schweigen und das Andenken an unsere Tochter nicht beschmutzen."

Gertrudes Gesicht wurde hart, und sie schien eine neue Entschlossenheit zu finden. „Aber die Wahrheit muss herauskommen, Frau Bergman. Diese Menschen haben kein Recht, uns oder all die anderen Eltern so zu behandeln. Sie haben unsere Kinder manipuliert, mit Leben gespielt... und unsere Tochter hat dafür bezahlt."

Anna nickte langsam. „Ich verspreche Ihnen, ich werde alles tun, um die Wahrheit ans Licht zu bringen. Die Beweise häufen sich, und ich glaube, dass wir jetzt endlich die Möglichkeit haben, dieses Netz aus Lügen zu zerschneiden."

Gertrude griff nach Annas Hand und drückte sie fest. „Bitte, finden Sie heraus, wer hinter all dem steckt. Wir wollen nur... dass unser Enkelkind in Sicherheit ist. Ohne Schatten, ohne Geheimnisse."

Anna spürte die Last dieses Versprechens und wusste, dass sie jetzt noch tiefer in die Geschichte der Klinik eintauchen musste. Während sie das Café verließ, wusste sie, dass dies der Wendepunkt war – dass sie jetzt nicht mehr nur für sich selbst und ihre Neugier arbeitete.

Zurück in der Klinik, tauchte Anna in die Analyse der neuesten Informationen ein. Die brisanten Details aus dem Gespräch mit den Richters und die entdeckten Akten lasteten schwer auf ihr. Es war spät, und die Klinik lag bereits in gespenstischer Stille. Doch Anna konnte nicht aufhören, die Verbindung zwischen den Patientenakten und den Experimenten zu durchforsten.

Während sie in das Aktenchaos vertieft war, spürte sie plötzlich eine Präsenz hinter sich. Sie drehte sich um und sah Markus, der im Türrahmen stand. Er hatte anscheinend dieselbe Idee gehabt und war gekommen, um zu helfen.

„Du solltest dir wirklich eine Pause gönnen, Anna", sagte er mit einem leicht besorgten Lächeln, während er sie musterte. „Schlafentzug führt bei dir immer zu... interessanten Stimmungsschwankungen."

Anna grinste leicht. „Nun, es ist auch nicht jeder so übermenschlich wie du, Markus", entgegnete sie sarkastisch. Doch trotz des Spottes fühlte sie sich tatsächlich erleichtert, ihn hier zu haben.

Er trat näher, und für einen Augenblick standen sie einfach da, nur Zentimeter voneinander entfernt. Das leise Summen der Maschinen und das Flackern der Deckenleuchte machten die Stille zwischen ihnen noch intensiver.

„Danke, dass du das mit mir durchstehst", sagte Anna leise, als sie den Blick nicht von ihm lösen konnte. Sie spürte, wie sich eine Welle von Nähe und Vertrautheit zwischen ihnen ausbreitete, etwas, das sie kaum in Worte fassen konnte.

Markus sah sie intensiv an, seine Augen durchdrangen ihren Blick, als könnte er all ihre Gedanken lesen. „Ich glaube, ich habe gar keine Wahl mehr", murmelte er, während er ihr Gesicht musterte, seine Hand glitt leicht über ihre Wange.

Es war ein Moment, in dem alles andere verblasste – die Ermittlungen, die Intrigen, sogar die dunklen Geheimnisse der Klinik. Anna spürte, wie das Herz in ihrer Brust schneller schlug, während er sich ihr näherte, sein Atem nur einen Hauch von ihrem Gesicht entfernt.

Noch bevor sie wusste, was sie tat, legte sie eine Hand auf seine Schulter und zog ihn ein Stück näher. In dieser Sekunde gab es keine Zweifel, keine Fragen, nur die unausgesprochene Spannung, die sich zwischen ihnen aufgebaut hatte.

Seine Lippen berührten ihre in einem Kuss, der gleichzeitig sanft und voller Leidenschaft war. Anna fühlte, wie sich eine Flut von Emotionen in ihr entlud, die sie so lange zurückgehalten hatte. Sein

Kuss war intensiv, und für einen Augenblick vergaßen sie alles um sich herum.

Doch in genau diesem Moment ertönte plötzlich das schrille Klingeln von Markus' Handy und riss sie beide abrupt aus dem Augenblick. Sie lösten sich voneinander, beide noch leicht atemlos und sichtlich überrascht über die plötzliche Unterbrechung.

Markus sah sie entschuldigend an und zog das Handy hervor. Ein kurzer Blick auf das Display, und seine Miene verhärtete sich.

„Es ist Volf", sagte er mit gedämpfter Stimme und nahm das Gespräch an.

„Ja, Volf?" Markus hörte aufmerksam zu, seine Miene wurde zunehmend ernst. „Okay, verstanden. Wir sind auf dem Weg."

Er legte auf und sah Anna an, seine Augen glühten vor Entschlossenheit. „Volf hat neue Ergebnisse zur DNA-Analyse. Es gibt eine Verbindung zu einem neuen Verdächtigen."

Anna nickte langsam, ihre Gedanken noch halb in dem Moment verfangen, den sie gerade geteilt hatten, während das Adrenalin bereits zurückkehrte und sie auf das Kommende vorbereitete.

„Dann los", sagte sie schließlich und schenkte ihm ein entschlossenes, leicht schelmisches Lächeln. „Ich habe das Gefühl, dass dies erst der Anfang ist."

Anna und Markus eilten durch die fast leeren Flure der Klinik, ihre Schritte hallten in der Stille wider. Der Ernst in Markus' Augen verriet, dass die DNA-Analyse sie auf eine neue Spur geführt hatte, eine Spur, die alles ändern könnte.

Als sie in Volfs Büro ankamen, wartete er bereits auf sie. Sein Gesichtsausdruck war eine Mischung aus Triumph und Besorgnis, und ohne ein Wort legte er ihnen den Bericht der Analyse auf den Tisch.

„Setzt euch. Das hier... das hier ist nicht das, was ihr erwartet", begann er ohne Umschweife, sein Blick ruhte prüfend auf Anna und Markus.

Anna beugte sich vor und griff nach dem Bericht, den Volf mit einer Hand festgehalten hatte, als wollte er ihr die Spannung noch einen Moment länger zumuten. Sie warf ihm einen ungeduldigen Blick zu.

„Was genau haben wir hier, Volf?" fragte sie, ihre Stimme war ruhig, aber in ihrem Inneren brodelte die Erwartung.

Volf zog eine Augenbraue hoch und räusperte sich. „Die DNA-Spuren, die wir an einem der Tatorte gesichert haben... sie stimmen nicht nur mit den genetischen Markern des Programms aus der Klinik überein. Nein, es gibt eine direkte genetische Verbindung."

Markus' Stirn runzelte sich. „Eine Verbindung? Zu wem genau?"

Volf atmete tief durch und lehnte sich dann zurück, als ob er sich auf das, was nun folgen würde, vorbereiten musste. „Die DNA weist auf eine familiäre Beziehung zu einer Person, die uns allen hier bekannt ist."

Anna spürte, wie ihr Herz schneller schlug. Es gab in diesem Fall kaum etwas, das sie noch überraschen konnte, dachte sie – doch Volfs Ausdruck ließ sie innehalten.

„Das Ergebnis zeigt eine Verwandtschaft zur Familie... Richter."

Anna sog scharf die Luft ein. „Die Richters? Sie meinen... das Kind, das die Klinik in den 90ern genetisch manipuliert hat... ist jetzt erwachsen? Und möglicherweise in diesen Fall verwickelt?"

Volf nickte langsam. „Genau das bedeutet es. Wir wissen noch nicht, wer dieser Mensch ist, aber die genetischen Spuren stimmen überein. Die Richters könnten unwissentlich ein Kind großgezogen haben, das Teil von Krauses fragwürdigem Experiment war."

Die Schockwellen dieser Offenbarung durchdrangen Anna und Markus gleichermaßen. Der Gedanke, dass das „perfekte Kind", das durch genetische Manipulation geschaffen wurde, nun in eine Mordserie verwickelt sein könnte, öffnete neue Abgründe.

„Es gibt noch mehr", fügte Volf hinzu, während er eine zusätzliche Seite aus dem Bericht hervorholte. „Diese genetischen Marker stimmen nicht nur mit den Richters überein. Es scheint, dass das Kind... ein Resultat von Proben ist, die gezielt aus verschiedenen genetischen Linien zusammengestellt wurden. Ein Konstrukt, wenn man so will."

Anna blinzelte, während sie die Informationen aufnahm. „Also ein Konstrukt... ein Mensch, geschaffen aus verschiedenen genetischen Proben, ein ‚Experiment' der Klinik, das nie hätte existieren sollen."

Markus sah sie an, eine Mischung aus Mitgefühl und Entschlossenheit in seinem Blick. „Das bedeutet, dass die Person, die hinter diesen Morden steckt, sich selbst vielleicht gar nicht als ein ‚Produkt' der Klinik sieht. Vielleicht weiß sie es nicht einmal."

Anna nickte. „Wir haben es hier möglicherweise mit einem Menschen zu tun, der nicht einmal ahnt, dass sein ganzes Leben Teil eines makabren Spiels war. Einer Manipulation, die sein Schicksal von Anfang an bestimmt hat."

Volf seufzte und rieb sich die Stirn. „Das bringt uns nicht nur näher an die Wahrheit, sondern bringt auch neue Fragen. Wer auch immer dieser Mensch ist, er hat eine tiefe Verbindung zur Klinik und zu allem, was damals geschehen ist."

Ein schweres Schweigen legte sich über den Raum, während jeder die Tragweite der Informationen verarbeitete. Anna wusste, dass die Ermittlungen in eine neue Phase eingetreten waren, eine Phase, in der die Wahrheit nicht nur beängstigend, sondern auch moralisch brisant wurde.

Schließlich war es Markus, der das Schweigen brach. „Also was jetzt? Wir müssen die Richters befragen und herausfinden, was sie über das Kind wissen. Sie könnten Hinweise auf die Identität haben."

Volf nickte. „Aber vorsichtig, sehr vorsichtig. Wir haben es hier mit einer verwundbaren Familie zu tun, die vermutlich nie geahnt hat, was in dieser Klinik wirklich geschah."

Anna griff entschlossen nach der Akte. „Dann sollten wir keine Zeit verlieren. Die Wahrheit wartet nicht – und diese Geschichte hat lange genug im Dunkeln gelegen."

Mit einem kurzen Nicken verabschiedeten sie sich von Volf und machten sich auf den Weg, die düstere Wahrheit, die sich in der Klinik verbarg, endlich ans Licht zu bringen.

Kapitel 8

Der Konferenzraum im Polizeipräsidium war an diesem Morgen von einer Atmosphäre gespannt wie eine Drahtsaite erfüllt. Auf dem Tisch lagen die neuesten Dokumente und Beweise, die im Fall der Mordserie und den geheimen Machenschaften der Klinik Kinderwunsch München gesammelt worden waren. Anna saß aufrecht, ihre Augen fest auf die ausgebreiteten Berichte gerichtet, während Markus neben ihr stand und ihr eine stumme, unerschütterliche Unterstützung vermittelte.

Kommissar Volf betrat den Raum, seine Miene wie gewohnt von einem müden, skeptischen Ausdruck gezeichnet, doch diesmal wirkte seine Stimmung gereizter als gewöhnlich. Er legte einen Stapel Papiere auf den Tisch, ohne die Anwesenden direkt anzusehen.

„Guten Morgen", begann er, doch seine Stimme klang eher wie eine offizielle Ansage als eine Begrüßung. „Unsere aktuellen Daten deuten darauf hin, dass wir es mit einer weit verzweigten Verschwörung zu tun haben – und dass die Klinik tiefer darin verwickelt ist, als uns lieb sein kann. Die DNA-Analyse bestätigt eine genetische Verbindung zwischen den Opfern und einer... sagen wir mal, experimentellen Patientengruppe."

Anna lehnte sich leicht vor und nickte. „Die Klinik hat demnach nicht nur medizinisch betreut, sondern auch manipuliert und regelrecht experimentiert. Das bringt uns auf eine neue Ebene in der Ermittlungsarbeit."

Volf runzelte die Stirn, und sein Blick verfinsterte sich. „Bergman, Ihre Spekulationen sind das Letzte, was wir jetzt brauchen. Die Fakten sind spärlich, und ich habe nicht die Absicht, voreilige Schlüsse zu ziehen, die das Ansehen der gesamten Polizeiabteilung gefährden könnten."

Anna funkelte ihn an, ließ sich jedoch nicht einschüchtern. „Kommissar, das sind keine Spekulationen. Die Dokumente, die wir gefunden haben, enthalten eindeutige Hinweise auf genetische Manipulation und Patientenexperimente. Die Klinik hat viel mehr auf dem Kerbholz, als wir zunächst dachten."

Ein hitziges Schweigen folgte, während Volf und Anna sich einen stummen Machtkampf lieferten. Es war Markus, der schließlich das Wort ergriff und das Eis zu brechen versuchte. „Kommissar Volf, Annas Beobachtungen basieren auf harten Beweisen. Wenn wir dies ignorieren, könnten uns entscheidende Verbindungen entgehen. Lassen Sie uns diesen Fall ohne Scheuklappen angehen."

Volf verzog das Gesicht, sichtlich unzufrieden mit Markus' Einwand. Doch die Überzeugung in dessen Stimme schien ihm einen Moment lang die Luft zu nehmen. Nach einer kurzen Pause wandte er sich widerwillig an Anna.

„Na gut, Bergman. Aber keine Showeinlagen. Die Öffentlichkeit darf unter keinen Umständen erfahren, was hier vor sich geht – noch nicht."

Anna schnaubte leise, hielt jedoch ihren Kommentar zurück. Sie nickte knapp und machte sich innerlich bereit für das nächste Hindernis, das ihr zweifellos bald in den Weg gestellt werden würde.

„Was ist unser nächster Schritt?" fragte Markus in die Runde, seine ruhige, bestimmte Art brachte die Anspannung im Raum zum Abflauen.

Volf richtete seine Aufmerksamkeit auf die Akten vor sich. „Es gibt eine Person, die mehr über die ursprünglichen Experimente wissen könnte, als wir bisher vermutet haben: Dr. Sabine Hofman. Sie war nicht nur Teil des Ärzteteams, sondern eng mit den verantwortlichen Personen verbunden."

Anna schnaubte leise. „Natürlich. Dr. Hofman weiß vermutlich mehr, als sie zugeben will. Es wird höchste Zeit, sie in die Mangel zu nehmen."

Markus legte eine Hand auf Annas Arm, um sie zur Ruhe zu bringen. „Lass uns professionell bleiben", sagte er mit einem leichten Schmunzeln.

Anna verdrehte die Augen, konnte sich jedoch ein kleines Lächeln nicht verkneifen. Doch tief in ihrem Inneren kochte die Wut. Sie wusste, dass Dr. Hofman das fehlende Puzzlestück in diesem bizarren Spiel war und dass sie Antworten brauchten – egal, wie sie an diese herankamen.

Mit einem kurzen Blick auf Volf, der eine Zustimmung in Annas entschlossenem Gesichtsausdruck erkannte, beendete der Kommissar die Sitzung. „Dann los. Nehmen Sie Dr. Hofman ins Verhör – und finden Sie heraus, was sie weiß."

Die Jagd auf die Wahrheit hatte begonnen, und Anna verspürte einen intensiven Drang, dieses Netz aus Lügen und Verrat endgültig zu zerschneiden.

Dr. Sabine Hofman saß auf der anderen Seite des Verhörtisches, ihre schlanken Hände elegant übereinandergelegt, die Lippen zu einem dünnen, überlegenen Lächeln verzogen. Sie war die Ruhe selbst, doch Anna konnte das flackernde Unbehagen in ihren Augen sehen. Anna wusste genau, dass Frauen wie Hofman sich auf ihren beruflichen Status verließen, um ihre Macht zu schützen.

Anna und Markus nahmen ihr gegenüber Platz. Markus begann das Gespräch, sein Ton ruhig und kontrolliert. „Dr. Hofman, Sie waren in den 90ern eine enge Kollegin von Dr. Krause. Sie beide haben gemeinsam an genetischen Projekten gearbeitet, die... sagen wir, gewisse Grenzen überschritten haben."

Hofman legte den Kopf leicht schief und schürzte die Lippen. „Grenzen überschreiten, Herr Stein? Wissen Sie, was Fortschritt bedeutet? Manchmal muss man bestehende Normen infrage stellen, um das Leben zu verbessern."

„Das Leben verbessern?" Anna beugte sich vor, ihre Augen scharf auf Hofman gerichtet. „Sie meinen wohl, ein Spiel mit dem Leben zu treiben. Oder wollen Sie etwa behaupten, dass genetische Manipulation bei menschlichen Embryonen eine noble Sache war?"

Hofman zuckte mit den Schultern und legte eine Hand auf ihr Kinn. „Sie verstehen das nicht. Sie sind keine Wissenschaftlerin. Die Gesellschaft gibt uns Grenzen vor, doch wir... wir haben die Pflicht, weiter zu denken, weiter zu forschen. Krause und ich waren Wegbereiter. Alles, was wir wollten, war die Möglichkeit, menschliches Leben besser zu machen."

„Besser machen?" Anna lachte leise, ihre Stimme vor Sarkasmus triefend. „So wie das Leben der Familie Richter? Die Menschen, die Sie wie Versuchsobjekte behandelt haben?"

Dr. Hofmans Ausdruck wurde für einen Sekundenbruchteil härter, und Anna wusste, dass sie einen wunden Punkt getroffen hatte. „Die Richters wussten, dass es Risiken gab. Sie wollten ein Kind um jeden Preis."

„Um jeden Preis", wiederholte Markus leise. „Das bedeutet aber nicht, dass Sie das Recht hatten, moralische und ethische Grundsätze zu ignorieren, Dr. Hofman."

Hofman zuckte die Schultern, als wäre das alles eine Kleinigkeit. „Moral und Ethik, Herr Stein, sind Konstrukte. In unserer Arbeit geht es um Evolution, um das, was der Mensch erreichen kann, wenn er sich selbst überwindet."

„Überwinden ist ein gutes Wort", bemerkte Anna trocken. „Sie scheinen die Tatsache zu ignorieren, dass mehrere Menschen inzwischen tot sind, und alles deutet darauf hin, dass diese Morde in Zusammenhang mit Ihrer Arbeit stehen. Also, Frau Doktor, erzählen Sie uns doch von Ihrer Rolle in diesem... Überwindungsprojekt."

Hofman schwieg einen Moment, als würde sie abwägen, wie viel sie preisgeben sollte. Dann beugte sie sich leicht vor, ihre Stimme nun leiser und fast konspirativ. „Es gibt Dinge, die die Öffentlichkeit nie verstehen wird. Krause und ich hatten Visionen. Unsere Methode hat Möglichkeiten eröffnet, die... nun, ich werde es so ausdrücken: Diese Möglichkeiten könnten so manchen Menschen nervös machen. Sie könnten denken, dass wir Gott spielen."

„Und genau das haben Sie doch getan, nicht wahr?" fragte Anna kalt. „Menschen manipuliert, ihre Gene verändert, ihre Leben in Gefahr gebracht – für Ihre Experimente. Hat Sie das jemals gejuckt? Oder waren das einfach nur Namen auf Papier für Sie?"

Dr. Hofman ließ eine kurze Pause verstreichen, bevor sie antwortete. „Wissenschaft verlangt Opfer, Bergman. Sie sind Polizistin, Sie kennen die Abwägung zwischen Risiko und Nutzen."

„Ach, bitte, sparen Sie uns die Rechtfertigungen", sagte Anna. „Erklären Sie lieber, wie Ihre Arbeit zum heutigen Desaster führen konnte. Wer war das Ziel dieser... Optimierung?"

Doch bevor Hofman antworten konnte, öffnete sich die Tür abrupt, und ein Beamter steckte den Kopf herein. „Entschuldigung, aber es ist wichtig. Ich muss Sie beide sofort sprechen."

Anna und Markus warfen sich einen schnellen Blick zu, bevor sie zähneknirschend den Verhörraum verließen. Im Flur erklärte der Beamte knapp: „Es gab einen Zwischenfall in der Stadt. Ein Verdächtiger wurde gesichtet, jemand, der anscheinend aus der Klinik flüchtet."

Markus fluchte leise, und Anna nickte entschlossen. „Wir haben keine Zeit zu verlieren. Hofman bleibt hier – wir kümmern uns um diesen Verdächtigen."

Sie warfen einen letzten Blick in den Raum, wo Hofman ihnen mit einem kühlen, fast zufriedenen Ausdruck hinterherblickte. Es war, als ob sie wusste, dass sie Zeit für sich gewonnen hatte – und als ob sie diesen Vorteil gnadenlos ausspielen würde.

Doch Anna und Markus waren bereit für die Jagd.

⁂

Anna und Markus stürmten aus dem Präsidium und eilten zu Annas Wagen, der draußen auf der anderen Straßenseite parkte. Ohne ein Wort sprang Markus auf den Beifahrersitz, während Anna sich hinters Steuer schwang und den Motor anließ. Sie spürte den Adrenalinschub in ihrem Blut und warf Markus einen raschen Blick zu, bevor sie den Wagen auf die Straße lenkte.

„Hast du eine genaue Beschreibung?" fragte sie, als sie sich in den Münchner Stadtverkehr eingliederte.

Markus scrollte auf seinem Handy durch die Notizen, die der Beamte ihnen mitgegeben hatte. „Zeuge meldete eine große, schlanke Person, Kapuze über dem Kopf, der sich aus der Richtung der Klinik entfernte. Angeblich war er nervös, sah sich ständig um."

„Also, ein typischer Verdächtiger mitten am Tag", murmelte Anna und beschleunigte, während sie sich den Weg durch den Verkehr bahnte. Sie spürte, wie ihr Puls raste und sich ein scharfer Fokus einstellte, der immer dann einsetzte, wenn sie eine Verfolgung begann.

Plötzlich schoss ein Mann mit einer dunklen Kapuze am Straßenrand entlang und blickte hektisch in alle Richtungen. Anna erkannte ihn sofort. „Da! Markus, siehst du ihn?"

„Ja, das ist er!" rief Markus. „Schnell, Anna!"

Sie trat das Gaspedal durch und lenkte den Wagen in die Richtung des Verdächtigen. Der Mann blickte über die Schulter, entdeckte den herannahenden Wagen und sprintete los. Anna und

Markus sprangen gleichzeitig aus dem Wagen und nahmen die Verfolgung zu Fuß auf.

Der Verdächtige bog in eine Seitenstraße ein und raste durch eine schmale Gasse, vorbei an staunenden Passanten, die ihn und die beiden Polizisten ungläubig hinterherstarrten. Anna spürte den kühlen Wind auf ihrer Haut und die Pflastersteine unter ihren Füßen, doch sie hielt nicht inne. Der Mann vor ihnen bog erneut ab und verschwand kurzzeitig aus ihrem Sichtfeld.

„Verdammt, er kennt die Stadt gut", keuchte Markus, doch Anna blieb fokussiert.

„Wir werden ihn nicht verlieren", zischte sie und legte einen Zahn zu. Der Verdächtige war nun nur noch wenige Meter von ihnen entfernt. Sie konnte seine schwere Atmung hören und sehen, wie seine Schultern sich unter der Anstrengung hoben und senkten.

Dann geschah es: Der Mann machte einen Fehltritt, stolperte und fiel schwer auf die Knie. Anna nutzte den Moment, hechtete nach vorne und packte ihn an der Schulter. Doch der Verdächtige war überraschend kräftig und drehte sich mit einem wilden Blick um, schlug nach ihr und befreite sich aus ihrem Griff.

Markus war jedoch blitzschnell zur Stelle und stellte sich dem Mann in den Weg. „Keine Bewegung! Polizei!"

Der Mann zögerte einen Moment, als ob er abwog, ob er noch einen Fluchtversuch wagen könnte, dann jedoch blitzte eine unberechenbare Entschlossenheit in seinen Augen auf. Er stieß sich von Markus ab und rannte weiter, diesmal in eine breitere Straße, die direkt zum Fluss führte.

Anna und Markus tauschten einen kurzen, wortlosen Blick und nahmen die Verfolgung wieder auf. Der Mann hatte sich ein schnelles Tempo angeeignet, doch Anna spürte, dass er langsam ermüdete. In der Nähe des Flussufers war die Straße menschenleer, und sie beschleunigten, um ihn einzukreisen.

Plötzlich blieb der Verdächtige stehen, sein Blick starrte auf den Fluss, während er schwer atmend über seine Schulter zu Anna und Markus sah. Er wusste, dass er in die Enge getrieben war.

„Keine Dummheiten", rief Markus, der die Hand gehoben hatte, um den Mann zu beruhigen. „Es ist vorbei."

Der Verdächtige schüttelte den Kopf, und in seinen Augen flackerte eine Mischung aus Verzweiflung und Wut auf. „Ihr versteht nicht", rief er mit heiserer Stimme. „Ihr wisst nicht, was hier wirklich gespielt wird!"

Anna trat einen Schritt vor, ihre Stimme ruhig und fest. „Dann klären Sie uns auf. Aber zuerst kommen Sie mit uns. Widerstand wird Ihnen nicht helfen."

Für einen Moment schien der Mann bereit, sich zu ergeben, doch dann sah sie, wie seine Hand langsam in die Tasche wanderte. Anna und Markus blickten sich an, in ihren Augen blitzte die stumme Warnung auf.

„Hände hoch, keine plötzlichen Bewegungen!" rief Markus scharf, doch es war zu spät. Der Mann zog etwas aus der Tasche und schleuderte es in ihre Richtung. Im nächsten Moment zischte eine Rauchgranate auf den Boden, und dichter Rauch hüllte sie ein.

Anna hustete und blinzelte durch den Rauch, der ihre Sicht auf den Flussufer verbarg. Sie konnte nur verschwommene Umrisse erkennen und hörte die Schritte des Verdächtigen, die immer schneller wurden und schließlich in der Ferne verhallten.

„Verdammt!" rief Anna und trat frustriert gegen einen Stein. Der Rauch verzog sich allmählich, und Markus kam hustend neben sie.

„Er ist weg", sagte er und strich sich mit der Hand über das Gesicht. „Aber dieser Typ wusste etwas – und das müssen wir herausfinden."

Anna nickte grimmig. „Wir werden ihn finden, egal wie. Dieser Kerl hat uns ein Puzzlestück geliefert. Jetzt liegt es an uns, das restliche Bild zu rekonstruieren."

Sie und Markus standen einen Moment lang schweigend da, während sie in die Richtung blickten, in die der Mann verschwunden war.

Nachdem die Verfolgung abrupt endete und der Verdächtige entkommen war, kehrten Anna und Markus wortlos zur Klinik zurück. Der Adrenalinschub ließ allmählich nach, und die Enttäuschung über den Verlust des Verdächtigen nagte an ihnen beiden. Sie betraten den vertrauten, jedoch seltsam stillen Klinikflur, und es war, als würde die Ruhe der nächtlichen Stunde die Spannung zwischen ihnen noch weiter verstärken. Anna spürte, wie all die aufgestaute Anspannung plötzlich auf eine andere Art in ihr tobte – und dass sie und Markus nicht mehr nur Ermittler in diesem Fall waren, sondern zwei Menschen, die einander brauchten.

„Anna..." begann Markus, als sie sein Büro erreichten, und seine Stimme klang tiefer, sanfter als sonst. „Du hast alles gegeben. Es war nicht deine Schuld, dass er entkam."

„Ich weiß", murmelte sie und blickte zu Boden, ihre Gedanken noch bei der Verfolgungsjagd. „Aber... es hätte anders laufen können. Vielleicht hätten wir ihn stellen können, wenn ich nur eine Sekunde schneller gewesen wäre."

Markus legte eine Hand auf ihre Schulter, und die Berührung fühlte sich durch den leisen Puls der Anspannung wie ein elektrisches Prickeln an. „Du warst großartig da draußen. Wir waren beide gut, Anna. Und diesen Fall lösen wir – wir beide."

Er ließ seine Hand nicht von ihrer Schulter gleiten, und als Anna zu ihm aufblickte, begegnete sie seinem intensiven Blick. Sie standen einen Moment still, die Nähe zwischen ihnen schien mit jedem Atemzug tiefer zu werden. Die Ereignisse des Tages, die verworrenen Geheimnisse und das Gefühl der Verlorenheit, das der Fall in ihnen auslöste, schienen sie auf unaufhaltsame Weise näher zueinander zu bringen.

„Markus..." Sie spürte, dass sie mehr sagen wollte, doch die Worte blieben in ihrer Kehle stecken.

Er lächelte leicht, und ohne ein weiteres Wort zog er sie an sich. Ihre Lippen trafen sich in einem Kuss, der all die unausgesprochenen Emotionen und das Verlangen ausdrückte, das sich in den letzten Tagen angestaut hatte. Es war kein flüchtiger Moment, sondern ein Kuss, der sie beide vollständig in Besitz nahm und alle Zweifel und Ängste für einen Augenblick zum Schweigen brachte.

Anna spürte, wie die Anspannung von ihr abfiel, während sie sich in seinen Armen verlor. Markus hielt sie fest, als wäre sie der Anker, den er inmitten dieses undurchsichtigen Falles brauchte. Für einen Moment waren sie nicht länger Polizisten, Ermittler oder Kollegen, sondern einfach zwei Menschen, die einander in diesem verworrenen Netz der Geheimnisse Halt gaben.

„Anna", flüsterte er leise, seine Stimme voller Emotionen. „Ich... ich wollte dir das schon lange sagen, aber dieser Fall, diese ganze Situation... Es gibt so vieles, was ich dir noch sagen möchte."

„Sag's mir jetzt", flüsterte sie zurück, ihre Stimme war kaum mehr als ein Hauch.

Er atmete tief ein, als würde er die richtigen Worte suchen, doch seine Augen sagten bereits alles. „Ich will, dass du weißt, wie sehr du mir bedeutest. Du bist mehr als nur eine Kollegin, mehr als nur eine Partnerin in diesem Fall. Du bist... du bist jemand, ohne den ich nicht mehr kann."

Seine Worte drangen tief in ihr Herz, und sie spürte, dass er die Wahrheit sagte. Die Wahrheit über seine Gefühle und das, was sie in seinem Leben bedeutete. Auch wenn die Umstände alles andere als ideal waren, wusste sie, dass diese Verbindung zwischen ihnen echt war.

Sie lächelte, legte eine Hand an seine Wange und zog ihn erneut zu sich. „Dann lass uns diesen Moment nicht loslassen", sagte sie, bevor sie ihn wieder küsste, und sie beide wussten, dass dieser Moment mehr war als nur eine flüchtige Erleichterung.

In jener Nacht ließen sie die Dunkelheit und die unzähligen Geheimnisse des Falles hinter sich und fanden für einen Moment Ruhe in der Nähe des anderen. Es war eine Nacht voller Emotionen und Versprechen – ein Moment, in dem ihre Verbundenheit das einzige Licht war, das sie aus der Dunkelheit führte.

Kapitel 9

Der Morgen brach an, und in der gespannten Stille des Büros von Markus und Anna sammelten sich die neuesten Dokumente und Unterlagen – ein wahrer Schatz an Informationen, der sorgfältig durchgesehen werden musste. Anna blätterte durch die Papiere und hielt bei einem dicken Umschlag inne, der eine ungewöhnlich große Anzahl von Transaktionsbelegen enthielt.

„Na, schau mal einer an", murmelte Anna, als sie die Summen auf den Kontoauszügen las. „Großzügige Zahlungen, alle von einem anonymen Konto. Das ist kein Zufall."

Markus trat neben sie und betrachtete die Kopien der Banküberweisungen. „Es scheint, dass jemand dafür bezahlt hat, bestimmte Dinge unter Verschluss zu halten. Oder Leute in Schach zu halten." Er fuhr mit dem Finger über eine der Zahlungen und pfiff leise durch die Zähne. „Das ist mehr Geld, als die meisten in einem Jahr verdienen."

„Und schau hier", fuhr Anna fort, die eine andere Seite der Dokumente in der Hand hielt. „Die Zahlungen passen auffällig zu den Zeitpunkten, in denen bestimmte Akten in der Klinik verschwanden oder manipuliert wurden. Jemand hat mit viel Geld und Präzision daran gearbeitet, Spuren zu verwischen."

Markus nickte, seine Augenbrauen leicht zusammengezogen. „Fragt sich nur, wer der Empfänger ist und was genau die Vereinbarung beinhaltete."

Bevor Anna antworten konnte, bemerkte sie eine Bewegung am anderen Ende des Raums. Schwester Schmidts kleine, rundliche

Gestalt stand im Türrahmen. Sie wirkte etwas unsicher und hielt eine Kaffeetasse, als hätte sie vergessen, dass sie überhaupt einen Kaffee wollte.

„Oh, entschuldigen Sie... ich wollte nicht stören", sagte sie hastig und machte Anstalten, sich umzudrehen und zu verschwinden. Doch Anna hielt sie zurück.

„Schwester Schmidt, kommen Sie doch rein. Haben Sie einen Moment?" Anna lächelte, aber ihre Augen verrieten das genaue Interesse an der Schwester.

Schmidt trat etwas widerwillig näher, und Anna konnte sehen, dass ihre Hände leicht zitterten. „Ja... natürlich. Was kann ich für Sie tun?"

„Wir haben nur einige Fragen zur Buchführung und Verwaltung der Klinik", begann Markus, die Dokumente leicht schwenkend. „Es scheint, dass in der letzten Zeit einige Unregelmäßigkeiten aufgetreten sind. Sind Sie zufällig mit den Banktransaktionen vertraut, die über externe Konten liefen?"

Schmidt schluckte schwer und ihre Augen flackerten leicht, als sie Markus' Frage hörte. „Oh... äh, ich... ich war hauptsächlich für die Patientenakten verantwortlich. Die Bankdinge, das war nie mein Aufgabenbereich. Ich... habe wirklich keine Ahnung."

„Interessant", murmelte Anna, ohne die Schwester aus den Augen zu lassen. „Aber Sie arbeiten schon eine Weile hier, nicht wahr? Da bekommt man sicher mit, was hinter den Kulissen passiert."

Schwester Schmidt drehte die Kaffeetasse in ihren Händen, und Anna bemerkte, wie ihre Fingerknöchel dabei weiß wurden. „Ja... also... ich weiß nur, dass Frau Dr. Hofman und Professor Krause oft miteinander gesprochen haben. Manchmal sprachen sie in einer Art Code, als ob... als ob sie wollten, dass niemand außer ihnen selbst wusste, worum es ging."

„Code?" fragte Markus, seine Stimme war neugierig, aber auch ein wenig belustigt. „Und Sie haben nie versucht, herauszufinden, was sie damit meinten?"

Schmidt errötete leicht und schüttelte hastig den Kopf. „Nein, ich... das stand nicht in meiner Macht. Ich bin nur... ich war einfach nur für die Patientenakten verantwortlich. Ich wollte mich nie einmischen."

Anna lächelte sanft, aber ihre Augen blieben scharf. „Natürlich nicht, Schwester Schmidt. Wir danken Ihnen für Ihre Unterstützung. Wenn Ihnen noch etwas einfällt, egal wie unbedeutend es erscheinen mag – wir sind immer erreichbar."

Schwester Schmidt nickte und verließ den Raum eilig, als wäre sie froh, dieser Unterhaltung entkommen zu sein. Anna und Markus sahen sich einen Moment lang an, beide mit dem gleichen Gedanken: Schwester Schmidt wusste mehr, als sie preisgab. Doch vorerst ließen sie es darauf beruhen.

„Sie hat mehr gesehen, als sie sagt", murmelte Anna, als die Tür hinter der Schwester ins Schloss fiel. „Wir sollten ein Auge auf sie haben."

„Keine Frage", antwortete Markus und deutete auf die Akten, die noch auf dem Tisch lagen. „Aber diese Finanztransaktionen sind der Schlüssel. Die Frage ist nur: Wohin führen sie?"

Anna lehnte sich in ihrem Stuhl zurück und ließ den Blick über die Dokumente wandern. „Vielleicht führt uns das Geld ja genau dorthin, wo wir hin müssen. Es wird Zeit, das Netz aus Lügen weiter zu entwirren."

⚜

Der Morgen dämmerte sanft über Markus' Küche, als Anna und er an einem kleinen Holztisch saßen, den Duft von frisch gebrühtem Kaffee und knusprig gebratenem Speck in der Luft. Es war ein seltener Moment der Ruhe, inmitten all der Verstrickungen und Geheimnisse, und sie genossen ihn in der stillen Gewissheit, dass sie diese Momente viel zu selten teilten.

„Das Frühstück ist erstaunlich gut gelungen für jemanden, der ständig über Leichen gebeugt arbeitet", bemerkte Anna schmunzelnd, während sie sich ein Stück Brot auf den Teller legte. Sie zwinkerte Markus zu und hob ihre Kaffeetasse.

„Kommt von meiner jahrelangen Übung darin, den Tag mit etwas Positivem zu beginnen", entgegnete Markus mit einem Anflug von Ironie und einem warmen Lächeln. „Und vielleicht einer gesunden Dosis Schlafentzug."

Anna nickte zustimmend, während sie das Stück Brot langsam mit Marmelade bestrich. „Wenn ich darüber nachdenke, wann wir das letzte Mal beide so entspannt gesessen haben, dann..."

„... dann müsste es vor diesem Fall gewesen sein", vervollständigte Markus den Satz, und seine Stimme klang dabei fast nachdenklich. Für einen Moment legte sich eine vertrauliche Stille über die beiden, und sie blickten einander an, als wollten sie diesen Augenblick der Ruhe für sich festhalten.

Markus reichte ihr sanft eine Hand über den Tisch, und sie legte ihre in seine. Es war eine unscheinbare Geste, doch die Wärme seiner Berührung schien sie zu beruhigen und gleichzeitig das Bedürfnis nach Nähe noch mehr zu wecken. Sie wusste, dass diese Momente flüchtig waren, kostbar inmitten des Chaos, das ihr Alltag geworden war.

„Weißt du, Anna", begann er leise, seine Stimme klang weicher als sonst. „Ich habe das Gefühl, dass ich in diesem Fall... nicht nur als Ermittler, sondern als Mensch herausgefordert werde. Manchmal fühlt es sich an, als hätten wir uns nur in diesem Fall gefunden, um... etwas anderes, etwas Tieferes herauszufinden."

Anna zog leicht die Augenbrauen hoch und lächelte verhalten. „Markus, du klingst ja fast philosophisch. Bist du sicher, dass du nicht zu viel Kaffee hattest?"

Doch statt zu antworten, beugte Markus sich leicht über den Tisch und nahm ihre Hand fester. In seinen Augen lag ein Funkeln, das Anna unwillkürlich den Atem stocken ließ. „Vielleicht sollte ich mehr Kaffee trinken, wenn es mir hilft, dir das zu sagen, was ich wirklich fühle."

Sie erwiderte seinen Blick, und ihre Lippen formten ein leichtes Lächeln. Doch bevor einer von ihnen etwas sagen oder tun konnte, drang das unerbittliche Klingeln von Markus' Handy durch die Stille und zerschnitt die Intimität des Augenblicks.

Markus seufzte tief und ließ ihre Hand nur widerwillig los. Er warf einen kurzen, bedauernden Blick auf Anna, bevor er das Handy aus seiner Tasche zog und den Anruf entgegennahm.

„Volf. Was gibt's?" Seine Stimme klang angespannt, während er dem Kommissar lauschte, und sein Gesichtsausdruck veränderte sich zusehends von Überraschung zu düsterem Ernst.

„Wir sind sofort da", sagte Markus und legte das Handy auf den Tisch. Ein Hauch von Enttäuschung lag in seinem Blick, bevor er sich an Anna wandte. „Volf hat Neuigkeiten. Es geht um... weitere Dokumente aus der Klinik, und anscheinend sind die Ermittlungen komplizierter als erwartet. Wir müssen zur Dienststelle."

Anna nickte und trank hastig den letzten Schluck Kaffee. Die Realität des Falls war in aller Schärfe zurückgekehrt und machte den zarten Moment der Nähe unbarmherzig zunichte. Sie spürte die Kälte der bevorstehenden Konfrontationen wie einen ungebetenen Gast, der die Wärme zwischen ihnen verdrängte.

„Dann los", sagte sie schließlich und griff nach ihrer Jacke. „Die Lügen warten nicht."

Im Verhörraum des Präsidiums herrschte die kühle, sachliche Stille, die jeder Verdächtige früher oder später zu fürchten lernte. Thomas Wagner saß an der Tischkante, seine Finger nervös aneinandergelegt, die Augen misstrauisch auf Anna und Markus gerichtet, die ihm gegenüber Platz genommen hatten. Anna spürte, dass dies ein entscheidender Moment war – Wagner wusste mehr, als er bisher zugegeben hatte, und es war höchste Zeit, dass er Farbe bekannte.

Markus begann ruhig: „Herr Wagner, wir haben neue Beweise, die zeigen, dass die finanziellen Machenschaften der Klinik eng mit Ihnen und Ihrer Rolle dort verknüpft sind. Banküberweisungen, die mit den Zeitpunkten übereinstimmen, an denen wichtige Unterlagen verschwanden. Sie waren derjenige, der Zugang zu diesen Dokumenten hatte."

Wagner lächelte schief, aber seine Augen blieben kalt. „Das ist reine Spekulation, Herr Stein. Ich habe die Klinik finanziell unterstützt, das stimmt. Aber das beweist nicht, dass ich in irgendwelche... zwielichtigen Geschäfte verwickelt bin."

Anna schob eine Mappe über den Tisch, öffnete sie und legte eine Reihe von Dokumenten vor ihm aus. „Diese Transaktionen, Herr Wagner, stammen von einem Konto auf den Cayman Islands. Ein Konto, das regelmäßig an die Klinik überwies – Summen, die sich wirklich sehen lassen können. Zufällig wurde jede dieser Überweisungen zu einer Zeit getätigt, als wichtige Akten zur genetischen Manipulation verschwanden."

Wagner hob eine Augenbraue und versuchte, seine Überraschung zu verbergen. „Wollen Sie mir unterstellen, dass ich für all das verantwortlich bin? Ich war lediglich ein Unterstützer des Projekts – aus ganz persönlichem Interesse. Meine Frau und ich hatten Schwierigkeiten, ein Kind zu bekommen. Wir waren... verzweifelt."

„Verzweifelt genug, um die Klinik zur Verschleierung ihrer Machenschaften zu unterstützen?" Anna ließ ihre Worte wie eine präzise Klinge in den Raum gleiten, während sie Wagners Reaktion genau beobachtete.

Wagner presste die Lippen zusammen, und seine Hände ballten sich unwillkürlich zu Fäusten. Er war eindeutig nervös, doch bevor er antworten konnte, öffnete sich die Tür und eine elegant gekleidete Frau trat ein – seine Anwältin.

„Herr Wagner wird ab jetzt keine weiteren Fragen beantworten", verkündete die Anwältin und warf Anna und Markus einen durchdringenden Blick zu. „Wenn Sie Anschuldigungen erheben wollen, dann tun Sie das bitte offiziell. Bis dahin möchten wir hier nichts weiter erörtern."

Anna konnte ein genervtes Augenrollen kaum unterdrücken. „Natürlich, Frau Kollegin. Nur ein paar Fragen, und Sie sind schon da, als ob Sie gewusst hätten, dass Herr Wagner Unterstützung benötigt."

Die Anwältin lächelte kühl. „Ich habe lediglich das getan, wofür ich bezahlt werde. Herr Wagner hat das Recht auf Beratung, und Sie wissen so gut wie ich, dass diese Verhöre manchmal... wie soll ich sagen... über das Notwendige hinausgehen."

Wagner lehnte sich zurück, sein Blick selbstsicherer als zuvor, nun, da seine Anwältin da war. Anna konnte die Arroganz in seinen Augen sehen, als wüsste er, dass er in dieser Runde vorerst die Oberhand hatte.

Doch Markus ließ sich nicht beirren. „Herr Wagner, das ist noch nicht vorbei. Die Wahrheit wird ans Licht kommen, und wenn Sie sich dazu entscheiden, zu kooperieren, dann kann das auch zu Ihrem Vorteil sein."

Wagner zuckte nur mit den Schultern und sagte nichts, sein Lächeln leicht triumphierend, als ob er sich sicher wäre, dass dies ein Spiel war, in dem er die Regeln bestimmte. Anna und Markus tauschten einen kurzen Blick – sie wussten beide, dass sie diese Runde verloren hatten, aber das Spiel war noch lange nicht vorbei.

„Wir sind hier noch nicht fertig, Herr Wagner", sagte Anna schließlich und erhob sich, ihre Augen hart und unnachgiebig. „Ich hoffe, Sie genießen diesen Moment der Ruhe, denn der nächste wird nicht so komfortabel sein."

Wagner verzog keine Miene, und seine Anwältin führte ihn hinaus. Anna sah ihnen nach, die Hände fest in die Hüften gestemmt, ihre Gedanken rasten. Sie hatte das Gefühl, dass Wagner viel mehr wusste – doch ohne Beweise würde er sich nicht so leicht festnageln lassen.

„Wir werden ihn kriegen", sagte Markus leise und legte eine Hand auf Annas Schulter. „Vielleicht nicht heute, aber bald."

Anna nickte, und obwohl Wagners Arroganz sie noch immer frustrierte, wusste sie, dass Markus recht hatte.

Der Abend senkte sich über die Stadt, als Anna sich auf den Weg zu einem Café machte, das Claudia als Treffpunkt gewählt hatte. Sie parkte in einer Seitengasse und überblickte kurz die Umgebung – alles schien ruhig. Claudia hatte sich bereit erklärt, zu sprechen, allerdings unter Bedingungen: anonym, ohne Polizei und an einem öffentlichen Ort. Es war klar, dass sie sich bedroht fühlte.

Anna betrat das Café und sah Claudia bereits in einer Ecke sitzen, den Kopf gesenkt, in ihre Handtasche starrend. Sie wirkte nervös, die Lippen fest zusammengepresst, die Augen mit Schatten versehen, als ob sie in den letzten Nächten keinen Schlaf gefunden hatte. Anna setzte sich ihr gegenüber und bemerkte, wie Claudia leicht zusammenzuckte, bevor sie Annas Blick erwiderte.

„Danke, dass Sie gekommen sind", flüsterte Claudia und blickte sich verstohlen um. „Ich... ich weiß nicht, wie lange ich noch sicher bin. Diese Leute – sie sind gefährlich."

„Welche Leute, Claudia?" Anna hielt ihre Stimme ruhig und fest. „Wenn Sie mir helfen wollen, dann brauchen wir Namen. Wer steckt dahinter?"

Claudia zögerte, ihre Augen huschten über Annas Gesicht, als ob sie überlegte, wie viel sie wirklich preisgeben konnte. „Es ist komplizierter, als Sie denken", begann sie leise. „Es geht nicht nur um die Klinik. Es geht um ein Netzwerk von... Menschen, die von diesen genetischen Manipulationen profitiert haben. Die Leute, die diese Experimente finanziert haben, sind nicht einfach nur Investoren."

Anna hob eine Augenbraue und lehnte sich etwas vor. „Sondern?"

„Es sind Leute mit Macht, Anna. Leute, die die Kontrolle haben. Menschen, die ihre eigenen Familien verbessert haben, ihre eigenen... Kinder geformt haben." Claudias Stimme klang bitter, als ob sie selbst Teil dieser düsteren Machenschaften war, ohne es gewollt zu haben.

Anna dachte nach und wählte ihre Worte vorsichtig. „Sind Sie eine von ihnen, Claudia? Waren Sie in das Netzwerk eingebunden?"

Claudia presste die Lippen zusammen, ihre Augen funkelten für einen Moment trotzig, bevor sie den Blick abwandte. „Ich war nicht in dieses Netzwerk eingebunden, nein. Aber ich habe zugesehen und geschwiegen. Vielleicht, weil ich dachte, es sei gerechtfertigt. Für die Wissenschaft, für den Fortschritt." Ihre Stimme wurde leiser. „Aber irgendwann konnte ich nicht mehr wegsehen."

„Was hat sich geändert?" Anna konnte sehen, dass Claudia kurz vor einem Geständnis stand, und sie wusste, dass dies ihre einzige Chance war, die Wahrheit herauszufinden.

„Ich habe jemanden geliebt", antwortete Claudia leise und schüttelte den Kopf, als ob sie sich selbst für ihre Schwäche verachtete. „Einen Mann, der davon nichts wissen durfte. Und als er die Wahrheit herausfand... es zerstörte alles. Er wurde... eliminiert."

Anna spürte einen kalten Schauer über den Rücken laufen. „Sie meinen, sie haben ihn umgebracht, weil er die Wahrheit kannte?"

Claudia nickte, Tränen traten in ihre Augen. „Er wusste zu viel. Es ist ein Spiel, bei dem jeder ein Spielfigur ist – und wenn man nicht gehorcht, wird man entfernt."

Bevor Anna weitere Fragen stellen konnte, hörte sie plötzlich ein Geräusch, als ob etwas auf dem Bürgersteig draußen gefallen war. Sie wandte sich kurz zur Tür, und in dem Moment, als sie sich wieder Claudia zuwenden wollte, erkannte sie die Angst in deren Augen – doch es war zu spät. Ein lautes Krachen ertönte, und Glas splitterte.

Anna warf sich reflexartig über den Tisch und zog Claudia mit sich, als eine Kugel durch das Fenster des Cafés flog und die Wand hinter ihnen traf. Schreie erfüllten den Raum, und die Gäste warfen sich schützend auf den Boden. Anna konnte spüren, wie Claudias Atem beschleunigte, während sie zusammengekauert auf dem Boden lagen.

„Bleiben Sie unten!", zischte Anna ihr zu und sah sich hektisch um, während sie versuchte, den Ursprung des Schusses zu erahnen. „Wir müssen hier raus!"

Claudia zitterte, unfähig zu sprechen, ihre Augen weit aufgerissen vor Panik. Anna packte sie fest am Arm und half ihr, aufzustehen. Geduckt bewegten sie sich in Richtung des Hinterausgangs, der in eine enge Gasse führte.

Als sie schließlich die Tür erreichten, warf Anna einen letzten Blick zurück, doch der Angreifer war nicht zu sehen. Sie eilten durch die dunkle Gasse, das Herz klopfend, beide keuchend vor Angst und Adrenalin. Claudia hielt Annas Hand wie einen rettenden Anker fest, ihre Schritte unsicher, aber bestimmt.

Draußen, in der Nachtluft, blieb Anna stehen und schaute Claudia ernst an. „Sie müssen alles erzählen, Claudia. Wenn Sie nicht die Wahrheit sagen, kann ich Ihnen nicht helfen – und Sie werden nicht sicher sein."

Claudia atmete tief durch und nickte schließlich, ihre Schultern sanken in einer Art resignierter Erleichterung. „Ich werde Ihnen alles erzählen. Aber nicht hier."

Anna nickte. „Gut. Wir finden einen sicheren Ort, und dann reden wir." Sie war entschlossen, Claudias Geständnis zu nutzen, um die nächsten Schritte im Fall aufzudecken – und den Kreis von Tätern, die bereit waren, für ihre Geheimnisse über Leichen zu gehen, endlich zu entlarven.

Kapitel 10

Das leise Piepen der Überwachungsgeräte und das gedämpfte Licht in Claudias Krankenzimmer ließen die Szene surreal wirken. Anna saß neben dem Bett der angeschlagenen Claudia, die nach dem Attentat ernsthaft verletzt, aber zum Glück außer Lebensgefahr war. Claudias Gesicht war blass, ihr Blick erschöpft, doch Anna bemerkte eine kämpferische Entschlossenheit in ihren Augen – als hätte sie beschlossen, dass die Geheimnisse, die sie all die Jahre in sich getragen hatte, nun endlich ans Licht kommen sollten.

„Claudia", begann Anna leise, „was auch immer Sie mir gestern Abend erzählen wollten – ich glaube, Sie wissen, wie dringend wir die Wahrheit brauchen. Sie sind nicht sicher, solange die Drahtzieher dieser Machenschaften auf freiem Fuß sind."

Claudia nickte schwach und schloss kurz die Augen, bevor sie sich wieder zu Anna wandte. „Ich wollte Ihnen alles sagen, und ich werde es tun", murmelte sie mit heiserer Stimme. „Die Klinik... es ging nie nur um die Patienten und ihre Träume von Familienglück. Es war von Anfang an ein Experiment."

Anna beugte sich näher heran, ihre Augen auf Claudia fixiert. „Was für ein Experiment? Sie sprachen von einem Netzwerk, von Menschen, die... die genetische Modifikationen als Mittel der Macht sehen. Was genau bedeutet das?"

Claudia schien zu zögern, ihre Worte sorgfältig zu wählen. „Die Klinik hatte... spezielle Kunden. Menschen, die nicht nur ein gesundes Kind wollten, sondern das perfekte Kind. Die besten Gene, die beste Intelligenz. Diejenigen, die dafür das Geld hatten – sie kauften sich buchstäblich die Genetik, die sie wollten. Und Krause war ihr Architekt, der Mann, der alles möglich machte."

Anna schluckte hart. „Und Sie waren eingeweiht?"

„Nicht sofort", flüsterte Claudia, während ihre Finger nervös das Bettlaken zerknitterten. „Ich wollte zuerst nur einen guten Job, einen Platz, an dem ich nützlich sein konnte. Aber dann... sah ich, was Krause wirklich tat. Es war zu spät, als ich bemerkte, dass ich Teil eines Systems geworden war, das Menschen nach Maß herstellt – und nicht nur für Familien. Auch für einflussreiche Leute, die ihren eigenen... genetischen Vorteil wollten."

Anna sah die verzweifelte Reue in Claudias Augen und fragte sich, wie viele Menschenleben bereits durch diese Praktiken beeinflusst worden waren. Bevor sie jedoch weiter nachfragen konnte, wurde die Tür leise geöffnet, und ein neuer Besucher trat ins Zimmer – Professor Bernd Krause.

Krauses Präsenz war wie ein kalter Windstoß, der durch den Raum zog. Seine ernste, makellose Erscheinung und der kühle Blick, den er Anna zuwarf, ließen sie alarmiert aufhorchen.

„Claudia", sagte er sanft, beinahe väterlich, und trat näher ans Bett, seine Augen auf Anna fixiert. „Wie ich höre, hatten Sie eine unangenehme Nacht. Es tut mir leid zu hören, was passiert ist."

Anna stand auf, ihre Stimme fest und kontrolliert. „Professor Krause. Ein Zufall, dass Sie gerade jetzt hier sind? Oder haben Sie bereits von den Ereignissen erfahren?"

Krause lächelte dünn und setzte sich ans Fußende des Bettes. „In der Klinik gibt es keine Geheimnisse, Frau Bergmann. Es ist meine Pflicht, das Wohl meiner Mitarbeiter zu überwachen. Claudia ist eine wertvolle Kraft für uns."

Claudia wandte den Kopf zur Seite, ihre Schultern angespannt. Anna bemerkte das Zögern in ihren Augen und spürte, dass Krauses Besuch keine freundliche Geste war. Es war ein Versuch, Claudia daran zu erinnern, wem ihre Loyalität wirklich galt.

„Claudia", fuhr Krause fort, seine Stimme seidenweich, „ich hoffe, Sie haben sich ausreichend erholt. Es wäre tragisch, wenn Unwahrheiten über die Arbeit unserer Klinik an die falschen Ohren gelangen würden."

Claudia schluckte schwer, und Anna spürte die subtile Bedrohung in Krauses Worten. Sie trat einen Schritt näher an das Bett heran, ihre Augen fest auf Krause gerichtet. „Professor, ich bin sicher, dass Sie verstehen, dass wir dem Geschehen auf den Grund gehen müssen. Menschenleben hängen davon ab. Was immer Sie verbergen – es wird ans Licht kommen."

Krause erwiderte ihren Blick ohne den Hauch eines Lächelns. „Frau Bergmann, ich respektiere Ihre Arbeit. Doch bedenken Sie, dass manche Wahrheiten die Öffentlichkeit in ein Chaos stürzen könnten, das wir uns alle nicht wünschen. Es gibt Dinge, die besser im Dunkeln bleiben."

Mit diesen Worten erhob er sich und wandte sich an Claudia, die ihn nur mit ausdruckslosem Gesicht ansah. „Denken Sie daran, was wir besprochen haben, Claudia. Gute Besserung."

Er verließ das Zimmer mit einem letzten Blick auf Anna, der eine stille Warnung zu enthalten schien. Anna atmete tief durch, bevor sie sich wieder zu Claudia wandte, die nun zitterte, als wäre all ihr Mut in diesem Moment von ihr gewichen.

„Claudia", flüsterte Anna eindringlich, „bitte. Das ist unsere Chance. Sie müssen uns alles sagen. Nur so können wir Ihnen helfen und diese Menschen zur Rechenschaft ziehen."

Doch Claudia schüttelte schwach den Kopf. „Er wird niemals zulassen, dass die Wahrheit ans Licht kommt. Er hat viel mehr Macht, als Sie glauben, Anna. Vielleicht mehr, als selbst ich begriffen habe."

Mit einem letzten, hoffnungslosen Blick auf Anna ließ sie sich zurück ins Kissen sinken, und Anna spürte, dass die Schlinge, die

Krause und seine Hintermänner gesponnen hatten, viel größer und mächtiger war, als sie bisher angenommen hatte.

Nach dem Verhör im Krankenhaus verließen Anna und Markus das Gebäude in angespannter Stille. Der scharfe Wind der Abenddämmerung brachte eine Kälte mit sich, die Anna bis ins Mark frösteln ließ, doch in ihrem Inneren tobte ein viel wilderer Sturm. Die Drohung, die Krause Claudia und implizit auch ihnen übermittelt hatte, ließ sie nicht los. Sie konnte die Angst in Claudias Augen nicht vergessen, und sie wusste, dass sie dem Professor und seinen Machenschaften gefährlich nahegekommen waren.

„Hör mal, Anna", begann Markus schließlich und blieb stehen, um sie direkt anzusehen. „Das, was gerade passiert ist... wir müssen aufpassen. Krause ist kein Mann, den man leichtfertig herausfordert. Er hat Verbindungen, die weit über unsere Ermittlungen hinausreichen."

Anna, die noch mit den Gedanken bei Claudia war, runzelte die Stirn und sah Markus an, ihre Augen funkelten. „Was willst du damit sagen, Markus? Sollen wir etwa aufhören, weil ein paar einflussreiche Leute Druck machen? Weil Krause uns einen düsteren Blick zugeworfen hat?"

„Nein, das sage ich nicht", erwiderte Markus und hob beschwichtigend die Hände. „Aber wir können uns auch nicht in einen Kampf stürzen, ohne das gesamte Bild zu sehen. Ich will einfach nur, dass wir strategisch vorgehen."

Anna verschränkte die Arme und schüttelte ungläubig den Kopf. „Strategisch? Markus, die Leute in dieser Klinik manipulieren das Leben und die Genetik von Menschen, als wäre es ein Spiel. Sie haben keinerlei Skrupel, ihre Ziele zu erreichen, und wenn wir nicht handeln, werden sie weitermachen, ohne dass jemand sie zur Rechenschaft zieht."

„Und genau deshalb müssen wir vorsichtig sein!" Markus' Stimme war lauter geworden, als er frustriert fortfuhr. „Wenn wir einfach kopflos gegen einen Mann wie Krause vorgehen, könnten wir alles verlieren – einschließlich unserer eigenen Karrieren und..." Er hielt inne, als er sah, wie sich Annas Augen verengten.

„Glaubst du wirklich, ich würde auf so etwas Rücksicht nehmen, wenn es darum geht, die Wahrheit aufzudecken?" Ihre Stimme bebte leicht vor Wut. „Das ist mehr als nur ein Fall für mich, Markus. Da draußen wird das Leben von Menschen verändert, und du denkst an... Vorsicht?"

Markus seufzte, und die Spannung in seinen Schultern nahm zu, als er in ihre Augen sah. „Anna, das hier ist nicht nur dein Kampf. Ich stehe auf deiner Seite, aber ich will nicht, dass du blindlings alles riskierst. Du denkst, ich wäre zu vorsichtig, aber manchmal ist es die Vorsicht, die uns den entscheidenden Vorteil verschafft."

Einen Moment standen sie sich schweigend gegenüber, die Distanz zwischen ihnen fühlbar wie ein Abgrund. Es war, als wären sie plötzlich von zwei völlig unterschiedlichen Positionen aus in denselben Fall involviert – Anna voller Entschlossenheit, koste es, was es wolle, während Markus versuchte, sie zu beschützen, vielleicht mehr, als ihr bewusst war.

„Du weißt, dass ich nicht aufgeben werde, oder?" flüsterte Anna schließlich, ihre Stimme leise, doch voller Entschlossenheit.

Markus nickte langsam, ein Hauch von Schmerz in seinen Augen. „Ja, das weiß ich. Und genau das macht mir Angst." Er trat näher an sie heran, und seine Hand berührte flüchtig ihren Arm, bevor er sich zurückzog, als ob er fürchtete, sie dadurch noch mehr zu verlieren.

„Vielleicht... brauchen wir beide ein wenig Abstand", murmelte Anna schließlich und spürte, wie die Realität ihres Konflikts sie traf. „Nur für den Moment. Damit wir beide klarer sehen."

Markus sah sie an, und für einen Augenblick schien es, als wollte er etwas sagen, etwas, das die Distanz zwischen ihnen überbrücken würde. Doch dann nickte er langsam, seine Augen traurig und doch verständnisvoll. „Wenn das ist, was du willst."

Ohne ein weiteres Wort wandte sich Anna ab und ging in die Nacht hinaus. In ihrem Inneren tobte noch immer der Sturm, doch nun kam auch eine kalte Einsamkeit dazu, die sie vorher nicht gespürt hatte. Sie wusste, dass sie ihre Gefühle für Markus nicht einfach abschütteln konnte – doch für diesen Fall, für die Wahrheit, musste sie sich auf den Kampf konzentrieren, der vor ihr lag.

***

Am nächsten Tag fuhr Anna allein zur Klinik, entschlossen, Professor Krause direkt zur Rede zu stellen. Der Konflikt mit Markus nagte noch immer an ihr, doch der Fall und die drohenden Schatten, die Krause und sein Netzwerk über sie beide warfen, ließen ihr keine Ruhe. Sie musste Antworten bekommen – koste es, was es wolle.

Als sie ankam, herrschte im Empfangsbereich eine angespannte Stille. Die Klinik wirkte an diesem Morgen irgendwie verwaist, fast unheimlich ruhig. Die wenigen Mitarbeiter, die sie auf dem Weg zu Krauses Büro passierte, warfen ihr flüchtige, unsichere Blicke zu und verschwanden dann rasch hinter den Türen.

Vor Krauses Büro hielt Anna kurz inne, um die Kälte und Entschlossenheit in sich zu festigen, die sie für dieses Gespräch brauchen würde. Sie klopfte einmal und trat dann ein, ohne auf eine Antwort zu warten.

Professor Krause saß an seinem Schreibtisch, über ein paar Dokumente gebeugt, und sah nur flüchtig auf, als sie eintrat. Er wirkte ruhig, vielleicht ein wenig zu ruhig, und das steigerte Annas Entschlossenheit nur noch.

„Frau Bergmann. Sie sind früh dran", sagte Krause, ohne sich die Mühe zu machen, sie richtig anzusehen. „Was verschafft mir diese unerwartete Ehre?"

Anna trat näher, ihre Augen fest auf ihn gerichtet. „Ich brauche Antworten, Professor. Und diesmal will ich die Wahrheit hören, nicht die hübsch verpackte Version, die Sie uns bisher serviert haben."

Krause legte die Dokumente langsam zur Seite und richtete sich auf. „Die Wahrheit, Frau Bergmann? Sie scheinen zu vergessen, dass die Wahrheit oft hässlicher ist, als man sie sich wünscht. Sind Sie sicher, dass Sie bereit sind, sie zu hören?"

„Mehr als bereit." Ihre Stimme war fest und entschlossen.

Ein düsteres Lächeln huschte über Krauses Gesicht, und er schüttelte leicht den Kopf, als ob er die Kühnheit ihrer Frage belächelte. „Wissen Sie, in unserer Klinik geht es nicht nur darum, Menschen zu helfen. Wir haben die Möglichkeit, Leben zu gestalten – genau so, wie man ein Gemälde oder eine Skulptur formen würde. Unsere Patienten, die zu uns kommen, suchen nicht nur nach einem Kind. Sie suchen nach Perfektion."

„Perfektion?" Annas Stimme triefte vor Ironie. „Und was bedeutet das für Sie, Professor? Genetische Optimierung, Selektion?"

Krause seufzte, als ob er mit einem begriffsstutzigen Schüler sprach. „Es bedeutet, dass wir Träume wahr werden lassen können. Dass wir Gene auswählen können, die das Kind über jede natürliche Veranlagung hinaus optimieren – sei es Intelligenz, physische Stärke oder Anfälligkeit für Krankheiten. Was wir hier tun, ist... Evolution im Schnelldurchlauf."

Anna schluckte schwer. „Sie sprechen von Manipulation, Professor. Von der Erschaffung einer Elite nach Ihrem Geschmack. Das ist nicht nur wissenschaftlich fragwürdig – das ist ethisch verwerflich."

„Oh, Frau Bergmann", antwortete Krause, seine Stimme sanft und beinahe belustigt. „Ethik ist ein Konzept für die, die keine Möglichkeiten haben. Die Menschen, die unsere Dienste in Anspruch nehmen, verstehen den Preis und die Vorteile. Sie wissen, dass in einer Welt, die von Macht, Wissen und Einfluss regiert wird, die Biologie ein entscheidender Faktor sein kann. Und sie wollen, dass ihre Kinder den bestmöglichen Start ins Leben haben."

Anna spürte, wie sich ein Kloß in ihrem Hals bildete. „Und die Patienten, die nichts von diesen Praktiken wissen? Die glauben, dass sie ein Kind bekommen, das aus Liebe und Zufall entsteht? Auch sie manipulieren Sie?"

Krause beugte sich vor, seine Augen funkelten kalt und durchdringend. „Manchmal ist das, was ein Mensch nicht weiß, das Beste für ihn. Unsere Aufgabe ist es, die Menschheit weiterzubringen – ob sie es wollen oder nicht."

„Das ist Wahnsinn." Anna starrte ihn an, unfähig zu begreifen, wie weit dieser Mann in seinen Überzeugungen gegangen war.

„Nennen Sie es, wie Sie wollen", sagte Krause und erhob sich von seinem Schreibtisch. „Doch ich habe keinen weiteren Bedarf, Ihnen meine Beweggründe zu erklären. Dies hier ist keine moralische Debatte, Frau Bergmann. Es ist eine Realität. Und wenn Sie glauben, dass Sie mich aufhalten können, dann irren Sie sich."

In diesem Moment klingelte ein Handy, und Krause zog es aus seiner Tasche. Er schien kurz zu zögern, bevor er Anna einen letzten, berechnenden Blick zuwarf.

„Es tut mir leid, aber ich muss mich verabschieden. Sie werden den Ausgang finden, nehme ich an." Damit wandte er sich ab und verließ sein eigenes Büro, als wäre Anna nichts weiter als eine lästige Besucherin gewesen, die er für heute erledigt hatte.

Anna blieb einen Moment allein im Raum stehen, benommen von den Worten, die sie gerade gehört hatte. Krauses selbstsichere Kaltblütigkeit erschütterte sie. Sie wusste, dass sie gerade einen Blick in das Herz eines Mannes geworfen hatte, der die ethischen Grenzen längst überschritten hatte.

Und als sie schließlich das Büro verließ und durch die stillen Flure der Klinik ging, spürte sie ein flaues Gefühl in der Magengegend. Krause war ein Mann, der nicht nur Macht, sondern auch die Mittel hatte, um zu verschwinden – und sie konnte nur hoffen, dass er noch einmal zur Rechenschaft gezogen werden würde.

Doch als sie die Klinik verließ und sich umdrehte, um ein letztes Mal auf das Gebäude zu blicken, hatte sie das unerklärliche Gefühl, dass dieser Mann nun endgültig entschwand – wie ein Schatten, der sich in der Dunkelheit auflöste, bevor die Sonne aufging.

※

In dieser Nacht fand Anna nur schwer Ruhe. Der Konflikt mit Markus, die Bedrohung durch Krause und das Gefühl, dass dieser Fall sie immer tiefer in eine gefährliche Spirale zog, hielten ihren Geist wach und rastlos. Sie drehte sich in ihrem Bett von einer Seite auf die andere, doch schließlich, irgendwann im frühen Morgen, übermannte sie doch der Schlaf.

Im Traum fand sie sich in einer unerwarteten Szene wieder. Sie stand auf einem dunklen, menschenleeren Bahnsteig, nur von flackerndem Neonlicht beleuchtet. Der Klang eines entfernten Zuges dröhnte in ihren Ohren, und das Echo verstärkte die drückende Stille. Plötzlich spürte sie eine vertraute Präsenz neben sich – Markus.

Er stand nur wenige Schritte entfernt, in einem einfachen Mantel, die Hände in den Taschen vergraben, und seine Augen ruhten ruhig auf ihr. Annas Herzschlag beschleunigte sich; das leise Dröhnen des Zuges in der Ferne vermischte sich mit dem Pochen in ihren Ohren. Im Traum gab es keine Distanz zwischen ihnen, keinen

Konflikt, keine Vorsicht. Nur sie beide – und die unausgesprochene Anziehung, die sie nicht länger ignorieren konnte.

Langsam, als würde sie von einer unsichtbaren Kraft gezogen, schritt Anna auf ihn zu. Sie blieb direkt vor ihm stehen und sah ihm in die Augen, tiefer und aufrichtiger, als sie es in der Realität jemals gewagt hatte. Seine Augen, dunkel und voller unausgesprochener Gefühle, hielten ihrem Blick stand. Es war, als könnte sie in diesen Augen all das sehen, was sie beide zu sagen, aber niemals auszusprechen wagten.

„Warum hältst du mich immer auf Abstand, Anna?" Seine Stimme war weich, doch sie hallte in ihrem Traum wie eine leise, fordernde Melodie wider.

Anna spürte, wie ihr die Worte auf der Zunge brannten, wie all die Emotionen, die sie zurückgehalten hatte, sich auf einen Schlag entluden. „Weil ich Angst habe, Markus. Angst davor, was es bedeutet, dir zu nahe zu kommen. Angst davor, dass ich schwach werde."

Markus lächelte leicht und hob eine Hand, um sanft eine Haarsträhne aus ihrem Gesicht zu streichen. „Vielleicht ist es die Angst, die uns stärker macht, Anna. Vielleicht sollten wir ihr einfach nachgeben."

Bevor sie antworten konnte, spürte sie, wie seine Hand ihr Gesicht berührte, warm und vertraut. Seine Finger fuhren sanft über ihre Wange, und das Verlangen, das in ihr aufstieg, war überwältigend. Es war, als hätte sie diesen Moment schon tausendmal herbeigesehnt, als hätte er sich tief in ihr Herz gebrannt, ohne dass sie es je zugegeben hätte.

Langsam beugte er sich vor, und ihre Lippen trafen sich in einem Kuss, der all die Spannung und das Verlangen zwischen ihnen entlud. Es war ein zarter, fast schmerzhaft intensiver Moment, und Anna spürte, wie ihr die Welt unter den Füßen entglitt. In diesem Kuss lag alles – das Risiko, die Angst, die Leidenschaft und das tiefe, unergründliche Band, das sie trotz allem miteinander verband.

Doch plötzlich begann die Szene zu verschwimmen, als ob sie von einer unsichtbaren Hand weggezogen würde. Der Bahnsteig, das flackernde Licht und selbst Markus' Gestalt lösten sich langsam auf. Annas Herz zog sich schmerzhaft zusammen, als sie versuchte, ihn festzuhalten, ihn zurück in ihre Realität zu ziehen. Doch ihre Finger griffen ins Leere, und der Traum zerrann in Dunkelheit.

Mit einem Ruck erwachte sie, ihr Herz schlug wild, und sie brauchte einen Moment, um sich in der Stille ihres Zimmers zurechtzufinden. Das Bett, die Dunkelheit, die Einsamkeit – alles war so real, und doch fühlte sich der Traum intensiver an als die Realität.

Anna blieb eine Weile reglos liegen und spürte die Nachwirkungen des Traums in jeder Faser ihres Körpers. Sie wusste nun, dass sie sich nicht länger belügen konnte. Was auch immer zwischen ihr und Markus war – es war real. Sie musste ihm die Wahrheit über ihre Gefühle sagen, ungeachtet der Gefahr, die der Fall und ihr Leben derzeit für sie bedeuteten.

Mit einem tiefen Atemzug setzte sie sich schließlich auf und ließ ihre Beine über den Bettrand gleiten. Der Traum hatte ihr mehr Klarheit gegeben als alle rationale Überlegung der letzten Tage. Es war an der Zeit, ihren Ängsten entgegenzutreten – sowohl denen, die der Fall mit sich brachte, als auch denen, die tief in ihrem Herzen verwurzelt waren.

Anna wusste, was sie tun musste. Sie würde Markus nicht nur in den Fall einweihen, sondern auch in das, was sie für ihn empfand. Der Gedanke an diese Offenbarung ließ ihr Herz schneller schlagen, doch zum ersten Mal seit langem fühlte sie sich stärker, mutiger. Es war Zeit, nicht nur dem Fall, sondern auch ihrer eigenen Unsicherheit zu begegnen.

Kapitel 11

Der Tag begann mit einer beunruhigenden Erkenntnis: Professor Krause war verschwunden. Nachdem er gestern die Klinik auf so eigentümliche Weise verlassen hatte, war er seitdem wie vom Erdboden verschluckt. Niemand in der Klinik hatte ihn seitdem gesehen, und die Mitarbeiter vermieden es, Annas Fragen direkt zu beantworten. Der Professor hatte sich abgemeldet – auf unbestimmte Zeit, wie es hieß.

Anna und Markus standen nun vor Krauses Büro, seine Türen verschlossen, die Jalousien heruntergelassen. Nach einem kurzen, wortlosen Blickwechsel beschlossen sie, dass sie es auf andere Weise versuchen mussten.

Markus sah sie mit einem leicht verschwörerischen Lächeln an. „Also, was sagst du – ein kleiner Einbruch zum Frühstück?"

Anna erwiderte sein Lächeln mit einem Hauch von Ironie. „Würden Sie das als 'strategisches Vorgehen' bezeichnen, Herr Stein?"

„Ich nenne es... kreative Ermittlungsarbeit."

Zusammen durchforsteten sie die Hintergründe von Krause, suchten nach Immobilien, die auf seinen Namen oder auf Strohmänner registriert waren. Tatsächlich führte sie eine der Spuren zu einer unauffälligen Adresse am Rande der Stadt, einem Apartmentkomplex in einem Viertel, das sowohl diskret als auch gediegen war. Es war der perfekte Ort für jemanden, der es gewohnt war, Geheimnisse zu verbergen.

Sie schlichen in das Gebäude und gelangten schließlich zur Wohnungstür, hinter der Krause möglicherweise sein wahres Leben führte – oder zumindest einen Teil davon. Ein scharfes Klicken, und die Tür öffnete sich.

Die Wohnung war überraschend schlicht eingerichtet. Die Möbel wirkten kühl und minimalistisch, als würde hier jemand leben, der keinen Wert auf Gemütlichkeit legte. Doch das Auffälligste war ein kleiner Raum, der wie ein improvisiertes Büro wirkte. Ein Schreibtisch voller Dokumente, ein Laptop, der noch eingeschaltet war, und eine Wand, an der verschiedene Diagramme, Namen und Verbindungen hingen.

Anna und Markus begannen sofort, die Unterlagen durchzusehen. Zwischen klinischen Berichten und Datenblättern fanden sie auch handschriftliche Notizen und zahlreiche Hinweise auf eine Person namens Richter. Ein Familienname, der in Annas Gedächtnis wie ein Alarm aufleuchtete.

„Die Familie Richter", murmelte Anna und hob einen Bericht, auf dem der Name mehrfach vermerkt war. „Sie scheinen eine wichtige Rolle zu spielen. Aber was genau ist ihre Verbindung zu Krause?"

Markus lehnte sich über ihre Schulter und sah sich die Notizen an. „Wenn ich das hier richtig verstehe, waren die Richter eng mit den Experimenten in der Klinik verbunden. Vielleicht sogar die Ersten, die diese... genetische Manipulation ausprobiert haben."

Anna runzelte die Stirn und blätterte durch weitere Seiten, auf denen sich Hinweise auf spezielle genetische Programme und Finanzierungspartner fanden. Es war, als hätte Krause ein geheimes Netzwerk aufgebaut, das sich über die Klinik hinaus erstreckte – und die Richter waren offenbar ein zentrales Glied in dieser Kette.

„Hier muss noch mehr sein", sagte Anna und sah sich um. Ihre Augen fielen auf einen kleinen Safe in einer Ecke des Raums.

„Lass mich raten – du hast zufällig auch eine Methode, diesen Safe zu öffnen?" fragte Markus mit hochgezogener Augenbraue.

„Vielleicht habe ich Glück", antwortete Anna trocken und begann, die Ziffernkombinationen auszuprobieren, die sie bisher gefunden hatten. Nach einigen Versuchen klickte der Safe auf. Innen lagen weitere Dokumente – und ein USB-Stick.

„Das wird uns sicher weiterbringen", sagte Markus und nahm den Stick. „Aber lass uns hier verschwinden, bevor noch jemand auf die Idee kommt, uns hier zu finden."

Sie schlossen den Safe wieder und verließen die Wohnung so diskret wie möglich. Das Adrenalin pochte noch immer in ihren Adern, als sie das Gebäude verließen. Doch Anna konnte sich des Gedankens nicht erwehren, dass Krauses Netz weit tiefer reichte, als sie je angenommen hatten – und dass die Informationen, die sie jetzt besaßen, sie nicht nur einen Schritt weiter im Fall brachten, sondern auch selbst in Gefahr bringen könnten.

***

Der Tag war lang und ihre Gedanken schwirrten noch immer um die Enthüllungen in Krauses Wohnung, als Anna schließlich im „Blue Note" ankam, einem kleinen, aber feinen Jazz-Club in einem unscheinbaren Keller im Herzen der Stadt. Sie hatte die Einladung von Markus am Nachmittag erhalten – knapp und ohne weitere Erklärung, wie es seine Art war. Es war kaum nötig, darüber nachzudenken, dass die „kreative Ermittlungsarbeit" des Morgens sie beide aufgewühlt hatte. Und nach all den Spannungen zwischen ihnen fühlte sie, dass ein klärendes Gespräch längst überfällig war.

Der Club war gedämpft beleuchtet, die Musik sanft und melancholisch. Anna ließ ihren Blick durch den Raum schweifen und entdeckte Markus an einem Tisch in der Ecke, ein Glas Whisky in der Hand, als wäre es sein schützender Begleiter. Sie setzte sich ihm gegenüber und nickte ihm nur knapp zu.

„Danke, dass du gekommen bist", sagte er und nahm einen Schluck. „Ich wollte... ein paar Dinge klären."

„Einfach so? In einem Jazz-Club?" Sie hob eine Augenbraue, ihre Lippen zu einem ironischen Lächeln verzogen.

„Nun, sagen wir einfach, der Whisky und die Musik helfen bei... ehrlichen Gesprächen." Markus lächelte schwach und legte das Glas beiseite. „Anna, ich weiß, dass ich in letzter Zeit... vielleicht ein wenig distanziert gewirkt habe. Ich wollte dich schützen, aber... vielleicht habe ich das falsch gemacht."

Anna sah ihn an, ihre Augen funkelten herausfordernd. „Und wie, bitte, hast du dir das vorgestellt? Die Distanz hat uns nur tiefer in den Schlamassel gezogen. Wir arbeiten zusammen, Markus. Aber du tust, als wäre ich jemand, der gerettet werden muss, anstatt jemanden, der an deiner Seite stehen kann."

Markus nickte langsam und sah sie mit einem ungewohnt sanften Blick an. „Vielleicht hast du recht. Ich habe oft den Fehler gemacht, den Menschen, die mir etwas bedeuten, zu zeigen, dass ich sie brauche. Stattdessen versuche ich, sie zu beschützen... und am Ende stoße ich sie weg."

Annas Herz machte einen kleinen, verräterischen Sprung. Es war, als hätte sich ein Teil der Mauer zwischen ihnen plötzlich aufgelöst. Sie suchte seine Augen, suchte nach einer Wahrheit, die sie bisher vielleicht nicht hatte sehen wollen.

„Vielleicht ist das Problem, dass wir beide nicht besonders gut darin sind, einander unsere Schwächen zu zeigen", sagte sie leise und lehnte sich ein wenig nach vorne. „Vielleicht ist das auch der Grund, warum wir uns so oft im Kreis drehen."

Ein schiefes Lächeln zog über seine Lippen, und er nahm sanft ihre Hand. „Also gut. Wollen wir es wenigstens einmal versuchen – ohne diese Mauern, die wir beide so eifrig verteidigen?"

Anna spürte die Wärme seiner Berührung, die Intensität seines Blicks. Die Musik im Hintergrund schien plötzlich leiser zu werden, und die Stimmen der anderen Gäste verschwammen zu einem undefinierbaren Rauschen. Es gab nur noch sie beide in diesem Moment, die Nähe, die sie so lange gefürchtet und doch immer gesucht hatte.

„Ich denke, das sollten wir", flüsterte sie, bevor sie es wagte, ihm näherzukommen.

Ihre Lippen fanden sich in einem Kuss, der all die Spannung, all die unausgesprochenen Gefühle in einem Augenblick freisetzte. Es war ein Kuss, der zugleich sanft und doch voller Leidenschaft war, als hätten sie beide nur auf diesen Moment gewartet, ohne es sich einzugestehen. In seiner Berührung lag ein Versprechen – das Versprechen, dass sie diesen Kampf gemeinsam führen würden, ungeachtet der Gefahren, die noch vor ihnen lagen.

Sie wusste, dass ihre Beziehung nicht einfach sein würde. Der Fall, die Geheimnisse, die Menschen, die ihnen Steine in den Weg legten – all das stand zwischen ihnen. Doch in diesem Moment, umgeben von sanften Jazzklängen und der Dunkelheit des Clubs, schien das alles keine Rolle zu spielen.

༺❦༻

Anna und Markus verließen den Jazz-Club Hand in Hand, eine Verbindung zwischen ihnen, die sich nach all den Monaten des Zurückhaltens endlich frei anfühlte. Die kühle Nachtluft empfing sie, und sie gingen schweigend nebeneinander, als würde jedes Wort den Moment zerstören. Doch Anna spürte, dass die Realität des Falles sie beide rasch wieder einholen würde. Der letzte Fund in Krauses Wohnung – diese Dokumente, die Hinweise auf die Familie Richter – schienen in diesem Augenblick fast wie ein ferner Schatten. Doch der Schatten rückte schnell näher.

Am nächsten Morgen trafen sie sich früh in Markus' Wohnung, die für ihre spontane Analyse der gestohlenen Dokumente gut ausgestattet war. Der USB-Stick und die Akten, die sie in Krauses geheimer Wohnung gefunden hatten, sollten endlich Antworten liefern.

„Bereit, unseren Freund Krause noch ein wenig näher kennenzulernen?" Markus setzte sich neben Anna und lächelte, während er den Laptop startete.

„So nah wie möglich," murmelte sie trocken. „Ich kann es kaum erwarten, die dunklen Geheimnisse dieses Genetik-Gurus aufzudecken."

Markus schob ihr einige der Papiere zu, während er den USB-Stick in den Laptop steckte. Der Bildschirm leuchtete auf, und bald erschienen Dateien, die nach Forschungsprojekten, DNA-Profilen und medizinischen Experimenten benannt waren. Die klinische Kälte, die sich in den Dokumentennamen widerspiegelte, ließ Anna erschaudern.

„Die sind ordentlich kategorisiert, ich gebe es ihm," bemerkte Markus ironisch, während er die Ordner durchsuchte. „Aber die Ordnung macht es nicht weniger verstörend. Sieh mal hier: genetische Selektion, präimplantationsdiagnostische Verfahren, Modifikation."

Anna überflog eine Datei, in der detailliert beschrieben war, wie Krause Genomtests und -manipulationen bei Embryonen durchführte – genau das, wofür die Familie Richter offenbar eine Vorreiterrolle übernommen hatte. Auf den ersten Seiten eines Berichts erkannte sie den Namen „Greta Richter" – die Tochter der Richters, von der sie bereits in den Unterlagen der Klinik gelesen hatte.

„Greta Richter war... ein Experiment", sagte Anna langsam, während sie die Details des Berichts las. „Ihre genetische Ausstattung wurde so manipuliert, dass sie eine außergewöhnlich hohe Intelligenz und immunologische Resistenzen entwickelt."

Markus' Blick verdunkelte sich. „Das heißt, Krause hat an dieser Familie seine genetischen Theorien getestet. Die Richters haben zugestimmt, ihre Tochter als eine Art 'Beweis' für Krauses Möglichkeiten auf die Welt zu bringen."

Anna nickte, eine Mischung aus Faszination und Abscheu spiegelte sich in ihrem Gesicht wider. „Die Richters waren nicht nur 'Kunden'. Sie haben aktiv daran teilgenommen, die Vision von einer neuen Menschheit voranzutreiben – die perfekte Genetik, der ideale Mensch."

„Das Schlimmste ist," fügte Markus hinzu, während er weitere Dokumente durchlas, „dass Krause offenbar noch weitere Familien mit ähnlichen Angeboten rekrutiert hat. Greta Richter war nur der Anfang."

Die kalte Realität dessen, was sie lasen, machte Anna sprachlos. Krause war nicht nur ein Arzt oder Forscher; er war ein Mann, der sich als Schöpfer einer neuen Menschheit sah – ohne Rücksicht auf ethische oder moralische Grenzen.

Sie sah Markus an, und der Ausdruck in seinen Augen spiegelte genau das gleiche Entsetzen wider, das sie empfand. „Das hier ist größer, als wir dachten," murmelte sie schließlich. „Es ist kein Fall mehr, Markus. Es ist eine Bewegung, ein wahnsinniger Plan, der bereits unzählige Leben beeinflusst hat – und Krause sitzt in der Mitte, als hätte er Gott gespielt."

„Wenn diese Informationen an die Öffentlichkeit gelangen..." begann Markus, doch Anna unterbrach ihn.

„Nein. Wenn sie in die richtigen Hände gelangen, dann könnten wir Krause und alle, die in diesen Wahnsinn involviert sind, zur Verantwortung ziehen."

Markus nickte, und seine Hand ruhte kurz auf ihrer, als wollte er ihr die nötige Kraft geben, diesen Weg zu gehen. „Aber wir sollten vorbereitet sein. Krause wird nicht zulassen, dass seine 'Arbeit' ohne Weiteres zerstört wird. Er hat zu viel in diese Forschung investiert."

Anna seufzte, doch ein entschlossener Ausdruck trat in ihre Augen. „Vielleicht ist das Risiko es wert."

Doch bevor sie weiter über die Konsequenzen nachdenken konnten, hörten sie ein leises Knacken. Beide hielten inne und sahen sich an. Sekunden später war ein weiteres Geräusch zu hören, diesmal lauter, wie ein Hämmern gegen die Wohnungstür.

„Was zum..." flüsterte Markus und bewegte sich rasch zur Tür.

„Warte," murmelte Anna und griff nach einem Küchenmesser, das zufällig auf dem Tisch lag. Ihr Herz pochte in ihrer Brust, während sie sich hinter Markus positionierte, der sich langsam der Tür näherte.

„Wer auch immer es ist, er sollte einen guten Grund haben, um diese Uhrzeit so einen Krach zu machen," flüsterte Markus und schob sich leise an die Tür heran.

Doch bevor er sie öffnen konnte, riss jemand von außen die Tür auf. Zwei maskierte Männer standen im Rahmen, bewaffnet und bereit, mit einer Entschlossenheit, die keinen Zweifel ließ. Anna und Markus hatten nur eine Sekunde, um auf die Angreifer zu reagieren, bevor der Kampf ausbrach.

„Markus!" rief Anna und schaffte es, einen der Männer mit einem gezielten Tritt zur Seite zu drängen. Der zweite packte Markus und versuchte, ihn zu Boden zu bringen. Doch Markus wehrte sich, mit einer Wut und Entschlossenheit, die Anna noch nie in ihm gesehen hatte.

Ein kurzes, chaotisches Handgemenge entbrannte, während beide versuchten, die Angreifer zu überwältigen. Anna schwang das Messer und schaffte es, eine der Waffen aus den Händen des Angreifers zu schlagen, der sie angegriffen hatte. Ein dumpfer Aufprall folgte, und der maskierte Mann taumelte zurück.

Schließlich schafften es Anna und Markus, die Angreifer außer Gefecht zu setzen, die sich nach einem letzten Versuch, zu fliehen, zurückzogen, als sie merkten, dass sie unterlegen waren.

Keuchend und erschöpft lehnte Anna sich an die Wand. „Das war... knapper, als ich erwartet hatte."

Markus nickte und versuchte, seinen Atem zu beruhigen. „Ich denke, wir wissen jetzt, dass wir ihnen gefährlich nahe gekommen sind."

Als sie sich umschauten, entdeckten sie auf dem Boden einen kleinen USB-Stick, den einer der Männer offenbar während des Kampfes verloren hatte. Es war, als wäre ihnen eine letzte Spur direkt vor die Füße gefallen.

„Das hier könnte der Schlüssel sein," sagte Markus, als er den Stick aufhob.

Anna sah ihn an, und in ihren Augen lag eine Mischung aus Triumph und Entschlossenheit. „Dann werden wir sehen, was für eine Wahrheit sie so verzweifelt vor uns verbergen wollen."

Sie wusste, dass das nächste Kapitel in diesem Fall mit diesem Stick beginnen würde – und dass sie auf alles vorbereitet sein mussten, was kommen würde.

※

Nachdem sich die Anspannung des Angriffs ein wenig gelegt hatte und beide sich so gut wie möglich beruhigt hatten, beschlossen Anna und Markus, den neu erbeuteten USB-Stick sofort zu analysieren. Es war mitten in der Nacht, doch für Müdigkeit war jetzt kein Platz. Die Ereignisse überschlugen sich, und beide wussten, dass sie nur eine Chance hatten, das Rätsel zu lösen, bevor Krause und seine Leute den nächsten Schritt planten.

„Das wird wohl eine dieser Nächte", bemerkte Anna, während sie eine frische Kanne Kaffee aufsetzte und ein schwaches Lächeln auf ihre Lippen schlich.

„Ich hoffe, du kannst noch etwas Ironie vertragen", erwiderte Markus und schloss den USB-Stick an seinen Laptop an. „Wenn wir hier überleben, ist der Kaffee auf mich."

„Oh, wie großzügig", konterte Anna trocken. „Ein wahrer Gentleman."

Der Bildschirm flackerte kurz auf, und dann öffneten sich mehrere Ordner. Jeder war betitelt mit kryptischen Abkürzungen und Nummern – die typische Handschrift eines Mannes, der darauf bedacht war, seine Geheimnisse gut zu verbergen.

„Also gut", sagte Markus leise, fast ehrfürchtig, während er sich durch die Ordner klickte. „Hier scheint es tatsächlich um die Genforschung zu gehen, die Krause und seine Verbündeten seit Jahren betrieben haben."

Anna beugte sich über seine Schulter, ihre Augen verengten sich, als sie einen Ordner mit der Bezeichnung „R-17" entdeckte. „Öffne das."

Markus gehorchte, und das, was sie dort fanden, war schockierend. Berichte, die detailliert beschrieben, wie Embryonen durch selektive Genveränderungen gezüchtet wurden. Es gab Aufzeichnungen über die genetischen Profile der Kinder, die nach Krauses Vorgaben verändert worden waren – und eine detaillierte Aufstellung der Merkmale, die bei jedem von ihnen manipuliert wurden.

Doch das wirklich Verstörende war die Entdeckung einer Liste von Patientennamen, neben denen immer wieder ein Familienname auftauchte: Richter.

„Das ist es", flüsterte Anna mit tonloser Stimme. „Die Richters waren die Versuchskaninchen, und Krause hat sie benutzt, um seine Machenschaften an echten Menschen zu testen."

Markus blätterte weiter durch die Dateien, und plötzlich fanden sie einen Hinweis auf einen neuen Code, der immer wieder in den Berichten auftauchte: „Projekt Helena". Die Dokumente deuteten darauf hin, dass Krause an einer neuen Phase seines Programms arbeitete – einer Phase, in der er nicht nur genetische Manipulationen vornehmen, sondern die Reproduktionskontrolle vollständig übernehmen wollte.

„Projekt Helena", murmelte Markus. „Was auch immer das ist, es klingt nach der nächsten Stufe seines Wahnsinns."

„Oder nach einem Schachzug, um den perfekten Menschen zu erschaffen, wie er es wohl sieht", antwortete Anna mit einem düsteren Ausdruck. „Und dabei geht es ihm nicht mehr nur um die Richters. Wenn das hier stimmt, dann plant Krause, sein Programm auf ein Netzwerk von Familien auszudehnen, die bereit sind, für die genetische Perfektion ihrer Nachkommen zu zahlen."

Markus' Miene verdüsterte sich. „Wir haben es hier nicht nur mit einem kriminellen Netzwerk zu tun – das ist eine Organisation, die auf einer pseudowissenschaftlichen Ideologie beruht. Sie sehen sich als die Architekten einer neuen Menschheit."

Eine lähmende Stille breitete sich im Raum aus. Der USB-Stick in Markus' Händen fühlte sich plötzlich schwer an, wie eine tickende Zeitbombe. Es war, als hätten sie ein Tor geöffnet, das Geheimnisse enthielt, die die Welt nie hätte sehen sollen.

Doch inmitten dieser drückenden Stille ertönte plötzlich ein leises Rascheln vor der Wohnungstür, gefolgt von einem weiteren, metallischen Klicken. Anna und Markus tauschten einen alarmierten Blick aus.

„Nicht schon wieder", flüsterte Anna und griff instinktiv nach dem nächstgelegenen Gegenstand, der sich als eine schwere Buchstütze entpuppte. Markus stand sofort auf, das Adrenalin pulsierte in seinen Adern.

„Bleib hinter mir", raunte er und bewegte sich langsam zur Tür, während Anna in Deckung ging. Es war, als hätte sich die Luft verdichtet, die Sekunden dehnten sich ins Unendliche, als das Klicken erneut erklang.

Und dann – die Tür wurde mit einem Knall aufgestoßen. Ein maskierter Mann stürzte herein, gefolgt von einem zweiten. Beide waren schwer bewaffnet und offensichtlich bereit, nichts dem Zufall zu überlassen.

Anna reagierte instinktiv. Sie warf die Buchstütze mit voller Wucht, und der erste Angreifer ging mit einem überraschten Stöhnen zu Boden. Markus griff nach einer Lampe und schwang sie gegen den zweiten Eindringling, der nach einem kurzen Schlag benommen zurücktaumelte.

Doch die Männer waren gut vorbereitet. Der erste Angreifer erholte sich rasch und richtete seine Waffe auf Markus. „Lasst es sein", zischte er. „Ihr wisst nicht, mit wem ihr euch anlegt."

Anna hob die Hände in einer unterwürfigen Geste, doch in ihren Augen funkelte Entschlossenheit. „Oh, wirklich? Wollen Sie uns vielleicht aufklären?"

„Ihr seid zu weit gegangen. Krause lässt keine losen Enden zu", knurrte der Mann und zielte auf Anna.

Doch Markus reagierte blitzschnell. In einem waghalsigen Manöver stieß er den Mann beiseite, und die Waffe entglitt dem Angreifer. Eine rasante Auseinandersetzung entbrannte, Schläge und Tritte wurden ausgetauscht, während Anna versuchte, den anderen Mann zu überwältigen. Sie war sich der Gefahr bewusst, doch der Adrenalinschub ließ sie jede Sekunde wie einen Entscheidungsmoment erleben.

Endlich gelang es ihnen, die Männer außer Gefecht zu setzen. Die maskierten Eindringlinge lagen keuchend und kampfunfähig auf dem Boden. Markus und Anna, erschöpft und voller Schrammen, standen keuchend über ihnen.

„Überbringt Krause eine Nachricht", sagte Anna mit einer gefährlichen Ruhe. „Sagt ihm, dass wir jede seiner verdammten Lügen aufdecken werden."

Die Männer schauten sie aus verengten Augen an, bevor sie sich mühsam aufrappelten und wortlos den Raum verließen. Anna und Markus blieben allein zurück, umgeben von der bedrückenden Stille nach dem Sturm.

Markus ließ sich gegen die Wand sinken, seine Augen schlossen sich für einen Moment. „Ich habe so langsam das Gefühl, wir kämpfen hier gegen ein Monster mit unzähligen Köpfen."

Anna setzte sich neben ihn und legte eine Hand auf seine. „Dann sollten wir sicherstellen, dass wir den Hauptkopf finden. Mit dem Projekt Helena hat Krause uns einen direkten Hinweis gegeben. Wir müssen ihm folgen, egal wohin er führt."

Markus öffnete die Augen und sah sie an. Trotz der Gefahr, die sie beide umgab, spiegelte sich in seinem Blick eine Entschlossenheit, die sie noch näher zusammenbrachte.

„Gemeinsam?", fragte er leise, und ein leichtes, fast versöhnliches Lächeln spielte um seine Lippen.

„Gemeinsam", bestätigte Anna mit einem sanften Lächeln. „Bis zum bitteren Ende."

Kapitel 12

In der sterilen Atmosphäre des Labors herrschte absolute Stille, die nur vom leisen Summen der Geräte und dem gelegentlichen Klackern der Tastatur durchbrochen wurde. Anna und Markus standen dicht nebeneinander vor dem Monitor und verfolgten, wie die DNA-Analyse allmählich ihre Ergebnisse lieferte.

„Irgendwie dachte ich immer, die Aufregung in diesem Job wäre subtiler", murmelte Anna und betrachtete die aufblinkenden Daten auf dem Bildschirm.

„Subtilität ist für Anfänger," erwiderte Markus trocken und hob eine Augenbraue, während er die ersten Resultate des Tests überflog.

„Also gut, Dr. Stein, was sagt uns das große Geheimnis dieser winzigen Zellen?" Anna lehnte sich an die Tischkante, eine Mischung aus Neugier und ironischem Desinteresse in ihrer Stimme.

Markus betrachtete die Analyse mit konzentrierter Miene. „Es sieht so aus, als hätten wir eine Übereinstimmung zwischen den Proben aus Krauses Klinik und... der Familie Richter."

Anna zog überrascht die Augenbrauen hoch. „Willst du damit sagen, dass die DNA von Greta Richter mit den genetisch manipulierten Mustern aus der Klinik übereinstimmt?"

Markus nickte, doch sein Gesichtsausdruck war alles andere als erleichtert. „Ja. Das ist noch nicht alles. Siehst du diesen Abschnitt hier?" Er zeigte auf eine Reihe von Markierungen auf dem Bildschirm. „Das sind genetische Modifikationen, die auf ein gezieltes Eingreifen hindeuten – in bestimmten Bereichen, die unter anderem Intelligenz, Widerstandskraft gegen Krankheiten und physische Eigenschaften betreffen."

Anna war einen Moment lang sprachlos. „Also hat Krause tatsächlich mit der Genetik gespielt. Aber warum die Richters? Warum haben sie sich so etwas gefallen lassen?"

„Vielleicht waren sie nicht nur einfache Patienten", antwortete Markus nachdenklich. „Es scheint, als wären die Richters viel tiefer in das Experiment verstrickt, als wir dachten."

„Das bedeutet, Greta Richter ist... eine Art Prototyp? Ein lebendiger Beweis für Krauses ‚wissenschaftliche Ambitionen‘?" Anna spürte, wie sich ihr Magen verkrampfte. Das, was sie hier sah, war kein Experiment mehr – es war ein perfider Eingriff in die Natur, in das Leben eines unschuldigen Kindes.

Markus nickte langsam, ein Ausdruck des Entsetzens in seinen Augen. „Das hier geht weit über das hinaus, was ethisch vertretbar ist. Krause hat sich nicht nur als Arzt, sondern als Gott aufgespielt, und die Richters haben ihn dabei unterstützt. Doch aus welchem Grund?"

Anna stand vom Tisch auf und begann nervös im Labor auf und ab zu gehen. „Es gibt nur einen Weg, das herauszufinden. Wir müssen mit den Richters sprechen und die Wahrheit ans Licht bringen."

Markus legte eine Hand auf ihre Schulter, ein seltenes, beruhigendes Lächeln auf seinen Lippen. „Bereit für die nächste Runde, Detektivin?"

Anna erwiderte das Lächeln, doch in ihren Augen lag ein glühender Ernst. „Mehr als bereit."

~ ⚜ ~

In der gediegenen Empfangshalle der Richters herrschte eine Kühle, die Anna ein ungutes Gefühl gab. Jeder Gegenstand, jedes Möbelstück schien sorgfältig platziert und stumm Zeuge einer

Fassade zu sein, die alles verbergen sollte, was darunter lag. Das Haus war wie die Familie selbst – makellos, perfekt und voller Geheimnisse.

Anna und Markus wurden von einem schweigsamen Butler hereingeführt, der sie mit einem gequälten Lächeln ankündigte: „Herr und Frau Richter erwarten Sie im Salon."

Der Salon war ein Raum wie aus einem alten Krimi: gedämpftes Licht, schwere Vorhänge und das sanfte Ticken einer antiken Uhr, das in der Stille wie ein Mahnmal klang. Karl und Gertrud Richter, in makellosem Zwirn und perfekt gekämmtem Haar, erwarteten sie mit der stoischen Ruhe von Menschen, die gewohnt waren, die Fäden zu ziehen, ohne sich die Hände schmutzig zu machen.

„Wie erfreulich, dass Sie uns besuchen," begann Gertrud Richter und schenkte Anna ein Lächeln, das mit der Herzlichkeit eines Eisblocks mithalten konnte.

Anna erwiderte das Lächeln kühl. „Ich hoffe, dass der Besuch ebenso erfreulich für Sie wird, Frau Richter."

Karl Richter musterte sie mit einem analytischen Blick, der klarstellte, dass er Menschen wie Anna eher als Figuren auf einem Schachbrett sah. „Wir haben gehört, Sie haben Fragen zu unserer Tochter?"

„Das ist korrekt," antwortete Markus ruhig, setzte sich und nahm sich Zeit, die beiden zu mustern, bevor er fortfuhr. „Wir haben durch unsere Ermittlungen einiges über die Verbindung Ihrer Familie zur Klinik herausgefunden, in der Greta zur Welt kam. Es scheint, dass sie nicht einfach nur ein Kind für Sie ist – sie ist das Ergebnis von... Experimenten."

Gertrud Richters Miene zuckte für einen winzigen Moment, bevor sie ihr Gesicht wieder zur Maske formte. „Experimente? Das ist eine äußerst unpassende Wahl der Worte."

Anna beugte sich leicht vor und fixierte Gertrud mit einem unerbittlichen Blick. „Nennen Sie es, wie Sie wollen. Uns interessieren die Tatsachen. Ihre Tochter ist kein gewöhnliches Kind. Das wissen Sie und das wissen wir."

Ein langer Moment des Schweigens folgte, während die Richters ihre Fassung zurückgewannen. Schließlich sprach Karl mit einem abgehackten Lachen, das mehr wie ein Husten klang. „Ja, gut, was Sie da anspielen... wir haben tatsächlich Unterstützung für Greta in Anspruch genommen. Unterstützung, die ihr ein besseres Leben ermöglicht."

„Besser?", wiederholte Markus trocken und verschränkte die Arme. „Besser in dem Sinne, dass sie durch ihre genetische ‚Verbesserung' perfekt sein soll? Intelligenter, gesünder, stärker als jedes andere Kind?"

„Was würden Sie an unserer Stelle tun?", fragte Gertrud, ihre Stimme kühl und kontrolliert. „Unsere Tochter sollte das Beste haben. Und Krause hat uns die Möglichkeit gegeben, sie von allem zu befreien, was sie schwach oder gewöhnlich machen könnte. Was ist daran falsch?"

Anna spürte einen unwillkürlichen Schauer über ihren Rücken laufen. „Und was hat es Sie gekostet, Frau Richter? Eine Tochter, die ein Experiment ist, eine Ehe, die auf Geheimnissen basiert, und ein Gewissen, das Sie wahrscheinlich längst verkauft haben?"

Gertrud blinzelte, ein erster Riss in ihrer kalten Fassade, und ihre Stimme war plötzlich leise, beinah wehmütig. „Manchmal verliert man in der Jagd nach Perfektion das, was einem wichtig ist. Aber wir haben uns für Greta geopfert."

Anna hielt inne, die Überraschung in ihrem Blick deutlich sichtbar. „Geopfert? Ich sehe nur Eltern, die bereit waren, ihre Tochter zu einem Werkzeug für einen Mann wie Krause zu machen. Und jetzt wollen Sie uns glauben lassen, dass Sie Opfer gebracht haben?"

Karl verzog das Gesicht zu einem Lächeln, das nichts mit Freude zu tun hatte. „Sie verstehen es nicht, Fräulein Bergmann. Wir haben

Krause vertraut, weil er uns eine Vision verkauft hat. Eine Vision von einer besseren Menschheit, und Greta sollte der erste Schritt sein. Doch das, was daraus geworden ist... ist nicht mehr das, was wir wollten."

Markus lehnte sich zurück, seine Augen verengten sich. „Und jetzt? Jetzt wollen Sie also Gerechtigkeit? Oder ist es Rache, die Sie antreibt?"

Gertrud nickte knapp, und ein Hauch von Bitterkeit glitt über ihr Gesicht. „Rache, ja. Weil Krause uns betrogen hat. Weil er uns Hoffnungen gemacht hat, die sich als Lügen herausstellten. Weil er mit dem Leben unserer Tochter gespielt hat, als wäre es ein Spielstein in einem Labor."

Anna und Markus sahen sich an, die Schwere der Enthüllungen lag wie eine Last auf ihren Schultern. Die Richters hatten ihre Tochter in Krauses Hände gegeben, doch was daraus geworden war, hatten sie selbst nicht mehr kontrollieren können. Jetzt waren sie Teil eines dunklen Plans geworden, ohne einen Ausweg zu sehen.

„Wenn Sie wirklich die Wahrheit ans Licht bringen wollen", sagte Anna schließlich, „dann helfen Sie uns, Krause zur Rechenschaft zu ziehen. Wir brauchen Ihre Informationen – und wir brauchen Ihre Bereitschaft, sich gegen ihn zu stellen."

Karl nickte langsam. „Wir werden Ihnen helfen. Für Greta. Und weil Krause nicht das Recht hat, weiter über das Schicksal anderer zu entscheiden."

Anna spürte, wie sich ein Funken des Triumphes in ihr regte, doch sie wusste, dass dieser Triumph teuer erkauft war. Sie hatten die Wahrheit über Greta und die Motive der Richters erfahren, doch die Konsequenzen würden noch auf sie warten – und wahrscheinlich mächtiger sein, als sie ahnten.

„Dann haben wir also eine Abmachung", sagte Markus kühl und erhob sich. „Ab jetzt spielen Sie in unserem Team."

Gertrud nickte mit einem Lächeln, das einen Hauch von Verbitterung und Reue zeigte. „Aber denken Sie daran, dass wir nur eines wollen: Gerechtigkeit für Greta."

Anna erwiderte das Lächeln mit einem Hauch von Ironie. „Gerechtigkeit – oder Vergeltung? Letztlich ist das wohl nur eine Frage der Perspektive, nicht wahr?"

Nach dem Treffen mit den Richters kehrten Anna und Markus in seine Wohnung zurück. Die letzten Stunden hingen schwer in der Luft, und der Raum schien kaum Platz für die Gedanken, Zweifel und Enthüllungen des Tages zu haben. Anna ließ sich erschöpft auf das Sofa sinken, ihre Augen starrten ins Leere, während sie versuchte, das Ausmaß dessen zu erfassen, was sie gerade erfahren hatte.

„Diese Familie... die Richters..." murmelte sie und schüttelte leicht den Kopf. „Sie haben ihre eigene Tochter in die Hände eines Wahnsinnigen gegeben. Alles für dieses trügerische Ideal von Perfektion."

Markus setzte sich neben sie und betrachtete sie mit einer Intensität, die sie irritierte. „Vielleicht haben wir alle unsere blinden Flecken, wenn es um das geht, was wir lieben."

Anna hob skeptisch eine Augenbraue und drehte sich ihm zu. „Willst du damit sagen, dass es normal ist, so etwas zu tun?"

„Nicht normal, aber vielleicht... menschlich." Er hielt inne, und ein sanftes, nachdenkliches Lächeln umspielte seine Lippen. „Du kämpfst doch auch mit allem, was du hast, für die Wahrheit – für das, was du liebst."

Anna spürte, wie ihr Herz ein wenig schneller schlug, als sie seinen Blick erwiderte. Da war dieser Ausdruck in seinen Augen, diese Mischung aus Zärtlichkeit und Nachdenklichkeit, die sie auf eine Weise berührte, wie es ihr selten jemand gezeigt hatte. Es war, als könnte er direkt durch ihre kühle Fassade blicken und die Kämpfe sehen, die sie sonst sorgsam verborgen hielt.

„Markus, das hier ist nicht... normal." Sie brach ab, als er seine Hand auf ihre legte, seine Berührung warm und beruhigend.

„Vielleicht nicht normal", erwiderte er leise. „Aber notwendig." Sein Blick wanderte zu ihren Händen, die sich in seiner leicht zusammenzogen, und dann wieder zurück zu ihrem Gesicht.

Für einen Moment verloren sie sich in der Stille, in der Nähe, die so natürlich und doch elektrisierend war. Anna spürte, wie ein Kribbeln ihren Körper durchlief, eine Anziehung, die sie so oft ignoriert oder verdrängt hatte – und die nun umso stärker an die Oberfläche drängte.

„Du bist mir wichtig, Anna", sagte er schließlich und seine Stimme war kaum mehr als ein Flüstern. „Wichtiger, als ich gedacht hätte."

Anna schluckte und spürte, wie ihre üblichen, sarkastischen Antworten ihr im Hals stecken blieben. Dieses Mal war es ernst, und das spürte sie bis in jede Faser ihres Körpers. Sie lächelte schwach, ihre Augen glitzerten mit einer Mischung aus Nervosität und Freude.

„Das ist... verrückt, Markus. Ich meine, wir stehen mitten in einem Fall, der uns alle über den Haufen werfen könnte, und du..."

Doch bevor sie den Satz beenden konnte, neigte er sich langsam vor und küsste sie sanft. Sein Kuss war warm und zärtlich, und für einen Moment schien die Welt um sie herum stillzustehen. Anna schloss die Augen, gab sich dem Moment hin, spürte die Sicherheit und die Geborgenheit, die seine Nähe ausstrahlte.

Aber dann, wie aus dem Nichts, ertönte plötzlich das schrille Klingeln von Markus' Telefon. Die beiden rissen sich erschrocken voneinander los, als die Realität brutal wieder in den Vordergrund trat.

Markus seufzte und griff nach dem Telefon, seine Stirnrunzeln zeigte seinen Widerwillen, sich vom Moment zu lösen. „Was auch immer das ist, es ist das Letzte, was ich jetzt hören will."

Anna lachte leise und schüttelte den Kopf, ihre Hand immer noch warm von seiner Berührung. „Vielleicht ist es eine Erinnerung daran, dass wir uns in einer heiklen Situation befinden."

Markus sah sie einen Moment lang an, dann nahm er das Gespräch an. „Stein hier."

Seine Miene verdunkelte sich jedoch sofort, als er den Inhalt des Anrufs erfasste. Die Stimme am anderen Ende sprach leise, und Anna konnte nur Wortfetzen erkennen, aber was auch immer Markus hörte, es war ernst. Sehr ernst.

„Verstanden," sagte er schließlich knapp und legte auf. Dann wandte er sich mit einem düsteren Ausdruck zu Anna.

„Es scheint, als hätten wir einen neuen Verbündeten", sagte er mit einem ungläubigen Lächeln. „Jemand, der uns helfen will, Krause zu stürzen – allerdings anonym."

Anna zog eine Augenbraue hoch. „Anonym? Das klingt ja beinahe zu schön, um wahr zu sein."

„Ja", bestätigte Markus, und sein Blick spiegelte genau das wider, was sie dachte. „Entweder haben wir gerade einen unglaublichen Vorteil – oder wir sind dabei, in eine Falle zu laufen."

Nach dem Anruf lagen Spannung und eine fast greifbare Beklemmung in der Luft. Anna und Markus sahen sich an, das Gewicht der neuen Wendung lastete schwer auf ihnen. Ein unbekannter Verbündeter, der genau jetzt auftauchte – das klang eher nach einer neuen Bedrohung als nach einer Rettung.

„Ein anonymer Helfer", sagte Anna trocken und verschränkte die Arme. „Sicher, was könnte da schon schiefgehen?"

Markus nickte, sichtlich amüsiert. „Ja, klingt doch fast zu verlockend, oder? Normalerweise tauchen mysteriöse Verbündete ja nur in schlechten Krimis auf."

„Tja", antwortete Anna, „dann willkommen in unserem persönlichen schlechten Krimi." Sie sah Markus an, der sich über sein Telefon beugte, um die Rufnummer des Anrufers noch einmal anzusehen.

Doch bevor sie den Gedanken weiter ausführen konnten, vibrierte Annas Handy in ihrer Tasche. Ein Anruf, eine unbekannte Nummer. Sie warf Markus einen Blick zu, hob eine Augenbraue und nahm das Gespräch entgegen. „Ja?"

Eine tiefe, verzerrte Stimme sprach leise, fast bedrohlich. „Wenn ihr wissen wollt, was wirklich in der Klinik geschieht, trefft mich morgen Abend um Mitternacht am alten Werksgelände. Alleine."

Anna tauschte einen vielsagenden Blick mit Markus und versuchte, ruhig zu bleiben. „Und warum sollten wir Ihnen trauen?"

Die Stimme blieb unergründlich. „Ich bin euer einziger Weg zu Krause. Ihr habt keine andere Wahl."

Bevor Anna eine Antwort finden konnte, brach die Verbindung ab. Sie starrte auf das Display und ließ das Telefon langsam sinken. „Wie... klassisch. Ein Mitternachtstreffen auf einem verlassenen Fabrikgelände. Genau das, was man braucht, um sich sicher zu fühlen."

Markus grinste sarkastisch. „Nun, es hätte auch ein Hinterhof voller Müllcontainer sein können. Aber hey, wir haben ein Werksgelände! Das schreit förmlich nach Drama."

Anna schüttelte den Kopf, aber das angespannte Lächeln verschwand schnell wieder. „Wir müssen das ernst nehmen. Wer auch immer das ist, er kennt Krause – oder weiß zumindest, wie wir ihm näherkommen."

„Und das bedeutet, wir gehen in die Höhle des Löwen. Wieder einmal." Markus musterte sie ernst, doch seine Augen zeigten eine

Mischung aus Vorsicht und Entschlossenheit. „Aber dieses Mal nicht allein, Anna. Ich gehe mit dir."

Sie schüttelte den Kopf. „Er hat verlangt, dass ich allein komme."

„Was eine ausgezeichnete Einladung ist, eine Falle zu stellen. Aber ich werde trotzdem in der Nähe sein. Einverstanden?" Sein Ton ließ keinen Raum für Diskussionen.

Anna seufzte und sah ihn dann an, ein warmes, leises Lächeln auf ihren Lippen. „Gut. Aber pass auf, dass du nicht derjenige bist, der uns in eine Falle tappt."

※

Am nächsten Abend stand Anna um Punkt Mitternacht in der verlassenen Fabrikhalle, umgeben von Schatten, deren Kanten von dem schalen Licht der Straßenlaternen scharf gezeichnet wurden. Die Halle war so still, dass jedes Rascheln, jeder kleine Laut sich wie ein Donner anhörte.

Plötzlich schien sich einer der Schatten zu bewegen. Eine Gestalt in einem langen Mantel trat vor, die Kapuze tief ins Gesicht gezogen, so dass Anna die Person kaum erkennen konnte.

„Ich nehme an, Sie sind unser ‚anonymer Freund'?" Ihre Stimme war ruhig, doch innerlich war sie angespannt, jede Faser ihres Körpers bereit, bei der kleinsten Bedrohung zu reagieren.

Die Gestalt lachte leise. „Ihr Ruf eilt Ihnen voraus, Frau Bergmann."

„Schön zu wissen, dass ich so populär bin", entgegnete sie kühl. „Aber ich bin hier, um Antworten zu bekommen, nicht für Ihre Bewunderung."

„Ich habe Informationen, die Krauses Pläne offenbaren. Informationen, die euch helfen könnten, diesen Wahnsinn zu beenden." Die Stimme klang gedämpft, verzerrt, als ob die Person extra Schritte unternommen hätte, ihre Identität zu verbergen.

„Und warum genau sollten Sie uns helfen wollen?" Anna hielt den Blick fest auf die Gestalt gerichtet. „Menschen wie Sie helfen selten ohne Hintergedanken."

„Ich habe meine eigenen Gründe. Krause hat nicht nur euer Leben zerstört, Frau Bergmann. Auch ich habe einen Preis dafür gezahlt." Die Stimme verriet keine Emotionen, doch etwas in ihrem Tonfall ließ Anna innehalten. „Ich will nur eines: dass er zur Verantwortung gezogen wird."

Anna spürte, wie sich etwas in ihr verkrampfte. Der Zorn, die Entschlossenheit in der Stimme des Fremden waren echt. „Und was genau verlangen Sie dafür?"

Der Fremde lachte leise. „Ich verlange nur eines: dass ihr bis zum bitteren Ende geht. Kein Zurück, kein Mitgefühl. Krause muss fallen – und jeder, der ihm geholfen hat."

Anna nickte langsam, doch innerlich kochte sie vor Fragen. „Also gut. Und wie sollen wir das schaffen?"

Die Gestalt griff in die Tasche und zog einen kleinen Umschlag hervor. „Hier drin sind Namen. Personen, die in Krauses Plänen tiefer verstrickt sind, als ihr denkt. Verbindungen, die das Ausmaß seines Netzwerks zeigen. Wenn ihr das hier habt, seht ihr, wie tief der Wahnsinn geht."

Sie nahm den Umschlag, ihre Finger streiften die des Fremden für einen kurzen Moment. Die Berührung war kalt, als ob sie die Seele einer Person berührt hätte, die keine Menschlichkeit mehr besaß.

„Seien Sie vorsichtig, Frau Bergmann", flüsterte die Gestalt, bevor sie zurück in den Schatten trat. „Krause ist ein Meister der Manipulation. Und selbst seine Feinde sind manchmal schwer zu unterscheiden."

„Danke für die Warnung", sagte Anna kühl und sah der Gestalt nach, die im Dunkel verschwand.

Zurück im Auto legte sie den Umschlag auf den Beifahrersitz und atmete tief durch. Markus saß am Steuer und beobachtete sie aufmerksam. „War das so mysteriös, wie du es dir vorgestellt hast?"

Anna lächelte trocken und öffnete den Umschlag. „Noch mysteriöser. Aber wir haben etwas, Markus. Namen. Verbindungen. Vielleicht die Schlüssel zu all dem hier."

Markus nickte und startete den Wagen, während sie die Liste durchging. Die Namen waren mächtig, einflussreich, die Art von Personen, die auf allen gesellschaftlichen Ebenen Einfluss hatten. Sie wusste sofort, dass dieser Umschlag ein gefährliches Werkzeug war.

„Also", begann Markus, „sieht so aus, als hätten wir gerade die Werkzeuge für Krauses Untergang erhalten."

Anna nickte, doch ein Gedanke nagte an ihr. „Ja... aber was will unser neuer Verbündeter wirklich? Warum jetzt, warum auf diese Weise?"

Markus legte eine Hand beruhigend auf ihren Arm, und sie spürte die Wärme seiner Berührung. „Vielleicht ist das eine Frage, die wir stellen können, sobald Krause ausgeschaltet ist. Bis dahin müssen wir vorsichtig sein."

Anna sah ihn an, und für einen kurzen Moment, trotz all des Chaos und der Gefahr, spürte sie eine seltsame Ruhe in sich aufsteigen. „Dann lassen wir ihn fallen, Markus. Ein für alle Mal."

„Und dieses Mal – gehen wir bis zum bitteren Ende." Markus' Blick war fest und entschlossen, seine Hand ruhte immer noch auf ihrer.

Anna legte ihre Hand über seine, ihre Augen glitzerten im schwachen Licht. Sie wusste, dass dieser Kampf kein einfacher werden würde, doch in diesem Moment, in diesem Auto, mit Markus an ihrer Seite, fühlte sie sich so stark wie nie zuvor.

Kapitel 13

Die sterile Luft des Labors war erfüllt von dem leisen Summen der Maschinen und der Spannung, die zwischen Anna und Markus in der Luft hing. Sie standen über die DNA-Ergebnisse gebeugt, die langsam aber sicher jedes ihrer bisherigen Puzzlestücke in einen düsteren Zusammenhang brachten. Markus blickte auf den Bildschirm und zog die Augenbrauen so weit zusammen, dass sie fast wie eine ununterbrochene Linie wirkten.

„Ich sage dir, Anna, ich habe schon viel gesehen, aber das hier..." Er ließ den Satz hängen und schüttelte den Kopf, als ob die Worte sich weigerten, ihm über die Lippen zu kommen.

Anna lehnte sich über die Laborstation und betrachtete die DNA-Analyse. „Du meinst also, das sind tatsächlich Beweise dafür, dass Embryonen manipuliert wurden?"

Markus nickte langsam, seine Stirn in tiefen Falten. „Nicht nur manipuliert. Das hier", er zeigte auf eine Reihe von Werten auf dem Bildschirm, „ist ein eindeutiger Hinweis auf gezielte Eingriffe. Krause hat anscheinend gezielt bestimmte Gene verändert, die für Intelligenz, körperliche Stärke und Immunität stehen."

Anna ließ die Information einen Moment sacken, bevor sie einen ironischen Kommentar nicht mehr zurückhalten konnte. „Also wollte er eine neue Generation von Übermenschen züchten? Was kommt als Nächstes – eine Armee genetisch optimierter Babys, die unser aller Schicksal bestimmen?"

Markus schnaubte, aber es war kein Lachen, eher ein Ausdruck ungläubiger Fassungslosigkeit. „Genau das scheint sein Ziel gewesen zu sein. Und das hier", er zeigte auf eine zweite Datei, die sich gerade geöffnet hatte, „ist die Liste der ‚ausgewählten Eltern', die scheinbar von diesem Projekt profitieren sollten."

Anna zog sich einen Stuhl heran, ließ sich mit einem lauten Seufzen darauf fallen und betrachtete die Liste. „Natürlich. Und hier haben wir unsere Lieblingspersonen: die Richters, mehrere Politiker, einflussreiche Geschäftsleute. Krause war wirklich ein Fan davon, den Genpool der Oberschicht zu verbessern."

„Das ist noch nicht alles", sagte Markus und öffnete eine Datei, die ihre Aufmerksamkeit sofort fesselte. „Hier steht, dass einige der Embryonen sogar ausgetauscht wurden – ohne das Wissen der Eltern. Manche dieser ‚perfekten' Kinder sind in Wirklichkeit genetische Experimente."

Anna sah ihn einen Moment an, ihre grünen Augen funkelten vor Zorn und Entschlossenheit. „Das ist widerlich. Wir müssen diesen Wahnsinn stoppen, Markus. Krause spielt mit Leben, als ob sie Schachfiguren wären."

Markus nickte ernst. „Das Problem ist nur, dass wir zwar die Beweise haben, aber um das Netz aus Lügen zu zerschlagen, brauchen wir mehr als ein paar Dateien. Die Öffentlichkeit wird uns für Verschwörungstheoretiker halten, wenn wir ihnen das hier einfach so präsentieren."

Anna schnaubte. „Großartig, also brauchen wir den perfekten Plan, um den perfekten Plan zu zerstören. Das sollte doch kein Problem sein für zwei leicht desillusionierte Menschen, die in der Vergangenheit eher unfreiwillig zum Team wurden."

Markus lächelte schwach, aber seine Augen zeigten ein Licht, das sie selten in ihm gesehen hatte – etwas, das fast wie Hoffnung aussah. „Weißt du was, Anna? Vielleicht sind wir das einzige Team, das verrückt genug ist, um das zu schaffen."

Die Anspannung in der Luft blieb bestehen, aber eine Stille des Einvernehmens legte sich über sie, als sie die Dokumente sicherten und die nächsten Schritte durchdachten.

※

Kaum hatten Anna und Markus das Labor verlassen, als eine Gestalt am Eingang stand und auf sie wartete. Kinnlanges, perfekt gestyltes Haar, ein Hauch von Parfum und ein scharfes, fast bedrohliches Lächeln – es war niemand anderes als Kladudia. Sie lehnte lässig an der Wand, die Arme verschränkt und mit einem Gesichtsausdruck, der sowohl Arroganz als auch eine Spur von Nervosität verriet.

„Ach, welch eine Überraschung", sagte Anna mit gespielter Freude, während sie die Augenbrauen hob. „Die unsichtbare dritte Partei hat sich also doch entschlossen, Farbe zu bekennen?"

„Glaubt mir, wenn es nicht dringend wäre, wäre ich nicht hier", entgegnete Kladudia mit einem kalten Lächeln und trat näher. „Ich weiß, dass ihr beiden auf der Suche nach Krauses geheimen Machenschaften seid. Ich dachte, ihr könntet ein bisschen... Nachhilfe gebrauchen."

Markus verzog das Gesicht, seine Augen blitzen skeptisch. „Und warum genau sollten wir Ihnen jetzt glauben, Frau... wie war noch gleich Ihr Deckname? Verrat oder Komplott?"

Klaudia reagierte auf seinen Sarkasmus mit einem spöttischen Grinsen. „Nenn es, wie du willst, Stein. Aber Tatsache ist, dass ich Informationen habe, die euch fehlen. Informationen, die vielleicht Licht auf die ... weniger ästhetische Seite von Krauses ‚Wissenschaft' werfen."

„Na dann", sagte Anna trocken, ihre Arme vor der Brust verschränkt. „Erleuchte uns, Kladudia. Wir lieben einen guten Einblick in die Schattenseiten der Medizin."

Kladudia schien für einen Moment zu zögern, doch dann sprach sie leise, als ob sie das Gewicht ihrer eigenen Worte fürchtete. „Krause hat nicht nur Embryonen vertauscht. Er hat gezielt Kinder aus bestimmten Genlinien geschaffen. Die Eltern wurden manipuliert, die Wahrheit verschleiert, und am Ende hat er die Schicksale von Menschen kontrolliert, als wären sie... Spielzeug."

Ein eisiges Schweigen breitete sich aus, als die Realität von Kladudias Worten über sie hinwegfegte. Anna spürte, wie ihr Magen sich zusammenkrampfte, doch sie behielt ihren ruhigen, fast kalten Blick bei. „Und du warst Teil dieses großartigen Plans, nehme ich an? Als eine seiner... Mitarbeiterinnen?"

Kladudia sah zur Seite, ihr Blick flackerte, bevor sie sich wieder gefangen hatte. „Es begann mit kleinen Lügen. Einem Hauch von Versprechen. Krause wusste, wie er Menschen dazu brachte, seine Ziele zu unterstützen. Und am Ende..." Sie sah direkt in Annas Augen. „Am Ende habe ich Dinge getan, die ich mir selbst kaum verzeihen kann. Dinge, von denen ich dachte, sie seien im Namen der Wissenschaft."

Markus lachte bitter. „Ach, natürlich. Die Wissenschaft als Alibi für alles."

Anna ließ sich gegen die Wand fallen und atmete tief durch, bevor sie ihre Stimme fand. „Also gut, Kladudia. Du bist hier, um uns zu helfen. Aus... Reue?" Sie legte einen spöttischen Unterton in ihre Worte, eine bittere Ironie, die sie selbst fast überraschte.

„Nenn es Reue, nenn es Angst, was auch immer du willst." Kladudia seufzte und griff in ihre Tasche, holte ein kleines Dossier hervor und hielt es Anna hin. „Hier sind Namen. Informationen. Krauses Netzwerk reicht weiter, als ihr denkt. Das hier sind die Leute, die er benutzt hat, die ihm geholfen haben."

Anna nahm das Dossier, ihre Finger streiften Kladudias für einen kurzen Moment. „Und du erwartest nichts dafür? Du machst das also rein aus... Nächstenliebe?"

Kladudia zuckte die Schultern, ein schwaches Lächeln auf ihren Lippen. „Vielleicht mache ich es, um endlich einen Teil meiner eigenen Schuld zu begleichen."

Bevor Anna eine Antwort finden konnte, kam ein leises Geräusch aus dem Korridor, das alle drei aufhorchen ließ. Schritte. Langsam, bedächtig, so als wollte derjenige, der näherkam, sich seiner Anwesenheit besonders bewusst sein.

Markus und Anna tauschten einen schnellen Blick, bevor sie ihre Position einnahmen. Doch Kladudia wirkte seltsam unberührt, ein kaum merkliches Lächeln lag auf ihren Lippen.

Die Schritte verstummten, und die Gestalt, die nun vor ihnen stand, war niemand Geringeres als Dr. Hoffmann. Sie wirkte mitgenommen, blass, aber ihre Augen blitzten entschlossen.

„Ich dachte mir schon, dass ich hier fündig werde", sagte Hoffmann mit leiser, aber fester Stimme und ließ ihren Blick über die drei schweifen.

Anna verschränkte die Arme vor der Brust und grinste trocken. „Ach, das wird ja immer besser. Jetzt haben wir schon fast das komplette Ensemble versammelt. Was führt Sie zu uns, Dr. Hoffmann? Sind Sie gekommen, um Beistand zu leisten, oder einfach nur, um sicherzustellen, dass keiner aus der Reihe tanzt?"

Hoffmann schnaubte, eine Spur von Trotz in ihrem Blick. „Was auch immer ihr denkt, ich habe meine Gründe. Krause hat Menschen wie uns alle in seinen Plänen gefangen. Menschen, die einmal glaubten, etwas Gutes zu tun. Ich habe meine Fehler gemacht, aber das hier, das, was er in seiner Klinik treibt... das ist nicht mehr mein Weg."

Markus ließ ein skeptisches Lachen hören. „Na wunderbar. Jetzt haben wir eine ehemalige Komplizin und eine Reuevolle. Fehlt nur noch der betrügerische Wissenschaftler selbst."

Anna lachte und schüttelte den Kopf. „Ein schöner Gedanke, aber ich glaube, Krause wird kaum in unsere kleine Runde treten, um sich zu rechtfertigen. Was wir brauchen, sind handfeste Beweise. Etwas, das uns die nötige Munition gibt, diesen Mann endgültig zu Fall zu bringen."

Dr. Hoffmann zog eine kleine Notiz aus ihrer Tasche und hielt sie Anna entgegen. „Das hier ist ein Schlüssel. Er führt zu einem Schließfach im Bahnhof, das die Daten enthält, die ihr braucht. Aber seid vorsichtig. Krause weiß, dass ich Zweifel habe. Ich habe nur wenig Zeit, bevor er meine Loyalität in Frage stellt."

Anna nahm den Schlüssel und sah Dr. Hoffmann in die Augen. „Warum jetzt? Warum dieser Sinneswandel?"

Hoffmanns Gesicht verhärtete sich, doch in ihren Augen blitzte etwas auf, das einem inneren Kampf gleichkam. „Manchmal sieht man erst zu spät, wessen Plan man gefolgt ist. Krause ist nicht nur ein Wissenschaftler. Er ist ein Puppenspieler, und ich war zu lange eine seiner Marionetten. Ich kann das nicht länger mit ansehen."

Kladudia nickte und blickte Anna ernst an. „Die Zeit wird knapp. Wenn wir ihm das Handwerk legen wollen, dann besser heute als morgen."

Markus legte eine Hand auf Annas Schulter, und sie spürte die beruhigende Kraft seiner Berührung. „Dann sollten wir uns beeilen. Jeder Schritt, den wir jetzt machen, könnte der letzte sein – wenn wir ihn nicht klug setzen."

Anna schloss die Augen für einen Moment und atmete tief durch, bevor sie sich umdrehte und die Notiz in ihre Tasche schob. „Dann also los. Das Spiel ist noch lange nicht vorbei, und ich habe nicht vor, als die Verliererin daraus hervorzugehen."

※

Der Abend war still, als Anna bei Markus ankam, um die neuesten Erkenntnisse zu besprechen. Der Schlüssel zum Schließfach und die Daten darin waren ein entscheidender Fortschritt – aber nach Tagen voller Entdeckungen, Verstrickungen und Risiken konnte Anna eine kurze Pause gebrauchen. Und Markus schien das zu ahnen.

Er öffnete die Tür und lächelte sanft, als er sie sah. „Ich dachte, nach all dem Detektivkram könnten wir eine Auszeit gebrauchen. Kein Labormikroskop, keine DNA-Analyse, nur ein bisschen Ruhe."

Anna zog eine Augenbraue hoch und trat in die Wohnung, die in warmem, weichem Licht getaucht war. Der Duft von frisch gekochtem Essen stieg ihr in die Nase, und sie fühlte sich in einem Moment seltsam geborgen. „Markus Stein als romantischer Gastgeber? Davon muss ich mir wohl selbst ein Bild machen."

Er schmunzelte und deutete auf den Tisch, der elegant gedeckt war. „Keine Sorge, das ist alles sehr improvisiert. Aber ich dachte, wir könnten uns diesen Moment nehmen, bevor die Welt wieder über uns zusammenbricht."

Sie setzten sich, und das Abendessen verlief in einer Mischung aus Leichtigkeit und angespannter Stille. Die Gespräche kreisten um alles und nichts – um alte Fälle, um Reisepläne, die sie beide wohl nie verwirklichen würden, und um Musik, die Markus manchmal in seinem Labor spielte. Ihre Blicke trafen sich immer wieder, und die Schärfe und die Ironie, die sonst ihre Gespräche prägten, wichen für einen Moment einer stillen, unausgesprochenen Verbindung.

Nach dem Essen saßen sie nebeneinander auf der Couch. Die Stille war intensiv, doch Anna spürte, wie sich eine tiefe Ruhe in ihr ausbreitete, ein Gefühl der Vertrautheit, das sie selten zugelassen hatte. „Es ist verrückt", begann sie leise und ließ ihre Hand auf dem Sofa neben sich ruhen. „Das hier. Diese Momente. Ich dachte immer, das wäre nichts für mich."

Markus sah sie an, sein Blick war sanft, doch sein Ausdruck ernst. „Manchmal suchen uns solche Momente einfach aus. Ob wir es wollen oder nicht."

Ihre Augen trafen sich, und in diesem Augenblick schien alles, was zwischen ihnen gewesen war, alle ironischen Sprüche, die beruflichen Grenzen, die ständige Zurückhaltung, zu schwinden. Markus hob langsam seine Hand und legte sie auf die ihre. Die Berührung war warm und ruhig, und Anna fühlte, wie ihr Herzschlag sich beschleunigte.

Doch plötzlich brach das Telefon durch die Stille und ließ beide abrupt zusammenzucken. Anna konnte den Fluch, der ihr fast entwich, gerade noch unterdrücken. Markus griff widerwillig nach seinem Handy, sah die Nummer und verzog das Gesicht.

„Natürlich", murmelte er, bevor er den Anruf entgegennahm. „Stein hier."

Anna konnte nur Wortfetzen hören, aber was auch immer der Anrufer sagte, ließ Markus' Gesichtsausdruck härter werden. Seine Miene war düster, und als er schließlich auflegte, wusste Anna bereits, dass die kurze Pause vorüber war.

„Das war Kommissar Wolf," erklärte er und schüttelte den Kopf. „Es gibt eine Leiche. In Krauses Klinik. Dr. Hofmann wurde tot aufgefunden."

Anna spürte, wie sich ein eisiger Schauer über ihren Rücken zog. „Dr. Hofmann? Die Frau, die uns gerade erst diesen Schlüssel und die Informationen gegeben hat?"

Markus nickte und sah sie ernst an. „Ja. Und das hier... das hier ist alles andere als ein Zufall."

Anna setzte sich auf, die Vertrautheit und der Augenblick, den sie gerade geteilt hatten, waren mit einem Schlag verschwunden, verdrängt von der kalten, erbarmungslosen Realität. „Sie wollten uns den Zugang zu den Beweisen abschneiden. Das ist klar."

Markus nickte. „Und sie wissen, dass wir ihnen gefährlich nah gekommen sind. Dieser Mord ist eine Botschaft."

Anna schüttelte den Kopf, ihr Blick hart und entschlossen. „Wenn sie uns warnen wollten, dann haben sie das Gegenteil erreicht. Wir werden das hier zu Ende bringen, Markus. Für Dr. Hofmann, für all die Leben, die Krause zerstört hat."

Er legte eine Hand auf ihre Schulter und sah sie fest an. „Und wir werden das gemeinsam tun. Bis zum Schluss."

Die Anziehung zwischen ihnen, die sich so sanft und behutsam entwickelt hatte, wurde jetzt zu einem Funken aus Entschlossenheit und Verbundenheit, die stärker war als jede Drohung.

Kaum eine halbe Stunde später parkten Anna und Markus vor Krauses Klinik. Die normalerweise leuchtenden Fenster waren dunkel, und eine beklemmende Stille lag über dem Gebäude. Im Inneren empfing sie eine kalte, sterile Atmosphäre, die jetzt – mit dem Wissen über Dr. Hofmanns Tod – eine neue, beängstigende Qualität hatte. Kommissar Wolf, der sie bereits erwartete, nickte ihnen knapp zu.

„Kommen Sie. Sie beide sollten das sehen," murmelte er und führte sie in eines der hinteren Büros. Der Raum wirkte auf den ersten Blick wie jeder andere – Bücherregale, ein Schreibtisch, einige medizinische Instrumente, die geordnet auf einem Tablett lagen. Aber in der Ecke lag, blass und leblos, die Gestalt von Dr. Hofmann.

Anna schluckte. Sie hatte in ihrem Leben genug gesehen, um normalerweise gelassen zu bleiben. Doch der Anblick von Hofmanns leblosen Augen ließ sie für einen Moment innehalten. Markus neben ihr war ebenfalls erschüttert, sein Blick dunkel und angespannt.

„Offenbar wurde sie von jemandem überrascht," erklärte Wolf nüchtern. „Keine Einbruchsspuren, keine sichtbaren Verletzungen – außer diesem Zettel." Er deutete auf ein Stück Papier, das sorgfältig neben Hofmanns Körper auf den Boden gelegt worden war.

Anna kniete sich nieder, nahm das Papier auf und las die wenigen, handgeschriebenen Worte: *„Das Ende naht für jene, die zu viel wissen."*

Markus verzog das Gesicht. „Krauses Handschrift? Oder die eines der Handlanger, die für ihn arbeiten?"

Wolf zuckte mit den Schultern. „Das ist schwer zu sagen. Aber ich kann Ihnen versichern, dass dieser Zettel für Sie beide genauso bestimmt ist wie für Dr. Hofmann."

Anna schnaubte leise und sah auf den Zettel hinab. „Ein bisschen theatralisch, finden Sie nicht? Erinnert mich an schlechte Filmklischees. ‚Das Ende naht'... ich meine, wer schreibt sowas heutzutage noch?"

Markus hob eine Augenbraue und grinste sarkastisch. „Vielleicht glaubt Krause, er ist der perfekte Bösewicht. Fehlt nur noch das dramatische Lachen im Hintergrund."

Wolf rollte mit den Augen. „Sarkasmus bringt uns hier nicht weiter. Dr. Hofmann hat uns geholfen, und nun ist sie tot. Die Frage ist: Wer wird als Nächstes angegriffen?"

Anna warf ihm einen kalten Blick zu. „Kommissar, ich habe nicht vor, auf dieser Liste zu stehen, falls das Ihre Sorge ist."

Wolf schüttelte den Kopf und deutete auf eine Kiste in der Ecke, die offenbar vor kurzem durchwühlt worden war. „Wir haben hier Beweise gefunden, Papiere, die Hofmann anscheinend vor ihrem Tod gesichert hat. Listen, die mit den Namen von Patienten und... genetischen Modifikationen zu tun haben."

Anna trat näher, ihre Augen blitzen vor Entschlossenheit. „Dann ist das die Munition, die wir brauchen. Wolf, haben Sie diese Dokumente bereits gesichert?"

Wolf nickte langsam, seine Augen scharf auf sie gerichtet. „Selbstverständlich. Und ich werde sie persönlich in die Asservatenkammer bringen. Niemand kommt an diese Beweise, außer wir drei."

„Gut", murmelte Anna und richtete sich auf, ohne den toten Körper von Dr. Hofmann aus den Augen zu lassen. „Krause wird also alles daransetzen, uns zu stoppen. Und dieser Mord ist eine deutliche Warnung."

Markus legte eine Hand auf Annas Schulter, seine Berührung warm und beruhigend inmitten der düsteren Atmosphäre. „Wir sind ihm jetzt gefährlich nah, Anna. Das hier ist ein Zeichen, dass Krause die Kontrolle verliert."

„Ich habe die Kontrolle schon längst nicht mehr gehabt", murmelte Anna mit einem bitteren Lächeln. „Seit ich diese Klinik betreten habe, ist alles eine einzige Abwärtsspirale."

Wolf runzelte die Stirn und sah sie beide an. „Was ist Ihr nächster Schritt? Sie wissen, dass ich Ihnen offiziell keine Erlaubnis geben kann, weiterzuforschen. Aber inoffiziell..." Er hielt kurz inne, ein Funken von Besorgnis in seinen Augen. „Seien Sie vorsichtig."

Anna nickte und blickte Markus entschlossen an. „Wir holen uns Krause. Egal, was es kostet."

Draußen, als sie in die kalte Nachtluft traten, fiel der Schatten der Bedrohung schwer auf ihre Schultern. Anna und Markus gingen schweigend zum Wagen zurück, das Gewicht der neuen Erkenntnisse und der drohenden Gefahr lastete schwer auf ihnen.

Markus stieg ein und warf Anna einen Seitenblick zu, seine Stimme leise, aber fest. „Bist du sicher, dass du das durchziehen willst? Es wird gefährlich, Anna."

Anna lachte kurz auf, ohne dabei besonders amüsiert zu klingen. „Hast du je daran gezweifelt? Krause hat uns herausgefordert – und jetzt ist es an der Zeit, dass wir die Antwort geben."

Markus ließ sich in den Sitz zurücksinken, ein schwaches Lächeln auf seinen Lippen. „Ich wusste, dass du das sagen würdest."

Anna sah ihn an, und für einen Moment war alles um sie herum vergessen – die Drohungen, der Mord, die klinische Kälte, die sie verfolgt hatte. Da war nur noch Markus, seine warme, beruhigende Anwesenheit und das stille Versprechen, das er ihr gegeben hatte.

„Was immer geschieht", flüsterte sie, „wir werden das gemeinsam beenden. Und ich werde verdammt sicherstellen, dass Krause für all das hier bezahlt."

Kapitel 14

Das Verbrechen hatte die übliche Aura des Makabren – eine perfekte Inszenierung des Grauens, die Dr. Hofmanns letzte Momente umgab. Anna und Markus betraten das verlassene Büro, das als provisorischer Tatort diente. Kommissar Wolf war bereits vor Ort und machte die erwarteten, bedeutungsschweren Gesten mit einem Maßband und einem Notizblock, als würde er damit mehr enthüllen können als die offensichtlichen Fakten.

„Interessant", murmelte Anna, während sie den Raum durchstreifte. „Krause hat sich wirklich keine Mühe gegeben, es subtil wirken zu lassen. Eine klassische Warnung für jene, die sich ihm in den Weg stellen."

Markus folgte ihrem Blick und sah sich ebenfalls um, sein analytischer Ausdruck verriet kaum die Anspannung, die die beiden verspürten. Die Szenerie sprach für sich – nichts war zu intensiv drapiert, und doch lag eine bedrückende Atmosphäre über dem Ort.

Plötzlich betrat Schwester Schmidts, die ewig skeptisch blickende, beinahe schon tragisch besorgte Krankenschwester, den Raum. Ihr Gesichtsausdruck schien eine seltsame Mischung aus Neugierde und gespielter Fassungslosigkeit widerzuspiegeln, fast so, als würde sie genießen, Teil dieser grotesken Szenerie zu sein.

„Also... was... was passiert hier wirklich?" stotterte sie, und es schien fast so, als hätte sie sich in ihren eigenen, überdramatisierten Schock hineinversetzt.

Anna warf ihr einen durchdringenden Blick zu und lächelte sarkastisch. „Schwester Schmidts, wie schön, dass Sie den Mut aufbringen, die einzige offensichtliche Frage zu stellen."

Schwester Schmidts runzelte die Stirn und verschränkte die Arme. „Nun, es ist... es ist einfach furchtbar! Was... was ist mit unserer Klinik passiert? So etwas kann doch nicht..."

Anna unterbrach sie trocken. „Schwester, glauben Sie mir, ich kann Ihre Verwirrung verstehen, aber warum beginnen wir nicht damit, die Rolle jedes Einzelnen in dieser Einrichtung ein wenig näher zu beleuchten? Sie kennen sich hier doch bestens aus."

Schwester Schmidts' Augen blitzten nervös, als ob sie sich plötzlich daran erinnerte, dass es immer ratsam war, sich in diesen Momenten wie ein unsichtbarer Schatten zu verhalten. „Also, ich... ich meine... Dr. Hofmann war immer sehr professionell und..."

„Natürlich", unterbrach Markus scharf, der seinerseits auf ein kleines Detail am Schreibtisch aufmerksam geworden war. „Professionell bis zur letzten Sekunde, richtig? Sie sind sicher, dass sie keine... interessanten Gewohnheiten oder Freundschaften hatte? Vielleicht mit jemandem, der zufällig ihre wissenschaftliche Expertise teilte?"

Schwester Schmidts stotterte etwas vor sich hin, während Anna sich über den Schreibtisch beugte und ihre Augen über die Anordnung der Papiere wandern ließ. Mit einem gezielten Griff öffnete sie eine der Schubladen und hielt plötzlich inne. Ein kleiner Umschlag, beschriftet mit einer kryptischen Notiz, lugte hervor.

„Ah, was haben wir denn da?" Anna nahm den Umschlag heraus und inspizierte ihn aufmerksam. „Ein weiteres Puzzlestück, ganz wie ich es erwartet habe."

Kommissar Wolf trat näher heran, ein Hauch von Aufregung in seinen Augen, doch Anna schüttelte den Kopf und ließ den Umschlag mit einem ironischen Lächeln in ihrer Jackentasche verschwinden. „Geduld, Wolf. Wir möchten das Gesamtbild nicht voreilig zerstören, oder?"

Wolf verschränkte die Arme und seufzte. „Wenn Sie meinen, Bergmann. Aber warten Sie nicht zu lange – Geduld ist nicht meine beste Tugend."

Anna und Markus verließen das Büro und warfen Schwester Schmidts einen letzten, vielsagenden Blick zu, als sie die Tür hinter sich schlossen.

In einem Raum, der durch seine perfekte Ordentlichkeit fast schon bedrohlich wirkte, saß Professor Krause und versuchte, eine Haltung zu bewahren, die zwischen Arroganz und Verunsicherung schwankte. Er rutschte auf seinem Stuhl, die Finger nervös trommelnd, während Anna und Markus ihm gegenüber Platz nahmen. Der Professor war eindeutig nicht erfreut über das Gespräch, das ihn erwartete.

„Professor Krause, ich nehme an, Sie wissen, warum wir hier sind?" begann Anna mit einem Lächeln, das weder Wärme noch Geduld erkennen ließ.

Krause hob das Kinn und versuchte, Haltung zu wahren. „Frau Bergmann, ich bin hier, weil ich um die Sicherheit meiner Klinik besorgt bin. Dieser Vorfall – der Tod von Dr. Hofmann – ist eine Tragödie, ja. Aber ich versichere Ihnen, ich habe mit all dem nichts zu tun."

Markus lehnte sich zurück und verschränkte die Arme, sein Blick fest auf Krause gerichtet. „Ach, natürlich, Professor. Es ist reiner Zufall, dass in Ihrer Klinik genetische Experimente durchgeführt wurden und dass die Kollegen, die am tiefsten involviert waren, nach und nach das Zeitliche segnen."

Ein Hauch von Panik flackerte über Krauses Gesicht, doch er fing sich schnell wieder. „Das sind schwerwiegende

Anschuldigungen, Herr Stein. Solche Anschuldigungen – ich hoffe, Sie haben Beweise, bevor Sie meinen guten Ruf durch den Schlamm ziehen."

„Oh, Beweise haben wir reichlich", murmelte Anna sarkastisch und zog einen Umschlag aus ihrer Jackentasche – der Umschlag, den sie in Dr. Hofmanns Schreibtisch gefunden hatte. Sie legte ihn langsam und bedeutungsschwer vor Krause auf den Tisch.

Der Professor blickte auf den Umschlag, als wäre er ein giftiger Skorpion. „Und das soll... beweisen, dass ich für das verantwortlich bin, was Sie hier andeuten?"

„Warum öffnen Sie ihn nicht einfach?" forderte Anna mit einem unschuldigen Lächeln. „Lassen Sie uns alle teilhaben."

Krause zögerte, dann riss er den Umschlag auf. Seine Augen weiteten sich, als er den Inhalt überflog. Es waren Notizen, handschriftlich verfasst, mit Details zu genetischen Experimenten und Anmerkungen, die nur von jemandem stammen konnten, der tief in Krauses „Forschungsprojekte" involviert war.

Markus konnte sich ein trockenes Lachen nicht verkneifen. „Sagen Sie mal, Krause, macht es Ihnen Spaß, Gott zu spielen, oder ist das nur eine kleine Nebentätigkeit, um sich den Alltag etwas aufregender zu gestalten?"

Krauses Gesicht wurde blass, und sein Versuch, Gelassenheit zu bewahren, begann sichtbar zu bröckeln. „Das... das war ein Fehler. Ich meine, ich wusste, dass einige Projekte in meiner Klinik durchgeführt wurden, aber..."

„Oh, spare Sie sich die Erklärungen", unterbrach ihn Anna scharf. „Fehler machen wir alle. Aber gezielte Manipulationen an Menschenleben – das ist kein Fehler, das ist pure Arroganz."

Krause öffnete den Mund, um etwas zu erwidern, doch in diesem Moment passierte etwas völlig Unerwartetes: Er presste eine Hand gegen seine Brust, sein Gesicht verzerrte sich schmerzhaft, und er sackte im Stuhl zusammen. Anna sprang instinktiv auf und rief nach

Hilfe, während Markus sich über Krause beugte und seinen Puls überprüfte.

„Ein Herzinfarkt", murmelte er, überrascht, doch nicht ohne eine gewisse Ironie in der Stimme. „Manchmal trifft das Schicksal genau den Richtigen."

Anna holte hastig einen Notarzt, und in wenigen Minuten war das Krankenhauspersonal zur Stelle. Während die Sanitäter Krause auf eine Trage legten und ihn aus dem Raum schoben, stand Anna an der Seite und beobachtete alles mit einem scharfen, abwägenden Blick.

„Na wunderbar", seufzte sie, als Krause aus dem Raum geschafft wurde. „Jetzt bleibt uns nichts anderes übrig, als mit dem Wissen weiterzuarbeiten, das wir haben – und das Puzzle ohne den Herrn Professor zu lösen."

Markus nickte und legte ihr eine Hand auf die Schulter, ein stilles Zeichen der Unterstützung inmitten des Chaos. „Vielleicht ist das genau der Moment, an dem wir selbst das Steuer übernehmen müssen."

Anna sah ihn an, und für einen Moment blitzte ein weiches Lächeln über ihr Gesicht. „Weißt du, Markus, manchmal frage ich mich, ob du tatsächlich der einzige bist, der mich in diesem Wahnsinn versteht."

Markus erwiderte das Lächeln, und die Spannung zwischen ihnen war spürbar, selbst inmitten dieses chaotischen Augenblicks. Doch die Realität holte sie schnell wieder ein – sie hatten keine Zeit für eine Pause, und die dunklen Geheimnisse von Krauses Machenschaften warteten nur darauf, ans Licht zu kommen.

„Zurück zur Arbeit", sagte Anna, wobei sie fast schon widerwillig die Hand von Markus auf ihrer Schulter abschüttelte. „Krauses plötzlicher Rückzug ist kein Grund, uns jetzt auszuruhen."

„Ganz deiner Meinung", murmelte Markus, und sie verließen das Zimmer, entschlossen, das Spiel zu Ende zu bringen, das der Professor begonnen hatte.

Die Notaufnahme war ein kühler Ort voller Hektik und Piepen von Monitoren. Anna und Markus warteten im Flur, während die Ärzte Professor Krause in einem der Behandlungsräume versorgten. Ein etwas zu selbstgefälliges Lächeln schlich sich in Annas Gesicht, das sie allerdings geschickt hinter einer professionellen Miene verbarg.

„Weißt du, Anna," begann Markus, während er sich gegen die Wand lehnte, die Hände in den Taschen. „Es gibt wirklich ironischere Wege, als mitten in einem Verhör einen Herzinfarkt zu bekommen."

„Ach, ironisch?" Anna zog eine Augenbraue hoch und lächelte schief. „Ich würde eher sagen: karmisch. Jahrzehntelang Gott spielen und dann... Zack. Aber hey, für Krause ist das vermutlich nur ein kleiner Kollateralschaden."

Markus lachte, und für einen Moment war der klinische Flur der Notaufnahme wie ein kleines Refugium nur für die beiden – so fernab von all den genetischen Manipulationen, Geheimnissen und dem Chaos, das um sie herum tobte.

Ein Arzt kam heraus und warf den beiden einen Blick zu, aus dem sich Mitleid und professionelles Desinteresse mischten. „Sie können Professor Krause bald sehen. Er ist stabil, aber schwach. Keine anstrengenden Fragen."

„Keine Sorge", erwiderte Anna mit einem unschuldigen Lächeln. „Wir haben kaum Fragen... eher so etwas wie... Andeutungen."

Markus und Anna betraten das Zimmer, wo Krause mit blassem Gesicht auf dem Krankenhausbett lag. Schläuche und Monitore waren um ihn drapiert wie moderne Eisenketten, und sein selbstbewusster Ausdruck war einem flackernden Blick aus Furcht und Anspannung gewichen. Es war offensichtlich, dass er nicht damit gerechnet hatte, die Situation so zu erleben.

„Ach, Professor Krause," begann Anna sanft, die Stimme honigsüß. „Sie sehen etwas... angeschlagen aus. Vielleicht etwas zu viel Aufregung heute?"

Krause warf ihr einen Blick zu, halb ängstlich, halb trotzig. „Frau Bergmann, Sie haben wirklich ein Gespür für... überflüssige Kommentare."

„Ich tue mein Bestes", konterte sie lächelnd und trat näher an sein Bett. „Jetzt, da Sie sich in einer Umgebung befinden, die Sie doch bestens kennen, könnten wir vielleicht endlich einen offenen Austausch pflegen. Ohne Drohungen. Ohne Herzinfarkte."

Markus lehnte sich gegen das Bettgestell und verschränkte die Arme. „Krause, Sie wissen, dass Sie uns nicht ewig im Dunkeln lassen können. Nicht mehr. Wir wissen von den Manipulationen, den Experimenten und der Vertuschung. Dr. Hofmann war nur die Spitze des Eisbergs, richtig?"

Krauses Gesicht verzog sich, seine Finger krampften sich um die Bettdecke. „Sie... Sie verstehen nicht. Es geht hier um Wissenschaft, um Fortschritt. Ja, wir haben an Grenzen gekratzt, die andere nicht einmal zu überschreiten wagen. Aber das ist das, was... was wahre Pioniere ausmacht!"

„Oh, sicher", murmelte Anna mit gespieltem Verständnis. „Sie experimentieren mit Menschenleben und nennen es Fortschritt. Sehr inspirierend, wirklich. Fast wie in einem schlechten Science-Fiction-Film."

Ein nervöses Lachen entwich Markus, und er warf Krause einen sarkastischen Blick zu. „Und Dr. Hofmann? War sie auch nur ein Kollateralschaden für den wissenschaftlichen Fortschritt?"

Krause zögerte, sein Gesichtsausdruck wechselte zwischen Wut und Resignation. „Hofmann... sie wollte aussteigen. Aber sie... wusste zu viel."

Anna spürte, wie sich ihre Hände vor Zorn ballten. „Sie wollten nicht nur Leben manipulieren, sondern auch die Menschen beseitigen, die Ihnen nicht mehr von Nutzen waren? Hören Sie, Krause, Sie können sich Ihre brillanten Rechtfertigungen sparen. Sie haben sich nicht über ethische Grenzen erhoben – Sie haben sie mit Füßen getreten."

Der Professor öffnete den Mund, um etwas zu erwidern, doch er sank zurück in seine Kissen, erschöpft und ohne Antwort. Die plötzliche Hilflosigkeit, die in seinem Blick aufflackerte, war fast lächerlich in ihrer Ironie.

Markus sah Anna an, sein Blick eine Mischung aus Zorn und etwas anderem, etwas Tieferem, das Anna fast überraschte. „Ich denke, wir haben hier, was wir brauchen", sagte er leise und berührte sanft Annas Arm, als wäre es die natürlichste Geste der Welt.

Anna spürte ein ungewohntes, warmes Kribbeln, das von seinem leichten Griff ausging. Es war der Moment – ein unbedeutender Augenblick inmitten des Chaos, der für sie beide mehr bedeutete als Worte. Sie nickte und folgte ihm aus dem Zimmer.

Kaum waren sie draußen im Flur, blieb Markus stehen, drehte sich zu ihr um und sah sie an, als wäre sie die einzige Person im Raum. „Anna, ich weiß nicht, was wir hier als Nächstes erwarten können. Aber... ich will, dass du weißt, dass wir das zusammen schaffen."

Es war keine große Rede, keine romantische Liebeserklärung – es war einfach eine stille, tiefe Bindung, die in diesen wenigen Worten spürbar wurde. Anna schluckte und erwiderte seinen Blick, ein schwaches Lächeln, das fast wehmütig wirkte, auf den Lippen.

„Ich denke, Markus," sagte sie leise, „wenn ich all das hier durchstehe, dann nur, weil du dabei bist. Ich... vertraue dir."

Markus' Finger berührten für einen Moment ihre Hand, und es war, als würden die Last und die Bedrohung, die sie beide verfolgten, für einen kurzen Moment verschwinden.

◈

Es war spät in der Nacht, als Anna in ihrem Büro saß, die Aufzeichnungen von Dr. Hofmann durchging und versuchte, die letzten Puzzleteile zusammenzusetzen. Der Fund hatte sich als umfassender und kryptischer erwiesen, als sie gehofft hatte. Handschriftliche Notizen, kryptische Andeutungen und Zahlenkolonnen reihten sich aneinander. Einige Namen tauchten immer wieder auf – Namen, die sich wie ein unsichtbares Netz über die Klinik legten.

Das leise Knarren der Bürotür ließ sie zusammenzucken. Markus trat ein, seine Silhouette nur schemenhaft im Licht des Flurs erkennbar. Er sah müde aus, aber sein entschlossener Blick verriet, dass er nicht vorhatte, so bald aufzugeben.

„Na, machst du Fortschritte?" fragte er und ließ sich auf dem Stuhl ihr gegenüber nieder, die Augen auf die chaotische Anordnung der Papiere gerichtet, die Anna vor sich ausgebreitet hatte.

Anna blätterte in den Seiten, ihr Gesicht im schwachen Licht vergraben. „Fortschritt? Nenn es lieber ein Labyrinth. Diese Notizen sind voller Andeutungen, aber nichts ist konkret. Nur Namen, Verweise auf Zahlen... und immer wieder Hinweise auf...", sie hielt kurz inne, „etwas, das wie ein geheimes Experiment aussieht."

Markus zog eine Augenbraue hoch und lehnte sich vor. „Geheimes Experiment? Krauses persönliches Projekt, nehme ich an?"

„Möglicherweise", antwortete sie, und ihre Stimme klang abwesend, während sie einen bestimmten Absatz studierte. „Aber es gibt mehr – etwas Größeres. Ich glaube, Krause ist nur die Spitze des Eisbergs. Ein paar Namen hier deuten auf internationale Verbindungen hin, als ob er nicht der Einzige ist, der davon wusste."

Markus' Ausdruck verfinsterte sich. „Also gibt es noch andere, die genauso tief verstrickt sind wie er. Wunderbar. Es wird ja immer besser."

Anna konnte ein müdes Lächeln nicht unterdrücken. „Schön, dass du immer so optimistisch bist. Ich frage mich nur, wie weit dieser Wahnsinn noch reicht."

Markus' Blick wanderte auf eine der Seiten und blieb an einem Namen hängen. „Moment mal... dieser Name hier." Seine Finger glitten über die Zeilen. „Das ist einer der Kontakte, die Krause in seinen Berichten erwähnt hat. Er wurde kürzlich mit illegalen Experimenten in Verbindung gebracht, aber alle Anklagen wurden fallen gelassen."

„Das passt", murmelte Anna. „Alles weist darauf hin, dass Krause ein Netzwerk aufgebaut hat, das über die Klinik hinausgeht. Und das bedeutet, dass wir nicht nur ihn, sondern auch diese Verbindungen entlarven müssen."

In diesem Moment fiel ein kleiner Zettel aus einem der Stapel, der unter all den größeren Seiten verborgen gewesen war. Anna hob ihn auf und las die Worte leise, ihre Stimme voller Spannung: *„Falls du das liest, bedeutet das, dass ich versagt habe. Aber es gibt einen Ort, der alles aufklären wird."*

Sie sah Markus an, ihre Augen funkelten vor Entschlossenheit. „Das ist es. Wir müssen diesen Ort finden. Hofmann hat eine Spur hinterlassen – das hier ist eine Einladung, der wir folgen müssen."

Markus nickte und stand auf. „Dann lass uns keine Zeit verlieren. Wir haben genug Abgründe gesehen – ich denke, wir können noch einen weiteren riskieren."

Ein paar Stunden später, in der stillen Kälte der Nacht, standen sie vor einem alten Gebäude, dessen Fassade von der Zeit gezeichnet war. Die Fenster waren dunkel, die Umgebung menschenleer, und das Gebäude strahlte eine unheimliche Atmosphäre aus.

Anna sah zu Markus, ihre Augen voller Entschlossenheit. „Bereit, ins Ungewisse zu springen?"

Er grinste, eine Mischung aus Erschöpfung und Entschlossenheit in seinem Blick. „Mit dir immer."

Gemeinsam traten sie durch die verrostete Tür, und das Geräusch ihrer Schritte hallte durch die Stille.

Kapitel 15

Es war früh am Morgen, und die typische Mischung aus Spannung und verschlafenem Zynismus lag in der Luft des Konferenzraums. Anna und Markus saßen nebeneinander am langen Tisch und warteten auf den Beginn des morgendlichen Briefings. Neben ihnen murmelten die anderen Ermittler in gelangweilter Routine, schauten auf ihre Notizen oder blätterten in ihren Akten. Nur Kommissar Wolf war mit finsterer Miene beschäftigt, offenbar wenig erfreut über die Richtung, die das gestrige Gespräch genommen hatte.

„Also", begann Wolf endlich und klatschte die Hände zusammen, „es gibt neue Hinweise, die das gestrige Verhör mit Professor Krause betreffen." Sein Blick glitt über die Runde und blieb einen Moment lang auf Anna haften. „Scheinbar gibt es mehr Verbindungen, als zunächst angenommen."

Anna verzog den Mund zu einem ironischen Lächeln und lehnte sich zurück. „Ach wirklich? Wer hätte das gedacht, dass unser Herr Professor mehr Kontakte pflegt als nur die in seiner eigenen Klinik."

Wolf warf ihr einen kühlen Blick zu. „Das war kein Witz, Bergmann. Tatsächlich sind einige der Kontakte des Professors international und... sagen wir... ungewöhnlich gut abgesichert. Wir haben Hinweise, dass es ein Netzwerk geben könnte, das über medizinische Ethik hinausgeht."

Markus nickte, wobei seine Augen funkelten. „Genau das haben wir erwartet, oder? Krause ist einfach nicht der Typ für kleine Fischteiche."

Wolf ignorierte Markus' Bemerkung und sprach weiter. „Trotzdem gibt es keinen Raum für Spekulationen. Wir müssen absolut sicher sein, bevor wir irgendwelche Anschuldigungen erheben. Und Bergmann, ich hoffe, dass Sie sich diesmal an die Regeln halten."

Anna hob ihre Augenbrauen und schüttelte langsam den Kopf. „Oh, das wird schwer. Wissen Sie, Regeln und ich – das ist eher so eine... komplizierte Beziehung."

Ein Lächeln huschte über Markus' Gesicht, doch Wolf schien nicht amüsiert. „Ich sage das ernst, Bergmann. Dieses Mal gibt es keinen Raum für Spielereien. Wenn Sie sich nicht an meine Anweisungen halten, werden Sie vom Fall abgezogen."

Anna biss sich kurz auf die Lippe, als ob sie sich wirklich anstrengen würde, ihre spitze Zunge im Zaum zu halten, doch schließlich konnte sie sich eine Antwort nicht verkneifen. „Keine Sorge, ich weiß, wie man Anweisungen ignoriert – ich meine, befolgt."

Markus lehnte sich zu ihr hinüber und flüsterte: „Ein bisschen weniger Ironie, und du hättest ihn fast überzeugt."

Anna schnaubte leise und richtete sich auf, den Blick fest auf Wolf gerichtet. „Na gut. Gibt es sonst noch neue Hinweise oder Daten, die uns bei der Verfolgung von Krauses Netzwerk helfen?"

Wolf starrte sie einen Moment lang an und reichte dann eine Mappe über den Tisch. „Diese Namen und Orte sind in Krauses Aufzeichnungen aufgetaucht. Es könnte sich lohnen, dass Sie und Stein sich das genauer ansehen."

Markus nahm die Mappe und schlug sie auf. Seine Augen weiteten sich leicht, als er die Informationen überflog, und er hob den Blick zu Anna. „Das sind hochrangige Namen. Falls das wirklich stimmt, stecken wir in etwas viel Größerem, als wir dachten."

„Na, das klingt ja aufregend", murmelte Anna und griff nach einem Stift, um Notizen zu machen. „Mal sehen, ob wir das Puzzle ohne den Segen von Kommissar Wolf zusammenbekommen."

Wolf funkelte sie an. „Ich hoffe, Bergmann, Sie wissen, dass dies keine Einladung zur... wie soll ich sagen... Improvisation ist."

Anna lehnte sich zurück und verschränkte die Arme vor der Brust. „Natürlich nicht. Ich werde nur die Grenze des Gesetzes minimal ausdehnen. Schließlich müssen wir doch kreativ sein, oder?"

Wolf seufzte und schüttelte den Kopf. „Tun Sie, was Sie müssen, aber riskieren Sie nicht Ihre Karriere. Sie stehen auf dünnem Eis, Bergmann."

Markus warf Anna einen warnenden Blick zu, und sie zwinkerte ihm zu. Sie wusste, dass er ihr den Rücken stärken würde – egal wie „dünn" das Eis unter ihren Füßen auch sein mochte.

Die Sonne stand hoch am Himmel, als Anna und Markus in einem unauffälligen schwarzen Wagen saßen, der wenige Meter vom Treffpunkt ihres Verdächtigen entfernt parkte. Ihr Ziel war ein Mann, der auf Krauses Liste mysteriöser Kontakte stand. Er war ihnen seit Tagen ein Rätsel – viele Vermutungen, wenig Beweise, und nur ein Hauch von Spuren, die alle ins Leere führten.

„Also," begann Anna leise und zog die Sonnenbrille von der Nase, „unser Mann hat eine Schwäche für einsame Parkplätze. Sehr charmant, ich bin fast beeindruckt."

Markus schnaubte und beobachtete den unscheinbaren Mann, der ein paar Schritte entfernt vor einem dunklen Lieferwagen stand, scheinbar tief in ein Telefonat vertieft. „Ach, genau mein Typ," murmelte er trocken. „Und wie du siehst, hat er den geheimen ‚Ich-bin-nicht-auffällig'-Blick perfektioniert."

Anna lachte leise und warf ihm einen Seitenblick zu. „Wie gut, dass du selbst so unauffällig bist. Denk dran, falls er uns bemerkt, lächeln wir und tun so, als wären wir Touristen."

„Klar, weil man als Tourist bekanntlich mit einem Fernglas mitten auf Parkplätzen herumlungert."

Sie schwiegen und beobachteten weiter, wie ihr Verdächtiger das Telefonat beendete und sich nervös umsah. Sein Blick huschte durch den Parkplatz, und für einen Moment schien er ihre Richtung zu fixieren. Anna und Markus duckten sich instinktiv und taten so, als hätten sie alle Hände voll zu tun, die leere Straße zu studieren.

„Meinst du, er hat uns bemerkt?" flüsterte Anna.

„Falls er das getan hat, ist er gut darin, so zu tun, als hätte er nichts gesehen." Markus grinste und richtete seine Sonnenbrille neu. „Aber ich wette, er spürt, dass ihm jemand auf die Fersen ist."

In diesem Moment setzte sich der Verdächtige plötzlich in Bewegung. Er verschwand hinter einer Ecke, die zu einer Seitenstraße führte, ohne sich noch einmal umzusehen.

„Verdammt, er läuft los!" Anna packte ihre Tasche und öffnete die Tür. „Los, bevor er uns durch die Finger rutscht."

Markus stieg ebenfalls aus und folgte ihr, beide bemüht, Abstand zu halten, aber schnell genug, um den Verdächtigen nicht aus den Augen zu verlieren. Der Mann bog um eine weitere Ecke, und Anna und Markus beschleunigten ihre Schritte, die Anspannung in der Luft förmlich greifbar.

Sie erreichten die nächste Straße, als der Mann plötzlich stoppte, sich umdrehte und ihnen direkt in die Augen sah. Ein kühler, berechnender Blick – er wusste, dass er verfolgt wurde.

„Na, toll", murmelte Markus. „Jetzt wird's interessant."

Der Verdächtige machte einen Satz in Richtung einer nahegelegenen Seitenstraße, seine Schritte hastig und zielgerichtet. Anna und Markus zögerten nicht. Sie setzten ihm nach, ihre Schritte wurden schneller, das Adrenalin stieg. Die Verfolgung verwandelte sich in einen Wettlauf, und die Geräusche der Straße verschwanden hinter ihnen, während sie durch schmale Gassen und über unebene Pflastersteine rannten.

„Er wird schneller!" rief Markus, der dicht hinter Anna lief. „Ich dachte, Typen wie er halten nicht viel von Fitness!"

„Scheint so, als hätten wir einen athletischen Verbrecher erwischt," erwiderte Anna mit einem grimmigen Lächeln.

Plötzlich tauchte der Mann um eine Ecke in ein Gebäude, dessen Türen gerade zufällig offen standen. Anna und Markus schlüpften durch die Tür und fanden sich in einem düsteren, stillen Korridor wieder. Schritte hallten in der Ferne wider – ihr Verdächtiger musste nicht weit sein.

„Wir müssen ihn erwischen, bevor er uns entwischen kann," flüsterte Anna entschlossen und nahm den Kopf gesenkt, während sie den Korridor entlang huschte.

Sie verfolgten den Mann durch eine Reihe leerer Büroräume, ein endloses Labyrinth aus Fluren und Türen, bis sie ihn endlich in einer Sackgasse stellen konnten. Der Verdächtige stand da, außer Atem, aber seine Augen glühten vor Abwehrbereitschaft.

„Schluss mit dem Spielchen", sagte Anna, die Hände auf die Hüften gestemmt und die Stimme fest. „Du weißt, dass du etwas hast, was wir brauchen."

Der Mann lachte rau und spöttisch, sein Blick kalt. „Glauben Sie wirklich, dass Sie das hier gewinnen? Ihr habt ja keine Ahnung, womit ihr euch einlasst."

Markus trat vor und hielt ihm stand. „Dann klär uns doch auf. Oder hast du etwa Angst?"

Doch anstatt zu antworten, warf der Mann ihnen nur einen letzten, verächtlichen Blick zu und stieß die Feuertreppe auf, die direkt neben ihm in die Tiefe führte. Ohne zu zögern, schoss er die Stufen hinab.

„Los, hinterher!" rief Anna, und sie folgten ihm, ihre Schritte hallten laut und schnell, während sie die Stufen hinabstürmten.

Unten angekommen, sahen sie, wie der Mann durch eine Tür ins Freie entkam. Sie folgten ihm auf einen belebten Hinterhof, wo er unter Menschen verschwand, die vom Lärm der Stadt absorbiert wurden.

Anna blieb keuchend stehen, die Hände in die Hüften gestemmt. „Verdammt! Ich hasse es, wenn diese Typen uns entwischen."

Markus atmete schwer, seine Augen scannten die Menge, aber der Verdächtige war bereits weg. „Glaub mir, Anna, das ist noch nicht vorbei. Der wird wieder auftauchen – und wir werden vorbereitet sein."

Sie sahen sich an, ein stilles Einverständnis, das weit über Worte hinausging. Sie waren ein Team, ob bei der Jagd oder wenn das Ziel in den Schatten verschwand.

⁂

Zurück in Annas Büro herrschte eine Stille, die nur von gelegentlichem Rascheln unterbrochen wurde, während sie nervös ihre Notizen sortierte. Der Raum war in das warme Licht der untergehenden Sonne getaucht, und ein vertrauter Duft nach frisch gebrühtem Kaffee erfüllte die Luft, während Markus ihr eine Tasse reichte.

„Ich hätte nie gedacht, dass so viel Rennen auf nacktem Asphalt in meinem Job inbegriffen wäre," murmelte er, ließ sich auf das Sofa fallen und sah Anna mit einem erschöpften, aber amüsierten Lächeln an.

Anna nahm die Tasse, doch statt zu antworten, blickte sie lange in ihren Kaffee und wirkte nachdenklich. Schließlich sagte sie leise: „Markus, ich habe das Gefühl, dass wir mit jedem Schritt mehr im Dunkeln stehen. Diese Verbindungen... es geht tiefer, als wir dachten. Viel tiefer."

Markus setzte seine Tasse ab, sein Blick wurde ernst. „Und das beunruhigt dich? Ich dachte, Unbekanntes ist genau dein Ding."

Anna lächelte matt, doch ihre Augen blieben ernst. „Vielleicht liegt es daran, dass sich das hier nicht wie ein Spiel anfühlt. Ich weiß nicht, ob du es bemerkt hast, aber diese Leute... sie sind bereit, über Leichen zu gehen. Dr. Hofmann und Krause waren nur die Spitze des Eisbergs."

Markus lehnte sich zurück und musterte sie nachdenklich. „Also, was willst du tun? Aufgeben und so tun, als hättest du nie von alldem gehört? Nicht gerade dein Stil."

Sie sah ihn an, ihre Augen voller einer Mischung aus Entschlossenheit und Zuneigung. „Und was ist mit dir? Wirst du mit mir bis zum Ende gehen? Auch wenn das heißt, dass wir Dinge sehen, die wir lieber nicht gesehen hätten?"

Markus lächelte und griff nach ihrer Hand, die sie überrascht auf dem Tisch liegen gelassen hatte. „Anna, ich bin mir ziemlich sicher, dass ich dich da draußen auf dem Asphalt nicht hätte alleine rennen lassen. Und weißt du warum?" Sein Tonfall wurde weicher. „Weil es keinen Ort gibt, an dem ich lieber wäre."

Für einen Moment herrschte eine Stille, die intensiver war als alle Worte. Annas Herz klopfte schneller, und sie konnte spüren, wie ihre Wangen heiß wurden. Das war keine ihrer üblichen, kessen Schlagabtausche. Dies hier war ehrlich, verletzlich, echt. Und es brachte sie völlig aus dem Konzept.

„Markus..." begann sie, aber ihre Stimme versagte, und sie brach ab, unfähig, den Satz zu beenden.

Er sah sie mit einem warmen, vertrauten Lächeln an, das für ihn so ungewöhnlich war, und dann, ohne eine Warnung oder ein weiteres Wort, beugte er sich zu ihr hinüber. Sie spürte seine Hand auf ihrer Wange, spürte seine Nähe, die all ihre rationalen Gedanken auszulöschen schien.

„Anna, ich... ich wollte dir das schon lange sagen. Zwischen uns... das ist mehr als nur eine Zusammenarbeit."

Ihr Atem stockte, und bevor sie noch irgendetwas erwidern konnte, waren seine Lippen sanft auf ihren, warm und gleichzeitig so fest entschlossen. Es war ein Kuss, der alles sagte, was Worte nicht auszudrücken vermochten – die Unsicherheiten, die Ängste, die unausgesprochene Zuneigung, die über all die Zeit gewachsen war.

Für einen Moment vergaßen sie alles: die Verbrecher, die Gefahr, die ungelösten Fragen. Alles, was zählte, war dieser Augenblick, die Gewissheit, dass sie einander hatten, egal, was noch kommen würde.

Doch die Realität kehrte schnell zurück. Ein schriller Klingelton durchschnitt die Stille, und Anna zog sich atemlos zurück, blickte auf ihr Handy und spürte, wie die leichte Röte auf ihren Wangen verschwand, als sie den Namen auf dem Display erkannte.

„Klaudia," murmelte sie, und die Atmosphäre des Augenblicks löste sich in Rauch auf, ersetzt durch das kühle Kribbeln der Unsicherheit und der drohenden Gefahr.

Markus seufzte und ließ seine Hand sinken, doch sein Blick blieb auf ihr ruhen, durchdringend und wachsam.

„Was will sie jetzt? Noch eine verschlüsselte Botschaft?" fragte er und versuchte, die Spannung mit einem Hauch Sarkasmus zu entschärfen.

Anna hob eine Augenbraue und nahm den Anruf entgegen. „Klaudia, was gibt es?"

Die Stimme am anderen Ende klang angespannt, hektisch, voller Panik. „Anna, du musst aufpassen... es gibt jemanden, der dir gefährlich nahe ist. Sie wissen, dass du ihnen auf der Spur bist, und sie werden alles tun, um dich zu stoppen."

Anna tauschte einen alarmierten Blick mit Markus, der sich sofort aufrichtete, jede Spur von Romantik aus seinem Gesicht verschwunden.

„Was meinst du damit, Klaudia?" fragte Anna und versuchte, ruhig zu bleiben.

„Sie haben Leute in deiner Nähe, Anna. Niemand ist mehr sicher – und das betrifft auch deine... neuen Verbindungen."

Markus' Augen weiteten sich. „Das klingt, als wären wir bereits in ihrem Fadenkreuz."

Anna nickte stumm und drückte die Hand des Telefons so fest, dass ihre Fingerknöchel weiß hervortraten. Sie wusste, dass Klaudia kein Grund zur Panik war – aber wenn sie so klang, dann bedeutete es, dass sie alle keine Zeit mehr zu verlieren hatten.

„Klaudia, hör zu," sagte Anna, und ihre Stimme klang härter, entschlossener. „Ich werde herausfinden, wer sie sind. Und ich werde alles tun, um diesen Kreis zu durchbrechen, koste es, was es wolle."

Sie legte auf, und für einen Moment war die Stille zwischen ihnen wie das Ticken einer Bombe, die jeden Augenblick hochgehen könnte.

Markus legte ihr eine Hand auf die Schulter und sah sie mit einem intensiven Blick an. „Wir schaffen das, Anna. Aber wir müssen jetzt noch vorsichtiger sein – für alles, was noch kommt."

Anna nickte, spürte, wie sich in ihr die Kälte des bevorstehenden Kampfes mit einem Funken Wärme vermischte, der von Markus ausging.

Die Minuten verstrichen langsam, während Anna die bedrückende Stille ihres Büros durch das Fenster betrachtete. Die Stadt draußen war in eine klamme Dunkelheit gehüllt, und das gedämpfte Straßenlicht tauchte den Raum in ein fahles Schimmern. Markus lehnte sich gegen ihren Schreibtisch und verschränkte die Arme vor der Brust, den Blick wachsam auf sie gerichtet. Ihre sonst so kesse Fassade war verblasst – die Bedrohung fühlte sich diesmal realer, persönlicher an.

„Also," begann er schließlich mit einem Hauch von Sarkasmus, „anscheinend haben wir die ehrenvolle Auszeichnung, zur Zielscheibe eines nicht ganz so kleinen Kreises an überambitionierten Verbrechern geworden zu sein."

Anna schnaubte trocken und ließ sich auf ihren Stuhl fallen. „Na, großartig. Hatte ich mir schon immer gewünscht: mein eigener Fanclub. Und dann auch noch einer, der mir ans Leben will. Wie... herzerwärmend."

Markus zog eine Augenbraue hoch und trat einen Schritt auf sie zu, die Ironie aus seinem Blick gewichen. „Vielleicht solltest du für ein paar Tage untertauchen. Irgendwohin, wo diese Leute dich nicht so leicht finden."

Anna hob das Kinn und funkelte ihn an. „Untertauchen? Das ist doch wohl nicht dein Ernst! Ich werde mich von diesen Leuten nicht verjagen lassen, Markus. Genau das wollen sie."

Er seufzte und ließ sich auf den Stuhl ihr gegenüber fallen, seine Miene ernst. „Anna, ich verstehe deinen Drang, dich diesen Leuten zu stellen – ich wäre nicht hier, wenn ich anders denken würde. Aber was Klaudia gesagt hat, klingt ernst. Sie sind dir gefährlich nahe."

Ein Moment der Stille, der von der drängenden Realität ihres Gesprächs erfüllt war. Schließlich fuhr Anna leise fort, ihre Stimme jedoch fest: „Sie können mir nahe kommen, so viel sie wollen. Ich werde sie aufdecken, Stück für Stück. Das habe ich mir geschworen, und niemand wird mich davon abhalten."

Ein vertrauter, herausfordernder Funke leuchtete in ihren Augen, und Markus konnte ein kleines Lächeln nicht unterdrücken. „Und das ist die Anna Bergmann, die ich kenne – die Frau, die nicht einmal den Tod persönlich abschrecken könnte."

Sie grinste schief und zuckte mit den Schultern. „Tja, jemand muss es ja tun."

Ihr Blick wanderte erneut zum Fenster, das Dunkel der Nacht schien tiefer und bedrohlicher als sonst. Markus erhob sich, trat hinter ihren Stuhl und legte ihr eine Hand auf die Schulter, eine beruhigende Wärme, die sie an ihre Entschlossenheit erinnerte.

„Vielleicht sollten wir mehr tun, als nur zu warten, dass sie den nächsten Zug machen," schlug er vor, sein Tonfall ruhig, aber voller Entschlossenheit. „Falls sie uns schon so nahe sind, sollten wir sie dazu bringen, Fehler zu machen. Den Spieß umdrehen."

Anna sah zu ihm auf, und ein kleines, verschmitztes Lächeln spielte um ihre Lippen. „Du denkst, dass wir sie an ihre Grenzen bringen können?"

„Ich denke, wir können sie dazu bringen, sich zu zeigen, wenn wir den richtigen Köder auslegen."

Anna nickte, und ihre Augen blitzten vor neuem Tatendrang. „Gut. Dann setzen wir einen Plan in Bewegung, der ihnen so viel Ärger bereitet, dass sie sich gar nicht mehr verstecken wollen."

Markus grinste zurück. „Das klingt ganz nach meinem Geschmack."

Doch bevor sie weiterreden konnten, erklang plötzlich erneut das schrille Klingeln von Annas Telefon, das die Stille des Raums durchbrach. Es war eine unbekannte Nummer. Beide erstarrten kurz, und ein nervöses Kribbeln zog über Annas Rücken. Sie nahm das Gespräch an und hielt das Telefon vorsichtig ans Ohr.

„Bergmann," sagte sie, ihre Stimme ruhig und fest.

Am anderen Ende herrschte einen Moment lang Stille, bevor eine kalte, maskuline Stimme zu sprechen begann: „Frau Bergmann, es wäre in Ihrem eigenen Interesse, diesen Fall zu beenden. Sie wissen nichts von der Dunkelheit, die Sie betreten haben."

Ein Schauer durchlief Anna, aber sie ließ sich nichts anmerken. Sie lehnte sich lässig in ihren Stuhl zurück und erwiderte kühl: „Oh, glauben Sie mir, Dunkelheit und ich – wir sind längst alte Bekannte."

Ein leises Lachen erklang am anderen Ende der Leitung. „Tapferkeit ist eine gefährliche Tugend, Frau Bergmann. Ich hoffe, Sie sind bereit, den Preis dafür zu zahlen."

Markus' Hand ballte sich zur Faust, und sein Gesicht verfinsterte sich, als er den fremden Mann hörte. Anna warf ihm einen kurzen, beruhigenden Blick zu, bevor sie weitersprach: „Wenn Sie mich wirklich kennen, dann wissen Sie, dass Drohungen bei mir nichts bewirken."

Ein Moment der Stille, dann die eiskalte Antwort: „Oh, Sie werden schon sehen, Frau Bergmann. Die Frage ist nur, ob Sie bereit sind, das Risiko für die Menschen in Ihrer Nähe einzugehen."

Ein Klicken, und die Leitung war tot.

Langsam legte Anna das Telefon auf den Tisch und starrte eine Sekunde ins Leere. Ihr Kiefer war angespannt, und ihre Gedanken rasten. Die Bedrohung war nicht nur real – sie war persönlicher geworden.

Markus beugte sich zu ihr vor, sein Blick durchdringend und voller Entschlossenheit. „Das war eine klare Warnung, Anna. Sie haben es auf dich abgesehen – und jetzt auch auf alle, die dir nahestehen."

Sie nickte langsam und sagte dann leise, aber fest: „Dann wissen sie genau, womit sie zu rechnen haben. Und ich werde nicht zulassen, dass jemand mir droht, ohne dass ich zurückschlage."

Markus hielt ihren Blick, seine Augen voll stummer Unterstützung und Bewunderung. „Also, was ist der nächste Schritt?"

Anna erhob sich, straffte die Schultern und atmete tief durch, als hätte sie gerade eine Entscheidung von größter Wichtigkeit getroffen. „Wir schlagen zurück. Und dieses Mal, Markus," – sie sah ihn entschlossen an – „spielen wir nach unseren eigenen Regeln."

Kapitel 16

Es war Nacht, und der Regen trommelte leise auf die Dächer der Stadt, während Anna und Markus, unauffällig wie nur möglich, in einer schattigen Seitengasse ausharrten. Ihr Ziel? Ein kleines, verrauchtes Café, in dem Klaudia, die ehemalige Geliebte und Informantin, um Hilfe gebeten hatte. Sie hatte kryptisch am Telefon geflüstert, dass sie „endgültige Beweise" hätte und dass „alles bald vorbei" sei. Nur dass „bald vorbei" sich jetzt wie ein schlechter Witz anfühlte, denn das Einzige, das hier enden könnte, waren ihre eigenen Leben.

„Also," begann Markus und stieß einen leichten Seufzer aus, „wie oft hast du gesagt, dass das die letzte Mission ist, bei der wir angeschossen werden könnten? Ich verliere langsam den Überblick."

Anna schmunzelte ironisch und verdrehte die Augen. „Ach, beschwer dich nicht, Herr Doktor. Irgendwer muss ja ab und zu das Herzklopfen in dein ruhiges, geordnetes Leben bringen."

Markus öffnete den Mund zu einer Antwort, als plötzlich eine Schießerei aus dem Café ertönte. Schreie, das Klirren zerbrechender Scheiben, und dann – das leise Staccato von Schritten, die auf sie zukamen. Ein Schatten erschien in der Tür. Es war Klaudia, ihre Augen weit vor Panik, ihre Haare zerzaust. Kaum hatte sie das Café verlassen, kam ein weiterer Schuss.

„Da sind sie!" rief Anna, ihre Stimme scharf wie eine Klinge.

Mit einer blitzschnellen Bewegung zog Markus sie hinter einen Stapel Metallcontainer, während Klaudia mit rasenden Schritten auf sie zulief. Anna beobachtete, wie der Verfolger in die Gasse trat, eine schlanke Silhouette, die ohne Zögern das Gewehr hob und erneut feuerte.

„Hast du zufällig ein Schild oder so etwas dabei?" fragte Markus in einem ruhigen Ton, der nur mit Mühe seine eigene Anspannung verbarg.

„Schild? Nein. Aber ich habe eine ganze Menge Wut im Bauch. Denkst du, das reicht als Schutz?" Sie warf ihm ein herausforderndes Grinsen zu, das er fast erwiderte.

Klaudia erreichte sie keuchend, und ihre Augen weiteten sich, als sie den bewaffneten Mann sah. Markus sprang sofort vor sie, als ein weiterer Schuss erklang – ein Knall, der durch die Gasse hallte und in der Dunkelheit widerhallte.

„Markus!" Anna schrie, als sie sah, wie er zur Seite schwankte, seine Hand gegen seine Seite gepresst, Blut sickerte durch seine Finger. Klaudia unterdrückte einen erschrockenen Schrei und kniff die Augen zusammen, während Anna Markus stützte und den Blick voller Panik zu ihrem Verfolger wandte.

„Ich bin... es ist nur ein Kratzer," murmelte Markus durch zusammengebissene Zähne, doch Anna erkannte den Schmerz, der sich in seinem Gesicht widerspiegelte. Seine Wunde war ernsthafter als das, was er vorgab, aber sie hatte jetzt keine Zeit, darauf zu reagieren. Der Angreifer trat näher, sein Gewehr im Anschlag.

„Klaudia, versteck dich!" zischte Anna und schob sie in den Schatten einer verlassenen Feuerleiter.

Mit einem Satz hechtete Anna auf den Schützen zu und trat ihm mit voller Wucht gegen die Hand. Das Gewehr fiel zu Boden, und für einen Moment lang warf sie ihm einen Blick voller Trotz zu, bevor sie auf die Waffe sprang und sie aus seiner Reichweite trat. Doch der Angreifer packte sie am Arm und schleuderte sie mit erschreckender Kraft gegen die Mauer. Sterne tanzten vor ihren Augen, doch sie hörte den nächsten Schuss und sah, wie Markus, blass und verletzt, einen letzten verzweifelten Schlag gegen den Gegner führte, bevor dieser schließlich das Weite suchte.

Die Schritte des Angreifers verhallten in der Dunkelheit, und ein fast schon surrealer Frieden legte sich über die Gasse. Anna taumelte zu Markus, dessen Gesicht vor Schmerz verzerrt war, und kniete sich neben ihn.

„Markus..." Ihre Stimme zitterte, als sie seine Hand auf die blutende Wunde legte und ihre eigenen Finger um seine schloss. „Bleib bei mir. Jetzt bloß nicht so tun, als wärst du ein Held."

Ein schwaches Lächeln huschte über sein Gesicht. „Warum bist du dann diejenige, die hier panisch aussieht?"

Sie lachte leicht, auch wenn sie das Zittern ihrer Hände kaum unterdrücken konnte. „Vielleicht, weil ich es diesmal ernst meine, Markus. Ich habe keine Lust, dich zu verlieren, besonders nicht für so eine bescheuerte Verfolgungsjagd."

Er legte seine Hand auf ihre, sein Griff schwach, aber vertraut. „Also gut. Aber du schuldest mir einen Kaffee, wenn ich das hier überlebe."

Sie nickte, hielt seinen Blick und verspürte eine Mischung aus Angst und Erleichterung, während der Klang von Sirenen durch die Nacht brach und der vertraute rote und blaue Schein der Polizeilichter die dunkle Gasse erhellte.

※

Stunden später saß Anna in einem kahlen, leise summenden Krankenhausflur und starrte gedankenverloren auf die Neonlichter, die über ihr summten. Der sterile Geruch nach Desinfektionsmittel stieg ihr in die Nase, und ihr Herz klopfte wie ein Presslufthammer. Sie hasste Krankenhäuser. Und noch mehr hasste sie es, darauf zu warten, dass irgendein Arzt mit einem abgedroschenen „Er wird durchkommen" auf sie zukam.

Endlich öffnete sich die Tür, und ein Arzt mit scharfem Blick und einer viel zu geduldigen Miene trat heraus. Er nickte ihr zu, als würde er sie mit seinem Blick festnageln.

„Er wird überleben," verkündete der Arzt trocken, ohne mit der Wimper zu zucken. „Der Schuss hat keine lebenswichtigen Organe getroffen, aber er muss für ein paar Tage hier bleiben, um sicherzugehen, dass sich keine Infektion entwickelt."

Anna atmete tief durch, ihre Schultern entspannten sich. „Das freut mich, Doktor. Ich hatte auch nicht vor, ihn wegen einer lächerlichen Infektion sterben zu lassen." Ihre Stimme klang sarkastisch, aber sie konnte die Erleichterung in ihren Augen nicht verbergen.

Der Arzt nickte knapp und warf ihr einen halb belustigten Blick zu. „Keine Sorge, wenn jemand hartnäckig genug ist, um das zu überleben, dann dieser Herr Stein."

„Sie haben keine Ahnung," murmelte Anna und schritt mit entschlossenem Schritt an ihm vorbei in das Krankenzimmer, wo Markus, immer noch blass, aber mit einem leicht spöttischen Lächeln auf den Lippen, sie erwartete.

„Ah, mein Rettungsengel," flüsterte er und hob schwach die Hand. „Kommst du, um mir den Rest zu geben?"

Anna setzte sich neben das Bett und lehnte sich verschränkt gegen die Stuhllehne, das Kinn in die Hand gestützt. „Ruhig, Held. Denk nicht mal daran, dass ich dir so einfach durchgehen lasse, was du heute Nacht abgezogen hast."

Er hob eine Augenbraue und grinste, obwohl das Lächeln bei der kleinsten Bewegung schmerzerfüllt zucken musste. „Tatsächlich? Na, was hast du dann vor? Wirst du mich bestrafen? Ich nehme an, das bedeutet eine Woche ohne Koffein?"

„Koffein ist das Letzte, worüber du dir Sorgen machen solltest." Ihre Stimme klang hart, aber ein Funken Sorge glomm in ihrem

Blick. „Was, wenn ich zu spät gekommen wäre, Markus? Hast du daran gedacht?"

Ein schwaches Lächeln umspielte seine Lippen. „Du bist nie zu spät, Anna. Du bist immer genau da, wo du sein musst."

Anna schnaubte und drehte den Kopf weg, um ihre eigenen Emotionen zu verbergen, die viel zu nahe an der Oberfläche schwappten. „Glaub nicht, dass das hier ein romantischer Moment wird, nur weil du verletzt im Krankenhaus liegst."

„Natürlich nicht," sagte er trocken. „Ich hätte mir auch einen weniger sterilen Ort für eine Liebeserklärung ausgesucht."

Ein kurzes Schweigen entstand zwischen ihnen, in dem die Bedeutung seiner Worte in der Luft hing. Anna fühlte, wie sich eine Wärme in ihr breit machte, die sich gefährlich nach Zuneigung anfühlte – eine Emotion, die sie sich nie hatte eingestehen wollen, die aber jetzt unbestreitbar in der Stille des Raums schwebte.

„Weißt du, was das Schlimmste ist, Markus?" fragte sie schließlich, ihre Stimme leise und voller Nachdruck. „Das Schlimmste ist, dass du genau weißt, dass ich ohne dich nicht mehr dieselbe wäre."

Er sah sie an, sein Gesicht plötzlich ernst, alle Ironie und sein spöttisches Lächeln verschwunden. „Anna, das ist mir mehr wert als jede Entschuldigung." Seine Stimme klang rau und ehrlich, und sie spürte, wie ihre Abwehrmauern langsam bröckelten.

Sie senkte den Blick und sprach ohne Sarkasmus, ohne Maske. „Komm mir nie wieder so nahe an die Grenze des Todes, hörst du?"

Markus hob die Hand und legte sie sanft auf ihre. „Nur, wenn du dasselbe versprichst, Anna."

Sie nickte wortlos, ließ ihre Finger kurz seine Hand umfassen und spürte, wie eine neue Ebene des Verständnisses zwischen ihnen entstand. Ein Moment, so tief und unendlich, dass sie fast vergaß, warum sie hier waren.

Ein leises Klopfen an der Tür riss Anna und Markus aus ihrem stillen Moment. Bevor Anna etwas sagen konnte, öffnete sich die Tür und ein älteres Paar trat zögerlich ein. Karl und Gertrude Richter. Mit ihren scharf geschnittenen Gesichtszügen und der spürbaren Aura der Entschlossenheit sahen sie aus, als wären sie bereit, die Klinik und alles, was darin passiert war, in Schutt und Asche zu legen.

Anna stand abrupt auf und verschränkte die Arme, während sie die beiden betrachtete. „Oh, wie schön, ein Überraschungsbesuch. Soll ich den Tee bringen, oder sind Sie einfach hier, um die Spannung noch ein bisschen zu erhöhen?"

Gertrude schenkte ihr ein angedeutetes Lächeln, das jedoch wenig Wärme enthielt. „Wir sind nicht hier, um Tee zu trinken, Frau Bergmann. Aber wir dachten, dass es vielleicht an der Zeit ist, dass Sie die ganze Geschichte erfahren."

Markus richtete sich mühsam auf, seine Miene zeigte, dass er ihre Ernsthaftigkeit spürte. „Die ganze Geschichte?"

Karl, der bisher geschwiegen hatte, trat vor und räusperte sich. Seine Stimme klang rau und voller Bitterkeit. „Wir haben Ihnen bisher nicht alles erzählt, Frau Bergmann. Wir wollten unsere Tochter rächen, ja. Aber es gibt mehr – mehr, als Sie ahnen."

Anna und Markus tauschten einen bedeutungsvollen Blick. Sie ahnten beide, dass das, was jetzt kommen würde, die Dynamik des gesamten Falls verändern könnte.

Gertrude nickte ernst. „Unsere Tochter... sie hat in dieser Klinik nicht nur einen medizinischen Fehler erlitten, wie wir Ihnen sagten. Sie wurde absichtlich getäuscht, manipuliert und benutzt."

Anna zog skeptisch eine Augenbraue hoch und ließ ihre Arme sinken. „Benutzt? Und das soll bedeuten?"

Karl atmete tief durch und sprach mit einem müden Blick, als würde er ein Geheimnis preisgeben, das ihn viel zu lange belastet hatte. „Unsere Tochter war Teil eines illegalen Programms. Sie wollten ihre DNA nutzen, um – um ihre eigenen Experimente voranzutreiben."

Ein eisiger Schauer lief Anna über den Rücken, doch sie zwang sich, sachlich zu bleiben. „Und Sie glauben, dass jemand absichtlich… ihre Tochter manipuliert hat, um Zugang zu ihrer DNA zu bekommen?"

„Nicht nur das," sagte Gertrude und trat einen Schritt näher, ihre Augen funkelten gefährlich. „Es gab auch andere Patientinnen, die in dieser Klinik unter mysteriösen Umständen verschwanden. Unsere Tochter war nur eine von vielen, Frau Bergmann."

Markus warf Anna einen alarmierten Blick zu. „Wenn das stimmt… dann steckt hinter der Klinik ein viel größeres System als nur eine kleine illegale Aktion. Das ist organisierter Missbrauch an Frauen, um… was? Genetische Forschung?"

Karl nickte langsam, und ein Anflug von Trauer flackerte über sein Gesicht. „Wir wollten die Klinik zur Rechenschaft ziehen, aber die Verbindungen reichten so tief, dass wir kaum eine Chance hatten."

Anna spürte, wie sich eine Mischung aus Wut und Abscheu in ihr breit machte. Sie kannte korrupte Systeme, sie hatte gegen Lügen und Manipulationen gekämpft – aber dass jemand so weit gehen konnte, um Menschenleben für Experimente zu missbrauchen…

„Sie hätten uns das von Anfang an erzählen müssen," sagte sie scharf und verschränkte die Arme wieder. „Wie sollen wir Ihnen helfen, wenn Sie uns nur die Hälfte der Geschichte erzählen?"

Gertrude senkte den Blick und schien für einen Moment von Schuldgefühlen geplagt. „Wir dachten, Sie würden uns ohnehin nicht glauben. Aber jetzt, nach allem, was passiert ist… glauben Sie uns jetzt?"

Markus sah Anna an, und in seinem Blick lag die Entschlossenheit, die sie bei ihm immer bewundert hatte. „Wir glauben Ihnen. Aber wir müssen sicher sein, dass wir auf alles vorbereitet sind. Haben Sie Beweise?"

Karl zog ein vergilbtes Notizbuch aus seiner Tasche und reichte es Markus. „Unsere Tochter hat alles dokumentiert. Jedes Gespräch, jeden Verdacht. Sie wusste, dass etwas nicht stimmte, und sie hat es aufgeschrieben. Aber sie wusste nicht, wie tief die Verschwörung reichte... bis es zu spät war."

Markus öffnete das Buch und überflog die erste Seite. Sein Gesicht wurde blass, als er die Zeilen las. „Das hier... das könnte das fehlende Puzzlestück sein, Anna. Sie hat Namen, Daten, sogar Treffen aufgelistet."

Anna nickte, ihr Herz klopfte schneller. „Wenn das alles stimmt, dann werden wir dafür sorgen, dass keiner dieser Namen ungeschoren davonkommt. Keiner."

Ein schwaches, fast dankbares Lächeln erschien auf Karls Gesicht, und Gertrude legte eine Hand auf seine Schulter. „Vielen Dank, Frau Bergmann. Sie können sich nicht vorstellen, was das für uns bedeutet."

Anna nickte nur, ihre Gedanken schon beim nächsten Schritt.

Die Nacht hatte sich längst über die Stadt gelegt, und im dämmrigen Licht des Krankenhauszimmers schlief Anna schließlich auf dem Stuhl neben Markus' Bett ein. Die Anspannung des Tages, die Angst und die überraschenden Enthüllungen hatten ihre Spuren hinterlassen, und nun glitt sie erschöpft in einen unruhigen Schlaf.

In ihrem Traum war alles intensiver, als es die Realität je hätte sein können: Sie und Markus waren allein in einem geheimnisvoll beleuchteten Raum, der in diffuses goldenes Licht getaucht war. Sein Blick, durchdringend und voller Verlangen, suchte den ihren, und sie spürte, wie eine Welle von Hitze sie erfasste, die viel mächtiger war als bloße Zuneigung.

„Wirst du mir je trauen, Anna?" fragte er mit dieser tiefen Stimme, die eine Spur Ironie und gleichzeitig eine ungewohnte Verletzlichkeit verriet.

Sie trat näher an ihn heran und ließ ihre Hand zögernd über seine Brust gleiten, seine Haut warm unter ihren Fingerspitzen. „Trauen? Dir? Wenn du derjenige bist, der sich ständig in Schusslinien wirft und dabei auch noch grinst, als hätte er gerade eine kleine Mutprobe bestanden?"

Er lachte leise, ein Lachen, das sie fast wie ein leises Kitzeln auf der Haut spürte. „Vielleicht brauche ich dich gerade deshalb. Jemanden, der meine Launen aushält und mir trotzdem die Stirn bietet."

„Ich bin nicht deine Pfadfinderleiterin, Markus," antwortete sie mit einem schiefen Lächeln, während sie sich noch dichter an ihn lehnte. Ihre Worte klangen herausfordernd, aber das Flackern in ihren Augen verriet, dass sie ihn brauchte, und zwar mehr, als sie je zugegeben hätte.

In seinem Blick lag ein Versprechen, das die Grenze zwischen Traum und Realität verschwimmen ließ, eine Spannung, die so tief unter die Haut ging, dass sie sich ihrer vollkommen hingab. Sein Atem streifte ihre Haut, und in einem Moment der Schwäche ließ sie zu, dass sich ihre Lippen berührten, sanft, dann drängender. Es war kein Kuss, den man einem Geliebten gab – es war ein Kuss voller ungeklärter Gefühle, Zweifel und Leidenschaft, die sich all die Zeit aufgestaut hatte.

Seine Hände glitten sanft über ihren Rücken, zogen sie näher, während ihre eigene Mauer aus Ironie und Sarkasmus schmolz wie Schnee unter der Frühlingssonne. Ihre Lippen trennten sich nur, um in seine Augen zu sehen und zu begreifen, dass es für sie keinen Weg mehr zurückgab. Sie konnte sich nicht länger hinter ihrer harten Fassade verstecken.

Doch gerade, als der Moment vollkommener hätte nicht sein können, flackerte das Licht plötzlich grell auf, und sie hörte eine Stimme – eine kühle, unbarmherzige Stimme, die wie ein Schatten in den Traum einbrach.

„Wie sentimental, Frau Bergmann," zischte die Stimme, die unheilvolle Drohung in jeder Silbe unverkennbar.

Sie wandte sich erschrocken um und fand sich plötzlich in einem kalten, dunklen Raum wieder, Markus verschwunden. Stattdessen starrte sie in die leeren Augen eines Unbekannten, eine Gestalt, die sie nur aus der Ferne kannte – den Mann, der alles überwachte und ihre Schritte stets im Dunkeln verfolgte. Ein Schauer lief ihr über den Rücken, die unheimliche Kälte des Raumes kroch in ihre Knochen.

„Sie mögen die Wahrheit aufdecken wollen, aber Sie verstehen noch immer nicht, in welchem Spiel Sie sich befinden. Machen Sie weiter, und wir werden sehen, wie viel Sie bereit sind zu verlieren."

Anna schüttelte den Kopf, versuchte zu sprechen, doch ihre Worte blieben in ihrer Kehle stecken, der Traum ergriff Besitz von ihr. Sie wollte fliehen, weg von diesem Alptraum, aber ihre Beine schienen wie gelähmt. Die dunkle Gestalt trat näher, und sie spürte die eisige Gegenwart, als hätte die Furcht eine körperliche Form angenommen.

Ein plötzlicher Blitz von Licht, und der Traum brach abrupt ab. Anna öffnete die Augen, blinzelte in das fahle Licht des Krankenzimmers und spürte, wie der Schweiß ihr über die Stirn rann. Ihr Herz raste, und für einen Moment wusste sie nicht, ob sie noch träumte oder bereits wach war.

Doch als ihr Blick sich klärte, erkannte sie die vertrauten Konturen des Krankenhauszimmers, das leise Surren der Monitore, das gleichmäßige Heben und Senken von Markus' Brust. Er lag noch immer friedlich da, doch etwas an diesem Traum ließ ihr keine Ruhe.

War es ein Vorzeichen? Eine Warnung?

Sie beugte sich vor und betrachtete Markus, ihre Hand zitterte leicht, als sie seine Hand nahm und fühlte, wie ihre Finger sich ineinander verschränkten. Der Traum hatte eine dunkle Wahrheit in ihr aufgedeckt – die Gefahr, die immer näher rückte, und die Erkenntnis, dass Markus für sie mehr geworden war als nur ein Kollege, viel mehr, als sie es je zugeben wollte.

Plötzlich kam ihr ein Gedanke, eine leise Ahnung, die sich in ihrem Inneren formte. Vielleicht... war dieser Traum nicht nur eine Warnung, sondern ein Schlüssel zu dem Geheimnis, das sie gemeinsam zu lösen hatten.

Kapitel 17

Der Morgen brach an, und die ersten Sonnenstrahlen kämpften sich durch die Fenster des Krankenhauszimmers. Markus lag auf dem schlichten weißen Bett, das Gesicht entspannt, als wäre er in tiefem, heilendem Schlaf versunken. Anna saß auf dem Rand des Bettes, betrachtete ihn, und für einen Moment schien alles friedlich. Doch Frieden – das war ja eigentlich nicht das, wofür sie hier waren.

Markus blinzelte, sah sie an und lächelte schwach. „Lass mich raten," murmelte er mit einem Anflug von Ironie in der Stimme. „Du bist hier, um sicherzustellen, dass ich nicht etwa Ruhe finde und mich erholen kann, richtig?"

Anna schnaubte leise und verschränkte die Arme. „Oh, ganz sicher. Erholung ist überbewertet. Und für ein bisschen Entspannung musst du dir eine andere Babysitterin suchen."

„Dann hast du also freiwillig die Nacht auf einem unbequemen Stuhl verbracht, nur um mir Gesellschaft zu leisten? Ich bin beeindruckt." Seine Augen funkelten, und trotz seiner erschöpften Erscheinung lag eine gewisse Stärke darin – die Art von Entschlossenheit, die Anna fast zum Lächeln brachte.

„Nicht übertreiben, Held. Es könnte schließlich einen Vorteil für mich haben, dass du bald wieder einsatzfähig bist," erwiderte sie trocken und deutete auf den Stuhl. „Außerdem kann ich diesen Albträumen nur so oft entkommen, bevor sie anfangen, mich verrückt zu machen."

„Albträume?" fragte Markus und sah sie neugierig an, das Lächeln verschwand. „Von mir?"

„Von dir, der Klinik, der ganzen verdammten Sache," murmelte Anna, wobei sie sich unbeabsichtigt etwas weicher gab, als sie es geplant hatte. „Aber jetzt genug davon. Der Albtraum ist vorbei, und du scheinst überlebt zu haben. Gratuliere, Held."

Ein plötzliches Klopfen an der Tür unterbrach den Moment. Mit einem theatralischen Auftritt betrat Kommissar Voss den Raum, die Hände in die Hüften gestemmt und mit einem selbstzufriedenen Grinsen auf den Lippen, als hätte er gerade einen Kriminalfall im Alleingang gelöst.

„Ah, Frau Bergmann! Und wie ich sehe, Herr Stein – lebend und offenbar immer noch in der Lage, charmant zu wirken. Es ist fast ein Wunder," sagte Voss mit dieser speziellen Mischung aus Sarkasmus und Selbstüberschätzung, die ihm zu eigen war.

Anna verdrehte die Augen. „Herr Kommissar, wie erfreulich, dass Sie so früh am Morgen Zeit gefunden haben, uns zu besuchen. Gibt es einen besonderen Grund für Ihre... Anwesenheit?"

Voss ließ sich nicht beirren und trat näher an das Bett. „Nun, ich dachte, ich sollte sicherstellen, dass der berühmte Detektiv hier tatsächlich auf dem Weg der Besserung ist – und nicht etwa wieder in Schwierigkeiten gerät, wie es bei Ihnen beiden ja fast schon Tradition ist."

Markus hob eine Augenbraue und sah zwischen Anna und Voss hin und her. „Oh, machen Sie sich keine Sorgen, Kommissar. Anna passt schon darauf auf, dass ich nichts Dummes anstelle – zumindest nicht mehr als üblich."

Anna verschränkte die Arme und konnte ein kleines Lächeln nicht verbergen. „Keine Sorge, Voss. Ich habe alles im Griff."

Voss legte den Kopf schief und grinste verschmitzt. „Sicher, Frau Bergmann? Denn wenn ich mir so anschaue, wie schnell Sie beide immer wieder in das eine oder andere Chaos stolpern, könnte man fast meinen, das ist ein Hobby von Ihnen."

Anna gab ihm einen vernichtenden Blick. „Wenn das alles ist, Kommissar, dann danke für die... Anteilnahme. Markus braucht Ruhe, und ich habe genug zu tun."

Doch Voss grinste nur noch breiter. „Na gut, na gut. Aber sagen Sie mir nur eines – glauben Sie, dass Sie beide diese ganze Sache bald in den Griff bekommen? Die Akten stapeln sich nämlich bei mir, und ich kann mir das Chaos in der Klinik nicht mehr lange leisten."

Markus sah Voss an, dann Anna und erwiderte mit einem müden, aber entschlossenen Ausdruck: „Ich habe das Gefühl, dass wir kurz davor stehen, einige Antworten zu finden. Und ja – diesmal werden wir es richtig machen."

Voss nickte, und obwohl sein Ton spöttisch blieb, war in seinen Augen ein Hauch von Respekt zu erkennen. „Dann wünsche ich Ihnen beiden weiterhin viel Erfolg. Passen Sie auf sich auf. Man kann nie vorsichtig genug sein, vor allem nicht in einer Klinik wie dieser."

Mit einem letzten bedeutungsvollen Blick auf Markus drehte sich Voss um und verließ den Raum, wobei sein leises Lachen in den Fluren des Krankenhauses verhallte.

Als die Tür hinter ihm ins Schloss fiel, brach Anna das Schweigen. „Er ist der Letzte, den ich heute hier erwartet habe," murmelte sie und stieß einen tiefen Seufzer aus. „Als ob wir nicht schon genug Ärger hätten."

Markus lachte und zuckte leicht mit den Schultern, was ihm einen kurzen Schmerzenslaut entlockte. „Vielleicht ist er der letzte, den du erwartet hast, aber er ist nicht der Einzige, der wissen will, wie das Ganze hier endet."

Anna stand auf und trat näher ans Fenster, den Blick auf die hektische Welt draußen gerichtet. „Ja, wie das Ganze endet... ich frage mich selbst immer wieder, ob wir wirklich die Kontrolle haben oder ob alles in die falsche Richtung läuft."

Markus streckte eine Hand nach ihr aus und berührte leicht ihre Finger. „Anna, wir haben schon so viel durchgestanden. Egal, was passiert – du hast die Kontrolle, auch wenn es manchmal nicht so scheint."

Seine Worte brachten sie zurück in den Moment, und als sie sich zu ihm umdrehte, bemerkte sie das sanfte Lächeln auf seinen Lippen, das mehr Wärme in sich trug als alles andere. Sie lächelte leicht zurück und fühlte, wie sich ein Hauch von Hoffnung in ihr breit machte – eine Hoffnung, dass sie zusammen, mit all ihren Fehlern und ihrer gemeinsamen Stärke, endlich die Wahrheit finden würden.

Einige Stunden später, in einem kleinen Konferenzraum, herrschte eine kühle, gespannte Stille. Anna und Markus saßen am Tisch, als Schwester Schmidts krächzende Stimme durch die Luft schnitt. Sie war die typische, leicht verwitterte Klinikschwester mit einem Lächeln, das eher an ein gescheitertes Blinzeln erinnerte. Ihr leicht nervöses Zittern und der gelegentliche, zuckende Blick in Richtung Tür ließen erahnen, dass diese Unterhaltung brisante Details enthielt.

„Schwester Schmidt," begann Anna mit einem Hauch von Ironie, „Sie haben uns also etwas über die Klinik zu erzählen? Und ich nehme an, es geht nicht um Ihr geheimes Rezept für Beruhigungstee?"

Schmidt lächelte angestrengt. „Ich... ja, ich weiß mehr, als ich sagen dürfte. Man könnte meinen, in einer Klinik wie dieser läuft alles korrekt ab, aber..." Sie sah sich um, als könnte jederzeit jemand aus dem Schatten hervorspringen und sie zum Schweigen bringen. „...es ist alles nur eine Fassade."

Markus lehnte sich zurück und legte die Arme verschränkt über die Brust, wobei er die Schwester mit leichtem Misstrauen musterte. „Also, Sie wollen uns sagen, dass hier einige ziemlich unethische Dinge ablaufen? Überraschend. Wirklich überraschend."

Anna nickte langsam und schob ihre Notizen zur Seite, um Schmidt das Gefühl zu geben, dass sie nichts zwischen sich und die Geschichte stellen wollte. „Kommen Sie, Schwester. Die Bühne gehört Ihnen."

Schmidt atmete zitternd ein, ihre Hände falteten sich unruhig in ihrem Schoß. „Nun, Sie müssen wissen... Dr. Wagner hat jahrelang mit menschlichem Leben gespielt. Die Klinik war nie nur eine Klinik für Wunschkinder. Es war ein Ort für... Experimente."

Markus schnaubte leise. „Experimente? Was für Experimente? Konnte sie nicht mit simplen Schwangerschaften zufrieden sein?"

„Es ging um Embryonen," flüsterte Schmidt. „Um DNA-Veränderungen, um... Versuche, die Natur zu kontrollieren. Sie dachte, sie könnte das perfekte Kind erschaffen, makellos und nach Wunsch. Es war wie..." Ihre Stimme brach ab, während sie sich auf die Lippen biss, als ob sie sich selbst hindern wollte, das Schreckliche auszusprechen.

Anna hielt inne, ein kalter Schauer lief ihr den Rücken hinunter. „Und Sie wussten das alles? Die ganze Zeit?"

Schmidt nickte, Schweißperlen bildeten sich auf ihrer Stirn. „Ich hatte keine Wahl. Sobald ich einmal darin verstrickt war, gab es kein Zurück mehr. Sie... sie wusste alles über mich. Jeden Fehler, jede Schwäche. Sie hielt uns alle in der Hand." Ihre Stimme wurde brüchig, und sie presste die Lippen zusammen, als ob die nächsten Worte ihr den Atem raubten. „Manchmal habe ich das Gefühl, ich bin mit Blut an meinen Händen nach Hause gegangen."

Markus erhob sich leicht und beugte sich über den Tisch. „Sie hätten trotzdem reden können. Sie wissen, was passiert, wenn Sie jetzt schweigen?"

Schmidts Augen füllten sich mit Tränen, und plötzlich wirkte die resolute Schwester alt und müde. „Ich wollte. Oh, glauben Sie mir, ich wollte es! Aber ich habe Angst vor dem, was sie tun können."

„Tun?" Anna hob eine Augenbraue. „Sie wissen doch, dass Dr. Wagner... tot ist, oder? Sie können nichts mehr tun."

Schmidt zuckte zusammen, ihre Augen huschten nervös zur Tür. „Aber ihre Schatten sind überall, verstehen Sie das nicht? Sie war nur eine Schachfigur in einem viel größeren Spiel. Die Menschen hinter ihr... sie haben die Macht, alles und jeden auszulöschen."

Markus und Anna tauschten einen Blick, eine stumme Übereinkunft. Diese Aussage war das, was sie insgeheim vermutet hatten: dass es hier um mehr ging als nur um eine Klinikleiterin, die ihre Moral verloren hatte.

Anna lehnte sich nach vorne und sprach sanft, fast wie zu einem Kind. „Schwester, wir können Sie schützen. Aber dafür müssen wir wissen, mit wem wir es zu tun haben."

Doch anstatt zu antworten, griff Schmidt plötzlich hektisch in ihre Handtasche, die sie die ganze Zeit fest an ihren Bauch gedrückt hatte. Markus machte eine Bewegung, um sie aufzuhalten, aber es war zu spät. Sie zog eine kleine Flasche hervor, und noch bevor er oder Anna sie aufhalten konnten, kippte sie den Inhalt in ihren Mund.

„Nein!" rief Anna und sprang auf, aber Schmidt schluckte bereits. Ihre Augen verdrehten sich, und sie kippte langsam nach vorne, während das Gift – eine graue Flüssigkeit, die sie zwischen den Lippen hervorquellen ließ – über ihr Kinn tropfte.

„Verdammt!" Markus stürzte vor, griff nach ihren Schultern und versuchte, ihren Kopf zu stützen, aber ihre Haut wurde bereits bleich, und ihr Körper war regungslos. Anna zog hektisch ihr Handy hervor, während ihr Herz wie wild raste.

„Markus, sie wollte uns etwas sagen! Wir dürfen das nicht verlieren – nicht schon wieder!"

Doch Markus schüttelte den Kopf und legte seine Hand vorsichtig auf Schmidts Hals, um den Puls zu fühlen. „Anna... sie ist weg."

Anna starrte auf den leblosen Körper, das Gesicht zu einer Grimasse verzerrt, in der Wut und Verzweiflung widerhallten. Eine unwillkürliche Kälte durchfuhr sie, und sie schüttelte den Kopf, als könnte sie den Schock so abstreifen.

„Das darf doch nicht wahr sein," flüsterte sie. „Sie wusste so viel, und wir haben sie einfach in den Tod laufen lassen."

Markus' Stimme war ruhig, aber sein Blick sprach Bände. „Das war ihre Entscheidung, Anna. Sie wollte uns die Wahrheit sagen, und zugleich wollte sie nicht leben, um die Konsequenzen zu ertragen."

Anna schnaubte und lehnte sich gegen die Wand, die Finger auf den Lippen. „Nun, großartig. Jetzt haben wir eine tote Informantin und wissen immer noch nicht, gegen wen wir wirklich kämpfen."

Ein plötzlicher Gedanke blitzte durch ihre Verzweiflung, und sie richtete sich auf, ihre Augen funkelten entschlossen. „Wir müssen die Sicherheitsaufnahmen der Klinik durchsuchen. Jemand könnte sie beobachtet haben, jemanden könnte sie getroffen haben. Es muss mehr geben!"

Markus nickte langsam und schob sich die Hand durchs Haar. „Du hast recht. Aber du weißt auch, dass das bedeutet, dass wir jetzt wirklich in den dunklen Sumpf steigen. Was wir finden, wird uns nicht gefallen."

Anna zog die Lippen zu einem finsteren Lächeln und griff nach ihrer Jacke. „Ich hatte auch nie damit gerechnet, dass mir hier jemand Blumen und Pralinen überreicht. Los, Markus. Wir haben einen Fall zu lösen."

Anna und Markus hatten das düstere Krankenhaus verlassen und ihre Schritte zielten auf die vereinbarte, spärlich beleuchtete Seitenstraße, wo ihr Informant warten sollte. Es war ein windiger Abend, und die Nacht schien in eine bedrückende Stille gehüllt. Die

Luft war dick, fast geladen, und Anna spürte, wie die Spannung in ihrem Nacken brannte.

„Also, dein Informant... wie sicher ist er?" fragte Markus skeptisch, als sie sich vorsichtig der verabredeten Stelle näherten, einem kleinen Café, das um diese Uhrzeit längst geschlossen hatte.

Anna warf ihm einen Seitenblick zu und schnaubte. „Sicher? Markus, in diesem Geschäft gibt es nichts Sicheres außer dem Tod. Aber er ist zuverlässig. Zumindest, solange das Geld stimmt."

Markus hob eine Augenbraue. „Ach, wie beruhigend. Eine finanzielle Garantie. Die moralisch höchste Form der Treue."

„Besser als nichts," entgegnete Anna und zupfte an ihrem Mantel, während sie sich umblickte. Die Straße war leer, und das einzige Licht kam von einer fernen Straßenlaterne, deren Flackern die Schatten noch unheimlicher erscheinen ließ.

Sie traten näher an das Café, die Augen in die Dunkelheit gerichtet. Plötzlich bemerkten sie eine schlanke Gestalt, die aus einer dunklen Ecke hervortrat und sich langsam in ihre Richtung bewegte.

„Frau Bergmann, Herr Stein. Ich hoffe, ich habe Sie nicht warten lassen," sagte die Gestalt mit einem zynischen Lächeln. Der Mann war hager, mit einem Gesicht wie aus Marmor gemeißelt, Augen wie kaltes Glas und Lippen, die kaum die Mühe aufbrachten, ein höfliches Lächeln zu formen. Dies war Karl Meyer, ein Informant, den Anna bereits in mehreren Fällen in Anspruch genommen hatte – immer dann, wenn die Informationen schmutzig und die Quellen dubios waren.

„Karl," begrüßte sie ihn kühl und warf einen schnellen Blick auf Markus, der misstrauisch die Arme verschränkte. „Also, was hast du für uns? Und vergiss nicht, ich zahle dich nur aus, wenn die Informationen auch wirklich nützlich sind."

Karl zog ein paar zerknitterte Dokumente aus seinem Mantel und hielt sie vor Annas Nase, fast wie eine Verlockung. „Ah, Frau Bergmann, immer so direkt. Nun gut. Was ich hier habe, sind Kopien von Überwachungsbildern aus der Klinik. Sie zeigen, dass Dr. Wagner nicht nur über die Machenschaften der Klinik Bescheid wusste, sondern auch aktiv daran beteiligt war."

Markus trat einen Schritt näher und sah ihm mit kaltem Blick in die Augen. „Und woher stammen diese Aufnahmen?"

Karl zuckte mit den Schultern. „Wie üblich: Wer zahlt, dem öffnet sich die Welt. Und sagen wir einfach, es gibt genug Leute da draußen, die interessiert daran sind, dass diese Wahrheit ans Licht kommt. So oder so."

Anna nahm die Dokumente und begann sie durchzublättern. „Aber Karl, das ist ja nur die halbe Geschichte. Wer steckt hinter diesen Operationen? Wer hat Dr. Wagner manipuliert?"

Karl lächelte düster. „Geduld, Frau Bergmann. Es gibt Menschen, die sich nicht so leicht aus der Deckung locken lassen. Aber... sagen wir, die Familie Richter könnte darin verwickelt sein. Ihre Verbindungen sind weitaus tiefgründiger als gedacht."

Markus runzelte die Stirn. „Die Richter? Die trauernden Eltern? Sie wollen uns weismachen, dass diese beiden unschuldigen älteren Menschen in einer Verschwörung mit einer hochentwickelten Klinik verwickelt sind?"

„Sie sind nicht so unschuldig, wie sie aussehen," entgegnete Karl mit einem gehässigen Lächeln. „Trauer ist eine mächtige Tarnung, Herr Stein. Sie verdeckt vieles... auch alte Rechnungen."

Anna öffnete den Mund, um eine Antwort zu geben, als plötzlich das Brummen eines Motors die Stille der Nacht durchbrach. Ein dunkler Lieferwagen schoss um die Ecke und hielt abrupt an, Scheinwerfer blendeten sie und tauchten die Szene in ein grelles, kaltes Licht.

„Verdammt!" zischte Markus und zog Anna hinter sich. „Das ist eine Falle!"

„Glück gehabt, Frau Bergmann. Sie und Ihr hübscher Freund haben anscheinend viele Feinde," murmelte Karl mit einem sardonischen Grinsen, bevor er selbst einen Schritt zurücktrat und in die Dunkelheit verschwand, gerade noch rechtzeitig, bevor die Schiebetür des Lieferwagens aufschwang und zwei maskierte Gestalten heraussprangen.

Markus packte Annas Hand, zog sie hinter eine Mülltonne und warf ihr einen Blick zu. „Glaubst du, es gibt eine Chance, dass wir aus dieser Sache rauskommen, ohne erschossen zu werden?"

Anna grinste und zog einen kleinen Stunner aus ihrer Tasche. „Hast du nicht gehört, Markus? Das Risiko ist Teil des Pakets."

Die Angreifer näherten sich ihnen, Schusswaffen in der Hand, aber Anna duckte sich, rollte zur Seite und riss Markus mit sich. Ein Schuss hallte durch die Nacht, splitterte das Glas des Café-Fensters und ließ eine Regen von Scherben auf den Boden prasseln.

„Markus, hier lang!" rief Anna und zog ihn in eine schmale Gasse neben dem Café. „Sie kennen das Gelände nicht, das ist unser Vorteil."

Sie rannten durch das enge Labyrinth von Hinterhöfen, während die Schritte der Verfolger hinter ihnen hallten. Die Dunkelheit verschluckte sie, und nur das Rauschen des eigenen Atems und das Rattern ihres Herzschlags waren zu hören. Markus stolperte leicht, und Anna packte seinen Arm und zog ihn weiter, Adrenalin durchströmte ihren Körper.

Plötzlich erblickten sie einen Feuerleiternaufgang an einer Hauswand. „Da hoch!" keuchte Anna und deutete auf die Stufen.

Markus sah sie an, seine Augen glitzerten vor Aufregung. „Du willst also wirklich auf ein Dach fliehen? Gibt's nicht eine weniger filmreife Möglichkeit?"

Anna grinste, ohne innezuhalten. „Willkommen in meinem Leben, Markus."

Sie kletterten die Treppe hoch, die Stufen knarrten bedrohlich, aber sie schafften es bis aufs Dach, und von hier oben konnten sie die Schatten der Verfolger unten erkennen, wie sie suchend umherblickten. Anna und Markus warfen sich einen flüchtigen Blick zu, das Adrenalin sprühte Funken zwischen ihnen, und ohne es zu bemerken, fanden sich ihre Hände ineinander verschlungen.

„Also, was jetzt?" flüsterte Markus, seine Stimme ein Hauch von Spannung und einem Lächeln, das er kaum unterdrücken konnte.

„Jetzt," murmelte Anna und zog ihn näher, „halten wir die Stellung. Solange wir können."

In diesem Augenblick, inmitten der Dunkelheit, mit den gefährlichen Gestalten unten auf der Straße, war da ein Funken von Nähe, von etwas, das über bloße Partnerschaft hinausging. Ihre Lippen kamen sich näher, und für einen Moment vergaßen sie die Welt um sich herum.

~ ⚜ ~

Im Abenddämmerlicht saß Anna in ihrer Wohnung, auf dem Tisch vor ihr die neu gewonnenen Dokumente ausgebreitet. Das gedämpfte Licht des Wohnzimmers warf warme Schatten an die Wände, doch die kühlen, harten Informationen auf dem Papier schienen dem Raum jede Gemütlichkeit zu rauben. Ein schwacher Duft von frisch gebrühtem Kaffee lag in der Luft, doch sie trank ihn nicht. Stattdessen starrte sie gebannt auf die Papiere, als wären sie Teil eines Puzzles, das sich nur zögernd zu erkennen gab.

Ein Klopfen an der Tür riss sie aus ihren Gedanken. Es war Markus. Er trat leise ein, sah sich kurz um und blieb vor dem Tisch stehen. Sein Blick fiel auf die verstreuten Blätter, und sein Gesicht verdüsterte sich.

„Immerhin, die Dokumente haben wir. Wenn auch mit halbem Nervenzusammenbruch, mehreren Verfolgungsjagden und einer völlig unnötigen Kletteraktion. Nicht dein typischer Büroalltag, Anna."

Sie hob eine Augenbraue und ließ ein leichtes Grinsen erkennen. „Du sagst das, als wäre die Kletterei dein persönliches Highlight gewesen."

„Oh, keine Frage. Wann hatte ich je das Vergnügen, auf einem Dach zu landen, nur um festzustellen, dass ich keine Ahnung habe, wie man wieder runterkommt?"

Anna lachte leise und rückte auf dem Sofa zur Seite, um ihm Platz zu machen. Er setzte sich und beugte sich über die Dokumente. Sie beobachtete, wie seine Augen das Material durchforsteten – konzentriert, analytisch, der typische Markus. Aber da war auch eine Spannung in der Luft, eine kaum fassbare Nähe, die zwischen den Zeilen all dieser Kälte und Härte lag.

„Siehst du das hier?" fragte sie und deutete auf eine Passage in einem der Dokumente. „Ein Konto in der Schweiz. Verbunden mit Transfers, die direkt vor den... na ja, nennen wir es mal Zwischenfällen in der Klinik getätigt wurden."

Er nickte langsam. „Und dieselben Namen tauchen in verschiedenen Dossiers auf. Offensichtlich lief hier eine ganze Maschinerie, die viel größer ist, als wir dachten."

Ihre Schultern entspannten sich ein wenig, als sie neben ihm saß. Seine Gegenwart brachte eine eigenartige Ruhe in den Raum, ein Gefühl von Verlässlichkeit inmitten all der Unsicherheit.

„Du denkst, dass das nur die Spitze des Eisbergs ist, oder?" fragte er, ohne den Blick von den Papieren zu heben.

„Natürlich. Ich meine, hier sind Unterschriften, Namen, Andeutungen. Aber das wahre Spiel läuft woanders. Ich sehe die Schatten, aber wer sie wirft, bleibt verborgen."

Markus drehte sich zu ihr und sah sie eindringlich an. „Anna, manchmal frage ich mich, ob du dich nicht allzu sehr in diese Fälle hineinziehen lässt. Du hast schon viel geopfert, und ich frage mich, wie weit du noch gehen willst."

Seine Worte überraschten sie. Eine Antwort lag ihr auf der Zunge, doch stattdessen hielt sie inne und sah ihn an. Zwischen ihnen flackerte etwas, das schwer in Worte zu fassen war – eine Mischung aus Vertrautheit, Anziehung und einem Hauch von Unsicherheit.

Ohne zu überlegen, legte sie eine Hand auf seine. Die Nähe zwischen ihnen war intensiv, beinahe greifbar. „Vielleicht reicht es, dass wir einander haben, um das alles durchzustehen," flüsterte sie, kaum hörbar.

Markus antwortete nicht. Stattdessen erwiderte er ihren Blick, und in seinen Augen lag eine Wärme, die all die Kälte des Falls vergessen ließ. Langsam beugte er sich vor, ihre Lippen trafen sich in einem Kuss, der das gesprochene Wort überflüssig machte. Sie spürte die Welt um sich herum verblassen, die Spannungen, die Ängste und Zweifel – alles verschwand, als sie in diesem Moment die einzige Wahrheit fand, die wirklich zählte.

Seine Hand glitt sanft über ihren Rücken, und sie zog ihn noch näher zu sich. Das Sofa war plötzlich viel zu klein, die Luft viel zu dicht. In diesem Augenblick gab es keine Fallen, keine Schatten und keine Geheimnisse, nur die unverstellte Nähe zweier Menschen, die endlich die Masken fallen ließen.

Doch plötzlich, mitten in diesem Moment der Vertrautheit, durchschnitt das schrille Klingeln ihres Telefons die Stille und riss sie aus ihrem Rausch.

Anna löste sich von Markus, der sichtlich verärgert auf das Telefon starrte. „Natürlich. Ein Anruf. Guter Zeitpunkt, wirklich."

Sie schmunzelte entschuldigend, ihre Finger glitten widerwillig von seiner Schulter, und sie griff nach dem Handy. „Bergmann," sagte sie knapp, die Stirn in Falten gelegt.

Am anderen Ende der Leitung herrschte kurz Stille, bevor eine heisere Stimme zu sprechen begann. „Frau Bergmann, es gibt Dinge, die Sie nicht wissen. Dinge, die besser im Dunkeln bleiben sollten."

Anna erstarrte, das Adrenalin schoss erneut durch ihren Körper. Sie gab Markus ein Zeichen, leise zu sein, und setzte das Gespräch fort. „Wer sind Sie? Was wollen Sie von mir?"

„Lassen Sie es gut sein, Frau Bergmann. Es gibt Mächte, die stärker sind als Ihre Neugier. Ihr letzter Informant hat das wohl nicht verstanden." Ein leises, gehässiges Lachen erklang.

Markus musterte sie besorgt, die Spannung zwischen ihnen war verschwunden, ersetzt durch das kalte Kribbeln, das das Ungewisse mit sich bringt. Sie nickte ihm kurz zu und versuchte, die Kontrolle über das Gespräch zu behalten.

„Und was, wenn ich weitermache? Wenn ich nicht einfach ablasse?" Ihre Stimme war fest, doch innerlich spürte sie den Sturm, der in ihr tobte.

Ein kurzes Schweigen am anderen Ende, dann ein seufzendes, fast bedauerndes „Dann werden Sie alles verlieren. Alles, was Ihnen lieb und teuer ist."

Die Leitung brach ab, und Anna blieb mit dem dunklen Bildschirm und einem eisigen Gefühl im Magen zurück.

Kapitel 18

Anna saß am Schreibtisch in ihrem Büro, die Papiere vor sich ausgebreitet. Die Entschlüsselung der Dokumente war endlich abgeschlossen, und sie las jede Zeile mit wachsendem Staunen. Die Worte vor ihr schienen wie ein Schlüssel zu einem viel größeren Rätsel, als sie ursprünglich vermutet hatte. Ein Schema von ungeheurer Komplexität nahm Form an: Manipulationen in einer internationalen Klinik für Reproduktionsmedizin, durchtrieben organisiert und finanziert durch ein Netzwerk, das über mehrere Kontinente reichte.

Markus lehnte sich über ihre Schulter und musterte die Papiere mit einer Mischung aus Faszination und Abscheu. „Und das hier ist alles legal... oder zumindest so gut verschleiert, dass es legal aussieht."

Anna schnaubte. „Ich würde sagen, es ist legal im Sinne von: ‚Wir haben genug Geld, um uns unsere eigene Realität zu kaufen'. Schau dir diese Namen an – renommierte Kliniken in der Schweiz, den USA und sogar in Südamerika. Die haben ein richtiges System, um Embryonen zu vertauschen und Patienten zu manipulieren."

Plötzlich öffnete sich die Bürotür mit einem Knall, und Tomás Wagners unverwechselbare Gestalt erschien im Türrahmen. „Ich hoffe, ihr habt mich nicht vergessen", sagte er mit einem schmierigen Grinsen und einem leicht überheblichen Ton.

Anna hob eine Augenbraue und faltete die Hände auf dem Schreibtisch. „Oh, Tomás, du kommst wie gerufen. Gerade in dem Moment, in dem wir die ganze Wahrheit über dich und deine netten Freunde herausfinden. Willst du dich vielleicht gleich zu einem

Geständnis hinreißen lassen? Ich liebe es, wenn Dinge unkompliziert sind."

Tomás' Lächeln wurde dünner. „Ich glaube, ich bin hier, um Fragen zu beantworten, nicht um voreilige Schlüsse zu bestätigen."

Markus trat einen Schritt vor. „Schön, dann fang schon mal an. Wusstest du von diesen Machenschaften? Der Manipulation von Embryonen, den internationalen Geldströmen? Oder hast du etwa aus reinem Zufall zufällig genug Geld auf dein Konto überwiesen bekommen, um dir eine Villa am Starnberger See zu leisten?"

Tomás lachte kurz, ein trockenes, wenig humorvolles Lachen. „Ihr beide seid wirklich anstrengend. Wenn ich euch die Wahrheit sage, werdet ihr mir nicht glauben. Und wenn ich schweige, werdet ihr weiter raten, bis euch die Antwort gefällt. Also, wieso sollte ich mir die Mühe machen?"

Anna lehnte sich zurück, ihre Augen fixierten ihn wie ein Raubvogel seine Beute. „Lass es uns so ausdrücken, Tomás: Du steckst tiefer in dieser Sache, als du zugibst, und das wissen wir. Die Frage ist nur, wie tief."

Für einen Moment flackerte etwas in Tomás' Augen, ein Ausdruck, der wie Angst aussah, bevor er sich wieder in sein übliches selbstsicheres Lächeln verwandelte. „Ach, Anna, so scharf wie immer. Aber manchmal gibt es Dinge, die sind zu groß für euch beide. Das hier ist nur die Spitze des Eisbergs, und ihr habt keine Ahnung, mit wem ihr es wirklich zu tun habt."

Anna schüttelte den Kopf, fast mitleidig. „Weißt du, Tomás, normalerweise spare ich mir die Mühe, Leuten Angst einzujagen. Aber bei dir mache ich gerne eine Ausnahme."

In diesem Moment klingelte ein Handy, und die Spannung im Raum verstärkte sich, als Tomás in die Tasche griff und einen schnellen Blick auf den Bildschirm warf. Seine Augen verengten sich, und ohne ein weiteres Wort machte er einen plötzlichen Schritt zur Tür, bereit zur Flucht.

Doch Markus war schneller. Er packte Tomás am Arm und drückte ihn gegen die Wand. „Nicht so schnell, Freundchen. Du bleibst schön hier und erklärst uns, was da los ist."

Tomás rang kurz nach Atem, dann verdrehte er die Augen. „Ihr denkt doch nicht ernsthaft, dass ihr mich aufhalten könnt, oder? Es gibt Leute, die euch beide im Nu verschwinden lassen könnten, wenn sie wollten."

Markus ließ sich nicht beeindrucken und drückte noch fester zu. „Lass es mich mal so sagen: Wir sind nicht die einzigen, die Fragen haben. Und ich bin mir sicher, dass es Leute gibt, die sehr interessiert wären an dem, was du zu sagen hast."

In einem letzten verzweifelten Versuch, sich loszureißen, zog Tomás an Markus' Griff, doch in diesem Moment rutschte er aus und landete auf dem Boden. Blitzschnell sprang er auf die Füße und raste aus dem Raum, bevor einer von ihnen reagieren konnte.

„Los, hinterher!" rief Anna und stürzte ihm nach. Markus folgte dicht hinter ihr, und die beiden rannten durch die dunklen Flure des Gebäudes, Tomás' Schritte hallten vor ihnen wie ein Trommelschlag des Wahnsinns.

Draußen sprang Tomás in seinen Wagen, und mit einem Quietschen raste er los, Anna und Markus direkt hinterher. Die Verfolgungsjagd führte durch die engen, beleuchteten Straßen Münchens, der Wind peitschte durch die Fenster, die Lichter der Stadt blitzten vorbei, während das Adrenalin in ihnen pulsierte.

„Er hat was zu verbergen, und zwar nicht nur ein paar verdächtige Banktransaktionen," sagte Markus, die Augen konzentriert auf das Auto vor ihnen gerichtet.

„Denkst du, dass ich das nicht weiß?" rief Anna und drehte das Steuer, als Tomás um eine Ecke bog. Sie jagten ihn durch die Nacht, vorbei an Cafés und Theatern, durch enge Gassen und weite Alleen.

Plötzlich schoss Tomás auf eine Brücke zu, seine Bremslichter flackerten auf, und Anna und Markus mussten scharf bremsen, um einen Unfall zu vermeiden. Vor ihnen stand Tomás, seine Gestalt nur als Schatten im Licht der Straßenlaternen erkennbar, während er mit dem Rücken zum Abgrund stand.

„Na schön," rief er ihnen zu, sein Gesicht eine Mischung aus Angst und Trotz. „Hier endet's also? Denkt ihr, ihr könnt mich tatsächlich aufhalten?"

Anna und Markus stiegen aus ihrem Wagen und traten langsam näher, als wäre Tomás ein Raubtier, das jeden Moment angreifen könnte.

„Tomás, mach's dir nicht schwerer als nötig," sagte Anna, ihre Stimme war ruhig, aber scharf. „Gib auf. Lass uns reden, bevor du etwas Dummes tust."

Tomás schüttelte den Kopf, sein Lachen hallte hohl durch die Nachtluft. „Ihr versteht es immer noch nicht, oder? Es gibt Dinge, die kann man nicht einfach... aufhalten. Nicht, ohne alles zu riskieren."

In diesem Moment schien er kurz das Gleichgewicht zu verlieren, ein Windstoß ließ ihn taumeln, und in der Sekunde, in der Anna glaubte, er würde tatsächlich fallen, schoss Markus vor und packte ihn. Mit einem kräftigen Ruck zog er ihn zurück, weg von der Kante.

Für einen Moment herrschte Stille, nur das Heben und Senken ihrer Atemzüge war zu hören. Anna sah Markus an, ihr Herz schlug wild. Die Gefahr war vorüber, zumindest vorläufig, aber die Nähe zu ihm, das Wissen, dass sie ihm vertrauen konnte, löste eine Welle von Emotionen in ihr aus.

Sie standen sich gegenüber, das Adrenalin in ihren Adern ließ die Welt für einen Augenblick verblassen. Markus trat einen Schritt näher, seine Hand suchte die ihre, und ohne weitere Worte fanden sich ihre Lippen in einem intensiven, stillen Kuss, der all die Anspannung der letzten Tage entlud.

Doch genau in diesem Moment vibrierte Annas Handy in ihrer Tasche. Sie zog es heraus und starrte auf den Bildschirm, bevor sie es schließlich ans Ohr hob. Die Stimme am anderen Ende der Leitung war kühl und sachlich – und brachte eine neue Wendung in ihren Fall.

In einem schummrig beleuchteten Verhörraum saß Tomás Wagner auf der anderen Seite des Tisches und trommelte ungeduldig mit den Fingern. Sein Blick wanderte unruhig durch den Raum, seine Mundwinkel verzogen sich in einem halbherzigen, fast arroganten Grinsen. Anna und Markus standen sich gegenüber, jeder auf einer Seite des Raumes, als würden sie einen stillen Machtkampf ausfechten – mit Tomás als ahnungsloser Beute zwischen ihnen.

„Na gut, Tomás," begann Anna und setzte sich ihm gegenüber, das Klemmbrett mit den Dokumenten fest in den Händen haltend. „Du willst doch sicher nicht den Rest des Abends hier verbringen."

Tomás' Lächeln verzog sich zu einer Karikatur von Gelassenheit. „Ich wüsste nicht, was ich zu erzählen hätte. Oder glaubt ihr wirklich, ihr habt hier etwas Großes gefunden? Ein paar harmlose Überweisungen, die man mir leicht hätte unterjubeln können."

Markus beugte sich über den Tisch, die Arme verschränkt. „Harmlos? Wenn ‚harmlos' mehrere Millionen Euro auf Schweizer Konten bedeutet, dann würde ich mal behaupten, dass du eine sehr großzügige Auffassung von Unschuld hast."

Tomás schüttelte den Kopf und stieß ein theatralisches Seufzen aus. „Ach, Markus, so dramatisch wie immer. Geld ist nur Geld. Manche Menschen haben halt mehr davon als andere."

Anna zog die Augenbrauen hoch. „Und manche Menschen verdienen ihr Geld ehrlich – oder zumindest halbwegs. Warum solltest du in internationale Finanztransfers verwickelt sein, die direkt mit unserer Klinik und... sagen wir mal... einigen fragwürdigen Prozeduren zusammenhängen?"

Tomás richtete sich auf, seine Hände griffen plötzlich nach der Tischkante. „Ihr habt keine Ahnung, in was ihr da hineinstecht! Ihr spielt hier mit Feuer. Es gibt Leute, die euch das alles zurückzahlen würden, wenn ihr nicht aufpasst."

Anna lehnte sich zurück und verschränkte die Arme. „Bedrohungen? Ach, Tomás, das ist wirklich das letzte Mittel eines Verzweifelten. Also, möchtest du uns erzählen, was wirklich läuft, oder möchtest du uns lieber noch ein bisschen mit leerem Geschwätz unterhalten?"

Tomás schnaubte verächtlich, doch dann veränderte sich etwas in seinem Blick. Er sah kurz zu Boden, seine Hände verkrampften sich, und dann, als ob ihm eine schwere Last abgenommen würde, seufzte er.

„Fein, dann hört eben zu. Ja, es gibt ein paar... Arrangements. Ein paar Leute in der Klinik haben Verbindungen, die etwas komplexer sind, als es auf den ersten Blick scheint. Ich bin nur... sagen wir, ein Bindeglied."

Anna und Markus warfen sich einen schnellen Blick zu. „Ein Bindeglied zu wem, Tomás?" fragte Markus scharf.

Doch Tomás sah ihn mit einem seltsamen, lauernden Lächeln an. „Das werde ich euch sicher nicht auf dem Silbertablett servieren. Manche Namen bleiben besser ungenannt."

Anna schnalzte mit der Zunge. „Oh, Tomás, du weißt doch, dass wir es sowieso herausfinden werden. Die Frage ist nur, wie bequem du es dir in der Zwischenzeit machen möchtest."

Ein Schatten huschte über Tomás' Gesicht, bevor er in gespielter Gleichgültigkeit wieder verschwunden war. „Fein. Ich kann euch zumindest sagen, dass ich nicht der einzige bin. Wenn ihr tief genug grabt, werdet ihr auf jemand anderen stoßen, jemanden, der deutlich mehr Einfluss hat als ich."

Markus starrte ihn durchdringend an. „Und dieser ‚Jemand‘ wäre?"

Tomás schüttelte nur lächelnd den Kopf, als ob er an einem privaten Witz teilnahm. „Oh, ich würde sagen, derjenige bleibt im Dunkeln. Macht euch die Mühe, ihn zu finden, aber ich garantiere nicht, dass ihr unversehrt davonkommt."

Anna lehnte sich vor, ihr Blick durchbohrte ihn. „Ich habe schon gegen größere Gegner gekämpft, Tomás. Aber danke für die Warnung."

In diesem Moment, fast als habe er genau auf diesen Augenblick gewartet, zuckte Tomás' Hand zur Seite und griff blitzschnell in die Innentasche seines Sakkos. Bevor einer von ihnen reagieren konnte, zog er eine kleine Rauchkapsel hervor und warf sie auf den Boden. Ein stechender, dichter Rauch breitete sich schlagartig aus und erfüllte den Raum.

„Verdammt!" rief Markus, als er nach dem Lichtschalter tastete, während Anna husten musste, während der Rauch ihre Sicht verdeckte. Sie hörten Schritte, die sich schnell entfernten, und Markus stürzte zur Tür, aber Tomás war bereits auf dem Flur, schlängelte sich geschickt durch die überraschten Polizeibeamten, die ihm zu spät nachsetzen konnten.

„Bleib stehen!" schrie Anna und rannte ihm hinterher, doch Tomás war bereits eine Treppe hinuntergestürmt und verschwand durch den Notausgang, bevor sie ihn erreichen konnte.

Die Straßen Münchens waren in dieser kalten Nacht in einen undurchdringlichen Schleier aus Dunst gehüllt, und der schwache Schein der Straßenlaternen reflektierte sich auf dem nassen Asphalt, als Anna und Markus nach draußen stürmten. Tomás war bereits in seinen Wagen gesprungen, und mit durchdrehenden Reifen raste er davon.

„Glaubt er wirklich, dass er uns so entkommen kann?" murmelte Markus, während er Anna zu seinem Auto zog.

„Wenn wir ihm nicht bald folgen, tut er es tatsächlich! Rein da!" Anna hatte kaum die Tür zugeschlagen, da trat Markus auch schon das Gaspedal durch und schoss los. Das Auto stieß auf die Hauptstraße, nur einen Wimpernschlag hinter Tomás' Fahrzeug, das auf die leere Straße zuraste.

„Das wird kein gemütlicher Ausflug, was?" fragte Anna, ihre Stimme eine Mischung aus Anspannung und Adrenalin.

„Hältst du das etwa nicht für ein romantisches Abenteuer?" erwiderte Markus trocken, während er die scharfe Kurve nahm, um Tomás im Blick zu behalten.

Vor ihnen schlängelte sich Tomás durch die engen Gassen und versuchte, jede mögliche Seitengasse zu nutzen, um sie abzuhängen. Doch Markus ließ sich nicht so leicht abschütteln; sein Blick war starr auf das Rücklicht von Tomás' Wagen gerichtet, das wie ein glühendes Auge in der Nacht leuchtete.

„Er glaubt wirklich, er kann uns überlisten. Wie naiv", murmelte Anna und griff sich unwillkürlich an den Sicherheitsgurt. „Aber wenn er so weiter rast, endet er noch am Isarufer."

Markus grinste angespannt. „Das wäre mir recht. Wenigstens hat er dann keine Fluchtmöglichkeit."

Die Verfolgungsjagd führte sie über die berühmte Isarbrücke, deren massiver Bau über der finsteren Wasseroberfläche thronte. Plötzlich, ohne Vorwarnung, riss Tomás das Steuer herum, lenkte seinen Wagen quer über die Fahrbahn und brachte ihn mitten auf der Brücke abrupt zum Stehen. Ein unerwarteter, gefährlicher Schachzug.

Markus bremste scharf ab und brachte das Auto ein paar Meter hinter Tomás' Wagen zum Stehen. „Was zum Teufel hat er jetzt vor? Glaubt er ernsthaft, er könnte uns im offenen Kampf besiegen?"

„Wahrscheinlich hält er uns einfach für blöd genug, ihm zu vertrauen", zischte Anna, während sie ausstieg, den Blick fest auf Tomás gerichtet. Der stand inzwischen am Rand der Brücke und schaute mit einem beinahe herausfordernden Lächeln auf das reißende Wasser unter sich.

„Tomás, denk gut nach", rief Anna ihm zu und trat vorsichtig näher. „Das ist dein letzter Ausweg? Von der Brücke springen?"

Tomás lachte höhnisch. „Besser, als sich von euch beide einkerkern zu lassen. Glaubt ihr wirklich, ihr könntet irgendwas gegen mich in der Hand haben?"

„Oh, ich bin sicher, wir finden da etwas", sagte Markus und trat seitlich an Anna vorbei, bereit, Tomás zu packen, wenn sich eine Gelegenheit ergab. „Glaub mir, ich freue mich schon darauf."

Plötzlich aber, als Markus einen weiteren Schritt auf Tomás zuging, verlor Anna den Halt auf der rutschigen Brücke. Mit einem entsetzlichen Rutsch glitt sie aus, ihre Hände griffen ins Leere, und bevor sie reagieren konnte, fiel sie zur Seite über das Geländer.

„Anna!" rief Markus, sein Herz setzte für einen Moment aus, als er sie über den Rand stürzen sah.

Blitzschnell war er bei ihr, griff nach ihrem Arm, gerade rechtzeitig, um sie davon abzuhalten, in die Tiefe zu stürzen. Ihr Körper baumelte über dem Rand, und sie klammerte sich an Markus' Hand, ihr Gesicht blass vor Schreck.

„Du hast ein Händchen für dramatische Auftritte", sagte er, seine Stimme zitterte leicht, während er sie hochzog.

Anna versuchte ein Lächeln, ihre Finger gruben sich in seinen Arm, als sie sich endlich zurück auf den sicheren Boden der Brücke zog. „Ich dachte, du magst Abenteuer?"

„Ja, aber ohne Todesangst", erwiderte Markus, seine Augen suchten ihren Blick, voller Erleichterung und... einem Funken mehr, etwas, das die Situation kurz innehalten ließ. Doch nur für einen Wimpernschlag, denn plötzlich nutzte Tomás die Gelegenheit. In der kurzen Ablenkung war er zurück zu seinem Wagen gerannt und startete erneut den Motor.

„Verdammt!" rief Anna, noch immer atemlos, und stürzte sich zusammen mit Markus zurück ins Auto. Diesmal ließ sich Tomás jedoch nicht so leicht einholen; er raste mit halsbrecherischer Geschwindigkeit die dunklen Straßen entlang, als ob das Ende der Welt hinter ihm wäre.

„Dieser Kerl wird uns noch in den Wahnsinn treiben", murmelte Anna, ihre Hände verkrampft um den Türgriff. Sie spürte den Nachhall des Schocks in ihren Knochen, doch das Adrenalin machte jede andere Empfindung überflüssig.

„Nur, wenn er zuerst ankommt", sagte Markus, seine Augen funkelten in der Dunkelheit. Dann trat er das Gaspedal noch tiefer durch.

In der stillen Dunkelheit ihrer Wohnung herrschte eine angespannte Stille, als Anna und Markus endlich die Tür hinter sich schlossen. Der Adrenalinschub der Verfolgungsjagd lag ihnen noch in den Knochen, und sie standen sich gegenüber wie zwei Kontrahenten, die gerade einen Kampf hinter sich hatten und nun das Schweigen zwischen sich füllen mussten.

Anna sah Markus an, und in seinem Blick lag etwas Ungewohntes – eine Mischung aus Erleichterung und dem Nachhall der Angst, die ihm anzusehen war. Er hatte sie buchstäblich in letzter Sekunde gerettet, und obwohl sie eine geübte Ermittlerin war, fühlte sie sich im Moment mehr als nur ein wenig aus dem Gleichgewicht gebracht.

„Willst du mir nicht sagen, dass ich vorsichtiger sein soll?" fragte sie mit einem schiefen Lächeln und versuchte, die Spannung zwischen ihnen mit einem Scherz zu durchbrechen.

Er zuckte kaum merklich mit den Schultern und trat einen Schritt näher an sie heran, ohne den Blick von ihren Augen abzuwenden. „Nein, ich denke, du weißt selbst, wie waghalsig das war," sagte er leise, „aber ich habe einen besseren Vorschlag."

Anna hob eine Augenbraue. „Oh, wirklich? Einen besseren Vorschlag, als mir Vorschriften zu machen?"

„Ja." Markus' Stimme war kaum mehr als ein Flüstern, und bevor Anna noch eine Antwort finden konnte, spürte sie, wie er ihre Hände ergriff und sie sanft, aber fest an sich zog. Sein Griff war warm und zugleich so entschieden, dass sie augenblicklich wusste, dass sie sich diesem Moment nicht entziehen wollte. Vielleicht war es der Adrenalinschub, vielleicht aber auch etwas, das sich schon länger zwischen ihnen aufgebaut hatte und jetzt einfach ausbrechen musste.

Für einen Moment sahen sie sich nur schweigend an, das Flackern der Straßenlichter, das durch das Fenster fiel, spiegelte sich in ihren Augen. Dann, ohne ein weiteres Wort, zog er sie näher zu sich und ihre Lippen fanden einander in einem Kuss, der mehr sagte als jede Diskussion der letzten Wochen.

Anna schloss die Augen und ließ sich in diesen Moment fallen, spürte die Wärme seiner Hände, die sanft über ihren Rücken glitten und dann wieder entschlossen zupackten, als würde er befürchten, dass sie ihm entgleiten könnte. Sie wusste, dass dieser Moment vielleicht nicht der klügste war – immerhin hatten sie gerade eine wilde Jagd hinter sich und standen mitten in einem der heikelsten Fälle ihrer Karriere – aber rationales Denken war in diesem Augenblick das Letzte, woran sie dachte.

Die Anspannung zwischen ihnen löste sich, doch just in dem Moment, als sie sich noch näher an ihn schmiegte, klingelte Annas Handy laut und unvermittelt. Der Klang zerriss die Stille wie ein Messer, und für einen kurzen Moment blieb die Welt wie eingefroren.

Markus atmete hörbar aus und ließ seine Hände widerwillig von ihr sinken, während Anna das Handy aus ihrer Tasche fischte und mit einem genervten Blick auf das Display sah. „Natürlich", murmelte sie ironisch, „genau in diesem Moment."

Sie ging ein paar Schritte zur Seite und nahm den Anruf an. „Ja, Bergmann hier."

Eine dunkle Stimme, gedämpft und mit etwas, das beinahe wie ein leises Bedauern klang, antwortete ihr: „Anna, es gibt Neuigkeiten. Ich habe etwas, das du dir ansehen solltest. Es ist... kompliziert."

Anna spürte, wie die Anspannung in ihre Glieder zurückkehrte, die Kälte der Realität sich wieder zwischen sie und Markus schob. Sie warf ihm einen entschuldigenden Blick zu, konnte die Frustration in seinen Augen sehen, doch gleichzeitig auch das Verständnis. „Ich komme sofort," antwortete sie, ihre Stimme fast mechanisch.

Als sie auflegte, herrschte für einen Moment Stille. Markus sah sie an, und obwohl er den Grund für den Anruf nicht kannte, war ihm klar, was er bedeutete. Sie beide wussten, dass die nächsten Stunden keine Fortsetzung dessen sein würden, was gerade zwischen ihnen begonnen hatte.

„Es gibt keinen passenderen Moment als diesen, um unsere Pläne zu zerstören, oder?" sagte er trocken, seine Lippen zu einem schiefen Lächeln verzogen.

Anna seufzte und schüttelte den Kopf. „Du glaubst doch nicht wirklich, dass ich das gewollt habe."

„Nein, das glaube ich nicht," antwortete er leise und trat einen Schritt zurück, ließ den Moment zwischen ihnen verblassen, ohne jedoch den Funken in seinen Augen zu verlieren. „Aber ich hoffe, dass du nicht vergisst, wo wir stehen geblieben sind."

Sie lächelte schwach und erwiderte: „Ich werde mich gut daran erinnern."

Kapitel 19

Am Morgen des Briefings herrschte eine seltsame Mischung aus Spannung und Müdigkeit im Raum, als Anna und Markus die letzten Aussagen von Thomas analysierten. Die Luft schien fast zu knistern, als sie die Puzzleteile des Falls ein weiteres Mal sortierten.

Kommissar Wolf lehnte mit verschränkten Armen an der Wand und warf skeptische Blicke auf die gesammelten Beweise, die sie auf dem großen Tisch ausgebreitet hatten. „Also, was haben wir hier wirklich, Leute?" fragte er schließlich und verzog skeptisch das Gesicht. „Ein Bauunternehmer, eine halbtote Sekretärin und, wenn ich das richtig sehe, eine Rachegeschichte, die eher aus einer mittelmäßigen Krimiserie stammen könnte."

„Kommissar, Sie haben schon immer einen Sinn für das Dramatische besessen," erwiderte Anna trocken und blätterte durch die Notizen. „Aber diesmal ist es tatsächlich ernst. Wir haben Hinweise darauf, dass Thomas mehr als nur einen Finger im Spiel hatte – und nicht nur beim Verschwinden des Kindes."

Markus lehnte sich vor und zeigte auf eine der Aussagen. „Sehen Sie, Thomas hat zugegeben, dass er indirekt beteiligt war. Und er hat einige Namen genannt, die uns einen klaren Hinweis darauf geben, wo wir zuschlagen müssen."

„Oh ja, die gute alte Liste potenzieller Bösewichte," murmelte Wolf mit einem säuerlichen Lächeln. „Wissen Sie, Bergmann, mir wird bei diesen ausgeklügelten Racheplänen manchmal schwindelig. Es scheint, als hätte jeder dieser Leute eine geheime Agenda."

„Das ist eben das Schöne an der Kriminalistik, Kommissar," erwiderte Anna ironisch und notierte etwas auf ihrem Block. „Manchmal scheint die Realität genau das Drehbuch zu schreiben, das wir nie selbst verfassen würden."

Der Kommissar räusperte sich und musterte sie. „Und was ist unser Plan? Sie wollen doch sicher nicht ernsthaft vorschlagen, dass wir diese Kriminellen schnappen, indem wir ihnen einfach einen Brief schreiben und sie bitten, sich zu stellen?"

Markus konnte sich ein Grinsen nicht verkneifen. „Nein, aber wir könnten versuchen, sie in eine Falle zu locken. Thomas hat einige Treffpunkte angegeben, die regelmäßig genutzt werden – Diskretion ist das A und O, und genau dort könnten wir zuschlagen."

Kommissar Wolf nickte langsam, sein Gesichtsausdruck jedoch blieb skeptisch. „Ich weiß nicht, ob ich damit einverstanden bin, auf Informationen zu vertrauen, die uns ein Mann wie Thomas geliefert hat."

Anna seufzte und lehnte sich zurück. „Kommissar, wenn wir jedes Wort unserer Quellen infrage stellen, könnten wir genauso gut schließen und alle in den Ruhestand schicken."

„Ein verlockender Gedanke", murmelte Wolf, bevor er schließlich seufzte. „In Ordnung, machen Sie weiter. Aber ich sage Ihnen eins: Wenn dieser Plan schiefgeht, lasse ich das ganze Team auf sich allein gestellt. Ein Fehltritt, und Sie dürfen die Folgen ausbaden."

Markus und Anna tauschten einen Blick, in dem ein Hauch von Unsicherheit lag, doch auch ein unausgesprochenes Einverständnis, dass sie genau wussten, was auf dem Spiel stand.

Wolf machte eine Pause und sah sie dann mit einem finsteren Blick an. „Ich hoffe, Sie wissen, worauf Sie sich einlassen. Und was machen Sie, wenn sich einer dieser Schurken als gerissener herausstellt, als Sie denken?"

Anna zuckte mit den Schultern. „Dann improvisieren wir, wie immer."

Kommissar Wolf starrte sie noch einen Moment finster an, bevor er kopfschüttelnd die Arme verschränkte und seufzte. „Sie sind verdammt stur, Bergmann. Aber gut – ich lasse Ihnen Ihre Falle."

Als sie schließlich das Büro verließen, blieb eine Mischung aus angespanntem Schweigen und nervöser Erwartung in der Luft zurück.

Anna und Markus trafen sich am Nachmittag mit Karl und Gertrud Richter in einem ruhigen Café am Stadtrand, einem Ort, der genau das Gegenteil ihrer absichtlich gewählten Mission ausstrahlte: eine Konfrontation mit den vermutlich rachsüchtigsten Rentnern Münchens. Der milde Geruch von frischem Gebäck und dampfendem Kaffee stand in starkem Kontrast zu der kühlen, unterschwellig angespannten Atmosphäre am Tisch, wo sich alle vier gegenübersaßen und die Augen der anderen taxierten.

Karl Richter, der Mann mit der tadellos gebügelten Anzugjacke, sah Anna mit einem kalten, analytischen Blick an. „Wissen Sie, Frau Bergmann, Menschen tun seltsame Dinge, wenn ihnen Unrecht widerfährt."

Anna erwiderte seinen Blick mit einer Spur Ironie. „Und manche gehen noch einen Schritt weiter, Herr Richter, wenn sie denken, sie könnten das Gesetz in die eigenen Hände nehmen."

Gertrud, die mit ihrem geblümten Halstuch und der eleganten Handtasche eher wie eine unschuldige Großmutter wirkte, lächelte mit einer fast unschuldigen Miene. „Unrecht... Ein interessantes Wort, wenn man bedenkt, dass es um das Leben unserer Tochter ging." Ihr Lächeln verbarg eine Kälte, die Anna klar machte, dass diese Frau mehr Feuer hatte, als ihr harmloses Äußeres verriet.

„Frau Richter, es gibt eine Grenze zwischen Wut und Vergeltung," sagte Markus ruhig und sah sie eindringlich an. „Wir sind hier, um die Wahrheit herauszufinden, nicht um in irgendein persönliches Rachefeld zu treten."

„Rache? Was für ein drastisches Wort, Herr Doktor." Karl lächelte eisig und verschränkte die Hände auf dem Tisch. „Sagen wir einfach, es ist nur Gerechtigkeit auf Umwegen. Uns wurde die Möglichkeit genommen, das einzige Kind, das wir jemals haben konnten, zu beschützen. Diese Klinik nahm es uns – auf ihre heimtückische Art. Ist es dann nicht fair, dass wir etwas... Unruhe stiften?"

„Indem Sie das Kind einer anderen Familie entführen?" Anna hob eine Augenbraue und hielt seinem Blick stand. „Finden Sie wirklich, das ist die Art von Vergeltung, die Ihre Tochter gewollt hätte?"

Gertrud blickte kurz zur Seite und atmete hörbar aus. Es war ein Moment des Zögerns, ein erster Riss in ihrer stoischen Haltung. „Vielleicht nicht", gab sie leise zu, „aber es ist das Einzige, was uns blieb. Dieses Kind... dieser Junge... er ist das Leben, das wir für unsere Tochter erträumt hatten."

Anna spürte, wie die Luft zwischen ihnen förmlich zu knistern begann. Diese beiden Menschen waren weit über die Linie gegangen, und es schien ihnen nur allzu klar, dass sie nichts mehr zu verlieren hatten.

„Und Sie erwarten, dass wir einfach so zusehen?" fragte Markus mit einem kühlen Unterton. „Das Leben eines Kindes gefährden, nur um einen Punkt zu machen?"

Karl lächelte sanft, als würde er die Worte genießen. „Wir erwarten gar nichts, Herr Doktor. Aber ich nehme an, dass Sie verstehen, was es bedeutet, wenn einem das Wichtigste genommen wird."

Anna überlegte kurz, bevor sie sanft, aber bestimmt antwortete. „Ich verstehe Wut und Trauer, Herr Richter. Aber was ich nicht verstehe, ist diese... gezielte Zerstörung. Das Leben dieses Kindes hat mit Ihrem Verlust nichts zu tun."

„Und trotzdem ist er Teil dieses Systems," sagte Gertrud leise und faltete die Hände wie in einem stillen Gebet. „Ein Symbol für all das, was uns genommen wurde."

Markus sah Anna an und wusste, dass sie in diesem Moment beide das Gleiche dachten: Diese Menschen waren nicht bereit, den Plan aufzugeben.

Doch plötzlich, ohne Vorwarnung, standen Karl und Gertrud auf. Die beiden Rentner wirkten mit einem Mal wie Schatten ihrer selbst, entschlossen und doch flüchtig. „Wir haben Ihnen unsere Geschichte erzählt, Frau Bergmann," sagte Karl kalt. „Den Rest können Sie selbst herausfinden."

Anna versuchte, sie aufzuhalten. „Herr Richter, warten Sie...!"

Doch die beiden gingen, ihre Schritte schnell und zielgerichtet, als ob sie in einem unsichtbaren Nebel verschwinden würden. Bevor Anna und Markus sich fangen konnten, waren die Richters bereits verschwunden.

Das Versteck, das Anna und Markus nach den kryptischen Hinweisen der Richters ausfindig gemacht hatten, war ein altes, halb verfallenes Gebäude am Stadtrand von München. Die verlassenen Mauern erzählten von einer einstigen, längst vergessenen Funktion – vielleicht war es eine Lagerhalle oder ein verlassener Bunker. Heute war es still und voller Schatten, die wie Gespenster über den Boden huschten.

„Ah, genau der Ort, an dem ich mein Kind verstecken würde," murmelte Markus mit einem ironischen Unterton, als er durch den mit Schmutz und Staub übersäten Raum ging. „Romantisch, sicher und vor allem: völlig frei von jeglichem menschlichen Komfort."

Anna warf ihm einen scharfen Blick zu, während sie die Taschenlampe durch die dunklen Ecken schwenkte. „Genau das, was man erwarten würde, wenn verzweifelte Menschen einen Punkt machen wollen. Kein Luxus nötig, nur eine Botschaft."

Sie bückte sich, als ihr Blick auf eine zerrissene Decke fiel, die in einer Ecke lag, als wäre sie in hastiger Flucht zurückgelassen worden. „Hier scheint jemand Zeit verbracht zu haben," stellte sie fest und zog vorsichtig an einem der Stofffetzen. „Und es war nicht gerade ein gemütlicher Aufenthalt."

Markus trat näher und betrachtete die zerfetzten Überreste der Decke. „Vielleicht hat der kleine Junge hier geschlafen. Oder besser gesagt – versucht zu schlafen." Er deutete auf die Fußabdrücke im Staub um die Decke herum. „Kleine Spuren, wahrscheinlich Kinderfüße. Und sie enden abrupt... als wäre er fortgezerrt worden."

„Kein Grund zur Panik, Doktor. Es könnte genauso gut sein, dass er einfach weitergelaufen ist," erwiderte Anna, doch ihr Ton war gezwungen ruhig. Der Gedanke, dass ein unschuldiges Kind hier möglicherweise in Angst und Schrecken gelebt hatte, ließ sie schaudern.

Sie leuchtete weiter, als etwas in einer anderen Ecke des Raumes ihre Aufmerksamkeit auf sich zog. Ein altes Notizbuch lag offen auf dem Boden, die Seiten vom Wind bewegt. Die Schrift war unleserlich verwischt, doch es schien sich um eine Art Tagebuch zu handeln.

„Vielleicht haben die Richters ihre Pläne hier niedergeschrieben?" Markus trat neben sie, beugte sich leicht nach vorne und starrte auf das verwischte Papier. „Lass uns hoffen, dass sie etwas Offensichtliches hinterlassen haben, wie ‚Unser geheimer Plan, die Welt zu verändern, Seite 23'."

Anna seufzte und schüttelte den Kopf, schmunzelnd, trotz der düsteren Situation. „Wenn es so einfach wäre, Markus... Dann wäre es kein Fall für uns, sondern eher eine Episode von ‚Amateurdetektive für Anfänger'."

Markus grinste zurück, doch beide wurden ernst, als sie den Raum weiter durchsuchten. In der hintersten Ecke, versteckt hinter einer aufgestapelten Sammlung alter Kisten, fanden sie eine Fessel, eine kleine Handschelle – winzig genug für ein Kind.

Anna kniete nieder und betrachtete die rostige Kette, die an der Wand befestigt war. „Glaubst du..."

„Es sieht fast so aus, als wäre er hier gefesselt gewesen," flüsterte Markus, ein Ausdruck von Abscheu in seinem Gesicht. „Das geht über einfache Rache hinaus, Anna. Das hier ist Folter."

Anna atmete tief ein und zwang sich zur Ruhe. „Wir haben zumindest die Gewissheit, dass die Richters die Nerven verlieren. So etwas lässt sich nicht ewig verstecken."

Markus nickte, aber seine Miene blieb düster. „Die Frage ist nur, was sie als Nächstes tun werden. Nach dem Treffen vorhin... es war wie eine Drohung. Als wollten sie sagen, dass sie jetzt ihre nächste Phase beginnen."

Sie fuhren fort, den Raum systematisch zu durchsuchen. Plötzlich entdeckte Anna einen kleinen Zettel, der in einem Riss in der Wand steckte. Sie zog ihn vorsichtig heraus und entfaltete ihn, die Spannung fast greifbar in der Luft.

„Es ist eine Adresse," sagte sie leise, während sie den Inhalt des Zettels überflog. „Es könnte der nächste Schritt sein... oder eine Falle."

Markus betrachtete den Zettel skeptisch. „Die Richters sind nicht gerade die Typen, die Spuren hinterlassen, weil sie schlampig sind. Wenn sie diese Adresse hier zurückgelassen haben, dann vermutlich aus einem bestimmten Grund."

„Das bedeutet nur, dass wir vorsichtig sein müssen." Anna schob den Zettel in ihre Tasche und musterte Markus. „Was auch immer das bedeutet, ich habe das Gefühl, dass das hier noch längst nicht das Ende ist."

Markus legte ihr eine Hand auf die Schulter und erwiderte ihren Blick ernst. „Dann sollten wir uns darauf vorbereiten, dass der nächste Schritt noch gefährlicher wird."

In ihrem Büro herrschte eine ungewöhnlich dichte Stille, als Anna und Markus dort ankamen. Der Staub schwebte in der Luft, beleuchtet von den letzten Sonnenstrahlen des Abends, die sich durch das Fenster kämpften. Der ganze Raum schien die Spannung zu spiegeln, die zwischen ihnen stand, wie eine Frage, die lange auf eine Antwort wartete.

Markus trat langsam auf sie zu, eine Hand in der Tasche, die andere locker an die Seite gelehnt. Sein Blick war ruhig, und dennoch lag eine nicht zu übersehende Wärme darin. „Du weißt, dass ich dir helfen will, oder? Dass ich... da bin, was auch immer passiert?"

Anna zwang sich, den Blick nicht abzuwenden. „Ich weiß." Ihre Stimme war leise, fast wie ein Geheimnis, das nur für ihn bestimmt war. „Aber manchmal denke ich, dass es dir vielleicht besser gehen würde, wenn du..." Sie stoppte und schüttelte leicht den Kopf. „Ach, vergiss es."

Markus lachte leise, ein tiefes, raues Lachen, das ihren Nacken prickeln ließ. „Wenn ich was, Anna? Wenn ich dir fernbleibe und mich nicht einmische? Wie nett, dass du das denkst." Er trat noch einen Schritt näher, so dass sie die Wärme seiner Präsenz spüren konnte. „Aber ich bin nicht hier, um nett zu sein."

Sie spürte, wie sich ihr Herzschlag beschleunigte. „Natürlich nicht," entgegnete sie trocken, obwohl ihre Stimme ein wenig brüchig klang. „Du bist hier, um... was genau, Markus? Mir den letzten Nerv zu rauben?"

Er grinste, und seine Hand bewegte sich langsam nach oben, bis sie ihr Gesicht streifte. „Vielleicht genau das. Oder vielleicht... um dich daran zu erinnern, dass es Dinge gibt, die man nicht so leicht kontrollieren kann."

Sein Daumen strich sanft über ihre Wange, und sie musste den Atem anhalten. Ein Zittern durchlief sie, als sie spürte, wie er näher kam, bis sein Gesicht nur noch Zentimeter von ihrem entfernt war. Sie konnte den Duft seines Aftershaves riechen, die sanfte Note, die sich mit seiner Wärme mischte und sie auf eine Weise traf, die sie nicht erwartet hatte.

„Markus," flüsterte sie, fast als wolle sie ihn aufhalten, aber ihre Stimme war kaum hörbar. „Wir sollten..."

Doch bevor sie den Satz beenden konnte, legten sich seine Lippen auf ihre. Es war ein Kuss, der sie aus dem Gleichgewicht brachte, voller Wärme und doch zugleich von einer Leidenschaft, die keine Fragen stellte, keine Antworten suchte. Sein Arm legte sich um ihre Taille, zog sie näher, bis sie seinen Herzschlag spüren konnte, und alles in ihr schien zu vibrieren, als hätte sie die Welt um sich herum vergessen.

Es gab nichts mehr, keine Ermittlungen, keine ungelösten Fälle, nur das Hier und Jetzt. Der Moment, in dem alles andere bedeutungslos war und sich die Spannung endlich in purer, roher Nähe auflöste.

Doch dann – natürlich – ein schrilles Geräusch, das die Luft durchbrach wie ein Messer. Annas Handy klingelte und riss sie brutal aus ihrem Rausch zurück in die Realität.

Markus stöhnte leise und ließ sie langsam los, seine Stirn an ihre gelehnt. „Natürlich. Genau jetzt. Das ist typisch."

Anna seufzte und griff nach ihrem Handy. „Ich... muss das wohl nehmen."

Er trat zurück, sein Blick immer noch auf sie gerichtet, als wolle er die Erinnerung an diesen Moment festhalten. „Natürlich. Arbeit geht vor, nicht wahr?"

Mit einem bedauernden Lächeln ging Anna ans Telefon, ihr Herzschlag noch immer unruhig. „Bergmann."

Die Stimme am anderen Ende war ernst, geschäftsmäßig. „Anna, wir haben neue Informationen zu den Richters. Es ist dringend. Wir brauchen dich sofort im Büro."

Sie nickte, obwohl niemand es sehen konnte, und warf Markus einen entschuldigenden Blick zu. „Ich... muss los. Es geht um den Fall."

Markus lächelte matt, seine Augen voller unausgesprochener Worte. „Dann solltest du gehen."

Sie zögerte, ihre Finger spielten nervös mit dem Handy, und einen Moment lang dachte sie, sie würde etwas sagen, das all das erklären könnte. Doch dann nickte sie nur stumm, wandte sich zur Tür und verließ das Büro – mit einem Hauch von Bedauern und der unausgesprochenen Hoffnung, dass dieser Moment nur der Anfang war.

Kapitel 20

Die Nacht war kühl, und der Raum war in das sanfte, blinkende Licht unzähliger Bildschirme getaucht, während sich Anna und Markus tief in die Anrufprotokolle der letzten Wochen vertieften. Der Standort, das ergaben die Analysen, lag in einem winzigen Dorf hoch oben in den Alpen, abgeschieden und für alle Absichten so praktisch wie unbequem zu erreichen.

„Wie typisch", murmelte Markus, während er eine weitere Schachtel Chips aufriss. „Könnten Verbrecher es uns einmal leicht machen? Nein, stattdessen müssen sie sich in die entlegensten Winkel des Landes zurückziehen. Was kommt als Nächstes? Ein Treffen in einer Eishöhle am Mont Blanc?"

Anna warf ihm einen Blick voller Ironie zu. „Vielleicht sollten wir uns bei den Kriminellen bedanken. Immerhin bekommen wir auf diese Weise mal wieder etwas frische Luft. Und ich habe schon lange keine Panoramen mehr gesehen, die sich so gut für Weihnachtskarten eignen."

Markus schüttelte den Kopf, ein verschmitztes Lächeln auf den Lippen. „Na gut, aber du weißt, dass die Wahrscheinlichkeit, dass dieser Trip entspannt wird, irgendwo bei null Prozent liegt, oder?"

Sie seufzte, den Blick weiterhin auf die Anrufliste gerichtet. „Entspannt? Nicht einmal ansatzweise. Aber zumindest können wir so tun, als wäre dies ein normaler Einsatz. Bis wir feststellen, dass wir vielleicht von einer Horde Bären belagert werden oder das Handyempfang auf dem Gipfel verschwindet."

Er grinste und hielt inne. „Stell dir das vor – wir zwei, isoliert auf einem Berg, gefangen in einem Schneesturm. Das wäre mal eine Abwechslung. Wahrscheinlich das perfekte Setting für einen Krimi. Eigentlich fast schade, dass wir echt arbeiten müssen."

Ein sanftes Lachen entrang sich Annas Lippen, als sie die Hände hob, die Kartendaten betrachtend, die sich auf einem der Bildschirme auftaten. „Gut, dass wir unsere Prioritäten klar haben: Verbrecher jagen, ersticken in bürokratischer Arbeit und uns dann vermutlich selbst durch Schneemassen kämpfen. Klingt wie der perfekte Kurzurlaub."

Markus beugte sich nach vorn, ein ernstes Funkeln in seinen Augen. „Also gut, du hast mich überzeugt. Es ist Zeit für die Alpen. Wir packen und brechen morgen früh auf. Aber eine Frage bleibt offen... welche Art von Ausrüstung nehmen wir mit? Zählen zur Standardausrüstung eigentlich Schneeschuhe und Bärenabwehrspray?"

Anna antwortete trocken: „Wenn die Alpen ihr Lächeln sehen, lassen die Bären uns freiwillig in Ruhe. Aber ein paar Wanderstöcke und robuste Nerven könnten tatsächlich hilfreich sein."

―❦―

Das Hotel „Alpenblick" machte seinem Namen alle Ehre – wenn man die paar knarzenden Balken, die knisternden Kaminfeuer und die Ansichtskartenlandschaft aus den Fenstern bedachte. Die Fassade hatte schon bessere Tage gesehen, und das Ambiente war eine Mischung aus rustikaler Gemütlichkeit und grenzwertiger Gruselkulisse. Perfekt für eine geheime Überwachungsaktion. Anna und Markus positionierten ihre Ausrüstung im Zimmer, das sich praktischerweise direkt gegenüber von der Suite der Verdächtigen befand.

„Ein Ort, an dem garantiert ein Mord passieren könnte", flüsterte Markus und betrachtete die Einrichtung mit einem ironischen Lächeln.

„Na, dann wäre es doch ideal für einen romantischen Kurzurlaub – wovon die Mitarbeiter dieses Hauses sicher auch überzeugt sind," erwiderte Anna und setzte sich grinsend auf das Bett. „Ich glaube, die Dame an der Rezeption hat uns einen besonders liebevollen Blick zugeworfen, als sie uns das ‚Romantik-Special' anbot."

„Ach, und das war's dann auch, oder?" Markus hob eine Augenbraue und legte sein Jackett auf einen Stuhl, bevor er sich zu ihr setzte. „Ein rustikales Zimmer und ein Dinner unter Kristalllüstern? Na, wenn das mal nicht für eine verdeckte Überwachung perfekt ist."

Anna schaute ihn mit gespielter Entrüstung an. „Du musst das Gesamtpaket sehen. Eine gemütliche Berghütte, Holzbetten, Kaminfeuer... Ich kann mir keinen besseren Plan vorstellen, die Verdächtigen abzulenken."

Markus legte den Finger an die Lippen und grinste. „Ich glaube, unsere Verdächtigen wissen gar nicht, wie sehr sie gerade von unserer ‚romantischen Tarnung' profitieren."

Er lehnte sich zu ihr, bis sein Gesicht nur Zentimeter von ihrem entfernt war. Anna spürte, wie eine angenehme Wärme zwischen ihnen aufstieg, die ihr eine Sekunde lang den Atem raubte. „Also gut," flüsterte sie, „wir sollten unsergezogene Aufmerksamkeit nutzen, oder? Immerhin wäre es auffälliger, wenn wir uns distanziert verhalten würden."

Markus nickte langsam, sein Blick voller unausgesprochener Dinge. „Genau das habe ich gedacht," murmelte er, bevor er sie zärtlich küsste. Es war ein Kuss, der aus der Tarnung herauswuchs und gleichzeitig tiefer war als alle Rollen, die sie gerade spielten. Sie vergaßen für einen Moment die Überwachungsgeräte und das Funkgerät, das sie mit der Rezeption verband.

Im schummrigen Licht des kleinen Hotelzimmers breiteten Anna und Markus die Karten und Aufzeichnungen auf dem Bett aus. Der Raum war erfüllt von einer Mischung aus leiser Anspannung und Erwartung, während sie die letzten Details für den morgigen Einsatz planten.

„Also, wenn alles glatt läuft, erwischen wir sie gegen fünf Uhr morgens beim Verlassen des Hotels," begann Markus und deutete auf die Karte, die die Wege durch das Bergdorf zeigte. „Unsere Quellen meinen, sie haben eine Abfahrt geplant. Vermutlich Richtung Grenze."

Anna nickte und stützte das Kinn auf die Hand. „Frage mich nur, warum jeder Verbrecher ausgerechnet die Berge für seine Rückzüge wählt. Ein Strand wäre doch viel... entspannter."

Markus lächelte schief. „Vielleicht sind Verbrecher einfach Fans von unzugänglichen Bergpfaden und schlechten Handyverbindungen."

„Oder," Anna hob eine Augenbraue, „sie haben die Hoffnung, dass Ermittler wie wir irgendwann aufgeben und stattdessen Urlaub machen." Ihr Blick ruhte einen Moment zu lange auf ihm, bevor sie leise weitersprach. „Obwohl... so ein Wochenende in den Bergen – ganz ohne Verdächtige und Gefahr – hätte auch was."

Markus erwiderte ihren Blick, das Lächeln in seinen Augen wandelte sich in eine Weichheit, die sie beide überraschte. „Vielleicht sollten wir nach dem Fall hierher zurückkommen. Allein, ohne Funkgeräte und Observationspläne."

Eine seltsame Stille trat ein, während sich beide plötzlich sehr der Tatsache bewusst wurden, dass der morgige Tag unvorhersehbar und riskant sein würde. Anna legte ihre Hand auf die Karte und atmete tief ein. „Eigentlich eine ziemlich merkwürdige Art, den Abend vor einer großen Operation zu verbringen, findest du nicht?"

Markus sah sie mit einem intensiven Blick an und antwortete leise: „Ich könnte mir schlimmere Abende vorstellen. Viel schlimmere. Aber dieser hier... den würde ich nicht ändern."

Eine seltsame, süße Spannung füllte den Raum, als Markus seine Hand auf die ihre legte. Ihre Fingerspitzen berührten sich, fast zufällig, und dennoch war dieser Kontakt wie ein Funke, der alles andere verschwinden ließ. Anna spürte, wie ihr Puls beschleunigte. Sie hatte sich längst an das Gefühl gewöhnt, dass zwischen ihnen etwas mehr war als nur das berufliche Verhältnis, das sie vorgegeben hatten.

Sie wollte etwas sagen, irgendeinen sarkastischen Kommentar, um die Spannung zu brechen, aber die Worte blieben ihr im Hals stecken, als Markus sich zu ihr herüberbeugte. Sein Blick war weich, aber durchdringend, als wollte er ihre Gedanken lesen. Seine Hand wanderte sanft über ihre, dann zu ihrem Gesicht. Anna konnte fühlen, wie ihre Zweifel und Ängste, die normalerweise jede Situation begleiteten, für einen Moment verstummten.

„Anna," flüsterte er, und allein die Art, wie er ihren Namen aussprach, ließ sie alles um sich herum vergessen. Sie ließ es geschehen, als er sie küsste, zuerst zögernd und dann mit wachsender Leidenschaft, als ob beide wüssten, dass dieser Augenblick für sie beide längst überfällig war.

Das Bett, das vor kurzem noch voller Pläne und Karten gewesen war, wurde zum Schauplatz einer anderen Art von Nähe. Sie waren nicht länger Ermittler, nicht länger Kollegen – sie waren nur sie selbst, in einem Moment, der für alles stand, was sie sich bis jetzt nicht eingestanden hatten.

Ihre Berührungen wurden zu einer wortlosen Sprache, die ihre Zweifel und Ängste für eine Nacht hinwegwischte.

Das erste Licht des Morgens schimmerte durch die dichten Wolken, die sich über den Berghang zogen, als Anna und Markus in Position gingen. Der Plan war einfach – sie würden den Hauptausgang des Hotels überwachen und die Verdächtigen abfangen, sobald sie versuchten, unbemerkt zu verschwinden. Zumindest war das der Plan.

„Alles klar bei dir?" flüsterte Markus ins Funkgerät und sah hinüber zu Annas Position hinter einem großen Felsen, nur ein paar Meter entfernt. Sein Atem bildete kleine Wolken in der kalten Luft.

„Klar", kam Annas gedämpfte Antwort zurück. „Nur ich und mein klammes Gefühl in der Magengegend – ganz normale Morgenroutine für einen unvergesslichen Einsatz."

„Wenigstens bleibt dir der Kaffee erspart," erwiderte Markus trocken, „nach dem Zeug aus der Hotellobby hätte ich fast freiwillig auf Schlaf verzichtet."

Plötzlich knackte das Funkgerät auf. „Achtung, Achtung, verdächtige Bewegung!", meldete die Stimme des Sicherheitsteams. „Zwei Personen verlassen das Hotel durch den Hinterausgang."

Anna und Markus tauschten einen Blick aus. „Natürlich", murmelte Anna ironisch. „Warum einfach, wenn's auch kompliziert geht?"

„Wir teilen uns auf," sagte Markus. „Ich nehme den Hinterausgang, du bleibst hier für den Fall, dass noch jemand durch den Haupteingang kommt."

Anna nickte, doch ein beunruhigendes Gefühl beschlich sie. Kaum hatte Markus sich entfernt, meldete das Funkgerät wieder eine unerwartete Bewegung. „Achtung! Zusätzliche Bewegung entdeckt – jemand nähert sich Ihrem Standort, Bergmann!"

Anna hob instinktiv die Waffe und suchte die Umgebung nach Bewegung ab, als ein Schatten plötzlich hinter einem Baum auftauchte. Ihr Herz raste, als sie eine vertraute Silhouette erkannte. „Krause? Was zum...?"

Professor Krause stand in seiner unverkennbaren, leicht zerknitterten Outdoor-Jacke vor ihr und grinste sie an, als wäre dies der alltäglichste Spaziergang seines Lebens. „Ach, Anna! So schön, Sie hier zu sehen."

Anna verschluckte sich fast an ihrer eigenen Verwunderung. „Professor? Das ist nicht wirklich der richtige Zeitpunkt für ein Wiedersehen!"

Krause hob die Hände. „Oh, das würde ich nicht sagen. Ich glaube, das ist der *perfekte* Zeitpunkt." Ein unheimliches Lächeln huschte über sein Gesicht. „Wissen Sie, ich habe immer bewundert, wie hartnäckig Sie in Ihren Ermittlungen sind."

„Professor, was...?" Langsam realisierte Anna, dass etwas ganz und gar nicht stimmte. „Sie... sind nicht zufällig hier, oder?"

Krauses Lächeln wurde breiter. „Ach, Anna, Sie hätten auf die Zeichen achten sollen. Ein guter Detektiv weiß doch, dass manchmal die größte Gefahr direkt vor seiner Nase lauert."

Ein eiskalter Schauer lief ihr den Rücken hinunter. „Sie... Sie arbeiten mit ihnen zusammen?"

„Sagen wir einfach, ich habe... eine besondere Perspektive," sagte Krause und machte eine vielsagende Handbewegung. „Leider sind die Dinge komplizierter geworden, als ich es mir vorgestellt hatte. Und jetzt... stehe ich vor einem kleinen Dilemma."

Anna wich langsam zurück, ihre Hand fest um die Waffe geklammert. „Ein Dilemma, ja? Nämlich das, dass ich Sie verhaften werde?"

Krause lachte trocken. „Ach, Anna. Ich fürchte, Sie verstehen nicht. Es gibt ein größeres Bild hier, und Sie – nun ja, Sie sind leider ein Hindernis geworden."

In diesem Moment hörte sie die Schritte von Markus hinter sich und spürte sofort, dass sie ihn warnen musste. „Markus, das ist eine Falle! Krause... er ist..."

Doch es war zu spät. Ein ohrenbetäubender Knall durchdrang die Stille, und Anna konnte nur hilflos mit ansehen, wie Krause die Flucht ergriff. Als sie sich umdrehte, sah sie Markus, der vor Schmerz zusammensackte und eine blutende Wunde an der Schulter hielt.

„Markus!" Sie war sofort bei ihm und versuchte, die Blutung zu stoppen. Sein Gesicht war vor Schmerz verzerrt, doch er presste ein schwaches Lächeln hervor. „Na ja... ich wollte schon immer einen dramatischen Abschluss."

„Spar dir den Sarkasmus," zischte Anna und schaute verzweifelt in die Richtung, in der Krause verschwunden war. Der Morgennebel legte sich über den Weg und machte es unmöglich, ihm zu folgen. Sie war in der Zwickmühle: die Verfolgung aufnehmen oder Markus helfen.

Markus sah ihren inneren Kampf und murmelte: „Du weißt, dass du ihn nicht entwischen lassen kannst."

Doch Anna zögerte. Das Funkgerät knackte wieder, diesmal mit der alarmierten Stimme eines weiteren Teammitglieds: „Bergmann, wir haben ein Problem. Krause und die Verdächtigen... sie sind verschwunden. Wir brauchen sofortige Verstärkung."

Sie sah zu Markus herunter, der sie mit schmerzverzerrtem, aber entschlossenem Blick ansah. „Geh... beende das. Ich halte das hier aus."

Mit einem letzten Blick, der all das ausdrückte, was Worte nicht sagen konnten, nickte Anna und richtete sich auf. Ihr war klar, dass die Jagd noch lange nicht zu Ende war – und dass das Spiel eine neue Wendung genommen hatte, mit einem alten Freund als Feind.

Der Morgennebel schloss sich um sie, als sie sich auf den Weg machte, ohne zu wissen, dass das Schlimmste noch bevorstand.

Kapitel 21

Die Morgendämmerung lag noch wie ein schlaftrunkener Schleier über dem Berg, als plötzlich das Chaos im Hotel losbrach. Schüsse hallten durch die weiten Korridore des abgelegenen Gebäudes, gefolgt von hektischem Fußgetrappel und aufgeregten Schreien. Es dauerte nur Sekunden, bis Anna und Markus erkannten, dass ihre verdeckte Operation in eine wilde Schießerei umgeschlagen war.

„Hatte ich es erwähnt?", rief Markus über das Knallen hinweg und duckte sich hinter eine massive Holzsäule. „Meine Vorstellung von einer romantischen Bergreise sah doch etwas anders aus."

Anna warf ihm einen scharfen Blick zu, während sie hastig ihre Pistole nachlud. „Ach, und ich dachte, du liebst solche Überraschungen – mitten im Kugelhagel, wo uns nichts als ein schäbiges Holztäfelchen schützt? Romantik pur!"

Mit einem Seufzer schüttelte Markus den Kopf und linste vorsichtig um die Ecke. „Na schön, liebes Schicksal, zeig mir die wahre Bedeutung von 'romantischer Spannung'!"

Doch die Ernsthaftigkeit der Situation war offensichtlich: Das Hotel war in ein wahres Schlachtfeld verwandelt. Einige der Hotelgäste, die vermutlich gar nicht ahnten, dass das friedliche Bergversteck zur Falle für eine internationale Verschwörung geworden war, hasteten panisch durch die Flure. Anna und Markus wussten, dass sie schnell handeln mussten.

„Wir müssen die Unschuldigen hier rausbringen", rief Anna entschlossen. „Markus, wir teilen uns auf. Du sicherst den Weg zu den Notausgängen und bringst die Gäste dort in Sicherheit. Ich gehe in die Haupthalle und suche nach den Geiseln."

Markus zog die Augenbrauen hoch. „Und wann genau hast du beschlossen, dass du jetzt die Heldin spielen willst?"

„Seitdem mein Partner mehr Wert auf Romantik als auf Realität legt", erwiderte Anna trocken, schob ihm einen liebevollen Klaps auf die Schulter und stürzte sich in Richtung der Haupthalle.

Dort bot sich ihr ein Anblick, der fast surreal wirkte: Ein Mann in schwarzer Kleidung stand vor einer kleinen Gruppe verängstigter Geiseln und hielt eine Waffe auf sie gerichtet. Die Gesichter der Menschen waren blass, ihre Augen weit aufgerissen. Einige hielten sich schützend an den Händen, während andere zitternd versuchten, ruhig zu bleiben.

Anna knirschte mit den Zähnen. „Na dann, zeigen wir diesem Möchtegern-Schurken, dass er seine Geiseln falsch eingeschätzt hat."

Geschickt duckte sie sich hinter einer Säule, richtete ihre Pistole auf den bewaffneten Mann und schickte sich an, ihn abzulenken. „Hey, du da! Lass die Leute gehen und kämpf mit jemandem, der's mit dir aufnehmen kann."

Der Mann wirbelte herum und richtete seine Waffe auf Anna. „Was zum Teufel? Woher...?"

Bevor er seine Frage beenden konnte, sprang Anna aus ihrer Deckung und feuerte einen gezielten Schuss auf seine Schulter, wodurch seine Waffe mit einem lauten Klirren zu Boden fiel. Ein Tumult brach aus, als die Geiseln die Gelegenheit nutzten und schreiend in alle Richtungen flüchteten. Anna hechtete vor, trat die Waffe des Mannes weg und stieß ihn zu Boden.

„Das war für die verlorene Romantik", murmelte sie und fesselte seine Hände mit einem Kabelbinder.

Plötzlich hörte sie schnelle Schritte hinter sich – und ein bekanntes Gesicht tauchte im Türrahmen auf. Es war Markus, der, obwohl er einige Kratzer im Gesicht hatte, einen erschöpften, aber erleichterten Ausdruck trug.

„Also, alle in Sicherheit gebracht?", fragte sie ihn, während sie versuchte, die Fesseln des festgenommenen Mannes festzuziehen.

„Mehr oder weniger", antwortete Markus grinsend und musterte ihren Gefangenen. „Du machst das ja ganz elegant. Musst mir bei Gelegenheit mal die Kunst des stilvollen Verbrecherfestnehmens beibringen."

Anna lächelte schief. „Vielleicht in einem weniger explosiven Ambiente." Doch bevor sie weitersprechen konnte, hörte sie plötzlich ein Geräusch aus dem hinteren Teil des Raums – gedämpft, aber eindeutig ein Hinweis auf weitere Schritte.

„Wir sind noch nicht allein", flüsterte Markus und griff wieder zu seiner Waffe.

Zusammen schlichen sie sich den Geräuschen entgegen, ihre Schritte sanft und bedacht. Sie durchquerten den langen Gang und folgten den gedämpften Stimmen, die aus einem versteckten Raum zu kommen schienen. Doch als sie die Tür öffneten, erwartete sie eine Überraschung: Professor Krause stand in der Mitte des Raums, umgeben von Papieren und Dokumenten, und schien eifrig mit jemandem am Telefon zu sprechen.

„Ach, das kann doch nicht wahr sein", flüsterte Anna und schüttelte ungläubig den Kopf. „Der Mann hat die Nerven, hier in aller Seelenruhe zu telefonieren!"

Krause hob den Blick und starrte sie an, als wären sie die unerwarteten Gäste auf einer exklusiven Party. „Oh, Anna, Markus. Ich habe euch erwartet."

Markus zog eine Augenbraue hoch. „Interessant. Ich bin mir ziemlich sicher, dass wir keine Einladung bekommen haben."

Krause zuckte mit den Schultern und setzte ein unverschämt entspanntes Lächeln auf. „Nun, ich dachte, wir könnten diese

Angelegenheit zivilisiert klären. Immerhin kennen wir uns doch, oder nicht?"

„Nennen Sie das zivilisiert?", knurrte Anna. „Schüsse, Geiseln, Chaos? Wenn das Ihre Vorstellung von Diplomatie ist, dann brauche ich dringend einen neuen Atlas für zwischenmenschliche Beziehungen!"

Doch Krause ließ sich nicht beirren. Stattdessen strich er sich die Brille von der Nase, seufzte tief und legte einen melancholischen Ausdruck an den Tag. „Anna, Anna... Es geht hier um viel mehr als du dir vorstellen kannst. Manche Opfer... müssen gebracht werden."

„Opfer?" Anna's Stimme war ein Zischen. „Opfer, wie unschuldige Menschen? Du bist wahnsinnig, Krause. Total durchgedreht."

Doch bevor Krause antworten konnte, hörten sie plötzlich Schritte, die sich dem Raum näherten. Mit einem schnellen Handzeichen bedeutete Markus ihr, dass sie sich in Position bringen mussten.

※

Die Luft war eisig und biss sich wie Nadeln in Annas Gesicht, während sie durch den Schnee sprintete, die Schritte der fliehenden Verbrecher immer im Ohr. Der Schneesturm hatte sich zu einem stürmischen Wirbel entwickelt, der die Sichtweite auf ein Minimum reduzierte und den Boden tückisch glatt machte. Der Gedanke, dass sie im Moment eher einem Abenteurer als einer Ermittlerin glich, war nicht gerade beruhigend.

„Was haben diese Typen nur, dass sie unbedingt den Berg hinaufrennen müssen?", murmelte Anna in ihren Schal, der halb gefroren war. „War eine Verhaftung auf einer sonnigen Wiese nicht dramatisch genug?"

Hinter ihr schnaufte Markus, den der Steilhang und das Eis gleichermaßen herausforderten. „Glaub mir, ich habe auch so meine Vorstellungen von einem idealen Samstag, und das hier ist es nicht."

Ein lauter Knall ließ sie beide zusammenzucken, und Markus ging instinktiv in die Knie. „Fantastisch", zischte er ironisch. „Schüsse! Das ist ja ein richtig idyllischer Ausflug."

„Jetzt keine Zeit für deinen trockenen Humor, Markus." Anna warf ihm einen raschen Blick zu. „Lauf weiter! Sie sind fast an der Klippe."

Die Verbrecher, drei Männer in schwarzen Jacken und mit fest aufgesetzten Mützen, waren nur wenige Meter vor ihnen und schienen in Panik. Es war klar, dass sie keinen klaren Fluchtweg hatten und sich mit jedem Schritt weiter Richtung Abgrund manövrierten.

Der Wind pfiff, und der Schnee wurde immer dichter. Anna und Markus mussten sich gegen die Böen lehnen, um voranzukommen. „Gott, wenn das hier ein Krimi ist, dann wünsche ich mir, dass der Drehbuchautor bald Gnade walten lässt", schnaubte Markus und schob sich gegen den Sturm.

Endlich, direkt an der Kante der Klippe, blieben die Männer stehen. Sie hatten offensichtlich keine Wahl mehr. Der Boden fiel abrupt ab und verschwand in einem unheimlichen, weißen Nichts, das die Schlucht verschluckte. Einer der Männer drehte sich um, seine Augen waren weit aufgerissen, die Angst stand ihm ins Gesicht geschrieben.

„Keinen Schritt weiter!", rief Anna und hob ihre Waffe. „Das ist Ihr letzter Ausweg, und glauben Sie mir – der Abgrund sieht nicht besonders einladend aus!"

Einer der Männer machte einen Schritt zurück, näher an die Kante, und seine Füße rutschten auf dem eisigen Boden. „Ihr kommt zu spät!", schrie er. „Die Wahrheit lässt sich nicht mehr aufhalten, egal, was ihr jetzt tut."

Markus lachte bitter. „Ach, die Wahrheit? Welche Version von ihr, die, in der ihr uns erschießen wollt, oder die, in der wir alle als tiefgefrorene Überreste hier enden?"

Plötzlich stürzte sich einer der Männer unvermittelt auf Anna zu. Sie stolperte einen Schritt zurück, verlor fast das Gleichgewicht, doch in einem reflexartigen Schwung drehte sie sich und brachte ihren Gegner zu Fall. Der Mann fiel direkt vor ihr in den Schnee, stöhnend und fluchend.

„Wow, das war knapp", murmelte Anna und holte tief Luft. „Falls wir das überleben, solltest du mir dringend Kaffee spendieren."

Markus nickte, während sein Blick kurz zur Kante der Klippe huschte. Doch dann sah er etwas, das ihn erstarren ließ. „Anna... schau mal da."

Einer der anderen Männer hatte anscheinend nicht vor, sich so einfach geschlagen zu geben. Er hatte sich in eine fast absurde Pose versetzt, ein Fuß am Rand des Abgrunds, die Hände erhoben, als wolle er sich jeden Moment hinabstürzen. Sein Gesichtsausdruck war eine Mischung aus Verzweiflung und Wahnsinn.

„Bleiben Sie stehen!", rief Anna eindringlich, die Waffe auf ihn gerichtet. „Das ist es nicht wert."

Der Mann lachte nur, ein hohes, manisches Lachen, das im heulenden Wind fast unterging. „Für euch ist es vielleicht nicht wert, aber ich habe mein Leben nicht auf Lügen aufgebaut, um jetzt zurückzuweichen!"

Markus sah ihn scharf an. „Ich würde vorschlagen, Sie treten ein paar Schritte zurück und wir führen diese Diskussion an einem Ort mit etwas mehr... Bodenhaftung."

Doch der Mann wich nicht. „Ihr werdet nie die ganze Geschichte erfahren", schrie er. „Ihr seid nur ein kleines Rädchen im System, und das hier – das hier ist das Ende!"

Plötzlich verlor er das Gleichgewicht. Seine Arme rudernd, rutschte er einige Zentimeter nach vorne, bis seine Fersen buchstäblich über dem Abgrund schwebten. Anna schloss für eine Sekunde die Augen – es war ein schrecklicher Moment, und sie wusste, dass sie ihn nicht aufhalten konnte.

In letzter Sekunde packte Markus ihn am Arm und zog ihn zurück, beinahe rutschten sie beide, doch Anna war zur Stelle und half mit. „Na, was haben wir gesagt? Der Boden unter den Füßen ist nicht nur eine Redewendung, er hat echten Nutzen", stieß Markus schnaufend hervor.

„Ihr habt nichts verstanden!", zischte der Mann. „Das hier ist größer als ihr – größer als alles, was ihr euch vorstellen könnt."

„Hören Sie, ich stelle mir hier gerade sehr viel vor, aber keines dieser Szenarien endet mit einem ruhmreichen Abgang im Schnee", erwiderte Anna kühl und zerrte ihn zurück zur sicheren Seite.

<hr />

Entlang der schneebedeckten, stürmischen Klippe, als die Dinge kaum chaotischer und gefährlicher hätten werden können, erklang plötzlich eine unverkennbare, ruhige Stimme hinter Anna und Markus.

„Ach, Anna, ich dachte, meine Arbeit in diesem Drama würde mir mehr Zuschauer bescheren," sagte Professor Krauße, der wie aus dem Nichts aufgetaucht war. Er trug einen maßgeschneiderten Mantel, der für diese Art von Aktion vermutlich zu teuer und entschieden zu stilvoll war. Die Brille glitzerte und spiegelte das Licht der Dämmerung wider.

Anna wirbelte herum, zwischen Schock und Verärgerung schwankend. „Professor Krauße?" Ihr Ausdruck wechselte schnell zu einem ironischen Lächeln. „Natürlich, wer sonst würde sich in einen Schneesturm wagen, um einer heiklen Situation noch mehr Dramatik zu verleihen?"

Der Professor hob nur amüsiert eine Augenbraue. „Manchmal muss man eben selbst Hand anlegen, wenn man will, dass etwas erledigt wird."

Markus starrte ihn ungläubig an. „Ernsthaft, Krauße? Sie tauchen hier auf, als wären Sie der letzte Akt eines schlecht geschriebenen Theaterstücks?"

Der Professor lächelte spöttisch. „Theater? Ach, Markus, wir sind doch längst über die Bühnenreife hinaus. Die ganze Sache hat mich viel zu lange in eine passive Rolle gedrängt." Sein Blick verfinsterte sich, als er sich den gefesselten Verbrechern zuwandte, die jetzt so still waren wie die Statuen, erstarrt in Furcht und Überraschung.

Anna spürte ein unerklärliches Unbehagen. Es war nicht nur die Anwesenheit des Professors an diesem ungastlichen Ort, sondern etwas in seiner Haltung, in seinen Augen. „Was machen Sie hier, Professor?" fragte sie mit einem leichten Zittern in der Stimme, das sie sich selbst nicht erklären konnte.

„Ach, nur das, was immer notwendig ist, Anna," antwortete er. Er klang fast melancholisch. „Manchmal sind die Methoden, die man anwendet, nicht das, was die Öffentlichkeit gern sehen würde." Er trat näher, und Anna spürte eine Spannung in der Luft, die jeden Muskel in ihrem Körper anspannen ließ.

Markus trat einen Schritt zur Seite und warf einen warnenden Blick auf Anna. „Krauße, wenn Sie uns wirklich helfen wollen, dann lassen Sie die mysteriösen Andeutungen und sagen einfach, was Sie hier tun. Wollen Sie uns helfen, oder – was genau ist Ihre Rolle in dieser ganzen Geschichte?"

Ein unheilvolles Lächeln zog über das Gesicht des Professors, als er die Frage beantwortete. „Ich habe mehr für diese Klinik getan, als ihr euch vorstellen könnt. Man könnte sagen, ohne mich gäbe es keine Geschichte."

Anna verstand endlich, was in dieser stillen Bedrohung lag – er hatte sich nicht nur als Komplize offenbart, sondern als Architekt des gesamten Komplotts. „Sie... Sie waren die ganze Zeit über in alles verwickelt."

Der Professor hob sanft die Hände, als wollte er die Schwere dieser Enthüllung abmildern. „Anna, manchmal ist ein bisschen Manipulation der einzig gangbare Weg, um eine höhere Ordnung zu schaffen."

„Höhere Ordnung?" Anna schnaubte verächtlich. „Ich glaube nicht, dass das Betrug, Lügen und Menschenleben in Gefahr bringen rechtfertigt, Professor."

Doch der Professor schüttelte nur bedauernd den Kopf. „Das sagt jemand, der keinen Einblick in das große Ganze hat." In einer fließenden Bewegung zog er ein kleines, glänzendes Objekt aus seiner Tasche – ein Gerät, das aussah wie eine Fernbedienung. „Ich hatte gehofft, dass ihr nicht bis zu diesem Punkt gelangen würdet."

Markus trat vor, seine Hand hob sich, um Anna zu schützen. „Legen Sie das weg, Krauße. Wir sind keine Figuren in Ihrem Spiel."

Doch Krauße lachte nur, ein dunkles, raues Lachen, das von den Felsen zurückhallte. „Markus, Anna... alles, was hier geschieht, war unvermeidlich."

Mit einem Knopfdruck ertönte ein ohrenbetäubender Knall, und eine der nahen Felswände begann zu bröckeln. Ein Teil des Hangs, der vor ihnen lag, begann nachzugeben und riss eine gefährliche Schneemasse mit sich in die Tiefe. Das Chaos war perfekt – Fels und Schnee wirbelten in die Schlucht, und der Boden unter ihren Füßen bebte.

„Los, weg von hier!" rief Markus und zog Anna mit sich, doch der Schnee kam zu schnell, als dass sie sich retten konnten. In diesem Moment spürte Anna, wie eine starke Hand sie am Arm packte und zurückzog, sie von der Lawine wegbrachte, die sie fast verschlungen hätte.

Es war der Professor. In einem bizarren Moment der Rettung zog er sie an sich und riss sie zurück in die Sicherheit der festen Erde. Sein Gesicht war nur wenige Zentimeter von ihrem entfernt, und in seinen Augen lag ein Funke, den Anna nie bei ihm gesehen hatte.

„Glaub nicht, dass ich dich je ganz loslassen würde, Anna", flüsterte er fast liebevoll.

Anna kämpfte sich los, ihr Blick scharf wie ein Messer. „Sparen Sie sich Ihre falsche Großzügigkeit. Ich werde herausfinden, wie tief Sie in dieser Geschichte stecken."

Doch der Professor ließ nur langsam ihre Hand los und nickte, als wäre er mit ihrem Misstrauen einverstanden. „Vielleicht, Anna. Vielleicht wirst du es herausfinden. Aber bis dahin... solltest du gut darauf achten, wem du vertraust."

Mit einem letzten, rätselhaften Lächeln verschwand Professor Krauße in den Schatten und ließ Anna und Markus allein, die Felsen und die eisige Luft das einzige Zeugnis seines gefährlichen Spiels.

Inmitten der eisigen Bergnacht, die Stille nur durch das gelegentliche Krachen von Schneebrocken und das Heulen des Windes durchbrochen, lehnte Anna schwer atmend gegen eine kalte Steinwand. Die letzten Ereignisse hingen noch in der Luft, und die Anspannung ließ ihre Hände zittern, als sie den Schnee von ihrer Jacke klopfte. Plötzlich spürte sie eine vertraute Präsenz in ihrer Nähe – Markus trat leise auf sie zu, seine Augen dunkel und fest entschlossen.

„Du solltest wirklich aufhören, mich so oft in den Wahnsinn zu treiben, Anna", begann er trocken, doch sein Blick verriet das ganze Chaos, das in ihm tobte.

„Ach wirklich?" antwortete sie spöttisch, ihr eigenes Lächeln nur eine Maske für das, was sie gerade durchgemacht hatte. „Ich dachte, du liebst ein bisschen Dramatik."

„Dramatik, ja," murmelte Markus und kam noch einen Schritt näher, „aber auf eine Art, die uns beide lebend lässt."

Die Stille, die daraufhin folgte, war schwer, voll von unausgesprochenen Worten und unterdrückten Gefühlen, die sich schon viel zu lange angestaut hatten. Anna suchte nach den richtigen Worten, etwas, das die Distanz überbrücken würde, die die Gefahr zwischen ihnen aufgeworfen hatte. Doch bevor sie überhaupt dazu kam, hob Markus die Hand und legte sie vorsichtig an ihre Wange.

„Du weißt wirklich, wie man jemanden verrückt macht", sagte er leise, und sein Daumen strich sanft über ihre Haut.

Anna spürte, wie die Kälte von ihr abfiel, als ein warmes, kribbelndes Gefühl durch ihren Körper fuhr. „Nun, du bist nicht der Einzige, der das drauf hat," murmelte sie herausfordernd, bevor sie sich auf die Zehenspitzen stellte und ihren Mund dicht an seinen führte.

Ohne ein weiteres Wort zog er sie in einen leidenschaftlichen Kuss, in dem sich all die aufgestaute Sorge und Spannung der letzten Tage entlud. Sein Griff um ihre Taille war fest, beinahe verzweifelt, als wollte er sie nie wieder loslassen. Sie spürte, wie sein Atem schneller ging, sein Herzschlag wie ein Trommelschlag gegen ihre eigene Brust pochte.

„Markus..." flüsterte sie, als sie endlich voneinander abließen und sich in die Augen sahen. Sie wollte gerade etwas sagen, doch das Aufleuchten seines Handys unterbrach den Moment. Ein leises Stöhnen des Frusts entfuhr ihm, bevor er widerwillig den Anruf entgegennahm.

„Ja, Wolf," grummelte Markus und verdrehte die Augen. Doch was auch immer ihm gesagt wurde, ließ seine Miene sofort ernst werden.

Er hielt Anna den Hörer hin. „Das solltest du hören."

Sie nahm das Handy und erkannte die Stimme am anderen Ende der Leitung sofort. Es war Kommissar Wolf, und seine Worte ließen ihr Herz fast aussetzen.

„Anna, wir haben neue Informationen über das Kind... Die Spuren deuten auf ein verstecktes Anwesen in den Bergen hin. Und ich fürchte, die Zeit läuft uns davon."

Das Adrenalin schoss durch ihren Körper, und der Moment, den sie gerade mit Markus geteilt hatte, löste sich in der Dringlichkeit der Realität auf. Sie sah ihn an, ihr Blick fest und entschlossen.

„Dann bleibt uns keine Zeit mehr", sagte sie und hielt noch immer seine Hand. „Wir holen dieses Kind zurück. Zusammen."

Markus nickte, und in seinen Augen lag die gleiche Entschlossenheit. „Bis zum Ende, Anna."

Kapitel 22

Das sterile Licht des Polizeiverhörraums fiel auf das müde Gesicht von Professor Krause. Er saß vor Anna und Markus, seine Augen hinter seiner Brille halb verborgen. Langsam atmete er ein und schloss dann die Augen, bevor er zu sprechen begann.

„Ich nehme an, Sie wissen, warum Sie hier sind, Professor Krause?" Anna verschränkte die Arme und schenkte ihm ein spitzes Lächeln.

„Nun, das hängt wohl davon ab, welche meiner... sagen wir, vielen Talente gerade auf Ihrem Radar gelandet sind." Seine Stimme klang ruhig, fast lehrbuchartig, als würde er einem ahnungslosen Studenten eine Lektion in Genetik erteilen.

„Oh, keine Sorge, wir haben alles auf dem Radar." Markus lehnte sich mit einem Hauch von Sarkasmus im Ton zurück. „Und offenbar sind Sie ziemlich stolz darauf, was?"

Krause blinzelte kurz und räusperte sich. „Es gibt vieles, auf das ich stolz sein könnte, Herr Stein, aber die Ergebnisse der letzten Monate gehören nicht dazu."

„Nun, dann klären Sie uns doch auf", sagte Anna und schenkte ihm ein aufmunterndes Lächeln, das eindeutig nicht bis zu ihren Augen reichte. „Wir hören Ihnen aufmerksam zu."

Krause schüttelte den Kopf und holte tief Luft. „Es begann als eine... Idee. Wissen Sie, manchmal verschwimmen die Grenzen zwischen moralischen Prinzipien und wissenschaftlicher Neugierde. Ich dachte, ich könnte... der Wissenschaft einen Dienst erweisen. Die Möglichkeit, perfekte Embryonen zu schaffen, war zu verlockend."

Anna und Markus wechselten einen ungläubigen Blick. „Perfekte Embryonen? Und deshalb haben Sie Embryonen ausgetauscht wie andere Leute ihre Hemden?", fragte Anna und hob eine Augenbraue.

„Es war... nie meine Absicht, Leben zu zerstören." Krauses Gesicht wurde blass, und zum ersten Mal sah man ein Zucken an seinem Mund. „Aber die Eltern... die Eltern haben nie erfahren, dass ihre eigenen genetischen Kinder niemals geboren wurden."

„Und warum? Warum all das?", fragte Markus und lehnte sich vor, seine Augen durchdringend. „Was hätten Sie davon gehabt, außer ein paar gestohlenen wissenschaftlichen Erkenntnissen?"

Krause lachte leise, ein klägliches, gebrochenes Lachen. „Geld. Einfluss. Und die Überzeugung, der Menschheit einen... unschätzbaren Dienst zu erweisen. Sehen Sie, wenn Sie nur einmal in der Lage wären, die... Mängel aus einem genetischen Code zu eliminieren... wäre das nicht ein enormer Schritt?"

Anna unterbrach ihn mit einem ironischen Lachen. „Das heißt, Sie haben also entschieden, ein heimlicher Schöpfer einer perfekten Generation zu werden? Mit wem arbeiten Sie zusammen? Sie glauben doch nicht im Ernst, dass wir Ihnen das hier allein abkaufen."

Er schwieg einen Moment, die Stille zäh und drückend, bevor er schließlich leise antwortete. „Ja... es gibt andere, und einige der höchsten Plätze im System sind von solchen Ideen korrumpiert."

Anna ließ einen spöttischen Kommentar los: „Ach, die Weltverschwörung der Genetiker, das klingt doch nach einem Bestseller. Und was ist mit dem Kind? Wo ist das Kind jetzt?"

Krause schloss kurz die Augen, als sei ihm die Scham endlich ins Gesicht gestiegen. „Ein alter Kollege von mir... er hat das Kind in einer Einrichtung in den Alpen versteckt. Es ist an einem Ort, der außerhalb der Radarreichweite der üblichen Institutionen liegt."

Anna und Markus tauschten einen vielsagenden Blick.

„Dann wissen Sie, was das bedeutet, Professor Krause? Sie haben Ihr wissenschaftliches Projekt wohl endgültig verpatzt. Und wir? Wir holen das Kind zurück."

~~~

Der alte Jeep rumpelte über die holprige Bergstraße, als Anna und Markus sich dem verlassenen Klinikgebäude inmitten der verschneiten Alpen näherten. Der mondbeschienene Schnee blendete sie fast, und ein eisiger Wind peitschte durch die Schluchten.

„Du weißt schon, dass das vermutlich eine Falle ist, oder?", fragte Anna und warf Markus einen ironischen Seitenblick zu, während sie sich mit zittrigen Fingern an ihren Handschuhen festhielt.

„Natürlich. Aber seit wann waren wir jemals zu vorsichtig?" Markus' Lächeln war eine Mischung aus Selbstbewusstsein und der seltsamen Ruhe, die er immer dann ausstrahlte, wenn Gefahr drohte.

„Oh, ich bitte dich! Sag bloß, du hast das Sicherheitsprotokoll tatsächlich durchgelesen," entgegnete Anna trocken, bevor sie ihren Blick auf das bedrohlich wirkende Gebäude richtete. Verwitterte Fenster schauten sie wie tote Augen an, und das knarzende Geräusch des Windes ließ sie kurz erschauern.

Markus schüttelte den Kopf und versuchte, die Anspannung zu überspielen. „Sicherheitsprotokoll? Was ist das? Ein Kochrezept für Vorsichtige?"

Sie rollte mit den Augen. „Na schön, Cowboy, dann hoffen wir mal, dass dein ‚Plan' mehr als ein improvisiertes Chaos wird."

Langsam näherten sie sich der Seite des Gebäudes, eine halb verfallene Klinik, in der der kalte Geruch von Moder und abgestandener Luft hing. Markus zeigte auf ein Fenster im Erdgeschoss, das offenstand. „Der Zugang ist gesichert."

Anna hob eine Augenbraue. „Gesichert? Offene Fenster im Keller zählen also als Sicherheitsstandard? Wer hätte das gedacht!"

Markus grinste und zuckte mit den Schultern. „Siehst du, das ist der Vorteil einer ungesicherten Verbrecherbande – die lassen immer irgendwo eine Lücke."

Anna atmete tief ein und folgte ihm durch das Fenster. Im Inneren herrschte gespenstische Dunkelheit, die Stille wurde nur durch das leise Tropfen eines undichten Wasserrohrs unterbrochen.

„Weißt du, normalerweise mag ich solche schaurigen Orte nur in Krimis. Wenn ich sie selber betrete, bekomme ich immer das Gefühl, in der ersten Reihe eines Horrorfilms zu sitzen," flüsterte Anna und schaltete ihre Taschenlampe ein.

„Na, dann wollen wir doch hoffen, dass das hier kein klassischer Horror wird, in dem der Held..." – er machte eine dramatische Pause – „stirbt, bevor der Abspann kommt."

„Sehr beruhigend", flüsterte sie sarkastisch zurück und folgte ihm durch den dunklen Gang, wo ihre Schritte auf dem kalten Boden widerhallten.

Nach einigen Minuten erreichten sie eine massive Tür am Ende des Korridors. Markus zog eine Karte hervor, die sie von Krause erhalten hatten, und flüsterte: „Laut ihm müsste sich hinter dieser Tür der... experimentelle Flügel befinden. Falls das Kind hier ist, ist es sicher dort."

Anna seufzte leise und verdrehte die Augen. „‚Experimenteller Flügel' klingt so vertrauenserweckend wie ‚Zahnarzt ohne Betäubung'."

Markus drückte die Tür auf, und eine schale Kälte schlug ihnen entgegen, gemischt mit dem schwachen Licht flackernder Neonröhren, die jeden Moment auszugehen drohten. Der Raum war in graues Licht getaucht, das alles noch bedrohlicher wirken ließ.

„Ich frage mich, wer das hier alles bezahlt hat. Für ein geheimes Versteck haben die hier recht hohe Standards," murmelte Anna und versuchte, das Zittern in ihrer Stimme zu verbergen.

Plötzlich hörten sie ein leises Wimmern. Anna spürte, wie ihr Herz einen Schlag aussetzte. Ohne nachzudenken, eilte sie weiter in die Dunkelheit, geführt von dem Geräusch, und entdeckte schließlich eine kleine, verängstigte Gestalt in der Ecke eines Raumes. Es war das Kind, zitternd, mit großen Augen, die sie erschrocken ansahen.

Anna kniete sich hin und sprach leise und sanft: „Hey, keine Angst. Wir sind hier, um dich zu holen."

Das Kind blinzelte verwirrt, als Markus eintrat und sich sichernd umsah. Doch plötzlich wurde die Stille durch das Geräusch von Schritten gebrochen. Rasch und mit tödlicher Präzision näherten sich die Schritte dem Raum. Anna und Markus wechselten einen Blick voller stummer Übereinkunft – hier war keine Zeit für Zögern.

„Nimm das Kind. Ich halte die Stellung", flüsterte Markus knapp, doch Anna schüttelte den Kopf und flüsterte zurück: „Zusammen oder gar nicht."

Ein Schatten fiel durch die Tür, und in diesem Moment wussten sie beide, dass die Operation nicht so enden würde, wie sie geplant hatten.

<hr />

Im schlichten Wartezimmer der Klinik herrschte eine aufgeladene Stille, die alle Anwesenden erfasste. Anna und Markus saßen nebeneinander, beide in Gedanken versunken. Markus warf ihr hin und wieder Blicke zu, die etwas zwischen Sorge und einer unausgesprochenen Frage lagen. Anna, wie immer mit einer Mischung aus Beherrschung und ihrer sarkastischen Art, wich seinen Blicken jedoch aus, indem sie sich zu tief in eine bereits zerknitterte Zeitung vertiefte.

Plötzlich öffnete sich die Tür, und die Richts, das Elternpaar, stürmte ins Zimmer. Ihre Gesichter zeigten eine Mischung aus Angst und Hoffnung – das schwer zu beschreibende Gefühl, das Menschen haben, wenn sie nicht wissen, was sie erwarten sollen, aber alles geben würden, um es herauszufinden.

„Ist er... ist unser Kind wirklich hier?" fragte Frau Richter mit zitternder Stimme, als sie ihre Hände nervös in die eines Mannes legte, der sichtlich genauso aufgelöst war wie sie.

Markus nickte ernst. „Ja. Er wurde untersucht und es geht ihm den Umständen entsprechend gut."

Die Frau schluchzte leise und drückte die Hand ihres Mannes. Das Paar stand einen Moment regungslos da, bevor sie sich umwandten und dem Pfleger folgten, der sie zu dem Raum führte, in dem das Kind auf sie wartete.

Anna und Markus blieben im Wartezimmer zurück, die Stille zwischen ihnen nun noch schwerer als zuvor. Markus brach das Schweigen schließlich, indem er leise, fast zaghaft sagte: „Das war... eine riskante Mission. Ich bin froh, dass wir es geschafft haben."

Anna lächelte dünn. „Ich auch. Und ehrlich gesagt bin ich froh, dass du es bist, der das hier mit mir durchgestanden hat." Ihre Stimme klang nüchtern, fast beiläufig, doch in ihren Augen schimmerte etwas Warmes, das sie nur selten zeigte.

Markus zog eine Augenbraue hoch. „Ach, wirklich? Hätte ich das gewusst, hätte ich mehr Risiken auf mich genommen, nur um diesen Moment früher erleben zu dürfen."

Anna lachte kurz auf, ein ehrliches, warmes Lachen. „Na toll. Ich hoffe, das ist nicht dein Versuch eines romantischen Geständnisses."

Markus lehnte sich leicht zurück und verschränkte die Arme, sein Blick voller Ironie. „Wenn es das wäre, würdest du es doch niemals zugeben, dass du gerührt bist. Oder?"

„Vielleicht. Vielleicht aber auch nicht." Sie lächelte schelmisch, fast herausfordernd.

Plötzlich öffnete sich die Tür wieder, und das glückliche Schluchzen der Richts erfüllte das Zimmer. Anna und Markus drehten sich um und sahen das Paar, das ihr Kind an sich drückte.

Die Szene war von einer solch intensiven emotionalen Nähe, dass selbst Anna, die oft von kühler Distanz geprägt war, davon berührt wurde.

„Ich hoffe, sie wissen zu schätzen, was wir für sie getan haben," murmelte sie leise, als das Paar mit ihrem Kind verschwand, Arm in Arm und voller Freude.

„Vielleicht tun sie das. Vielleicht aber auch nicht." Markus lächelte schwach und fügte hinzu: „Manchmal geht es weniger darum, dass die Menschen es zu schätzen wissen, und mehr darum, dass man das Richtige tut, obwohl niemand zuschaut."

Anna warf ihm einen langen, nachdenklichen Blick zu. „Sehr philosophisch für einen Mann, der keine Anleitung lesen würde, selbst wenn sein Leben davon abhinge."

„Ach, Anleitungen sind überbewertet. Manchmal braucht es einfach nur... den richtigen Menschen an seiner Seite." Seine Augen hielten ihren Blick fest, und die Spannung, die zwischen ihnen schwebte, war plötzlich greifbar.

Anna schluckte und wandte den Blick ab. „Du machst das absichtlich kompliziert, weißt du das?"

„Kompliziert?" Er lachte leise. „Du nennst das kompliziert? Ich nenne es... ehrlich. Und ich weiß, dass du das spürst."

Anna schwieg, und ein seltener Ausdruck der Unsicherheit zeigte sich auf ihrem Gesicht. Sie wusste, dass Markus recht hatte, und doch hielt sie das Gewicht ihrer gemeinsamen Erlebnisse davon ab, die Worte auszusprechen, die in ihr brannten.

„Markus... ich..."

Bevor sie weiterreden konnte, vibrierte das Handy in ihrer Tasche. Der Moment zwischen ihnen zerbrach wie Glas, und Anna zog ihr Telefon hervor, um die Nachricht zu lesen. Ihre Augen weiteten sich bei den Worten, die dort standen.

„Es gibt Neuigkeiten", murmelte sie, ihre Stimme nun wieder professionell und geschäftsmäßig.

Markus seufzte leicht und lächelte. „Natürlich. Warum sollte es auch anders sein."

Mit einem letzten Blick – einem Blick, der unzählige unausgesprochene Worte und Gefühle enthielt – verließen sie gemeinsam das Wartezimmer, bereit für das nächste Kapitel ihrer Geschichte, auch wenn sie beide wussten, dass sie noch viele Dinge zwischen ihnen zu klären hatten.

In der schwachen Beleuchtung von Annas Apartment herrschte eine beinahe gespenstische Stille, durchbrochen nur von den sanften Atemzügen der beiden, die zusammen auf dem Sofa saßen. Die Stadt draußen schlief bereits, doch hier, in diesem stillen Augenblick, schien die Zeit selbst den Atem anzuhalten. Anna lehnte sich zurück, die Hand auf Markus' Schulter. Sie beide waren erschöpft, aber ein vertrautes, elektrisierendes Knistern lag in der Luft, das keiner von ihnen leugnen konnte.

„Weißt du," sagte Markus mit einem ironischen Grinsen, das Licht in seinen Augen verschmitzt, „wenn jemand mir gesagt hätte, dass ich eine lange Nacht in einem Krankenhaus und ein paar dramatische Verfolgungsjagden überstehen muss, um endlich auf diesem Sofa zu landen – ich hätte es trotzdem gemacht."

Anna schnaubte und hob eine Augenbraue. „Ach wirklich? Die Strapazen nimmst du nur wegen meines Sofas auf dich?" Sie verzog die Lippen zu einem sarkastischen Lächeln. „Wie rührend."

„Das Sofa ist nur die halbe Miete," erwiderte Markus. Sein Gesicht war jetzt ganz nah an ihrem, die Worte ein Flüstern, das zwischen ihren Lippen schwebte. „Die andere Hälfte... tja, die ist ganz exklusiv."

Ein schmunzelndes Lächeln blitzte auf Annas Gesicht auf, und sie lehnte sich weiter vor, ihr Gesicht nur einen Hauch von seinem entfernt. „Wenn du so weitermachst, könnte es sein, dass du noch mehr bekommst als nur die halbe Miete," sagte sie in einem gefährlich weichen Ton.

Markus' Finger fuhren sanft über ihre Wange, und im nächsten Augenblick schlossen sich ihre Lippen in einem leidenschaftlichen Kuss, der all die Spannung und das unausgesprochene Verlangen endlich zum Ausdruck brachte. Es war ein Moment reiner Intensität, ein unaufhaltsamer Strudel, in den sie beide hineingezogen wurden. All die Stunden, die Geheimnisse, das Warten – jetzt löste sich alles in einem Kuss auf, der sowohl zärtlich als auch drängend war.

Markus zog sie enger zu sich, während Annas Hände über seinen Rücken glitten. Sie verloren sich in der Wärme des Augenblicks, ganz im Hier und Jetzt, und das Dröhnen der letzten Tage schien zu verblassen, als wäre die Welt nichts weiter als ein leises Hintergrundrauschen.

„Anna," murmelte Markus gegen ihre Lippen, sein Atem heiß und rau, „glaubst du, dass wir nach all dem... ein normales Leben führen könnten?"

Sie zog ihn näher zu sich und lächelte. „Normal ist relativ, Markus. Vielleicht brauchen wir einfach ein neues ‚Normal'."

Er lachte leise, und sein Lachen vibrierte in ihrer Nähe. „Ein neues Normal also. Mit uns beiden als... Duo, das Geheimnisse löst und Verbrecher jagt? Klingt fast romantisch."

„Romantisch oder wahnsinnig – das ist Ansichtssache," murmelte Anna und zog ihn wieder zu sich. Doch genau in diesem Moment, als sie sich erneut in die Leidenschaft stürzen wollten, riss das laute Vibrieren von Annas Handy sie auseinander.

Mit einem leisen Fluch griff Anna nach dem Telefon, noch den Hauch von Verärgerung in ihrem Gesicht. „Wer wagt es, uns in diesem Moment zu stören?" murmelte sie sarkastisch.

Sie nahm den Anruf entgegen, und während sie lauschte, veränderte sich ihr Gesichtsausdruck. Erst Überraschung, dann eine

Mischung aus Neugier und Anspannung. „Ja, verstanden... ich werde da sein," sagte sie knapp und legte auf.

„Also?" fragte Markus und versuchte, die Enttäuschung in seiner Stimme zu verbergen.

Anna sah ihn ernst an. „Es gibt... neue Entwicklungen. Und ich glaube, wir sind noch nicht fertig mit dem Fall."

Kapitel 23

Der Raum war stickig und von jener bedrückenden Stille erfüllt, die nur im Verhörraum einer Polizeistation herrschen konnte. Tomás saß am Tisch, die Augen müde, aber wachsam, die Hände verschränkt, als wolle er sich an irgendetwas festhalten, das schon längst nicht mehr existierte.

Anna schob den Stuhl an den Tisch und ließ sich langsam nieder, die Augen auf ihn gerichtet. „Also, Tomás, wie wäre es, wenn du jetzt endlich reinen Tisch machst? Ich weiß, dass das Konzept der Ehrlichkeit bei dir etwas flexibel ist, aber manchmal hilft es, die Wahrheit auszusprechen – falls du dich noch daran erinnerst, wie das funktioniert."

Tomás hob eine Augenbraue und lächelte schief. „Sie sollten mich besser verstehen, Anna. Schließlich kennen wir uns jetzt lange genug. Vertrauen Sie mir, mein Leben war nicht halb so glamourös, wie Sie es vielleicht glauben."

Anna verschränkte die Arme und musterte ihn. „Ach, komm schon, Tomás, nicht so bescheiden. Zumindest was die Beziehung zu Dr. Elisabeth Wagner betrifft, bin ich mir sicher, dass es ziemlich… dramatisch war."

Er zuckte zusammen, aber sein Lächeln blieb unverändert. „Dramatisch? Vielleicht. Aber anders, als Sie es sich vorstellen."

Ein Schatten legte sich über seine Gesichtszüge, und für einen Moment glaubte Anna einen Anflug von Reue zu erkennen. Doch bevor sie etwas sagen konnte, sprach er weiter.

„Elisabeth war... besonders. Niemand hat mich je so verstanden wie sie." Seine Stimme zitterte leicht, während er sprach. „Aber wir lebten in einer Welt, in der das Verstehen nicht genug war. Es gab Geheimnisse. Und Geheimnisse zerstören – glauben Sie mir."

Anna lehnte sich zurück und verschränkte die Arme. „Ach, wirklich? Das klingt ja fast poetisch, Tomás. Geheimnisse sind gefährlich? Dann frage ich mich, warum du immer noch welche hast."

Tomás schüttelte den Kopf. „Weil ich wusste, dass es enden würde. Elisabeth wollte immer mehr, wollte Dinge wissen, die ich ihr nicht sagen konnte – weil ich selbst nicht die Antworten hatte. Und als ich die Wahrheit entdeckte, war es zu spät. Viel zu spät."

Anna spürte, wie sich etwas in ihr zusammenzog. Der Gedanke, dass sogar jemand wie Tomás Gefühle haben könnte, war ein seltsamer Anblick, fast wie eine Karikatur. „Also, das ganze Drama, die Geheimnisse – sie war also die Frau, die du nicht loslassen konntest? Aber warum all das Chaos? Warum die Lügen?"

Tomás sah sie an, und dieses Mal war seine Stimme ein reines Flüstern. „Weil es kein Zurück mehr gab, Anna. Ich war Teil von etwas Größerem – etwas, das Menschen zerstört hat. Menschen wie Elisabeth. Sie wollte immer die Wahrheit wissen, wollte Gerechtigkeit. Aber die Wahrheit... die Wahrheit hat sie umgebracht."

Für einen Moment hielt Anna inne, seine Worte auf sich wirken lassend. Dann nickte sie langsam. „Also warst du zu feige, die Wahrheit zu sagen. Schön, dass du das zumindest zugibst. Dann wollen wir doch mal sehen, ob deine restlichen Geheimnisse genauso überzeugend sind."

~~~

Anna betrat den eleganten Konferenzraum, dessen Fenster über die Dächer der Stadt reichten. Die Richters saßen bereits dort

– Herr Richter streng, mit zusammengekniffenem Mund, als hätte er auf eine Zitronenscheibe gebissen, Frau Richter sanft und distanziert, als könnte jeder Moment der letzte ihrer kostbaren Geduld sein.

„Frau Bergmann, danke, dass Sie sich die Zeit genommen haben", begann Herr Richter, mit einer steifen Höflichkeit, die eindeutig einen Hauch von Feindseligkeit in sich trug. „Wir schätzen Ihre Arbeit... trotz der, sagen wir, Zwischenfälle."

„Ach, keine Ursache", antwortete Anna trocken und setzte sich. „Zwischenfälle sind meine Spezialität. Was kann ich für Sie tun? Noch mehr Geheimnisse, die ich nicht lüften darf? Oder diesmal einfach nur etwas klassische, heilsame Ehrlichkeit?"

Frau Richter schüttelte den Kopf und seufzte, während sie einen flüchtigen Blick auf ihren Mann warf, als suche sie in ihm eine nicht vorhandene Stärke. „Wir wollten über das Sorgerecht sprechen. Für das Kind."

„Natürlich", sagte Anna kühl und warf ihnen einen Blick zu, der nur zu gut wusste, wie kompliziert die Sache war. „Sagen wir, dass Ihr... Engagement bei dieser Angelegenheit mich nicht ganz unvoreingenommen macht."

Herr Richter räusperte sich, versuchte sich zu fassen, während er Annas scharfen Blick entging. „Frau Bergmann, das ist ein Neuanfang. Für uns alle. Niemand kann leugnen, dass Fehler gemacht wurden, aber das Kind – es verdient eine Familie."

„Eine Familie?" Anna hob eine Augenbraue und lehnte sich zurück. „Interessant. Ich hätte gedacht, die Beziehung zu Ihnen wäre... sagen wir, toxisch genug, um eher einer Folge von griechischen Tragödien zu ähneln."

Frau Richter hob die Hände, als wolle sie ein imaginäres Schlachtfeld befrieden. „Bitte, Frau Bergmann, lassen Sie uns hier keine unnötigen Gräben aufwerfen. Was auch geschehen ist – wir sind bereit, die Verantwortung zu übernehmen."

Anna betrachtete sie mit einem kalten, fast spöttischen Lächeln. „Verantwortung... Wie edel von Ihnen. Doch leider muss ich gestehen, dass die Verantwortung in diesem Fall wohl bei mir liegt, Ihnen gegenüber ehrlich zu sein: Das Kind hat die letzte Zeit wohl sicherer und ruhiger in meinem Umfeld verbracht, als es das je bei Ihnen hätte können."

Herr Richter schluckte hart, seine Augen blitzten. „Das können Sie uns nicht verwehren. Wir sind die einzigen Angehörigen – das Gericht würde uns zustimmen."

„Vielleicht", erwiderte Anna ruhig, „aber hier geht es um mehr als um gesetzliche Zuständigkeit, Herr Richter. Es geht um das Wohl des Kindes."

Für einen Moment schien das Schweigen schwer und beinahe greifbar. Dann brach Frau Richter das Schweigen mit einer sanften, aber fest entschlossenen Stimme.

„Vielleicht...", begann sie vorsichtig, „vielleicht gibt es eine Möglichkeit, die wir noch nicht in Betracht gezogen haben."

„Ach ja?" Anna hob skeptisch eine Augenbraue und wartete.

„Wir könnten eine Art... Zusammenarbeit in Betracht ziehen. Gemeinsames Sorgerecht. Für das Kind wäre es vielleicht die beste Lösung."

Anna stutzte, erwog die Worte und die aufkommende Möglichkeit, die sich damit auftat. „Sie schlagen eine Art... Kompromiss vor?"

„Genau", sagte Frau Richter schnell, bevor ihr Mann einhaken konnte. „Ich denke, es wäre im besten Interesse des Kindes, wenn wir uns... auf halbem Wege treffen könnten."

Herr Richter schnaubte leise, als wäre ihm dieser Gedanke unangenehm. Doch die Vernunft in seiner Frau schien ihn doch irgendwie zu überzeugen, und so nickte er langsam, wenn auch widerwillig.

„Also, gut", sagte Anna nach einem langen, prüfenden Blick, der alle Nuancen des Richters'schen Zögerns aufdeckte. „Aber ich habe Bedingungen."

„Welche Bedingungen?" fragte Herr Richter mit einem leicht genervten Tonfall.

„Erstens", zählte Anna auf, „kein Einfluss von Ihnen in die Lebensgestaltung des Kindes, solange es sich in meiner Obhut befindet. Keine unerwarteten Besuche, keine Überwachung."

Herr Richter biss die Zähne zusammen, während seine Frau sachte nickte. „Natürlich."

„Zweitens," fuhr Anna fort, „werde ich bei jeder Entscheidung, die das Kind betrifft, das letzte Wort haben."

Das Ehepaar Richter sah sich an, das Gewicht dieser Worte spürend.

„Und drittens..." Anna ließ eine lange Pause, ihre Augen funkelten vor Ironie. „Kein Versuch, mir das Kind plötzlich zu entziehen, wenn Ihnen mal wieder nach einem Drama ist."

Frau Richter lächelte, und in ihren Augen lag eine seltsame Mischung aus Erleichterung und Resignation. „Ich denke, das ist fair."

„Oh, ich hoffe, dass es das ist. Denn andernfalls", Anna lehnte sich zurück und betrachtete sie über den Rand ihrer Brille hinweg, „könnten wir in sehr interessante Auseinandersetzungen geraten."

Herr Richter verdrehte die Augen und murmelte etwas Unverständliches, doch seine Frau legte ihm beruhigend eine Hand auf den Arm.

„Ich danke Ihnen, Frau Bergmann", sagte sie ruhig. „Es tut gut, zu wissen, dass das Kind... eine Zukunft hat."

„Ja", sagte Anna sarkastisch. „Eine Zukunft – in einer Familie, die ihn nicht zerstören wird. Hoffen wir, dass diese Art von Verantwortung bei Ihnen anhält."

Frau Richter warf ihr einen fast dankbaren Blick zu, während Herr Richter nur leicht nickte und die Hände steif vor sich faltete.

※

Die Nachmittagssonne strömte durch die großen Fenster im Büro, tauchte alles in ein sanftes, fast unschuldiges Licht – eine Ironie, die Anna, allein hinter ihrem Schreibtisch sitzend, durchaus zu schätzen wusste. Sie schloss die letzten Dokumente des Falles und legte sie mit einem nachdenklichen Lächeln beiseite. Es war beendet.

Doch natürlich konnte der Kommissar es sich nicht verkneifen, noch einen letzten Auftritt hinzulegen. Mit seiner üblichen Mischung aus Amtsstolz und latenter Gereiztheit marschierte er in das Büro und setzte sich ohne Einladung vor Annas Schreibtisch.

„Frau Bergmann," begann er, als hätte er gerade eine tragische Neuigkeit zu verkünden, „ich hoffe, Ihnen ist bewusst, dass Sie mit Ihren... sagen wir... ‚unkonventionellen Methoden' ganz schön für Aufruhr gesorgt haben."

Anna schob ihre Brille ein Stück tiefer und blickte ihn über den Rand hinweg an, eine Braue fragend erhoben. „Oh, Herr Kommissar, ich dachte, wir hätten uns darauf geeinigt, dass Sie den Aufruhr bei Ihren wöchentlichen Meetings besprechen und ich meine Fälle löse. Win-win, wie man so schön sagt."

Er verzog das Gesicht, unterdrückte aber ein Schmunzeln. „Und doch – das hier war kein Fall wie jeder andere. Sie haben in dieser ganzen Angelegenheit eine... besondere Art von Chaos hinterlassen."

„Das Chaos war schon da, bevor ich kam," erwiderte Anna mit einem süffisanten Lächeln, „ich habe lediglich die richtigen Fäden gezogen. Sie wissen schon, damit am Ende alles auseinanderfällt und die Wahrheit ans Licht kommt."

Der Kommissar lehnte sich zurück und verschränkte die Arme. „Es ist Ihre Arbeit, Bergmann, aber das muss ich Ihnen lassen – Sie sind gut darin, Unruhe zu stiften, wo immer Sie auftauchen. Wenn ich bedenke, wie Sie selbst die Richters zum Einlenken gebracht haben – Respekt."

Anna tat so, als überlegte sie einen Moment ernsthaft. „Nun, man könnte sagen, die Kunst des Verhandelns habe ich perfektioniert. Nicht jedem gelingt es, die richtigen Knöpfe zu drücken. Wenn das in Ihrem nächsten Personalbericht landet, werde ich Ihnen auch nicht widersprechen."

Der Kommissar lachte leise, ein ehrliches, fast anerkennendes Lachen, das ihm selbst überraschend zu sein schien. Dann rückte er etwas näher und senkte die Stimme, als wolle er ein Geheimnis teilen.

„Was denken Sie, Bergmann – was kommt jetzt?"

„Jetzt?" Anna lehnte sich zurück, dachte kurz nach und ließ ihren Blick aus dem Fenster schweifen. „Jetzt, Herr Kommissar, werde ich eine Weile versuchen, mich auf... sagen wir, die schönen Dinge des Lebens zu konzentrieren."

„Schön?" Der Kommissar sah sie misstrauisch an. „Heißt das, Sie verabschieden sich von den Ermittlungen und gehen in den Ruhestand?"

„Ruhestand? Nein, Kommissar, das überlasse ich Ihnen. Ich würde sagen... eine kreative Pause, nennen wir es so."

Er nickte nachdenklich und schob einen dicken Umschlag über den Tisch zu ihr. „Nun gut. Aber wenn ich Sie brauche, Bergmann, erwarte ich, dass Sie zurückkommen. Dies ist kein Job für die Ewigkeit, wissen Sie."

„Ach, Kommissar, das sagen Sie doch jedes Mal", antwortete Anna mit gespielter Müdigkeit. „Und doch – am Ende bin ich wieder da, wie eine hartnäckige Kaffeeflecken auf Ihrem Lieblingshemd."

Er stand auf und sah sie mit einem leisen Lächeln an. „Das sind Sie. Aber genau deshalb lassen wir Sie auch nicht so einfach ziehen."

Anna lachte, steckte den Umschlag in ihre Tasche und erhob sich. „Nun, Herr Kommissar, falls ich Ihre Welt also jemals wieder auf den Kopf stellen soll, lassen Sie es mich wissen. Bis dahin – genießen Sie die Ordnung, die Sie ohne mich haben."

„Oh, keine Sorge, Bergmann", erwiderte er grinsend, „ich bin mir sicher, dass das Chaos auch ohne Ihre Hilfe seinen Weg finden wird."

Der Abend war perfekt inszeniert – so perfekt, dass Anna schon ahnte, dass hier mehr als nur ein „ganz normaler" romantischer Abendessen wartete. Der Tisch war mit Kerzen und frischen Blumen gedeckt, eine vorsichtige Mischung aus Rot und Weiß, ganz unaufdringlich, und dennoch durchdacht. Markus hatte sich sichtbar Mühe gegeben, die Atmosphäre stimmig zu gestalten.

Sie nahm einen Schluck des tiefroten Weins, dessen Farbe im Kerzenlicht funkelte, und sah zu Markus hinüber, der gerade die Champignons in einer schweren Pfanne schwenkte und sie mit einem fast zu lässigen Lächeln ansah.

„Hast du vor, mich nach diesem Essen zu vergiften?" fragte Anna süffisant und deutete auf die Pilze. „Ich dachte, das wäre ein Klischee für einen Krimi, Markus."

Er lachte, schüttelte den Kopf und gab mit einer eleganten Drehung einen Schuss Weißwein in die Pfanne. „Für dich, meine Liebe, habe ich mir natürlich etwas weitaus Originelleres ausgedacht. Aber du wirst dich gedulden müssen."

Anna zog eine Augenbraue hoch und lehnte sich entspannt zurück. „Geduld ist nicht gerade meine Stärke, wie du weißt. Wenn du also etwas zu beichten hast, dann jetzt oder nie."

Er kam zu ihr an den Tisch, stellte die dampfende Pfanne in die Mitte und sah sie mit einem seltsam durchdringenden Blick an. „Was wäre, wenn ich das wirklich hätte? Etwas, das... die Dinge verändern könnte."

Anna musterte ihn skeptisch. „Die Dinge verändern? Das ist eine riskante Formulierung. Nach all dem, was wir durchgemacht haben, könnte ich jede Menge Bedeutungen hineinlesen."

Er nahm ihre Hand und zog sie ein Stück näher an sich heran, so dass ihre Gesichter nur wenige Zentimeter voneinander entfernt waren. „Lass uns mal ernst sein, Anna. Nur für eine Minute."

„Eine Minute." Sie zog die Mundwinkel ironisch nach oben. „Gut, ich gebe dir eine Minute. Fang an."

„Seit wir uns getroffen haben, hat sich alles verändert." Markus nahm ihre Hand fester, fast so, als fürchtete er, sie könnte plötzlich verschwinden. „Du hast mich... du hast alles in Frage gestellt. Mich eingeschlossen. Ich hatte nie damit gerechnet, dass irgendjemand das könnte. Und jetzt bist du hier, und ich kann mir kein Leben mehr ohne dich vorstellen."

Anna sah ihn an, ihre Augen funkelten neugierig, aber ihre Lippen formten ein vorsichtiges, fast spöttisches Lächeln. „Markus, das klingt fast, als würdest du mir gleich eine Rede halten. Soll ich aufstehen und applaudieren?"

Er seufzte dramatisch und zog eine kleine, samtige Schachtel aus seiner Hosentasche. „Du kannst mich auch unterbrechen, falls das hier... zu viel ist."

Für einen Moment schien die Zeit stillzustehen, die Kerzen schienen heller zu leuchten, der Duft des Essens verschwamm in der Luft, und es gab nur diesen Moment – diesen kleinen, samtigen Gegenstand in Markus' Hand.

„Das ist ein Klischee, oder?" flüsterte Anna, während ihr Herz gegen jede logische Schlussfolgerung in ihrer Brust pochte.

„Vielleicht", entgegnete er grinsend und öffnete die Schachtel, in der ein Ring funkelte, „aber vielleicht ist es das beste Klischee, das es gibt."

Anna schluckte, und für einen Augenblick war das ironische Lächeln wie weggeblasen. Sie sah zu ihm auf, ohne ein Wort sagen zu können, während er sie mit einem beinahe nervösen Blick ansah.

„Anna Bergmann", begann er mit einem Hauch Theatralik in der Stimme, „möchtest du das Chaos in meinem Leben offiziell und für immer verankern?"

Sie blinzelte, kämpfte gegen das Grinsen, das sich in ihrem Gesicht ausbreitete, und versuchte, ein wenig Fassung zu bewahren. „Bist du sicher? Ich meine, du weißt schon, wie das mit mir ist – ich bringe gerne alles durcheinander."

„Genau deshalb frage ich dich", antwortete er sanft und schob den Ring ein wenig in ihre Richtung. „Weil es genau das ist, was ich will. Ein bisschen Anarchie – jeden Tag."

Anna nahm den Ring, drehte ihn in ihren Fingern, ließ das Licht der Kerzen darauf tanzen und sah schließlich wieder zu ihm. „Na schön, wenn du meinst, dass du das aushältst."

„Das ist ein Ja?" Seine Augen weiteten sich ein wenig, und in seiner Stimme lag ein Anflug von Unsicherheit, als ob er das alles nicht glauben konnte.

„Das ist ein Ja", bestätigte sie lächelnd, bevor sie sich vorbeugte und ihn küsste, ein Kuss voller Ironie und Leidenschaft, voller Versprechen und noch mehr unausgesprochener Worte.

Doch gerade in dem Moment, als der Kuss tiefer wurde und sie sich in seinen Armen verlor, schrillte plötzlich das Telefon. Das Geräusch zerschnitt die Stille wie ein ungewollter Schnitt in einem perfekten Film.

Anna seufzte, lehnte ihre Stirn an seine Schulter und murmelte: „Natürlich. Es wäre auch zu schön gewesen, um wahr zu sein, oder?"

Markus griff nach dem Telefon, ohne sie loszulassen, und hob ab, während Anna neugierig lauschte. Sein Gesicht verzog sich zu einem finsteren Ausdruck, und er nickte kurz, bevor er auflegte und Anna ansah.

„Das war der Kommissar", sagte er mit einem Anflug von Besorgnis. „Es gibt... Neuigkeiten."

„Was für Neuigkeiten?" Ihre Augen verengten sich, und der leichte, romantische Ausdruck war sofort durch eine professionelle Wachsamkeit ersetzt worden.

„Er meinte nur, wir sollten besser sofort kommen."

Kapitel 24

Der Raum war erfüllt von aufgeregtem Gemurmel und Blitzlichtern. Journalisten aus ganz Deutschland waren versammelt, um die spektakuläre Auflösung eines der wohl verzwicktesten Fälle der letzten Jahre zu feiern. Anna stand zusammen mit Markus, dem Kommissar und den anderen Beteiligten auf dem Podium. Sie blickte auf die Menge hinab und versuchte, sich nicht zu sehr anmerken zu lassen, wie sie diese öffentliche Aufmerksamkeit eigentlich mehr als alles andere verabscheute.

„Heute", begann Kommissar Wolf mit wichtiger Miene, „feiern wir nicht nur die Aufklärung eines außergewöhnlich komplexen Verbrechens, sondern auch den Mut und die Hartnäckigkeit der Menschen, die daran gearbeitet haben."

Er nickte Anna zu und hob ein Zertifikat in die Höhe, das mit ihrem Namen versehen war. Anna verzog die Lippen zu einem angedeuteten Lächeln, während die Kameras blitzten.

„Unsere Heldin", rief ein Journalist aus der ersten Reihe, und Anna konnte sich ein Augenrollen kaum verkneifen. „Heldin", dachte sie. „Wenn die wüssten, was ich alles riskieren musste, um hier zu stehen."

Markus flüsterte ihr leise ins Ohr: „Komm, ein bisschen Applaus schadet dir nicht. Es wäre ja auch zu ironisch, wenn du als Detektivin plötzlich vor Anerkennung davonläufst."

Anna schnaubte leise. „Ich laufe nicht vor der Anerkennung davon, sondern vor dieser grässlichen Etikette. Noch eine dieser Zeremonien, und ich beantrage Urlaub auf einer einsamen Insel."

Kommissar Wolf räusperte sich und sprach weiter. „Anna Bergmann und ihr Team haben bewiesen, dass der Gerechtigkeit Genüge getan wird, wenn man nie aufgibt und..."

„Und wenn man ausreichend Kaffee trinkt", murmelte Anna trocken, sodass nur Markus es hören konnte.

Er lächelte und flüsterte: „Hoffentlich gibt's die Medaille in Kaffeebohnen."

Wolf hielt inne und deutete mit einer Handbewegung auf Anna, um sie nach vorne zu bitten. Sie atmete tief durch, trat an das Mikrofon und spürte die erwartungsvollen Blicke auf sich.

„Vielen Dank für die... Ehre", begann sie mit ironischem Unterton und einem schnellen Blick zu Markus, der sich ein Grinsen kaum verkneifen konnte. „Ehrlich gesagt, wäre das alles ohne die Unterstützung meines Teams und..." Sie zögerte, sah Markus kurz an und fügte hinzu, „... und meiner Familie nicht möglich gewesen."

Ein Raunen ging durch den Raum. Familie? Die Journalisten tippten eifrig ihre Notizblöcke voll, als Anna ihren Satz beendet hatte, und sie wusste, dass der kleine Hauch von Vertraulichkeit für wilde Spekulationen sorgen würde. Sie war sich sicher, dass sie diese Andeutung im nächsten Gespräch mit Markus erklären müsste – mit einer gehörigen Prise Humor, versteht sich.

Anna betrat die Klinik und ließ den Blick durch die bekannten Flure gleiten, die plötzlich so anders wirkten – leerer, kälter. Der übliche Duft nach Desinfektionsmittel schien von einer gespenstischen Stille verschluckt worden zu sein, und die vertrauten Gesichter des Personals trugen jetzt eine Mischung aus Erleichterung und nervöser Unsicherheit.

„Ah, Frau Bergmann", ertönte eine Stimme von links. Es war Schwester Schmidt, die jetzt mit einem gequälten Lächeln auf Anna zukam, dabei aber unbewusst den Blick senkte. „Wir... wollten uns nur bei Ihnen bedanken. Für alles, was Sie... enthüllt haben."

„Für alles, was ich enthüllt habe?", wiederholte Anna mit einem ironischen Grinsen. „Wenn man bedenkt, dass ,alles' ein kleines Geheimarchiv, einige kriminelle Machenschaften und ein verpfuschtes System umfasst – klingt das irgendwie ein wenig... bedeutungslos."

Schwester Schmidt errötete und ließ die Hände nervös an ihrer Schürze hinabgleiten. „Nun, nicht ganz so bedeutungslos", stammelte sie. „Es war nur... unerwartet."

„Wie eine unerwartete Schönheitsoperation", fügte Anna trocken hinzu. „Man weiß, dass etwas geändert wurde, aber das Gesicht sieht danach komplett anders aus."

Ein gedämpftes Lachen erklang hinter ihr, und Anna drehte sich um, als Dr. Markus Hofmann, der neu ernannte Leiter der Klinik, auf sie zukam. Sein Blick war eine Mischung aus Amüsement und Erleichterung. „Das neue Gesicht der Klinik", murmelte er und deutete auf den Eingangsbereich, wo bereits eine glänzende Plakette installiert war: *Klinik für moderne und ethische Medizin.*

„Ist das nicht etwas übertrieben?" Anna zog eine Augenbraue hoch. „Ethisch und modern? Seit wann gehen die beiden Hand in Hand?"

Markus schüttelte den Kopf. „Sie glauben gar nicht, wie viele Wochen an Diskussionen nötig waren, um das durchzubekommen. Die halbe Klinikverwaltung bestand darauf, die Worte in umgekehrter Reihenfolge zu setzen."

„Ach, also zuerst modern und dann vielleicht irgendwann mal ethisch? Klingt vertraut", erwiderte Anna scharf.

Markus warf ihr einen vielsagenden Blick zu. „Die Vergangenheit wird uns hier immer begleiten. Die Leute können nicht einfach vergessen, was geschehen ist. Aber wir können verdammt noch mal versuchen, es besser zu machen."

Im Hintergrund versammelten sich einige Mitarbeiter, um dem neuen Klinikchef zuzuhören. Auch Schwester Schmidt trat einen Schritt zurück, nahm dabei aber keine ihrer kritischen Augen von Anna und Markus. Einige der Ärzte und Krankenschwestern schienen erleichtert über den Machtwechsel, andere hingegen blickten eher skeptisch auf Markus – als sei er ein unwillkommener Erbe, dessen Methoden noch zu testen waren.

„Herr Doktor Hofmann!", rief eine Stimme, und alle Blicke wandten sich zu einem älteren Arzt, Dr. Hartmann, der seit Jahrzehnten in der Klinik arbeitete. „Sind Sie sich sicher, dass Sie diesen Wandel durchsetzen können? Diese Klinik hat ihre eigene... Geschichte."

„Geschichte, die wir besser in ein Märchenbuch verbannen sollten, finden Sie nicht?", antwortete Markus kühl und trat einen Schritt auf Dr. Hartmann zu. „Das hier ist keine Zeit für Nostalgie. Die Klinik wird reorganisiert, und wir alle wissen, warum."

Ein gemurmeltes Raunen ging durch die Reihen. Anna konnte sich ein Grinsen nicht verkneifen. „Da haben Sie ja eine mutige Truppe, Markus. Wirklich, eine Armee aus Enthusiasten."

Er sah sie kurz an, bevor er mit einem halb ironischen Nicken antwortete: „Wenn sie hierbleiben, bleiben sie aus den richtigen Gründen. Jeder von ihnen hat die Wahl."

Anna spürte eine leichte Bewunderung für die Entschlossenheit in seiner Stimme und den Willen, die Klinik zu einer ehrlichen Institution zu machen. Sie wandte sich an das versammelte Personal. „Also, Leute. Gebt Markus nicht allzu viele schlaflose Nächte. Immerhin hat er diese Klinik gewählt und nicht etwa den bequemen Ruhestand auf einer Südseeinsel."

Markus schnaubte amüsiert. „Südseeinsel... das wäre wirklich eine Alternative gewesen. Wäre es da nicht für gewisse Detektive mit einem Hang zum Drama und zur Aufklärung."

Anna lächelte nur trocken und klopfte ihm leicht auf die Schulter. „Na dann, viel Spaß mit deiner kleinen Revolution hier. Vergiss nur nicht: Nicht jeder Held überlebt am Ende des Romans."

„Ich schätze, das wird sich zeigen", erwiderte Markus ernst und sah sie lange an.

Anna ließ den Blick noch einmal über die Flure schweifen, wo die alten Routinen einer Klinik sich allmählich in etwas ganz anderes verwandeln würden. Sie spürte, dass mit dem Abschied aus dieser Klinik auch ein Teil von ihr selbst abgeschlossen wurde – der Teil, der immer auf der Suche nach Gerechtigkeit war, ganz gleich, wie viele dunkle Geheimnisse dabei ans Licht kamen.

Mit einem letzten, bedeutungsvollen Blick zu Markus verließ Anna das Gebäude. Sie spürte, dass das nächste Kapitel ihres Lebens endlich beginnen konnte – und dass das Abenteuer vielleicht gerade erst anfing.

⁕

Anna saß in ihrem kleinen, gemütlichen Wohnzimmer und starrte auf die Tasse Tee, die langsam in ihrer Hand abkühlte. Das Licht der untergehenden Sonne fiel durch das Fenster, tauchte den Raum in sanftes Orange und Rosa – eine beinahe theatralische Szene, die perfekt zu ihrer Stimmung passte. Eine Melodie lief im Hintergrund, ein klassisches Stück, das sie immer an alte Schwarz-Weiß-Filme erinnerte. Ideal für große Entscheidungen und sentimentale Bekenntnisse – doch sie war sich nicht sicher, ob sie bereit war, Teil dieses Dramas zu werden.

Markus saß ihr gegenüber, seine blauen Augen musterten sie intensiv, ein kaum sichtbares Lächeln umspielte seine Lippen. Er hatte sich an diesem Nachmittag so... seltsam verhalten, beinahe nervös, was für ihn äußerst untypisch war. Der sonst so souveräne Arzt, der in einer Notaufnahme mit nur einem Blick die Kontrolle übernehmen konnte, wirkte hier fast wie ein scheuer Schuljunge.

„Weißt du, Anna," begann er schließlich, und die Ernsthaftigkeit in seiner Stimme ließ ihr Herz einen Moment aussetzen. „Ich habe in den letzten Wochen viele Dinge klarer gesehen. Über mich. Über uns."

„Oh, ein philosophischer Nachmittag?", erwiderte sie mit hochgezogener Augenbraue, den Anflug eines Lächelns auf den Lippen. „Wollen wir über die menschliche Existenz reden, oder steigst du direkt bei der Unsterblichkeit ein?"

Er schüttelte nur den Kopf und lächelte schwach. „Du machst es einem nicht leicht, ernst zu sein."

„Das würde ich ja als Kompliment nehmen, wenn du mich nicht so ernst ansehen würdest."

Er beugte sich leicht nach vorne, sein Blick bohrte sich tief in ihren. „Anna, du weißt, was ich dir sagen will."

Sie lachte trocken, versuchte die Spannung zu lösen, die zwischen ihnen in der Luft lag. „Markus, du klingst, als würdest du mir einen Heiratsantrag machen. Ein wenig kitschig, findest du nicht?"

Doch anstatt wie erwartet schmunzelnd zurückzuweichen, schien er nur noch entschlossener zu werden. Mit einer leisen, ruhigen Stimme, die ihre ironische Fassade durchbrach, sagte er: „Und wenn das genau das ist, was ich will?"

Anna erstarrte. Ihr Herzschlag schien für einen Moment auszusetzen, bevor er in einem plötzlichen, wilden Rhythmus weiterschlug. Sie wusste nicht, was sie mehr erschütterte – die Ernsthaftigkeit in seinen Augen oder die Tatsache, dass sie sich ertappt fühlte, wie sie es eigentlich schon lange vorher gewusst hatte.

„Du... Markus, das ist doch nicht dein Ernst", brachte sie schließlich hervor, ihre Stimme klang plötzlich viel leiser, unsicherer.

„Mehr als je zuvor", erwiderte er sanft und griff nach ihrer Hand. „Anna, ich will nicht länger nur durch aufregende Ermittlungen oder zufällige Begegnungen mit dir verbunden sein. Ich will eine Zukunft mit dir. Nicht nur ab und zu, sondern jeden Tag."

Sein Daumen strich sanft über ihren Handrücken, eine kleine, beruhigende Geste, die mehr sagte als jedes Wort. Die Ironie, die sie so oft in ihre Gespräche eingeflochten hatte, die ständige Distanz, die sie beide so meisterhaft hielten – all das schien in diesem Moment sinnlos zu sein. Sie spürte, wie all ihre Barrieren, die sie so sorgfältig aufgebaut hatte, langsam zu bröckeln begannen.

„Markus..." Ihre Stimme zitterte leicht, und sie schloss die Augen, spürte seine Nähe, die Wärme, die von ihm ausging. „Ich habe so lange versucht, das alles... zu kontrollieren. Keine Emotionen zuzulassen, die nicht... logisch waren."

„Du und deine Logik", flüsterte er mit einem liebevollen Lächeln. „Glaubst du, Liebe lässt sich in logische Parameter pressen?"

„Ich habe es zumindest versucht", gab sie mit einem leichten Schmunzeln zu. „Offensichtlich... ohne Erfolg."

Markus beugte sich näher zu ihr, sodass sie seinen Atem auf ihrer Haut spüren konnte. „Dann lass uns zusammen versagen. Jeden Tag ein bisschen mehr."

Ein Lachen entwich ihr, ein echtes, leises Lachen, das ihre Anspannung löste. „Ein Angebot, das ich schwerlich ablehnen kann."

Er lächelte, und sie wusste, dass das die Antwort war, die er gehofft hatte zu hören. Ohne ein weiteres Wort legte er sanft seine Lippen auf ihre, ein Kuss, der von all den unterdrückten Emotionen zeugte, die sie beide so lange verleugnet hatten. Es war keine Explosion, kein flüchtiger Moment, sondern ein Kuss, der ihre Welten still und unwiderruflich miteinander verknüpfte.

Als sie sich schließlich voneinander lösten, blieb ihr Gesicht nah an seinem, und sie flüsterte: „Du weißt schon, dass das bedeutet, dass ich deine Tassen im Waschbecken für immer ignorieren werde?"

Er lachte leise und zog sie noch enger an sich. „Solange du versprichst, mich weiterhin mit deiner Logik herauszufordern."

Anna lehnte ihren Kopf an seine Schulter und atmete tief ein. Für einen Moment war alles in dieser kleinen Wohnung ruhig und perfekt, als wäre die Welt um sie herum stehengeblieben. Sie wusste, dass das Leben niemals einfach sein würde – nicht mit ihrem Beruf, nicht mit den Schatten, die sie beide durch die Vergangenheit begleiteten. Aber in diesem Moment war sie bereit, sich dem Abenteuer zu stellen, das das gemeinsame Leben mit ihm bringen würde.

Dann klingelte plötzlich ihr Handy, und die Realität holte sie abrupt zurück. Sie sah auf das Display und erkannte die Nummer sofort – ein Anruf, der, das wusste sie, die Welt noch einmal auf den Kopf stellen könnte.

Markus sah sie fragend an. „Gehst du ran?"

Sie lächelte schwach, streichelte sanft über seine Hand und drückte dann auf „Annehmen".

Es war spät, und die Stadt draußen lag ruhig und verschlafen im sanften Mondlicht. Anna und Markus saßen in Annas Wohnzimmer, umgeben von leeren Weingläsern und den Überresten eines Dinners, das eigentlich nichts anderes als eine willkommene Ablenkung gewesen war. Sie hatten gelacht, über ihre gemeinsamen Fälle gesprochen und Zukunftspläne geschmiedet. Ein perfekter Abschluss für diese turbulente Zeit, könnte man meinen – aber Anna wusste es besser. In ihrem Beruf bedeutete ein ruhiger Abend selten, dass wirklich alles vorbei war.

Gerade als Markus ihre Hand ergriff und ein entspanntes Lächeln aufsetzte, das vielleicht sogar ein Hauch von Romantik andeutete, klingelte Annas Handy. Ein aufdringliches, ungeduldiges Klingeln, das in der Stille des Raumes wie ein Alarmsignal wirkte. Anna warf einen schnellen Blick auf das Display und erkannte die Nummer nicht.

„Soll ich's ignorieren?", fragte sie und hob die Augenbraue.

„Würde ich in jedem Fall empfehlen", meinte Markus trocken. „Wenn das Leben uns eines gelehrt hat, dann, dass Anrufe zu später Stunde selten gute Nachrichten bringen."

„Klingt nach einem klugen Rat. Aber neugierig, wie ich nun mal bin..." Sie seufzte und nahm schließlich den Anruf an, während Markus schmunzelnd den Kopf schüttelte.

„Bergmann?", meldete sie sich, bemüht, ihr Desinteresse professionell klingen zu lassen.

„Ach, Bergmann. Sie werden es mir nicht glauben..." Die Stimme am anderen Ende war leise, fast flüsternd, aber die Worte hatten ein Gewicht, das durch die Leitung förmlich zu ihnen herüberkroch. Anna erkannte den Sprecher nicht sofort, aber irgendetwas an dem Ton machte ihr klar, dass dies kein gewöhnlicher Anruf war.

„Machen Sie's spannend", erwiderte sie kühl, während sie Markus einen vielsagenden Blick zuwarf.

„Sie dachten, mit dem Fall sei alles vorbei, nicht wahr?", fragte die Stimme, fast belustigt. „Aber das Netz ist größer, als Sie es sich vorstellen können. Die Ratten verstecken sich gut... und einige von ihnen haben noch gar nicht begonnen, sich zu zeigen."

Anna hob die Augenbraue und erwiderte in süffisantem Tonfall: „Oh, Sie beschreiben das wunderbar bildhaft. Ratten, ein Netz, was fehlt? Ein dramatischer Abgang oder ein kleiner Hinweis, damit wir Ihre Hinweise auch richtig zu würdigen wissen?"

Die Stimme am anderen Ende verstummte einen Moment. „Frau Bergmann, ich rate Ihnen, sich gut umzusehen. Die Klinik war nur ein Zahnrad im Getriebe. Manche Verbindungen gehen weit über die Grenzen hinaus – und manchmal auch in die höchsten Kreise."

Anna fühlte, wie sich ein unangenehmer Knoten in ihrer Magengegend bildete, während Markus sich näher beugte und versuchte, mitzuhören. „Nun, das klingt tatsächlich spannend. Aber warum gerade mir gegenüber so vertraulich, wenn Sie offenbar so viel zu sagen haben?"

„Sagen wir, ich weiß, dass Sie die Richtige für diesen Job sind. Sie haben ein Talent dafür, Dinge aufzudecken, die andere übersehen."

Das Gespräch endete abrupt, das Piepen des aufgelegten Anrufs hinterließ eine gespenstische Stille im Raum.

Markus legte die Stirn in Falten und sah Anna fragend an. „War das wirklich nötig, ans Telefon zu gehen?"

„Sei nicht so dramatisch", erwiderte sie mit einem schiefen Grinsen. „Aber... ich glaube, wir haben gerade eine Einladung bekommen, erneut in den Kaninchenbau hinabzusteigen."

„Und das willst du tun? Nach allem, was wir durchgemacht haben?" Seine Stimme klang besorgt, aber auch amüsiert – sie wusste, dass Markus, so sehr er es auch verleugnen mochte, das Adrenalin genauso liebte wie sie.

„Vielleicht bin ich ein bisschen neugierig", gestand Anna und starrte nachdenklich auf ihr Handy. „Außerdem... was wäre ein Leben ohne ein kleines Abenteuer?"

Markus seufzte theatralisch und griff nach ihrer Hand. „Weißt du, ich hatte gehofft, dass wir vielleicht auch einmal ein ruhiges Wochenende erleben könnten. Mal ohne Schusswaffen, Intrigen oder dubiose Telefonanrufe."

„Das wäre wirklich langweilig", erwiderte sie trocken und lächelte ihn dann an, ihre Augen funkelten voller Vorfreude und Abenteuerlust.

„Also gut." Er drückte ihre Hand ein wenig fester und sah ihr tief in die Augen. „Dann stürzen wir uns also gemeinsam ins nächste Chaos. Diesmal aber mit einem klaren Plan, ja?"

„Seit wann folgen wir denn einem klaren Plan?" Anna lachte, und ihre Stimme hallte durch den Raum, während Markus das Glas hob und schmunzelte.

„Auf uns, und auf die Jagd nach der nächsten Ratte im Netz."

Epilog

Sechs Monate waren vergangen, seit die letzten Schüsse in jener kalten Nacht in den Bergen gefallen waren. Heute jedoch erfüllten statt des Dröhnens von Helikoptern und Polizeisirenen fröhliche Melodien die Luft – eine Hochzeit inmitten von Blumen, Lichtern und einem Hauch von scharfer Ironie. Die Trauung fand in einem idyllischen Garten statt, wo sich die Gästeschar versammelt hatte, während Anna und Markus – wider alle Erwartungen – tatsächlich vor einem Altar standen. Die Gäste tuschelten und schauten mit einer Mischung aus Erstaunen und Erheiterung zu, wie diese zwei hartnäckigen Ermittler in den Bund der Ehe traten.

„Ich hätte nie gedacht, dass du tatsächlich ‚Ja' sagst," murmelte Markus grinsend und sah Anna unter einem Dach aus Blumen tief in die Augen.

„Glaub mir, ich auch nicht," erwiderte Anna mit einem schiefen Lächeln und zwinkerte. „Aber offenbar lässt du dich nicht so leicht abschütteln."

Der Standesbeamte, ein älterer Herr mit einem humorvollen Funkeln in den Augen, musste zweimal den Husten unterdrücken, um nicht laut zu lachen, als die beiden sich die Ringe ansteckten. Es passte einfach zu gut zu dieser eigenwilligen Paarung: Ein Augenzwinkern hier, ein sarkastischer Kommentar dort.

„Und nun erkläre ich euch zu Mann und Frau," verkündete der Standesbeamte schließlich mit einer Stimme, die das Lachen kaum verbergen konnte. „Markus, du darfst deine Braut küssen."

Markus ließ sich das natürlich nicht zweimal sagen und zog Anna in seine Arme. Ein Kuss, zärtlich und voller Gefühl, folgte, doch eine ihrer Freundinnen, die Anwältin mit dem losen Mundwerk, konnte sich ein hämisches „Na endlich!" nicht verkneifen, was das Lachen der versammelten Gäste auslöste.

Nach der Zeremonie strömten die Gäste zu den beiden, um Glückwünsche auszusprechen. Der Kommissar trat zuerst vor und schüttelte Markus' Hand, bevor er sich zu Anna wandte. „Frau Bergmann – ich meine, Frau... oder eher Dr. Bergmann-Faber – wie auch immer, ich hoffe doch, Sie nehmen sich nun etwas Zeit für die Ehe, bevor Sie wieder in kriminelle Machenschaften hineingezogen werden?"

Anna lachte. „Keine Sorge, Kommissar, wir haben heute Nacht nicht vor, neue Fälle anzunehmen." Markus warf ihr einen Blick zu, der klar ausdrückte, wie skeptisch er dieser Aussage gegenüberstand.

Während die Feier in vollem Gange war und die Gäste bei einem Glas Wein und Gelächter die Tanzfläche bevölkerten, beobachteten Anna und Markus das Geschehen von einer Ecke des Gartens aus. Die Nacht war erfüllt vom Klang von Lachen und Musik, und Anna fühlte sich endlich in einem Moment der Ruhe und Freude verankert.

Plötzlich klingelte ein Handy – und wie hätte es anders sein sollen, natürlich war es Annas.

„Oh, das klingt schon fast zu gut, um wahr zu sein," murmelte sie und kramte das Gerät aus ihrer Tasche.

„Wenn das jetzt ein neuer Fall ist..." Markus sah sie halb amüsiert, halb herausfordernd an.

Anna zuckte die Schultern, als sie die Nummer auf dem Display sah. „Unbekannte Nummer. Typisch. Wahrscheinlich irgendein Möchtegern-Verbrecher, der es für eine brillante Idee hält, die Polizei auf der eigenen Hochzeit zu kontaktieren."

Sie nahm den Anruf an und lauschte einen Moment. Ihre Miene veränderte sich von Belustigung zu Neugier und schließlich zu einem Hauch von Ärger, als sie auflegte.

„Nun?" fragte Markus mit hochgezogenen Augenbrauen, bereit, ihren Ausdruck zu analysieren.

„Es scheint, dass jemand glaubt, wir wären bereit für eine kleine Hochzeitsreise in die Unterwelt der Justiz." Sie schmunzelte, und die vertraute Glut in ihren Augen kehrte zurück. „Offenbar gibt es in der Stadt eine neue Spur. Und die Polizei möchte, dass wir sie übernehmen."

Markus seufzte gespielt dramatisch und legte ihr eine Hand auf die Schulter. „Und ich hatte gehofft, wir könnten die erste Nacht als Ehepaar ohne Handschellen verbringen – zumindest nicht die dienstlichen."

Anna grinste. „Vielleicht haben wir Glück und es ist nur ein harmloser Fall. Du weißt schon, irgendetwas Kleines, Entspanntes."

„Du und ich – und ein kleiner, entspannter Fall?" Markus' Lachen mischte sich mit den Klängen der Musik, die von der Tanzfläche herüberwehte. „Das wäre das erste Mal in der Geschichte."

Anna stieß ihn spielerisch mit dem Ellenbogen an, aber der Ausdruck auf ihrem Gesicht verriet bereits, dass sie bereit war, sich auf das Abenteuer einzulassen. „Ach, Markus, manchmal glaube ich wirklich, du hast mich absichtlich in diese Verbrecherwelt gezogen, nur um sicherzustellen, dass ich dich nicht so schnell wieder verlasse."

„Mag sein", erwiderte er, zog sie zu sich und flüsterte ihr ins Ohr: „Oder weil ich einfach nicht widerstehen kann, wenn du in deinem Element bist."

Die beiden standen da, eingetaucht in die Feierlichkeit des Moments, und wussten doch, dass die Ruhe wohl nicht lange anhalten würde.

Also by Maximilian Krieg

Waves of Chaos
Sunken Secrets: A Post-Apocalyptic Thriller of Survival and Deception in a Flooded World

Standalone
Die Maske der Lüge
Jenseits des Schattens: Ein okkulter Thriller
Love in the Time of Plague
Tödliches Erbe: Ein fesselnder Psychothriller über Liebe, Verrat und die Schatten der Vergangenheit
Der Baby-Code: Ein spannender Krimi über verbotene Geheimnisse und gefährliche Leidenschaft

About the Author

A former journalist turned thriller novelist, Maximilian Krieg combines his real-world experiences in war zones with a passion for high-stakes storytelling. Born in Munich, he draws inspiration from the darkest parts of human nature and the resilience of the human spirit. His books are known for their gritty realism and complex characters.

Milton Keynes UK
Ingram Content Group UK Ltd.
UKHW020057271124
451585UK00012B/1291